D0612633

L'héritier débauché

Sabrina JEFFRIES

LA FRATERNITÉ ROYALE – 1

L'héritier débauché

*Traduit de l'anglais (États-Unis)
par Viviane Ascain*

J'AI LU

POUR elle

Vous souhaitez être informé en avant-première
de nos programmes, nos coups de cœur ou encore
de l'actualité de notre site *J'ai lu pour elle* ?

Abonnez-vous à notre *Newsletter* en vous connectant
sur **www.jailu.com**

Retrouvez-nous également sur Facebook pour avoir
des informations exclusives :
www.facebook/jailu.pourelle

Titre original
IN THE PRINCE'S BED

Éditeur original
A Pocket Star Book published by Pocket Book,
A division of Simon & Schuster, Inc., New York

© Deborah Gonzales, 2004

Pour la traduction française
© Éditions J'ai lu, 2006

*À Micki Nuding, ma formidable directrice de
collection, qui m'a toujours fait confiance. À tout le
personnel du* Bruegger's Bagels *et du*
Bushiban Coffee House,
*qui a veillé à ce que je ne manque jamais de café
pendant que j'écrivais ce livre, ainsi que les
précédents, et qui me remonte le moral
quand le besoin s'en fait sentir.
Ce livre vous est dédié.*

REMERCIEMENTS

Je tiens à remercier pour leur aide et leurs encouragements Rexanne Becnel, Nora Armstrong, Debbie Bess, Caren Helms et Liz Carlyle, qui connaît bien cette époque, et dont le concours s'est révélé infiniment précieux. Encore merci de m'avoir prêté tous ces livres, Debbie !

Je leur associe Brenda Jernigan et Claudia Dain, qui m'ont apporté le soutien moral dont j'avais bien besoin durant la rédaction de ce livre.

Aucun écrivain ne pourrait rêver meilleure collaboration.

1

Fais attention à ne pas engendrer de bâtards ;
ils te poursuivraient longtemps après que le plaisir
de les faire se fut évanoui.

L'Art de la séduction, ou Le Livre du roué
ANONYME

Londres, 1813

Ils étaient en retard.

Alexandre Black s'approcha de la lampe pour consulter la montre gousset que lui avait donnée Wellington. Plus de vingt minutes ! Toutes ses maigres économies étaient passées dans une bouteille du meilleur cognac, et voilà qu'ils n'arrivaient pas ! Heureusement que la location de ce salon particulier ne lui avait rien coûté.

Il s'approcha de la fenêtre, tendant machinalement l'oreille vers les écuries, mais il ne distingua ni bruit de sabots ni hennissement ; juste la clochette du veilleur de nuit et le fracas des roues d'une charrette sur les pavés.

— Lord Iversley ?

Il sursauta. C'était son véritable nom. Mais il se faisait appeler M. Black depuis tant d'années qu'il n'était plus habitué à son titre.

— Entrez.

Un gamin au visage piqueté de taches de son passa timidement le nez par la porte. Alexandre comprit mieux sa nervosité en voyant le grand escogriffe aux cheveux en broussaille et au regard sombre qui le suivait.

— Lord Draker vous demande. Vous... Ce sera tout pour votre service, milord ? balbutia le garçon à l'adresse du visiteur, qu'on avait coutume de surnommer le vicomte Dragon.

— Fichez-moi le camp ! aboya ce dernier en jetant au gamin un regard qui aurait fait rentrer sous terre le plus téméraire des aventuriers. Ils me prennent tous pour un croque-mitaine, soupira-t-il avec un haussement d'épaules tandis que le petit détalait sans demander son reste.

— Vous leur feriez peut-être moins peur si vous évitiez de les rudoyer, remarqua Alexandre.

— Un homme avisé ne donne son opinion que si on la lui demande, rétorqua le géant.

— Un homme avisé ne vous aurait pas invité ici. Mais j'aime vivre dangereusement.

— Pas moi.

Le vicomte hésitait sur le seuil. Il parcourut d'un regard méfiant la pièce à la décoration spartiate – gravures de batailles, table et chaises de chêne massif aux pieds tournés en tête de lion. Cette austérité convenait parfaitement aux anciens militaires qui constituaient la clientèle de l'hôtel.

— Pourrais-je enfin connaître la raison de cette entrevue ? demanda Draker.

— Vous le saurez dès l'arrivée de mon autre invité.

— Lui aussi a reçu le même message absurde lui proposant de « changer le cours de sa vie » ?

— Si vous trouviez ma lettre ridicule, pourquoi êtes-vous ici ?

— Étant donné ma réputation, j'ai rarement l'occasion d'être invité par un comte, héritier d'une des plus vieilles familles d'Angleterre, surtout quand je ne le connais ni d'Ève ni d'Adam.

— Un cognac ? offrit Alexandre pour changer de sujet, en lui indiquant une chaise.

Le Dragon commençait à se détendre lorsqu'un dandy aux cheveux acajou, vêtu à la dernière mode, s'engouffra dans la pièce. Il toisa les deux hommes en agitant de sa main gantée une feuille de papier pliée en quatre.

— Je présume que l'un de vous est l'auteur de cette lettre, lança-t-il avec dédain.

— Je suis lord Iversley, en effet, répondit Alexandre. Vous devez être le propriétaire du *Cygne bleu*.

— Gavin Byrne, pour vous servir.

— Merci d'être venu, fit Alexandre, tout en surveillant du coin de l'œil son autre visiteur qui affichait un air renfrogné. Prenez un siège, je vous en prie.

— Prenez le mien, intervint Draker en se levant brusquement. Je m'en vais !

— Qu'est-ce que cela signifie ? s'insurgea le dandy. Vous avez peur de faire une partie avec moi ?

— Je doute que notre hôte nous ait invités pour une partie de cartes. Vous avez certainement entendu parler de moi, de même que j'ai entendu parler de vous. Je suis le vicomte Draker.

Il n'eut pas besoin d'en dire plus. Livide, Byrne se tourna vers leur hôte.

— Qu'est-ce que cela signifie, Iversley ? Vous avez fait un pari ? demanda-t-il en s'approchant de la fenêtre. Vos amis attendent la rencontre des deux bâtards les plus célèbres d'Angleterre ?

— Nous sommes seuls, le rassura Alexandre, qui ne tenait pas à ce que le plan si méticuleusement mis au point échoue.

— Vous voulez nous faire chanter, alors ? insista Gavin. Je regrette de vous décevoir, mais la vérité sur mes origines est de notoriété publique.

— Ma véritable ascendance est tout aussi connue, renchérit le Dragon en caressant la cicatrice qu'on distinguait à peine sous sa barbe. Vous vous êtes donné beaucoup de mal pour rien.

Ses parents non plus n'étaient pas mariés, pas ensemble du moins. Mais, par chance, sa mère avait un mari, ce qui lui avait permis d'avoir une famille et un nom.

— À présent, si vous voulez bien m'excuser...

— Ainsi, le terrible Dragon n'est qu'une poule mouillée. Il a peur de passer une petite heure avec ses deux frères, lâcha Alexandre.

Le vicomte s'arrêta net.

— Comment cela ses deux frères ? s'exclama-t-il en se tournant vers leur hôte.

— En dépit de mon titre, je suis un enfant naturel, tout comme vous. Et du même père, qui plus est. Toutes mes félicitations, messieurs, lança le comte en levant son verre. Vous venez de gagner un demi-frère, et le prince de Galles un autre fils naturel.

Et sous le regard médusé de ses compagnons, il vida d'un trait son verre de cognac.

— Si c'est une plaisanterie, je ne la trouve pas drôle ! rugit Draker, l'air aussi féroce que les lions sculptés sur les pieds de la table. Je n'ai jamais entendu le moindre ragot sur votre famille ou sur votre mère.

— Il faut croire que personne n'était au courant, intervint Byrne. Quant à moi, je suis tout prêt à le croire.

— Et pourquoi cela ? grogna le géant.

— Parce que ce débauché de Prinny a semé des bâtards partout, et parce que l'héritier d'une grande famille n'a aucune raison d'inventer un tel mensonge.

— Asseyez-vous, messieurs, proposa Alexandre, soulagé que ses hôtes se montrent intéressés par sa révélation. Et laissez-moi vous raconter la suite de mon histoire. Je vous promets que vous ne serez pas déçus.

— Un cognac ne me fera pas de mal, déclara Gavin, qui s'installa sur une chaise et se servit une copieuse rasade.

Après une seconde d'hésitation, Draker fit de même.

Iversley les imita, heureux de la tournure que prenait l'entrevue. Les trois hommes se dévisagèrent en silence, chacun cherchant sur le visage des autres une ressemblance avec le sien.

Il n'y avait pourtant pas le moindre air de famille entre eux. Imposant et larges d'épaules, le vicomte avait hérité de la silhouette massive des Hanovre, mais pas de leur embonpoint, ni d'ailleurs de leur goût pour la toilette. Sa chevelure en désordre, sa barbe broussailleuse et son costume de drap grossier trahissaient son mépris de l'élégance autant que de la société et de ses conventions.

Byrne, lui, devait arriver directement du cercle très fermé qu'il avait fondé et que fréquentait la haute société londonienne. Son gilet de soie blanche et sa culotte de velours noir étaient coupés à la dernière mode, mais, hormis une épingle de cravate sertie d'un rubis, sa tenue était d'une discrétion surprenante.

Son esprit caustique et son talent aux cartes le rendaient populaire dans les milieux les plus divers, et en dépit de sa naissance illégitime, il était autant apprécié des ducs et pairs du royaume que des coursiers des halles de Covent Garden.

— Voilà qui explique les commérages qui courent à votre sujet, murmura pensivement Byrne. On raconte que votre père vous a envoyé très tôt faire votre tour d'Europe, et que vous êtes resté dix ans à faire la fête à l'étranger, y compris après la disparition de votre mère.

Iversley réprima un geste de colère. Son « père » s'était appliqué à répandre les pires ragots sur son compte. Ce vieil hypocrite se serait bien gardé de révéler la vérité à qui que ce soit.

— Le plus curieux, poursuivit Gavin, c'est que personne ne vous a jamais rencontré dans les lieux de plaisir du Continent. J'ai eu l'occasion de faire la connaissance du défunt comte, et je dois dire qu'il ne m'a pas paru le genre d'homme à laisser longtemps son fils mener une vie dissolue. Surtout avec cette guerre…

Alexandre but une gorgée de cognac. Étaler sa vie privée devant ces deux demi-frères qu'il n'avait jamais vus lui coûtait beaucoup, mais il n'avait pas le choix.

— Nous n'étions pas en guerre quand j'ai quitté l'Angleterre. C'était pendant la trop brève paix d'Amiens.

— Où êtes-vous allé ? l'interrogea Draker.

— Au Portugal. Mon père m'a envoyé chez sa sœur, répondit le comte, en omettant de préciser que le mari de sa tante était un partisan de la manière forte pour mater les jeunes insolents. J'y suis resté quelques années. Je ne pouvais pas rentrer, mon père m'avait interdit de poser le pied sur le sol anglais et d'avoir le moindre contact avec ma mère. Quand il m'a écrit pour m'avertir de sa mort, elle était déjà dans la tombe depuis longtemps, ajouta-t-il rageusement.

— Parce que vous étiez le fils de Prinny ?

— Oui, mais à l'époque, je l'ignorais. À mon retour en Angleterre, après la mort du comte, j'ai trouvé une lettre que ma mère avait cachée à mon intention, et dans laquelle elle me révélait la vérité. Apparemment, lorsque j'ai été conçu, elle n'avait plus de relations conjugales avec son mari depuis des mois. Mais il a préféré endosser ma paternité plutôt que de révéler que le prince de Galles lui avait offert une aussi belle paire de cornes. Il a toléré tant bien que mal ma présence sous son toit jusqu'à ce que je sois renvoyé de Harrow après un incident.

— Qu'aviez-vous fait ? s'enquit Byrne.

— J'ai voulu faire rire mes camarades en imitant une célébrité, expliqua Alexandre en contemplant pensivement le liquide ambré dans son verre. Mais malgré mes vêtements rembourrés et ma légère ressemblance avec

16

mon modèle, j'étais trop jeune et trop mince pour que le déguisement soit convaincant.

— Ne me dites pas que vous avez voulu imiter…

— Eh si, justement ! Par hasard, j'avais choisi le seul homme que je n'aurais jamais dû prendre comme modèle. Ma plaisanterie n'a pas du tout amusé lord Iversley.

Ses deux invités se regardèrent, incrédules, avant d'éclater de rire. Peu à peu, Alexandre se laissa gagner par leur hilarité. Comme c'était étrange de rire sans arrière-pensées du désastre qui avait gâché sa vie entière.

— C'est trop drôle ! s'esclaffa Draker. J'imagine la réaction de votre père !

— Maintenant que vous le dites, c'est vrai que vous ressemblez un peu au prince ! s'exclama Gavin quand il fut capable d'articuler une parole. Vous avez les mêmes yeux.

Ce fou rire avait brisé la glace et dissipé toute méfiance entre eux, laissant place à une complicité presque… fraternelle.

— Pourquoi vous confier à nous ? s'étonna le vicomte. Cela ne vous dérange pas que le secret de votre naissance s'ébruite ?

— Je n'ai certes aucune envie d'alimenter les commérages sur moi ou sur ma famille, vous vous en doutez, mais il se trouve que j'ai besoin de votre aide.

Le lien ténu qui venait à peine de se tisser entre eux se brisa net.

— Vous avez besoin d'argent, et vous avez pensé à vos frères plus fortunés, c'est ça ? lâcha Byrne d'un air narquois.

— J'ai besoin d'argent, c'est vrai, mais je n'ai jamais eu l'intention de vous en emprunter, rétorqua Iversley. Quand j'ai appris l'identité du véritable auteur de mes jours, je me suis renseigné sur ses autres enfants illégitimes. J'ai découvert que nous étions les seuls à n'avoir tiré aucun avantage de cette parenté. La bonne société vous traite en paria depuis que vous avez chassé le prince de votre château de Castlemaine, fit-il remarquer au vicomte, qui le considérait avec ironie. Quant à vous, ajouta-t-il en se tournant vers Gavin, Prinny a toujours refusé de reconnaître le moindre lien avec vous. Vous dînez avec des ducs et des comtes qui vous appellent par votre prénom, mais qui vous traitent de bâtard derrière votre dos. Pour eux, vous n'êtes que le fils de la putain irlandaise.

— Qu'ils viennent me le dire en face, je leur ferai avaler leur langue !

— En ce qui me concerne, comme vous l'avez deviné, je n'ai pas un liard, continua Alexandre en ignorant les bravades du dandy. Mon père a mis un point d'honneur à dilapider sa fortune et celle de ma mère jusqu'au dernier sou.

Le vieux comte d'Iversley avait toujours été dépensier, dès lors qu'il s'agissait de son propre bien-être. À la fin de sa vie, il avait gaspillé avec des charlatans censés lui rendre santé et jeunesse tout ce qu'un intendant malhonnête n'avait pas détourné. Alexandre n'avait pas hérité d'un penny pour remettre en état le château de la famille et réorganiser les domaines qui allaient à vau-l'eau.

— Il manque à chacun de nous quelque chose d'essentiel. Je n'ai pas de fortune pour tenir mon rang, Byrne n'a pas de nom et Draker est rejeté par la bonne société.

— En quoi Draker a-t-il besoin de la bonne société ? observa Byrne. Il m'a l'air parfaitement heureux de vivre comme un ours dans son château.

— Je suis certain qu'il lui arrive de trouver des inconvénients à son splendide isolement. Vous êtes le tuteur de votre demi-sœur, la fille légitime que votre mère a eue avec son mari, ajouta-t-il à l'attention de Draker, qui se gardait bien de réfuter ses allégations. Et elle va bientôt être en âge de se marier. Vous vous moquez peut-être de ce qu'on dit ou pense de vous, mais je parie que son avenir vous préoccupe.

— C'est exact, admit le vicomte à contrecœur. J'ai beau lui expliquer que c'est impossible, Louisa ne cesse de me harceler pour faire ses débuts dans le monde. Qui pourrait bien accepter de la parrainer ? Et après tous les mensonges que notre chère mère a répandus sur mon compte, elle sera traitée comme une pestiférée, simplement parce qu'elle est ma sœur.

— Mais si elle ne fait pas son entrée dans le monde afin de rencontrer des jeunes gens convenables, elle finira par s'enfuir avec le premier venu qui lui fera les yeux doux.

— Où voulez-vous en venir ? grogna le Dragon pour couper court.

— S'il ne lui faut rien d'autre qu'un parrain pour être invitée dans la bonne société, je suis sûr que Byrne a les moyens de convaincre certaines de ses aristocratiques relations de faire tout ce que nous leur demanderons.

— Nous ? répéta Gavin.

— Oui, « nous ». À cause de notre filiation illégitime, nous avons dû renoncer à tous les avantages d'une famille normale : l'affection, la loyauté, la solidarité, l'entraide. Il nous faut compenser ce manque qui gâche notre vie.

Ses compagnons étaient à présent tout ouïe. Leur attention lui redonnait confiance et ranimait l'espoir qu'il avait mis en eux.

— Chacun de nous possède un atout qui peut être utile aux deux autres. Je vous propose donc une alliance, comme si nous formions une seule et même famille. Nous sommes frères, après tout. Ensemble, nous pourrons renverser le cours de notre destin et nous aider mutuellement à obtenir ce qui nous manque.

— Cela nous ramène à ce que vous désirez, s'entêta Byrne. Si vous vous imaginez que je vais vous prêter de l'argent à cause de notre parenté commune, je vous préviens...

— Je ne vous demande pas un prêt, coupa Iversley. Le comte m'a laissé toutes ses dettes, elles me suffisent amplement.

— Mais vous voulez tout de même quelque chose. Et comme nous ne comptons pas parmi les favoris de ce cher Prinny, nous ne pouvons pas vous aider à obtenir quoi que ce soit de lui.

— Ne vous inquiétez pas, le rassura leur hôte. Je crois qu'il ignore que je suis son fils, et j'aime autant qu'il en soit ainsi. De toute façon, il n'a pas suffisamment d'argent pour couvrir mes besoins.

— Combien vous faut-il ? s'enquit Draker, l'air de rien.

— Pour remettre sur pied mon domaine d'Edenmore et rendre habitable le château, il faudrait environ... soixante-quinze mille livres, lâcha-t-il après une profonde inspiration. Peut-être plus.

Draker émit un sifflement incrédule.

— Vous avez raison, vous ne trouverez jamais personne pour vous prêter une somme pareille, déclara posément Byrne. Et je doute que vous puissiez la gagner au jeu.

— Emprunter ne ferait que m'enfoncer plus profond, et jouer me ferait couler corps et biens. Non, poursuivit Alexandre en posant son verre d'un geste décidé, je ne vois qu'une solution raisonnable : épouser une riche héritière.

— Ne comptez pas sur moi pour vous accorder la main de Louisa, si c'est ce que vous avez en tête, jappa le Dragon.

— Vous n'imaginez tout de même pas que je cherche une gamine à peine sortie du pensionnat ? Je préfère une femme accomplie qui maîtrise les usages de la bonne société anglaise, à savoir : Fais ce qu'il te plaît pourvu que cela ne se sache pas ; livre-toi à toutes les débauches qui te chantent, mais observe une conduite

20

irréprochable en public ; professe que le mariage est une question d'amour, même si personne n'ignore qu'il s'agit d'une convention et d'une affaire d'argent.

— Vous me paraissez bien cynique, remarqua le vicomte.

— Vous êtes bien placé pour savoir que je dis vrai. Pourquoi vivez-vous comme un ours au fin fond du Hertfordshire ? Ce n'est pas moi qui vous en blâmerais, remarquez. Moi aussi, j'ai préféré rester à l'étranger plutôt que de venir réclamer mon dû le moment venu. C'est ainsi que j'ai pratiquement tout perdu.

— Et que comptez-vous faire ?

— J'ai compris la leçon. Il faut observer scrupuleusement les règles de la société, du moins en public, pour obtenir ce que l'on veut. Et ce que je veux, c'est redonner à Edenmore son lustre d'antan. Je suis prêt à me faire coureur de dot, si c'est le seul moyen.

— Vous vous doutez bien qu'une jeune fille disposant d'une telle fortune se méfie comme de la peste des coureurs de dot, et que ses parents veillent au grain.

— Vous oubliez son titre, l'interrompit Gavin. Je connais beaucoup de riches négociants qui paieraient cher pour que leur fille soit comtesse.

— Mais peut-être pas une somme pareille, remarqua Alexandre en attisant le feu. Quel imbécile donnerait sa fille nantie de soixante-quinze mille livres de dot à un aristocrate désargenté et réputé pour ses débauches ? Je ne peux expliquer mon séjour à l'étranger sans dévoiler les raisons de l'inimitié que me portait mon père, ce à quoi je me refuse absolument.

— Dans ce cas, à quoi riment toutes ces manigances ? s'impatienta Draker.

— Ma réputation ne suffira pas à me disqualifier si l'on ignore que je suis sans le sou. Il faut que je ferre mon poisson avant que mes revers de fortune ne s'ébruitent.

Alexandre ne voulait pas commettre la même erreur que le défunt comte. À aucun prix sa future femme ne devait soupçonner qu'il l'épousait pour son argent. Ce serait lui tendre des verges pour le battre.

— C'est pour cela que j'ai besoin de votre aide, reprit-il. Je ne dispose pas de beaucoup de temps pour dénicher mon héritière. Le seul ennui, c'est que je n'en connais pas. Quand j'ai quitté l'Angleterre, j'étais trop jeune pour m'être fait des relations. Cela me prendrait des semaines pour savoir qui est qui, et je ne peux pas me le permettre.

— Qu'attendez-vous de nous ? s'enquit Byrne.

— Vous connaissez tout le monde à Londres, et vous savez mieux que personne l'état de la fortune de chacun. Vous pourriez me fournir toutes les informations dont j'ai besoin.

Tandis que Gavin méditait les paroles de leur hôte, Draker s'approcha de la cheminée.

— Étant *persona non grata* dans la bonne société, je ne vois pas en quoi je pourrais vous être utile, dit-il.

— Vous pourriez me prêter une voiture et des chevaux, suggéra Iversley. C'est indispensable à mes projets, et on ne peut pas se procurer ce genre de choses à crédit.

— Vous n'avez même plus d'attelage ? s'écria le dandy, sidéré.

— Mon père les a tous vendus en même temps que notre maison de Londres. C'est pourquoi j'habite dans cet hôtel. Je peux me débrouiller pour cacher l'endroit où je réside, mais si j'arrive toujours en fiacre, cela finira par éveiller les soupçons. Si vous aviez l'obligeance de...

Solliciter un service lui coûtait, mais il n'avait pas le choix.

— Vous avez pensé que je pourrais vous prêter une voiture, parce que je ne sors pas dans le monde ?

— J'en prendrai le plus grand soin, je vous le promets.

— Si vous me garantissez que vous ne l'abîmerez pas, acquiesça le vicomte, visiblement amusé par cette requête insolite.

— Vous êtes prêt à m'aider ? Vous acceptez ma proposition ?

— Ça ne me coûte rien. Surtout si ma diablesse de sœur trouve un mari convenable. Et pas un coureur de dot !

— J'espère que les relations de mon héritière seront convenables, plaisanta Alexandre.

— J'en connais une qui vous conviendrait parfaitement, intervint Byrne.

— Vous êtes des nôtres ? s'écria le comte.

— La « Fraternité des bâtards royaux » ! ironisa Gavin. Je vois très bien ce que cette alliance vous apportera, à Draker et à vous. Aux yeux de la loi, vous êtes des enfants légitimes, vous avez un père qui vous a laissé son nom. Mais moi, je ne suis qu'un bâtard, et vous ne réussirez jamais à m'offrir la respectabilité que le prince nous a refusée, à ma mère et à moi.

— Nous trouverons bien un moyen. Vous verrez, vous aussi profiterez de notre alliance.

— J'y compte bien ! Et puis, je dois admettre que cela m'amuserait de vous voir mener à bien votre entreprise au nez et à la barbe de ce dépravé de Prinny.

— Alors, c'est d'accord ? Les trois frères unissent leurs forces pour accomplir leurs souhaits respectifs ? lança Alexandre, optimiste pour la première fois depuis des années.

— C'est d'accord, répondit Draker.

— Entendu, acquiesça Byrne en se levant pour porter un toast. À la « Fraternité des bâtards royaux », et à leur prospérité future !

Ses compagnons levèrent leur verre en souriant.

— Et à la santé du prince de Galles, notre royal géniteur ! Puisse-t-il rôtir en enfer !

2

*Aucune femme ne peut résister
à un homme qui la déshabille du regard.*

L'Art de la séduction

Katherine Merivale n'en revenait pas. Apparemment, l'ouvrage scandaleux qu'elle avait déniché dans les affaires de son père disait vrai. Un débauché notoire pouvait séduire une femme au premier coup d'œil. Seule la plus austère des nonnes serait restée insensible à la façon dont le comte d'Iversley la dévisageait depuis l'autre extrémité de la salle de bal. Jamais elle n'avait été aussi troublée. Mais jamais personne ne l'avait détaillée de cette manière non plus !

Elle avait beau s'efforcer de l'ignorer, partout où la valse l'entraînait, elle sentait le regard d'azur de lord Iversley fixé sur elle, comme s'il voulait percer à jour ses moindres secrets.

Et le pire était qu'elle n'en avait même pas !

En revanche, à en croire ce qu'on colportait sur son compte, lui devait en avoir beaucoup, après avoir vécu dix ans dans des pays exotiques, à courir de fêtes en aventures échevelées. Et ce passé tumultueux se reflétait dans ses yeux ardents, prompts à enflammer l'imagination d'une femme.

Juste Ciel, sur quels chemins se laissait-elle entraîner ? Mais aussi, de quel droit le comte la déshabillait-il ainsi du regard ? Ils n'avaient même pas été présentés !

Tout en virevoltant sur la piste, elle risqua un coup d'œil du côté de la porte qui menait à la grande galerie. Une coupe de champagne à la main, son admirateur était en grande conversation avec lady Jenner, qui était penchée vers lui de façon à lui offrir une vue plongeante sur son décolleté.

Katherine leva les yeux au ciel. Certes, Alexandre, comte d'Iversley, était à n'en pas douter un très bel homme. Avec son gilet de satin moiré et sa redingote à boutons d'argent bien coupée, il avait une allure indéniable. Ce n'était tout de même pas une raison pour que toute la gent féminine se pâme ouvertement devant lui.

Mais après tout, elle se moquait bien de savoir quelles têtes lord Iversley faisait tourner. Sir Sydney Lovelace, son fiancé, lui suffisait. Enfin, presque son fiancé… Elle attendait qu'il se décide à officialiser l'affection qui les unissait depuis leur plus tendre enfance.

Évidemment, la carrure de Lovelace ne pouvait se comparer avec celle du comte, et ses cheveux blonds soigneusement peignés n'avaient rien à voir avec la tignasse sombre qui encadrait le mâle visage de l'importun.

Elle se ressaisit bien vite. Heureusement qu'ils ne se ressemblaient pas ! Sydney était l'incarnation de l'aristocratique raffiné, tandis qu'Alexandre lui rappelait les fauves de la ménagerie royale. Aucun homme du monde digne de ce nom n'arborait un teint aussi hâlé, des mains aussi puissantes, des jambes aussi musclées.

Que pouvait-il bien comploter avec lady Jenner ? Et pourquoi la regardaient-ils en chuchotant d'un air entendu, à présent ?

Ils ne parlaient pas d'elle ! C'était impossible ! Un homme tel que lord Iversley, qui avait parcouru le monde, ne pouvait s'intéresser à la débutante qu'elle était. D'après *L'Art de la séduction*, cet affreux livre qu'elle avait trouvé dans les affaires de son défunt père, « *comme il ne manque pas de jeunes veuves ou d'épouses malhonnêtes de par le monde, le séducteur en quête de plaisirs se doit d'éviter les jeunes filles de bonnes familles. Séduire une vierge d'un milieu convenable peut avoir des conséquences fâcheuses qui outrepassent largement le plaisir qu'on peut en tirer. »*

Elle correspondait parfaitement à cette description. Sa famille était éminemment respectable, même si elle ne faisait pas partie de la noblesse, et elle était vierge, Dieu merci ! Le comte devait donc préférer les plaisirs que toutes les lady Jenner du monde étaient plus à même de lui procurer.

— Katherine ?

La voix de son cavalier la ramena sur terre. Peut-être avait-il surpris les regards admiratifs de lord Iversley ? Si seulement il pouvait être un tout petit peu jaloux !

— Tu viendras demain à ma lecture de poésie ?

Elle dissimula sa déception du mieux qu'elle put et leva les yeux vers le visage tranquille qu'elle connaissait si bien.

— Bien entendu. Je m'en fais déjà une joie.

Mais il ne l'écoutait plus. L'air absent, il devait sans doute chercher une rime, ou méditer son prochain poème. Non, décidément, Sydney n'était pas homme à remarquer les regards enflammés du comte.

Mais s'il ne se décidait pas rapidement, la mère de Katherine mettrait sa menace à exécution. Il était peut-être temps de passer à l'action et de forcer la main de son soupirant.

— En revanche, reprit-elle, je ne sais pas si je pourrai assister à ta lecture chez le duc d'Argyle, le mois prochain.

— Qu'est-ce qui t'en empêcherait ?

— Nos moyens ne nous permettent pas de rester plus longtemps à Londres. À moins d'un changement dans notre situation, cela va de soi.

Elle pouvait difficilement être plus claire.

— Tu ne peux vraiment pas toucher à l'argent que ton grand-père t'a légué ? Votre homme de loi vous l'a confirmé ? s'enquit-il en jetant un regard peu amène à sa future belle-mère.

— Il nous a dit que le testament était sans ambiguïté. Je ne pourrai entrer en possession de ma fortune que lorsque je serai mariée.

Voilà pourquoi sa mère était si pressée qu'elle s'établisse.

— Je ne comprends pas ce qui justifie une clause aussi aberrante.

La jeune fille, quant à elle, n'était pas étonnée. Son aïeul connaissait les mauvais penchants de son gendre et les goûts dispendieux de sa fille. Il les savait capables d'engloutir une fortune en moins de temps qu'il n'en fallait pour établir une traite. Malheureusement, le vieil homme n'avait pas prévu que sa petite-fille mettrait autant de temps à convoler, ni que le père de celle-ci mourrait en laissant sa famille couverte de dettes.

— Veux-tu que je demande à ma mère de vous inviter chez nous jusqu'à la fin de la saison ?

— Je ne veux pas m'imposer.

Rien que d'imaginer sa mère fouinant partout, examinant chaque meuble, chaque bibelot pour évaluer la fortune des Lovelace, Katherine en était malade. Il ne lui faudrait pas plus d'une semaine pour dégoûter à jamais Sydney de l'épouser.

— Et puis, ajouta-t-elle, ce ne serait pas convenable.

Pour le jeune homme, l'argument était sans appel.

— Ta robe est étonnante, remarqua-t-il tout à trac.

Même si c'était une façon de changer de sujet, elle était ravie qu'il ait remarqué sa tenue, pour une fois. Elle avait passé des heures à choisir cette robe de satin incarnat.

— Elle te plaît ?

— La couleur est… originale.

— J'ai pensé que pour le « Bal des cerisiers en fleur », le rouge était tout indiqué.

— Les fleurs de cerisier sont blanches.

— Mais les cerises sont rouges.

— Certes. Mais cette couleur n'est-elle pas très... un peu...

Voyante ? Provocante ?

— ... osée ? termina-t-il. Il est vrai que tu portes toujours des tenues osées.

Dans la bouche de Sydney, « osé » signifiait « scandaleux ».

— Elle ne te plaît pas, murmura-t-elle, désolée.

— Je n'ai pas dit cela. En fait, je pense qu'elle conviendrait parfaitement au personnage de Serena dans ma pièce *La Beauté ardente*.

— La courtisane ? s'écria Katherine, horrifiée. Celle dont la vulgarité embarrasse même le roi ?

— Je ne veux pas dire... bafouilla Lovelace. Je veux dire que...

— C'est pour cela que Serena est rousse, comme moi ? s'exclama-t-elle, profondément blessée. C'est ainsi que tu me vois ? Comme une fille de...

— Mais non, je ne parlais pas de toi ! Je parlais de ta robe. C'est cette couleur ! Tu comprends... Enfin, Katherine, tu sais ce que je veux dire. Ce rouge est vraiment voyant, non ? Surtout avec ces bijoux fantaisie.

— Je n'ai pas les moyens de m'en offrir de vrais. Pas tant que nous ne serons pas mariés, en tout cas.

— D'ordinaire, les jeunes filles ont des tenues plus discrètes, enchaîna-t-il en ignorant l'allusion. Des robes blanches, des perles, par exemple...

— Avec mes cheveux roux et mon teint laiteux, j'aurais l'air de sortir de l'hospice. J'ai une chevelure flamboyante, je n'y peux rien, alors quitte à me faire remarquer, autant que ce soit pour une raison qui en vaille la peine.

— Tu pourrais porter un turban, hasarda-t-il. Il paraît que c'est la mode.

— Je ne mettrai jamais de turban, répliqua-t-elle, piquée au vif. Je n'ai pas d'autres bijoux, et je ne porterai pas des couleurs qui ne me vont pas !

— Personne ne te le demande, s'empressa d'assurer Sydney, à court d'arguments. En tout cas, pas moi, je t'assure. Tu sais comme je t'apprécie. Tu es ma muse, c'est toi qui m'inspires tous mes poèmes !

Dont son personnage le plus scandaleux ! Elle qui espérait, grâce à cette robe, que Sydney comprendrait enfin qu'elle était devenue une femme, qu'elle n'était plus la petite Katherine d'autrefois qui grimpait aux arbres comme un garçon. Dire qu'il n'avait jamais essayé de l'embrasser ! Il lui parlait comme un soupirant, mais il se comportait en ami. Certes, c'était ce vieil ami qu'elle désirait épouser, mais elle aurait tant voulu qu'il la prenne dans ses bras, et qu'il lui murmure des mots doux à l'oreille.

— Tu ne vas pas bouder toute la soirée, s'inquiéta-t-il. Tu sais bien que je ne peux pas vivre sans toi.

La valse s'acheva et, courtois, il la raccompagna.

— Parce que tu as besoin d'une égérie pour écrire ta poésie, murmura-t-elle avec une pointe d'agacement.

— Ma poésie, c'est toi.

— Oh ! Ça, c'est vraiment un joli compliment ! s'exclama-t-elle, toute rancœur envolée.

— Tu trouves ? Il faut que je m'en souvienne, je m'en resservirai plus tard. Je n'ai rien pour écrire, continua-t-il en tâtant ses poches. Tu n'aurais pas un bout de papier ?

Elle secoua distraitement la tête. Jamais elle n'arriverait à l'amener jusqu'à l'autel. Jamais ! Sa mère la harcèlerait tant qu'elle finirait par épouser le premier coureur de dot venu, uniquement pour entrer en possession de sa fortune et aider sa famille. Sinon, ses petites sœurs n'auraient plus qu'à se faire gouvernantes, et son frère palefrenier.

— Tant pis, tu me le rappelleras si j'oublie, poursuivit Sydney, sans remarquer qu'elle était préoccupée.

Il s'immobilisa si brusquement qu'elle trébucha.

— Ne regarde pas, chuchota-t-il. Le comte d'Iversley nous observe.

Enfin, il s'en était aperçu !

— La vulgarité de ma robe a dû attirer son attention.

— Je n'ai jamais dit qu'elle était vulgaire ! protesta-t-il. Du reste, c'est notre couple qu'il regarde.

— Tu crois ? Pourquoi s'intéresserait-il à nous ? s'empressa-t-elle d'ajouter devant la mine soupçonneuse de son cavalier.

— Il m'a certainement reconnu. Nous étions à Harrow ensemble. C'est un aventurier. Enfant, c'était déjà un vaurien et un cancre, comme toute la bande qu'il fréquentait. Il était incapable de se soumettre à la moindre règle et ne respectait aucune convenance. Il faisait toujours les pires bêtises, et on lui passait tout, uniquement parce qu'il était le fils d'un pair du royaume ! On l'avait surnommé Alexandre le Grand. Je suppose qu'il est venu à Londres gaspiller son héritage.

La rancune de son soupirant amusait beaucoup la jeune fille. Mais pour susciter une réaction aussi virulente chez son pacifique prétendant, lord Iversley devait être un gredin de la pire espèce.

Et voilà qu'il la dévisageait de nouveau, qu'il la détaillait ostensiblement de la tête aux pieds, et d'un air si approbateur qu'elle en frissonna. Lui au moins semblait apprécier sa robe ! Lorsqu'elle croisa à nouveau le regard d'azur, elle éprouva comme un léger vertige.

Tranquillement, il leva sa coupe de champagne dans sa direction, comme s'ils partageaient un secret, tels « deux rossignols seuls à comprendre les paroles de leur chant ». C'était un vers de Sydney, celui qu'elle préférait.

Rouge de confusion, elle détourna les yeux. Elle était ici pour persuader son prétendant de la demander en mariage, pas pour béer d'admiration devant le comte.

— Éloignons-nous avant qu'il ne me demande à t'être présenté. Je ne tiens pas à ce qu'il tourne autour de toi.

C'était là une sage décision. Si cet homme était capable de la mettre dans un tel état rien qu'en la contemplant, que se passerait-il s'il l'approchait ? Elle risquait de défaillir. Visiblement, cet homme maîtrisait parfaitement l'art de la séduction décrit dans le livre de son père.

— En outre, il faut que je te parle en privé, ajouta Lovelace.

Le cœur battant, la jeune fille le suivit sur la terrasse qui donnait sur le jardin. Merci, lord Iversley ! Sydney n'avait peut-être pas relevé toutes les allusions qu'elle avait semées dans la conversation, mais apparemment, la jalousie avait eu plus d'effet qu'elle ne l'escomptait.

Il n'était que temps !

Alexandre regarda avec dépit sa proie disparaître au bras de ce blondinet pommadé. Si lady Jenner avait dit vrai, Mlle Merivale était pratiquement fiancée avec le baronet. Pourtant, Byrne n'y avait pas fait la moindre allusion.

Cette jeune rousse avait immédiatement attiré l'attention du comte. Difficile de ne pas la remarquer au milieu de toutes ces fades petites dindes. La blancheur virginale et les yeux modestement baissés n'étaient visiblement pas faits pour elle. Son allure altière et sa robe incarnat rappelaient à lord Iversley les beautés flamboyantes qu'il avait croisées au Portugal et en Espagne.

Quand il avait appris qu'il s'agissait du riche parti dont Gavin lui avait parlé, il avait eu du mal à croire à sa chance. Ou à son malheur, car cette fille de hobereau de province, héritière d'une grosse fortune, s'isolait avec un terne sir Je-ne-sais-plus-quoi. Il n'avait pas la moindre envie de chercher un autre parti intéressant, celui-ci lui convenait tout à fait. Katherine l'avait immédiatement intrigué, alors qu'on peinait à distinguer les autres débutantes entre elles.

Il posa sa coupe de champagne, et leur emboîta le pas, puis, dissimulé derrière un pilier, il s'efforça de surprendre leur conversation. Ce qui ne fut pas très difficile.

— Enfin, Katherine, reconnais que tu m'en veux parce que je n'ai pas encore officiellement demandé ta main.

— Je ne t'en veux pas du tout ! Je suis certaine que tu as d'excellentes raisons.

La voix de la jeune fille, à la fois douce et ferme, et ses façons décidées plurent immédiatement à Alexandre. Il n'avait jamais supporté les femmes qui minaudent et gloussent à tout propos.

— En effet, j'ai une bonne raison. Ma mère a de nouveau ses malaises, et je ne veux pas la bouleverser.

— Excuse-moi, mais ce n'est pas nouveau. Elle s'évanouit chaque fois que ça l'arrange. Si tu attends que cette manie lui passe pour demander ma main, on nous enterrera avant de nous marier ! Sydney, j'ai l'impression que ta mère ne m'aime pas, continua-t-elle à voix si basse qu'Iversley l'entendit à peine.

— Mais non, elle n'a rien contre toi. C'est ta famille qu'elle n'apprécie pas beaucoup. Elle les trouve un peu…

— Vulgaires ?

L'adjectif fit bondir le comte. Il ne l'avait que trop entendu toute son enfance.

— Non, quand même pas. Mère n'a jamais approuvé l'amitié qui liait mon père et le tien. Tu ne peux pas nier que M. Merivale était immoral et menait une vie dissolue. Et que ta mère est plutôt…

— Ordinaire ! Je connais mieux que personne les défauts de ma famille.

La dignité de la jeune fille devant une telle humiliation acheva de séduire le comte.

— J'ai compris. Si tu ne veux pas m'épouser, je ne peux t'en blâmer, poursuivit-elle avec flegme.

— Mais pas du tout ! Tu sais bien que je n'ai jamais regardé une autre femme !

Alexandre réprima un geste d'agacement. Tout se passait pourtant si bien jusque-là !

— J'ai simplement besoin d'un peu de temps pour convaincre mère, continua Sydney.

— Je regrette, mais moi, je n'en ai pas ! Maman a été très claire. Si dans quinze jours tu n'as pas demandé ma main, elle clamera sur tous les toits que je suis libre, et acceptera le premier prétendant venu avant de rentrer en Cornouailles.

Iversley tendit l'oreille avec un intérêt grandissant.

— Elle ne ferait pas une chose pareille ! s'exclama Lovelace.

— Bien sûr que non. Elle sait parfaitement que je ne me laisserai pas faire. Mais tant que je ne serai pas mariée, elle me mènera une vie impossible. Nous avons tellement besoin d'argent !

— Je sais, admit-il avec un soupir résigné. Eh bien, donne-moi deux semaines pour amadouer mère. Après quoi, quelle que soit sa réponse, je viendrai faire ma demande.

Alexandre bouillait littéralement. Que cet imbécile se décide une bonne fois pour toutes, ou qu'il cède sa place à un autre !

— Dans quinze jours ou maintenant, quelle différence cela fait-il ? demanda posément Katherine.

Petite futée !

— Mais que veux-tu de plus ? s'emporta Lovelace. À moins que toi, tu n'aies changé d'avis ! Tu as peut-être trouvé un homme plus attirant qu'un simple poète.

— À qui penses-tu ?

— Lord Iversley, par exemple. Il ne t'a pas quittée des yeux de la soirée !

Le comte manqua de s'étouffer. C'était incroyable ! Voilà que ce mollasson allait s'en prendre à lui parce qu'il n'osait pas contredire sa mère. Comme si un pleutre qui se laissait mener par le bout du nez avait besoin de qui que ce soit pour se fourrer dans des situations inextricables.

— Ce n'est pas parce qu'il me regarde…

— Toi aussi, tu n'as pas cessé de le dévisager. Il t'a même saluée en buvant à ta santé, devant tout le monde !

— C'était peut-être toi qu'il saluait. Vous étiez ensemble à Harrow, non ?

Il avait beau chercher, Alexandre ne se rappelait aucun gandin prénommé Sydney pendant ses années d'études.

— Je ne vois pas pourquoi il m'aurait porté un toast, nous n'avons jamais été amis. Du reste, si c'était moi qu'il saluait, pourquoi as-tu rougi ?

— Et selon toi, que suis-je censée faire quand un homme que tu décris comme un aventurier me dévisage sans vergogne ?

Iversley se souvenait vaguement d'un rimailleur imbu de lui-même, le fils d'un baronet. Sydney Lovelace, c'était bien ça ! Une véritable poule mouillée, tout à fait le genre à rester dans les jupes de sa mère.

— Tu n'étais pas obligée de l'encourager !

— Je ne pense pas que ce genre d'homme ait besoin d'encouragements. Tel que tu le décris, il doit mettre un point d'honneur à séduire tout ce qui porte un jupon. C'était ce que faisait mon père, en tout cas.

Décidément, Katherine Merivale était la franchise incarnée. Et elle n'était pas dupe de l'hypocrisie qui avait cours dans la haute société. Encore un point en sa faveur.

— Tu sais, Katherine, parfois, tu fais preuve d'un savoir inquiétant pour une personne de ta condition. Il y a certaines choses qu'une jeune fille convenable est supposée ignorer.

— Enfin, nous y voilà ! Tu crains que je ne ressemble à mon débauché de père. Voilà ce qui te tracasse ! s'écria-t-elle avec amertume. Eh bien, tu as peut-être raison, je dois avoir les mêmes penchants que lui. Je ne demande qu'à apprendre ces « choses » dont tu viens de parler.

Alexandre était aux anges. Décidément, cette conversation devenait passionnante.

— Que veux-tu dire ? bêla le baronet.

« Ce qu'elle veut dire, espèce d'abruti, c'est qu'elle aimerait que tu les lui apprennes. Comme ça, tu ne pourrais plus l'accuser d'aguicher le premier venu », faillit lui répliquer Alexandre.

— Je voudrais savoir ce que tu ressens pour moi, lâcha-t-elle.

— Mais tu le sais déjà. C'est toi que je veux épouser ! Et demain, je vais te dédicacer mon nouveau poème ! Que veux-tu de plus ?

S'il n'avait d'autre rival que cet imbécile, le comte était certain d'être marié dans les huit jours.

— Je ne peux pas me contenter de poèmes ! Tu te rends compte que j'ai déjà vingt-deux ans, et que personne ne m'a jamais embrassée ?

— Katherine !

La réaction de Sydney désola Alexandre. Observer les convenances était recommandé en public, mais en tête à tête, c'était une autre histoire.

— Nous sommes pratiquement fiancés, insista Katherine, et les fiancés s'embrassent de temps en temps. Même les plus convenables.

— Oui, certes… Mais tu n'aimerais pas que je te manque de respect, j'en suis sûr. Et je ne pourrais jamais m'y résoudre.

— Tu pourrais être surpris, murmura-t-elle.

Iversley dut se retenir pour ne pas éclater de rire. Il mourait d'envie de voir la mine déconfite de son ancien condisciple. N'y tenant plus, il tendit le cou. Lovelace paraissait complètement dépassé par la tournure qu'avait prise la conversation. Sa compagne lui tenait tête avec crânerie, même si ses joues en feu et son regard implorant démentaient sa belle assurance.

Ce petit rimailleur était soit idiot, soit aveugle, soit les deux. Comment un homme normalement constitué pouvait-il résister à pareille beauté ? À moins qu'il n'ait une liaison ailleurs… Pourtant, le baronet n'avait rien d'un séducteur.

— Je ne sais pas ce qui te prend, gémit-il. C'est Iversley qui t'a tourné la tête, c'est ça ? Avec sa façon cavalière de te dévisager et de te porter un toast, il t'a fourré toutes ces idées indécentes dans la tête ?

— Tu ne vas pas recommencer ? soupira-t-elle. Je ne connais pas cet homme, je ne lui ai même jamais adressé la parole. Mais je suis sûre que si je le lui demandais, il ne se ferait pas prier pour m'embrasser, lui.

Sitôt dit, elle posa la main sur sa bouche, comme pour ravaler ses paroles.

« Trop tard, ma jolie ! songea Alexandre. Tu l'as atteint dans son orgueil de mâle. Même une poule mouillée comme ce gommeux ne peut supporter un tel affront sans réagir. »

— Si c'est tout ce que tu attends du mariage, répliqua Sydney avec hauteur, je ne suis peut-être pas celui qu'il te faut. Mais si tu cherches un homme qui désire plus que les plaisirs superficiels de la chair, et qui t'aime pour ton intelligence et ta force de caractère, tu sais où me trouver.

Sur ces bonnes paroles, il tourna les talons et regagna la salle de bal.

La voie était libre, et Mlle Merivale enfin seule ! Il était temps de sortir de l'ombre.

— Vous avez entièrement raison, mademoiselle. Je suis tout disposé à vous embrasser dès que vous m'en ferez la demande.

3

Souvent, chez la femme,
une conduite irréprochable cache la soif de passion.

L'Art de la séduction

Katherine crut s'évanouir. Lord Iversley ! Non seulement elle venait de se quereller avec Sydney qui l'avait blessée comme jamais, mais il y avait eu un témoin à son humiliation. Avait-il surpris toute leur conversation ?

— Vous êtes ici depuis longtemps ? risqua-t-elle d'une voix étranglée.

— Un petit moment.

À la lueur de la lune, elle distinguait son sourire carnassier et l'éclat ironique de son regard.

Quel âge pouvait-il bien avoir ? Vingt-sept ans tout au plus, mais au fond de ses yeux d'un bleu incroyable, au regard franc et direct, semblaient se cacher bien des secrets. Et s'il avait entendu leur échange dans son entier, il en connaissait un de plus.

— Vous nous espionniez ? demanda-t-elle sèchement.

— J'étais venu chercher un peu de calme et fumer un cigare.

— On ne vous a jamais appris qu'écouter les conversations des autres était impoli ?

— Dire du mal de son prochain aussi. J'ignorais que j'étais un individu aussi peu recommandable.

— Je... Nous ne voulions pas dire... bafouilla-t-elle, les joues en feu. Mon Dieu, que devez-vous penser de nous ?

— J'avoue que ça ne m'a pas vraiment ému. Surtout quand j'ai appris votre situation.

— À quoi faites-vous allusion ?

Décidément, la voix grave du comte et son sourire avaient de quoi faire chavirer la plus insensible. Et Katherine se sentait extrêmement sensible.

— Vous avez vingt-deux ans, et on ne vous a encore jamais embrassée. Je ne demande qu'à vous rendre service, comme vous l'aviez fort justement deviné.

Un frisson délicieux la parcourut tout entière, mais elle se reprit bien vite. Elle n'avait nul besoin de se faire courtiser par un coureur de jupons patenté. Sydney avait peut-être raison au sujet de sa robe. L'audace de sa tenue avait pu donner à Sa Seigneurie de fausses idées. Si elle ne se montrait pas plus prudente, elle finirait par perdre à la fois son amoureux et sa vertu.

— Je vous remercie, milord, mais je n'ai pas encore besoin de mendier un baiser à un inconnu.

— Nous ne sommes plus tout à fait des inconnus l'un pour l'autre, objecta-t-il en s'approchant avec la grâce d'un félin. En dix minutes, j'ai appris beaucoup de choses sur vous.

— Quoi, par exemple ?

Elle recula prudemment, mais se retrouva vite acculée contre la balustrade.

— Vous êtes franche, décidée et...

— Dévergondée ? C'est la raison de votre présence, n'est-ce pas ? Vous m'avez entendue réclamer un baiser à Sydney.

— Je préférerais dire courageuse et honnête. Vous allez chercher ce que vous désirez sans vous sentir obligée de vous justifier. C'est une qualité que j'admire chez n'importe qui, mais particulièrement chez une femme.

— Oh ! Et pourquoi particulièrement chez une femme ?

— Parce que trop souvent, on apprend aux dames à faire ce qu'on attend d'elles sans se poser de questions. Ce qui, en général, se révèle désastreux pour tout le monde.

— Dans la bouche d'un homme qui n'hésite pas à accoster une jeune fille seule, voilà qui paraît étrange.

De nouveau, ce sourire carnassier.

— Je ne vous ai pas accostée. Je suis simplement venu vous dire que vous pouviez compter sur moi pour exaucer votre souhait. Je suis prêt à vous embrasser dès que vous me le demanderez. Croyez-moi, si j'avais été à la place de Lovelace, vous n'auriez pas eu besoin de me supplier, poursuivit-il en détaillant sa silhouette avec insolence.

Katherine eut l'impression que ce regard la brûlait comme un fer rouge.

— Si j'en crois ce que l'on dit de vous, cela ne fait aucun doute, rétorqua-t-elle en s'efforçant d'ignorer son cœur qui battait la chamade.

— Et que dit-on de moi ?

— C'est de notoriété publique. Un jeune aristocrate se conduit mal, on l'envoie à l'étranger pour lui mettre un peu de plomb dans la cervelle. Il mène une vie de bâton de chaise aux quatre coins du continent jusqu'à la mort de son père, puis il revient au pays, plus âgé mais pas moins dépravé, pour dilapider sa fortune et poursuivre ses entreprises de séduction.

— Vous résumez ma vie à un poncif, remarqua-t-il avec un sourire narquois.

— La faute à qui ?

— Vous croyez donc tout ce qu'on raconte ?

— Votre conduite n'est pas faite pour me détromper.

Il s'approcha si près qu'elle sentit la chaleur de son souffle. Elle distinguait mieux ses traits bien dessinés et ses sourcils sombres qui lui donnaient cet air ténébreux dès qu'il cessait de sourire.

— Et moi qui pensais que vous m'accorderiez le bénéfice du doute ! Vous vous êtes montrée beaucoup plus indulgente avec Lovelace.

— En dépit de ses défauts, Sydney m'aime sincèrement, répliqua-t-elle en rougissant.

— Mais pas au point de vous embrasser quand vous le lui demandez.

— Vous ne savez pas ce que vous dites.

— Oh si, j'ai parfaitement compris. Il est trop lâche pour tenir tête à sa mère, alors c'est vous et votre famille qu'il rend responsable de la situation. Mais moi, je ne suis pas un pleutre, poursuivit-il en se penchant vers elle. Je suis comme vous, Katherine, je fais le nécessaire pour obtenir ce que je désire.

Comme Alexandre le Grand, qui avait conquis non seulement l'Asie, mais aussi plusieurs princesses dont il avait fait ses épouses. Et dans la bouche du comte, dont la voix était si chaude et sensuelle, son prénom si ordinaire semblait aussi exotique que celui de Cléopâtre.

— Comment savez-vous mon nom ?

— Lovelace l'a prononcé plusieurs fois. De toute façon, je l'avais déjà demandé à lady Jenner.

Elle fit de son mieux pour le cacher, mais l'intérêt du jeune homme la remplissait de fierté. Personne ne lui avait encore témoigné pareil intérêt. Certes, elle faisait tout juste ses débuts dans le monde, mais elle était tout de même très flattée.

C'était peut-être ce qu'il cherchait.

— Vous n'avez pas à m'appeler par mon prénom, ce n'est pas convenable.

— Cela vous va pourtant beaucoup mieux que Mlle Merivale.

Il était décidément d'une habileté diabolique. Il avait dû apprendre par cœur *L'Art de la séduction* dès qu'il avait su lire. Tous ces compliments finissaient par l'embrouiller, juste au moment où elle avait besoin de garder les idées claires.

— Eh bien, tant pis. Je préfère Mlle Merivale. De toute façon, tant que nous n'avons pas été officiellement présentés, vous n'êtes pas censé m'adresser la parole.

— Je vous trouve soudain bien à cheval sur les convenances, pour une jeune fille qui, il n'y a pas cinq minutes, cherchait à profiter du clair de lune pour se faire embrasser, répliqua-t-il d'un ton railleur.

— Sydney et moi sommes pratiquement fiancés !

— Et cela semble lui suffire, apparemment.

C'était précisément ce qui la désolait, mais elle n'était pas prête à l'admettre devant un étranger.

— Vous ne savez rien de lui ! s'insurgea-t-elle. C'est un poète de talent, ses vers sont très appréciés, et il vaut mieux que vous, malgré tous vos titres et vos armoiries.

— Je n'en doute pas. Mais il vous refuse un baiser, tandis que moi, je suis volontaire.

Sans prêter attention à ses protestations, il la saisit par la taille et l'attira contre lui.

— Je ne vous ai jamais demandé de m'embrasser, protesta-t-elle sans grande conviction.

— Vraiment ? Alors comment se fait-il que vous soyez encore ici ? ironisa-t-il. Vous auriez dû courir vous réfugier auprès de votre platonique amoureux depuis longtemps.

Il la connaissait mal. Il était trop sûr de lui, et aurait dû se méfier. Profitant d'une seconde d'inattention, elle se dégagea et se dirigea en hâte vers les salons. Mais il la rattrapa en trois enjambées.

— Allons, ne partez pas si vite. Il n'y a personne pour vous voir manquer aux convenances, profitez-en.

Un frémissement la parcourut lorsque la main gantée du comte descendit lentement le long de son bras nu et s'empara de la sienne. La peur, sans doute. Mais alors pourquoi ne résista-t-elle pas quand il l'entraîna doucement vers la balustrade ?

Parce qu'elle en avait assez d'être raisonnable. Depuis la mort de son grand-père, c'était elle qui faisait marcher la maison, donnait les ordres aux domestiques, traitait avec les fournisseurs et faisait apprendre leurs leçons à ses frères et sœurs. Elle n'en pouvait plus !

Elle était pourtant bien placée pour savoir qu'on ne brave pas impunément les règles de la bonne société, et que l'imprudence mène à la ruine. L'exemple de son père en était une preuve suffisante.

— Sydney prétend que vous vous faites un plaisir d'enfreindre les convenances, lança-t-elle.

— Il prétend aussi qu'une jeune fille comme il faut n'a pas envie qu'on l'embrasse. Pourtant, vous, vous n'attendez que cela !

Il posa les mains sur la balustrade, de chaque côté de son corps, l'emprisonnant entre ses bras.

— Alors pourquoi ne pas profiter d'un homme qui ne demande qu'à satisfaire vos désirs ?

Ainsi, il poussait le cynisme jusqu'à suggérer que c'était *elle* qui profitait de lui !

— Je ne voudrais pas abuser de votre temps, rétorqua-t-elle, sarcastique. Je suis certaine que vous êtes bien trop occupé avec des femmes expérimentées pour perdre votre temps avec une petite oie blanche telle que moi.

— Au moins, ce n'est pas pour subvenir aux besoins de ma famille.

Elle blêmit devant ce coup bas.

— C'est Sydney qui me donnera mon premier baiser, le moment venu.

— S'il en a l'envie et le courage, ironisa le comte, visiblement peu convaincu. Pas avant votre nuit de noces, en tout cas, à supposer qu'elle arrive un jour. Ça ne vous empêche pas de m'embrasser ce soir. Vous aurez au moins un point de comparaison.

— Pourquoi voudrais-je faire des comparaisons ?

— Parce que, quand vous aurez enfin épousé votre pâle rimailleur, vous saurez ce qui manque à votre sinistre vie conjugale.

— Et vous vous proposez de me l'apprendre ?

— Bien volontiers.

— Dites-moi, est-ce qu'habituellement votre arrogance plaît aux femmes ?

— Vous êtes la première avec qui j'essaie, répondit-il avec aplomb.

— Permettez-moi d'en douter. J'ai entendu parler de vos nombreuses conquêtes. Vous n'avez pas besoin de m'ajouter à votre liste.

— Mais vous, vous avez besoin de m'ajouter à la vôtre. Si vous attendez que votre cher Sydney se décide, vous risquez d'attendre toute votre vie.

Elle ne trouva rien à répondre ; ce n'était que trop vrai. Et elle ne trouva rien à dire non plus quand lord Iversley s'inclina sur elle.

Pour être honnête, il lui laissa tout le temps nécessaire pour protester. Il s'arrêta un long moment à un centimètre de sa bouche. Il prit son manque de réaction pour un consentement, et il avait sans doute raison. Elle débordait de curiosité.

Mais dès que les lèvres du comte se posèrent sur les siennes, Katherine comprit ce que son intérêt avait de périlleux. Car même si sa raison se rebellait contre une telle offense, son corps s'abandonnait avec joie à la caresse. Les craintes de Sydney étaient peut-être justifiées, finalement. Sans doute avait-elle un tempérament dépravé.

Puis le comte accrut la pression de sa bouche sur la sienne, et elle oublia jusqu'à l'existence de Sydney. Son fiancé était sérieux et responsable, mais, hélas, sans mystère, et jamais il ne lui avait fait battre le cœur ainsi, même en rêve.

Des rêves qui ne seraient plus jamais les mêmes, désormais. Comment aurait-elle pu imaginer qu'un simple baiser pouvait procurer de telles sensations, y compris avec un partenaire qui n'était pas le bon ? Car lord Iversley n'était certainement pas l'homme qu'il lui fallait. Mais il embrassait divinement, ses lèvres chaudes et souples épousaient les siennes avec tant de douceur…

— Cela suffit, milord, coupa-t-elle en se dégageant. Maintenant, j'ai compris de quoi il retournait.

Jamais elle n'aurait dû lui laisser prendre de telles libertés.

— Nous n'avons pas épuisé le sujet. Il vous reste encore beaucoup à apprendre, sourit-il en lui prenant le menton.

— Quoi, par exemple ? demanda-t-elle impulsivement.

Elle se tut, rouge de confusion. Comment avait-elle pu tomber aussi facilement dans son piège ?

Il contemplait en souriant le visage empourpré de la jeune fille, sa bouche pulpeuse, et l'ardeur de ce regard allumait en elle un brasier où elle ne demandait qu'à se consumer.

— Je suis tout prêt à vous le montrer.

Après tout, il valait peut-être mieux poursuivre la leçon jusqu'au bout. Ainsi, le jour où Sydney se déciderait enfin à l'embrasser, elle saurait comment s'y prendre.

— Pourquoi pas ? Mais faites vite, s'empressa-t-elle d'ajouter, effrayée par sa propre audace.

— Votre bouche est si tendre, murmura-t-il en lui caressant lentement le visage. Laissez-moi l'explorer.

Avant qu'elle ait eu le temps de lui demander des précisions sur cette étrange requête, il l'embrassait de nouveau. Mais cette fois, il appuya doucement du doigt sur son menton, la forçant à entrouvrir les lèvres, puis il glissa la langue dans sa bouche.

C'était donc cela ! Quelle sensation… étrange !

Et délicieuse…

Elle découvrait une ivresse dont elle n'aurait jamais soupçonné l'existence. Il se retira, pour revenir ensuite, explorant avec une douce autorité les recoins les plus secrets. L'invasion était si habile, qu'elle avait l'impression de se noyer dans un tourbillon furieux. Ses jambes se dérobèrent sous elle, et elle dut s'accrocher aux épaules du comte pour ne pas tomber.

Avec un gémissement sourd, il se pressa plus étroitement contre elle. Son bras lui enserrait la taille comme un étau, il la plaquait contre lui avec force, l'emportait vers des rivages où elle ne demandait qu'à le suivre.

Pas un instant Katherine n'aurait imaginé qu'un simple baiser suffisait à vous entrouvrir les portes du paradis. C'était certainement immoral. Un plaisir aussi intense ne pouvait qu'être illicite. Il fallait cesser sur-le-champ.

Mais au lieu de se dégager, elle se cramponnait au cou du jeune homme, respirant avec délices l'odeur du tabac, savourant la chaleur de leurs souffles mêlés et le goût du champagne sur sa langue. Elle sentait les muscles d'acier du comte rouler sous ses doigts, tandis que son baiser se faisait plus ardent, plus farouche. Elle chavirait sous son étreinte, s'oubliait totalement. C'était à ce genre de baiser qu'elle rêvait depuis des mois de s'abandonner avec Sydney.

Sydney ! Mon Dieu !

Elle repoussa Iversley, brisant le sortilège qui les unissait. Ils demeurèrent face à face, haletants.

— Merci beaucoup, articula-t-elle enfin quand elle eut retrouvé sa voix. C'était une leçon très... intéressante. À présent, si vous voulez bien m'excuser...

Le cœur battant, les joues en feu, elle le contourna et se dirigea vers la porte, craignant de perdre tout contrôle d'elle-même.

Mais une fois de plus, la main impérieuse du comte l'arrêta.

— Laissez-moi partir, le pria-t-elle. Avant que ma mère vienne me chercher.

« Ou pire, que Sydney nous surprenne », ajouta-t-elle en silence.

Ce ton impératif laissa Iversley de marbre.

— Vous êtes si pressée de m'abandonner ? demanda-t-il en souriant.

— Je vous en prie, supplia-t-elle.

— Vous avez peur d'en apprendre plus, ma jolie ? suggéra-t-il, la scrutant de son regard si pénétrant.

Que voulait-il dire ? Était-ce une figure de style, ou songeait-il vraiment...

C'était absurde. Le comte avait dû avoir des aventures féminines innombrables, on lui prêtait tant de conquêtes, il n'avait pas besoin de séduire les jeunes filles innocentes. Et s'il était aussi débauché qu'on le disait, il ne tenait certainement pas à s'embarrasser d'une épouse.

— La leçon est terminée, décréta-t-elle.

— Mais une révision ne peut pas faire de mal.

— Il n'en est pas question, lord Iversley !

— Appelez-moi Alexandre, fit-il, l'air en colère soudain. Je vous interdis de m'appeler autrement que par mon prénom. Et Alexandre ne demande qu'à vous permettre d'approfondir vos connaissances, ajouta-t-il d'un ton suave en l'attirant contre lui.

— Je ne peux pas. Il faut que je m'en aille. Je vous en prie… Alexandre.

Un instant, une lueur inquiétante dansa au fond des yeux ardents du jeune homme. Et son sourire était trop charmeur pour être honnête.

— Eh bien, soit ! Pour le moment, en tout cas. Mais nous nous reverrons, je vous le promets.

— C'est impossible ! se récria-t-elle. Je vais épouser Sydney.

— Vous croyez ?

Ces mots la clouèrent sur place. Ils faisaient écho à ses craintes les plus secrètes. Et s'il disait vrai, c'était sa vie entière qui se trouverait remise en question.

— J'y suis bien décidée, et lui aussi, quoi que vous en pensiez. Je vous conseille donc de me laisser en paix, dès maintenant.

Elle se dirigeait déjà vers la salle de bal lorsque la voix profonde du comte retentit derrière elle :

— N'y comptez pas trop, ma douce Katherine.

4

Une femme est comme un coffre soigneusement
verrouillé. Si on la force, on risque de la casser.
L'homme avisé cherche d'abord la clef.

L'Art de la séduction

Satisfait, Alexandre regarda la jeune fille s'éloigner à pas pressés. Les reflets chatoyants de sa robe de satin accentuaient la grâce déliée de sa silhouette et la sensualité de sa démarche ondulante, et ce spectacle charmant lui enfiévra le sang.

À présent, il ne rêvait plus seulement de l'épouser, mais aussi de lui faire l'amour. Le plus rapidement possible.

Il voulait retrouver sur ses lèvres le goût exquis de sa chair, plonger les doigts dans sa chevelure de feu, contempler sa nudité, savoir si, sous ses vêtements, le reste de son corps était aussi laiteux et soyeux que ses épaules, et si les taches de rousseur qui donnaient un air coquin à son petit nez mutin se retrouvaient sur son ventre et ses longues jambes de faon.

« Du calme, se tança-t-il. Maîtrise tes désirs ou tu risques de tout perdre. Elle sera à toi le moment venu. »

Oui, elle serait sienne. Innocemment, elle lui avait révélé le meilleur moyen de la séduire. Elle possédait un tempérament passionné et une sensualité ardente que son éducation conventionnelle et les remontrances de son rimailleur contenaient difficilement.

Il n'ignorait pas combien, pour une forte personnalité, il était pénible de ronger son frein lorsqu'on aspirait à la liberté. Contrairement à Lovelace, ce tempérament volcanique ne l'effrayait pas, et il ne voyait aucun inconvénient à laisser la bride sur le cou à sa future compagne, pourvu qu'il en profite. Il avait dressé suffisamment de chevaux pour savoir qu'on ne pouvait entraver longtemps un pur-sang. Katherine avait besoin d'espace, et il allait lui en donner.

Mais il comptait bien l'accompagner.

Ravi de sa soirée, il regagna la salle de bal. Pourquoi ne pas l'inviter à danser ? Cela empêcherait la jeune fille de l'oublier…

Tout à coup, il devina une présence à son côté. Gavin Byrne, une coupe de champagne à la main, observait les danseurs.

— Vous me surveillez ? demanda-t-il à son demi-frère.

— Je voulais être certain qu'Éléonore avait invité notre petite héritière, comme elle me l'avait promis.

— Lady Jenner s'est montrée très serviable.

Plus que nécessaire, à vrai dire.

— Elle vous a fait des avances ? ricana Gavin. Je n'ai aucune illusion sur ma maîtresse, ajouta-t-il, devant l'air surpris du comte. Elle est dotée d'un appétit insatiable pour les hommes, et je ne vois aucun inconvénient à ce qu'elle le satisfasse. De mon côté, je ne suis pas non plus un modèle de fidélité.

— J'aurais dû m'en douter, remarqua Iversley, mi-figue, mi-raisin.

— Vous n'avez pas mené une vie aussi dissolue qu'on le raconte, n'est-ce pas ?

— Qu'est-ce qui vous fait croire cela ? riposta Alexandre, immédiatement sur la défensive.

— J'ai fait ma petite enquête, et j'ai découvert que mon jeune demi-frère était une personne des plus intéressantes. Pourquoi ne nous avez-vous pas dit que vous étiez le fameux Alexandre Black, célèbre pour toucher sa cible à cent pas, debout sur un cheval au galop ?

— C'est une légende. Avec le temps, la vitesse ne cesse d'augmenter et la taille de la cible de diminuer. Bientôt, j'abattrai un grain de poussière.

— L'exploit n'en est pas moins impressionnant.

— Il suffit d'un peu d'entraînement.

— Mais de telles prouesses ne constituent pas le passe-temps habituel d'un aristocrate. Vous avez appris ces tours à l'étranger ?

— Oui.

Il avait appris à monter à cheval avec les gitans. Quand son oncle avait découvert ses dons de cavalier, il lui avait ordonné de se produire devant ses invités. L'adolescent avait accepté de bon cœur, heureux de montrer ses talents, jusqu'à ce qu'il apprenne ce que le châtelain racontait à ses hôtes. Qu'il était le bâtard d'un bohémien, ce qui expliquait à la fois ses dons exceptionnels et son exil.

Ainsi, involontairement, son tuteur avait trouvé pour l'humilier une calomnie plus proche de la vérité qu'il ne le pensait.

Le jour même, Alexandre avait quitté à jamais la maison de sa tante. Son père lui avait coupé les vivres pour l'obliger à retourner dans la cage qu'il lui avait choisie avec tant de soins. Mais entre-temps, il avait pris goût à la liberté.

— Où avez-vous entendu parler de mes talents équestres ?

— Je suis allé voir le propriétaire du *Stephens Hôtel*. Il m'a raconté que vous lui aviez sauvé la vie quand il était dans la cavalerie. Si vous ne lui aviez pas montré comment galoper accroché au garrot de son cheval, il n'aurait jamais pu échapper au sabre d'un hussard français.

— Il exagère.

— J'en doute. Sinon, pourquoi vous logerait-il gratuitement ? Du reste, l'habileté d'Alexandre Black est légendaire dans les milieux équestres.

— Vous n'appartenez pas à ce milieu.

— Qui organise et finance les paris pour le Derby, à votre avis ? On m'a dit qu'après vous avoir vu entraîner les recrues portugaises, Wellington vous avait engagé comme instructeur dans notre cavalerie.

— Il fallait que je gagne ma vie, et ce travail me plaisait.

— Vous auriez pu utiliser votre nom et votre rang.

— Et vivre à crédit grâce à mon titre ? Ou me faire inviter de château en château par les semblables de mon père ? Non, merci. Je préférais de beaucoup la compagnie des chevaux. Et je gagnais très convenablement ma vie.

— Mais pas suffisamment pour vous offrir des vêtements élégants, comme ceux que vous portez ce soir, je présume.

— Vous n'imaginez pas comme il est facile à un lord d'obtenir un crédit chez les meilleurs faiseurs, si personne ne sait qu'il est ruiné, remarqua ironiquement Iversley.

— Je croyais que vous ne vouliez pas vous endetter plus que vous ne l'êtes déjà ?

— Difficile de conquérir une héritière en étant vêtu de haillons.

— C'est vrai. Envoyez-moi vos factures de tailleur.

— Je ne veux pas de votre argent, je vous l'ai déjà dit, rétorqua le comte.

— Vous me rembourserez quand vous serez marié. Mais ne tardez pas trop.

Alexandre hésitait. Il préférait devoir de l'argent à un tailleur plutôt qu'à son machiavélique demi-frère, mais d'un autre côté, s'il ne pouvait pas faire autrement, il aimait mieux emprunter à une personne de sa connaissance qu'à un étranger.

— C'est très généreux de votre part. J'accepte, lâcha-t-il du bout des lèvres.

— Cela vous coûte tant que ça ? s'esclaffa Gavin.

— Vous croyez que ça me plaît de quémander ? Je ne m'y habituerai jamais !

Pas plus qu'il ne s'habituerait à ce que ses métayers vivent dans des taudis, sous prétexte que son père n'avait jamais entretenu leurs chaumières. Ni à voir dans les écuries du château, qui avaient autrefois abrité les plus beaux pur-sang d'Angleterre, deux vieilles haridelles et une charrette délabrée. Et encore moins se faire à l'idée que les bois environnants avaient été tellement pillés par les braconniers qu'un enfant solitaire ne pouvait plus y attraper de lapins.

Allons, il ne fallait pas se laisser aller à la nostalgie. C'était le même sentimentalisme qui avait poussé sa mère à mendier toute sa vie une affection que son mari était incapable de lui offrir, si bien qu'elle avait fini par se jeter dans les bras du prince de Galles. Alexandre ne voulait pas commettre la même erreur. Il avait compris ce qu'il en coûtait d'enfreindre les règles de la bonne société, et il était bien décidé à les observer scrupuleusement. Jusqu'à ce qu'il ait remis son domaine à flot, du moins.

— Enfin, si je n'avais pas esquivé mes responsabilités pendant tout ce temps, je n'en serais peut-être pas là, remarqua-t-il pensivement. Au fait, vous ne m'aviez pas dit que Mlle Merivale était pratiquement fiancée ?

— Cela n'en valait vraiment pas la peine. Depuis des années, tout le monde attend l'annonce de leurs fiançailles. Ce baronet n'est pas un rival sérieux.

— Vous avez peut-être raison.

Alexandre se tourna pour observer Katherine. Elle avait dû faire la paix avec son rimailleur, car tous deux bavardaient gaiement avec la mère de la jeune fille.

— Il ne doit pas avoir une grande envie de convoler, sinon il aurait demandé sa main depuis longtemps. Et je suppose qu'il n'a pas besoin de l'argent de sa dot.

— Il a au moins vingt mille livres de rente, mais cela ne signifie pas qu'il verrait un inconvénient à en recevoir cent mille du jour au lendemain.

— Vous êtes certain qu'elle est aussi riche ? Les deux dames ne font pas étalage d'un grand luxe, et lady Jenner prétend que le défunt Merivale ne leur a laissé que de maigres revenus.

— Même Éléonore ne sait pas tout. Elle ignore en particulier que la demoiselle héritera de la fortune de son grand-père le jour où elle se mariera.

— Comment se fait-il que Mme Merivale ne se soit pas empressée d'aller le crier sur tous les toits ?

— Elle joue la carte Lovelace. Pourquoi attirer les coureurs de dot quand on a déjà un riche parti sous la main ?

— Si je comprends bien, la mère soutiendra Sydney.

— S'il se déclare rapidement. Sinon, croyez-moi, elle accueillera à bras ouverts le premier prétendant convenable. Mais elle donnera sans aucun doute la préférence à un homme riche, qui n'a pas besoin de la fortune de sa fille, et qui paiera les dettes laissées par son défunt mari.

— En commençant par ses dettes envers vous.

— Ce n'est pas ma faute si Merivale n'avait pas de chance au jeu, et s'il ne pouvait pas toucher à l'argent de son beau-père pour me rembourser.

— Et puisque Lovelace tergiverse, vous avez jugé préférable de me faire entrer en lice.

— Il vaut toujours mieux avoir deux chevaux dans la course, sourit Byrne. Et si vous n'obtenez pas sa main, le fait que vous la courtisiez poussera peut-être sir Sydney à passer à l'action. Pour moi, le résultat sera le même. Mlle Merivale entrera enfin en possession de sa fortune, sa mère me remboursera les cinq mille livres qu'ils me doivent, et tout le monde sera content.

— En d'autres termes, observa Alexandre, vous vous moquez de savoir qui sera l'heureux élu, du moment que vous récupérez votre argent.

— Si la compétition vous fait peur, dites-le-moi, je vous trouverai une autre héritière, proposa Gavin en ôtant négligemment un pétale de fleurs de cerisier sur le revers de son gilet.

— Certainement pas, répliqua Iversley avec un empressement qui le surprit lui-même. C'est elle que je veux ! Mais je vous préviens, je n'aime pas me faire manipuler. Depuis le début, vous essayez de jouer Lovelace contre moi, espèce de faux-jeton !

— Faux-jeton ? Ce n'est pas moi qui cherche à me marier pour de l'argent, et qui cache cette intéressante information à une innocente jeune fille.

— Pourquoi le lui dirais-je maintenant ? Cela compromettrait toutes mes chances.

— Parce qu'elle finira par l'apprendre. Et quand elle découvrira qu'elle s'est fait duper, et qu'elle a abandonné son cher poète pour un aristocrate sans le sou dont le château tombe en ruine, il faudra en payer les conséquences. Et la note risque d'être salée.

— Pas si nous sommes déjà mariés. Elle n'aura pas à regretter notre union, avec ou sans fortune. Je sais comment faire le bonheur d'une femme.

— Grâce à toutes vos débauches à l'étranger ?

— Je vous l'accorde, l'armée n'est pas l'école rêvée pour apprendre à connaître la gent féminine, admit Iversley en ignorant le ton sarcastique de son demi-frère, mais j'ai toujours eu un certain succès avec les dames.

À vrai dire, à part l'épouse d'un officier fatiguée de la vie de garnison et une maîtresse portugaise fascinée par le charme exotique d'un Anglais, ses conquêtes se limitaient aux filles qui suivent habituellement les armées en campagne.

— Vous comptez révéler à Mlle Merivale vos véritables activités à l'étranger ?

— Il faudrait lui expliquer par la même occasion pourquoi l'héritier d'un comté était obligé de travailler pour gagner sa vie, et je n'y tiens pas du tout. Elle me choisira pour ma personnalité et mes qualités véritables.

— C'est beaucoup demander ! Votre rival est le type même du gentilhomme accompli, ne l'oubliez pas ! Et si elle en est amoureuse…

— Elle ne l'est pas, coupa Alexandre.

« Sinon, elle n'aurait pas répondu à mon baiser avec autant d'ardeur », songea-t-il.

— Je vais souffler la pouliche à Lovelace avant qu'il ait le temps de dire *ouf* ! Et je tiendrai la bride suffisamment lâche autour du joli cou de la belle pour qu'elle vienne gambader dans ma pâture de son plein gré. À présent, si vous voulez bien m'excuser, poursuivit-il en scrutant la salle, il faut que je trouve un volontaire susceptible de me présenter dans les règles à ma future épouse.

L'heure était venue de se conformer aux usages du monde civilisé, avant de se retrouver à nouveau en tête à tête avec la jeune fille.

Katherine aurait dû se réjouir, Sydney lui avait pardonné son « accès de mauvaise humeur », comme il disait, et il avait retrouvé sa placidité habituelle.

Malheureusement, il n'en était pas de même pour elle. Ses pensées revenaient sans cesse au baiser de lord Iversley, si tendre au début, si passionné ensuite.

Pourquoi ne parvenait-elle pas à le chasser de son esprit ? Il s'agissait d'une expérience intéressante, voilà tout. Elle avait eu un aperçu de ce que pouvait être la sensualité, c'était bien suffisant. En tout cas, il lui fallait s'en contenter, puisqu'elle allait épouser Sydney.

— Voulez-vous que nous allions regarder les joueurs de cartes ? proposa Lovelace en lui offrant courtoisement le bras.

Ce n'était pas lui qui la plaquerait contre une balustrade pour se permettre des privautés. Hélas !

— Oui, c'est une excellente idée.

— Je vous remercie de l'attention que vous portez à ma fille, sir Sydney, intervint Mme Merivale, mais il faut la laisser passer un peu de temps avec ses autres admirateurs. Ce n'est pas comme si vous étiez fiancés, n'est-ce pas ?

Katherine ne savait plus où se mettre. Sa mère avait toujours fait preuve d'un tact et d'une subtilité éléphantesques.

— Maman, tu sais parfaitement que je n'ai pas d'autres admirateurs.

— Ne sois pas ridicule ! Ce charmant M. Jackson m'a demandé où tu étais, et on m'a dit que le jeune comte d'Iversley ne te quittait pas des yeux. Malheureusement, je ne vois pas de qui il s'agit. Montre-le-moi, je demanderai qu'on nous le présente.

— Je ne tiens pas du tout à rencontrer le comte, déclara Katherine tandis que Sydney virait à l'écarlate. Tu sais ce qu'on raconte sur lui.

— D'après lady Jenner, sa fortune…

— Sydney, coupa la jeune fille, veux-tu aller me chercher un verre de punch, s'il te plaît ? Je meurs de soif.

— Je serai ravi de t'apporter tout ce que tu souhaites, répliqua-t-il en s'inclinant.

À la grande stupéfaction de Katherine, il lui prit la main et y déposa un baiser.

— Je vais compter les minutes qui nous séparent, ajouta-t-il avec emphase.

Elle en demeura sans voix. C'était la première fois qu'il lui baisait la main. Après tout, leur dispute avait peut-être été utile. Il avait dû se rendre compte qu'il l'avait négligée.

— Dois-je en déduire que ton soi-disant prétendant a enfin demandé ta main ? s'enquit Mme Merivale en regardant le baronet s'éclipser derrière un véritable buisson de branches de cerisier en fleur.

— Ne te réjouis pas trop vite, maman. Il n'est pas encore prêt pour le mariage. Mais ne t'inquiète pas, dès que la santé de sa mère s'améliorera…

— Sornettes ! Fais-toi une raison, il est grand temps d'oublier ton poète et d'aller voir ailleurs. Tu ne peux te permettre de moisir à l'attendre, à moins de vouloir finir vieille fille.

— J'ai encore toutes mes dents, et je compte les garder quelque temps, tu sais.

— Je te conseille de changer de ton, ma petite. Les hommes n'aiment pas les femmes qui ont la langue trop bien pendue. Mon père aurait mieux fait de te l'expliquer, au lieu de te farcir la tête de littérature et de sciences naturelles.

— Dieu merci, il y a des hommes qui aiment les femmes intelligentes et qui ont de la personnalité, rétorqua-t-elle d'un air de défi.

Apparemment, lord Iversley était de ceux-là, même si son avis n'avait aucune importance.

— Tu parles de sir Sydney ? Mais il n'a pas demandé ta main, que je sache. Donne leur chance à d'autres, sinon tu n'atteindras jamais ton but.

— Tu veux dire ton but à *toi*.

— Le tien ou le mien, c'est la même chose. Tout ce que je veux, poursuivit-elle en baissant la voix, c'est le bien de notre famille.

Son murmure suppliant avait toujours laissé de marbre son époux, mais il suffisait à serrer le cœur de sa fille et à l'emplir de culpabilité.

— Ton frère va bientôt être en âge d'aller étudier à Eton, et il faut que tes sœurs viennent en ville. Si elles ne fréquentent pas le monde, elles ne trouveront jamais à s'établir décemment.

— Ça ne t'a pas paru indispensable pour moi !

— Mais toi, tu avais déjà un soupirant. De plus, nous n'avons pas les moyens de nous offrir une autre saison à Londres.

Ce n'était que trop vrai. Et lorsque Katherine avait atteint l'âge de faire ses débuts dans le monde, son père n'avait eu aucune envie de faire venir en ville sa femme et sa fille. Il préférait de beaucoup prendre du bon temps seul, comme un célibataire.

Cela n'avait du reste pas manqué à la jeune fille. Leur vie tranquille en Cornouailles lui convenait parfaitement. Et quand elle en avait assez de surveiller l'éducation de ses sœurs, de donner des instructions aux domestiques ou de retoucher ses robes pour faire des économies, elle pouvait parler littérature et poésie avec Sydney. Enfin, quand il n'était pas occupé avec sa mère.

Il est trop lâche pour tenir tête à sa mère.

La voix ironique de lord Iversley résonnait encore à ses oreilles. Que le diable l'emporte, lui et ses remarques fielleuses ! D'un seul baiser, il avait réussi ce que les remontrances et le cynisme de sa propre mère n'avaient jamais pu faire. Il avait semé le doute dans son esprit quant à son bonheur futur avec Sydney. Mais il fallait bien admettre que son baiser était délicieux...

— Attention, notre hôtesse approche, chuchota sa mère. Nous avons de la chance qu'elle nous ait invitées. Elle reçoit tout ce qui compte dans le monde.

Tandis qu'elle continuait à babiller, Katherine coula un regard plein de regret dans la direction qu'avait prise Lovelace. Qu'il revienne vite, afin de lui éviter d'endurer une conversation fastidieuse et d'écouter les flagorneries dont sa mère ne manquerait pas d'assommer lady Jenner.

— Mon Dieu, elle est accompagnée de ce monsieur à l'air farouche !

— Qui ?

La jeune fille suivit le regard de sa mère, pour découvrir lord Iversley qui s'avançait en souriant au bras de leur hôtesse. Oh non, ce n'était pas possible ! Pas lui !

— Je ne comprends pas pourquoi elle se montre aussi prévenante avec lui, poursuivit Mme Merivale. Ce doit être un militaire, même s'il n'est pas en uniforme. Il s'agit peut-être de son amant. On raconte qu'elle mène une vie assez libre...

Pour Katherine, le seul uniforme qui convenait au comte, c'était une robe de chambre, un cigare et un verre de cognac, comme les messieurs qui recevaient des dames de petite vertu sur les gravures de son père.

Et les femmes qui se laissaient embrasser par le premier venu, comment les appelait-on ?

Elle pria pour qu'il se montre discret et n'aille pas révéler son inconduite.

— Je ne comprends pas pourquoi lady Jenner nous l'amène, murmura Mme Merivale. Tu n'es pas obligée de danser avec lui, tu sais.

— Écoute, maman…

— Laisse-moi faire. Bonsoir, chère amie, s'écria-t-elle avec un sourire mielleux. Je disais justement à ma fille que je n'avais jamais assisté à une réception aussi splendide. Ces fleurs de cerisier sont ravissantes. Quelle merveilleuse idée !

— Je suis heureuse qu'elles vous plaisent.

— C'est à Londres qu'on trouve les bals les plus somptueux, cela ne fait aucun doute. C'est là qu'il y a les meilleurs musiciens, les plus belles salles de danse, et surtout la société la plus choisie. Je te l'ai souvent dit, n'est-ce pas, ma chérie ? Nous ne manquons pas d'occasions de danser à Heath's End, bien entendu, mais ce n'est pas la même chose à la campagne, continua-t-elle sans laisser à Katherine le temps de placer un mot. La compagnie est toujours un peu mélangée, les commerçants et les fermiers se mêlent facilement au meilleur monde. Enfin, cela peut arriver partout, même à Londres, termina-t-elle avec un regard inquisiteur en direction d'Alexandre.

Elle se tut enfin pour reprendre son souffle, et lady Jenner en profita pour enchaîner :

— Lord Iversley m'a suppliée de vous être présenté, à vous et à votre fille. Bien entendu, je ne demande qu'à l'obliger.

— Vous êtes le comte d'Iversley ? fit Mme Merivale, rouge de confusion.

— Il paraît, répliqua-t-il avec une pointe d'ironie. Je suis enchanté de vous rencontrer, chère madame, poursuivit-il en s'inclinant.

Pour une fois, l'incorrigible commère eut le bon goût de ne pas dire un mot pendant que leur hôtesse achevait les présentations, mais cela ne suffit pas à calmer les appréhensions de Katherine. Et lorsqu'elle se redressa, après avoir fait sa révérence, elle comprit qu'elle n'était pas au bout de ses peines. La lueur malicieuse qui dansait au fond des yeux du comte ne lui disait rien qui vaille.

— C'est un plaisir de faire enfin votre connaissance, mademoiselle.

Katherine avait vraiment eu peur qu'il fasse allusion au baiser échangé, mais son soulagement fit rapidement place au ressentiment.

— J'ai l'impression de vous connaître déjà ! Sans doute parce que j'ai tellement entendu parler de vous.

— Pas uniquement en mal, j'espère.

— Pas plus que des autres jeunes gens qui reviennent en Angleterre après un séjour à l'étranger.

— Vous voulez dire « après avoir mené une vie de bâton de chaise » à l'étranger ?

Il venait de marquer un point. Mais aussi, pourquoi lui avait-elle donné des verges pour se faire battre ?

— Une vie de bâton de chaise ? Quelle expression savoureuse, milord, gloussa Mme Merivale. Cela vient du latin, n'est-ce pas ?

— Du sumérien, rectifia sa fille, ironique. Le comte l'a apprise pendant ses études sur le Continent.

— Vous avez deviné, dit Alexandre. Où avais-je la tête ? Comment imaginer un seul instant que vous pouviez ajouter foi aux ragots qui courent sur mon compte ?

Et voilà qu'il marquait encore un point. Quelle idée avait-elle eue de le provoquer en évoquant sa réputation, alors qu'il se montrait parfaitement courtois ?

— Je ne vois pas à quoi vous faites allusion.

— Vraiment ? Mais vous venez de dire…

— Je voulais simplement dire que votre nom est sur toutes les lèvres, mais je n'ai pas l'habitude de prêter l'oreille aux ragots, croyez-le bien. Je fais de mon mieux pour ne pas les entendre, en tout cas.

— Je vous admire ! Je n'ai pas votre force d'âme, et quand on est assez imprudent pour s'exprimer à portée de mes oreilles, j'ai tendance à écouter. C'est de cette façon que j'ai appris des choses très intéressantes ce soir.

Ça aussi, elle l'avait cherché !

— Mais j'allais oublier l'objet de notre rencontre, poursuivit-il d'un air triomphant. Je voulais vous prier de m'accorder la prochaine danse.

— Désolé, mon vieux, Mlle Merivale me la promise, intervint une voix familière.

Katherine se retourna, pour se trouver nez à nez avec Lovelace, deux verres de punch à la main. Son prétendant considérait lord Iversley d'un air furibond. Décidément, la situation se compliquait.

— Je vous demande pardon, sir Sydney, intervint Mme Mère, mais vous faites erreur. Katherine vous a déjà accordé plusieurs danses, et je sais qu'elle vous a promis de terminer le bal avec vous avant le souper. Plus serait inconvenant, assura-t-elle avec un sourire satisfait qui porta immédiatement sur les nerfs de sa fille. Vous vous rendez compte, vous n'êtes même pas fiancés !

Lovelace paraissait au bord de l'apoplexie tandis qu'Iversley dissimulait mal son envie de rire. Quant à Katherine, elle ne savait pas qui elle aurait voulu étrangler en premier. Lady Jenner pour leur avoir amené Alexandre, Sydney pour avoir menti, ou sa mère pour l'avoir remis à sa place aussi vertement.

Elle choisit de s'en prendre au comte.

— Je regrette, milord, mais je suis un peu fatiguée.

Jamais, au grand jamais, une jeune fille comme il faut ne devait refuser une invitation à danser ! C'était un affront pour le jeune homme qui en faisait la demande.

Mais Alexandre n'était pas homme à se décourager pour si peu. Il semblait plutôt amusé.

— Quel dommage ! Je comptais vous rapporter quelques commérages que j'ai surpris ce soir. Mais si vous préférez, nous pouvons nous asseoir et en discuter avec Mme Merivale et sir Sydney.

Il ne parlait pas sérieusement ! S'il racontait ce qui s'était passé dans la galerie, cela lui ferait autant de tort qu'à elle.

Mais s'il se moquait éperdument des convenances, comme on le prétendait…

Elle ne pouvait se permettre de prendre un tel risque. Et puis, à en juger par les regards meurtriers que lui lançait sa mère, si elle refusait de danser avec un pair du royaume, elle se l'entendrait reprocher jusqu'à la fin de ses jours.

— Vous êtes si convaincant que je ne vois pas comment refuser votre charmante proposition.

Ignorant à la fois la mine déconfite de Sydney et le sourire radieux de sa mère, elle prit le bras que le comte lui offrait, et tous deux se dirigèrent vers la piste de danse.

5

Séduire une femme se prépare comme une campagne militaire. Il faut l'encercler, ne lui laisser aucune issue et la contraindre à la reddition.

L'Art de la séduction

Alexandre jubilait. La tête que faisait Lovelace ! « Trop tard, mon vieux, tu as laissé passer ta chance, lui lança-t-il intérieurement. C'est mon tour, maintenant ! » Il était d'autant plus ravi qu'on jouait une valse, cette nouvelle danse qui faisait fureur, et où l'homme enlaçait sa cavalière.

Mais à voir la lueur diabolique qui dansait au fond des yeux verts de sa partenaire, il triomphait peut-être un peu vite.

— Je ne me doutais pas que vous étiez prêt à faire du chantage pour être en ma compagnie. Vous êtes à ce point avide de séduire la première venue ? questionna-t-elle d'un air de défi.

— Je vous ai simplement invitée à danser. Qu'y a-t-il d'extraordinaire à cela ? rétorqua-t-il avec une innocence feinte.

— Je vous avais demandé très clairement de me laisser tranquille !

— Vous ne pensiez pas ce que vous disiez.

Les musiciens attaquèrent les premières mesures. Alexandre enlaça la jeune fille, en prenant soin de la serrer un peu plus que nécessaire.

— Je n'ai jamais rencontré d'homme plus arrogant et plus infatué de lui-même ! s'écria-t-elle avec dépit.

— En attendant, c'est avec moi que vous dansez, pendant que votre cher poète ronge son frein.

Et il pouvait prendre une leçon de valse par la même occasion. Katherine possédait une grâce naturelle qui n'avait rien de provincial, et le comte, qui était un danseur accompli, appréciait la souplesse avec laquelle elle se laissait guider. Il avait trouvé la partenaire idéale, et il se demanda s'il en serait de même au lit. Imaginant les reins de son héritière se soulevant en rythme pour mieux s'offrir à ses assauts, il resserra son étreinte autour de sa taille.

— Sydney ne s'est pas trompé à votre sujet, remarqua-t-elle avec froideur.

— Et que disait de moi mon vieux camarade de classe ?

— Que vous vous croyiez autorisé à vous affranchir des règles et des convenances les plus élémentaires sous prétexte que vous étiez fils d'un pair du royaume.

Iversley maudit intérieurement ce freluquet, qui s'était toujours pris pour un parangon de vertu, mais était doté d'une mémoire sélective.

— Vous est-il venu à l'idée que votre cher Lovelace ne vous disait peut-être pas toute la vérité ?

— Vous n'allez tout de même pas nier qu'à Harrow, vos condisciples vous surnommaient « Alexandre le Grand » parce qu'on vous laissait faire tout ce qui vous chantait ?

— Ils admiraient peut-être mes talents, qu'en savez-vous ?

— Sydney prétend que vous étiez dissipé, que vous ne travailliez pas, et que vos amis et vous accumuliez les sottises et les plaisanteries douteuses.

— Pendant que votre favori passait ses journées à pleurer après sa mère.

Touchée ! Elle accusa le coup et préféra éviter son regard ironique.

— Cela n'a rien d'extraordinaire ! N'importe quel enfant envoyé en pension se languit de sa famille.

— Au début, oui. Mais au troisième trimestre, il lui écrivait encore tous les jours. Et il recevait un colis au moins une fois par semaine, ajouta-t-il d'un ton acerbe qui n'échappa pas à Katherine.

— Et la vôtre, elle ne vous envoyait rien ?

— Je le lui avais interdit. À cet âge-là, un garçon ne peut se laisser couver par sa mère.

Il mentait avec aplomb, comme il l'avait si souvent fait à l'école. À la vérité, c'était son père qui le lui interdisait. Tandis que le blondinet se régalait de pâtes d'amande et de chocolats, de fruits frais et de gâteaux faits maison, Alexandre feignait de mépriser ce genre de douceurs.

— C'est pour cela que vous n'aimez pas Sydney ? demanda-t-elle, radoucie. Parce qu'il recevait des colis de chez lui et pas vous ?

— Qu'allez-vous imaginer ! S'il me déplaît, c'est parce qu'il n'apprécie pas ce qui fait le sel de la vie.

— Le vin, la musique et les femmes, par exemple ? railla-t-elle.

— Vous, par exemple. Vous méritez mieux que Lovelace, et vous le savez aussi bien que moi.

Le premier instant de surprise passé, elle lui décocha un sourire tellement enchanteur qu'il dut se retenir pour ne pas l'embrasser. Il se contenta de laisser sa main glisser le long de son dos, aussi bas que la décence le lui permettait. Encore un peu, et il atteindrait la partie la plus charnue de son anatomie, qui ne devait pas être la moins charmante. Il imaginait déjà les commentaires scandalisés des matrones qui surveillaient les danseurs… et la gifle retentissante, et méritée, qu'il recevrait.

Faire la cour à une dame était beaucoup plus facile au Portugal. À vrai dire, la plupart des femmes qu'il avait fréquentées là-bas ne s'embarrassaient pas de préliminaires.

On pouvait aller droit au but, sans se sentir obligé de faire la conversation ou d'inviter ladite dame à danser.

Mais pour convoler en justes noces, il fallait agir selon les règles. Il n'était pas question d'entraîner Mlle Merivale dans un coin sombre et de se jeter à nouveau sur ses lèvres. Les femmes avaient besoin de compliments. Quel que soit leur âge, elles adoraient cela.

— Votre robe est ravissante.

— Vous ne trouvez pas la couleur trop agressive ?

— Quelle idée ! Cette teinte s'accorde parfaitement avec le thème du bal.

— Les fleurs de cerisier sont blanches, objecta Katherine avec un sourire énigmatique.

— Mais les cerises sont rouges. Comme vos lèvres, ajouta-t-il à mi-voix.

— Ça, vous avez dû le lire page vingt-six ! s'écria-t-elle, sautant du coq à l'âne. Je faisais allusion à un livre. Un répertoire de flatteries, précisa-t-elle devant sa mine étonnée.

— Pardonnez-moi, mais je n'ai pas les dons de poète de votre éternel soupirant, rétorqua-t-il. Et j'ai considéré qu'il valait mieux ne pas vous dire tout ce que je pensais de votre tenue.

— Vous avez eu tort ! Je préfère de beaucoup la sincérité à la flagornerie. Sincèrement, qu'en pensez-vous ? poursuivit-elle en lui glissant un regard par en dessous.

— C'est le vêtement le plus suggestif qu'il m'ait été donné de voir. J'adore la façon dont il moule votre corps, dont il met en valeur votre poitrine…

— Taisez-vous ! s'exclama-t-elle, écarlate. Je vous prie de rester convenable.

— Vous avez insisté pour connaître le fond de ma pensée. Votre jaloux de rimailleur vous a peut-être raconté mes frasques d'adolescent, mais il ne sait rien de ma vie d'adulte, hormis des ragots. Je n'ai jamais aimé choquer pour le plaisir.

— On ne le dirait pas ! Et comment se fait-il que vous recherchiez ma compagnie avec autant d'obstination ?

— Pourquoi un homme recherche-t-il une femme ? Pour lui faire la cour, bien entendu.

— C'est une plaisanterie, je suppose ? lâcha-t-elle avec un éclat de rire qui le mortifia.

— Absolument pas. Voulez-vous que nous retournions sur la terrasse afin que je vous prouve ma sincérité ? lui souffla-t-il à l'oreille.

— Pour ce qui est d'embrasser, je vous fais confiance. Les gens de votre espèce sont toujours partants pour voler une caresse ou un baiser.

— Et de quelle espèce suis-je donc ?

— Vous savez bien ce que je veux dire ! Les aventuriers...

— Même les aventuriers finissent par se marier, coupa-t-il, irrité.

— Mais ils ne vont pas chercher pour fiancées des petites roturières de province, surtout lorsqu'ils descendent d'une des plus nobles et des plus anciennes familles d'Angleterre.

— Et quelle autre raison aurais-je de vous courtiser ?

— Ne me croyez pas naïve, sous prétexte que j'arrive de Cornouailles et que je ne connais pas le monde. Ce qui intéresse les hommes comme vous, c'est la chasse. Dès qu'ils ont attrapé le lièvre qu'ils couraient, ils s'en désintéressent. Mais pendant ce temps, le gibier mijote dans la casserole.

La déplorable opinion qu'elle avait de lui exaspéra Alexandre, mais elle ne fit que renforcer sa détermination.

— Je n'aurais jamais eu l'idée vous comparer à un lièvre, Katherine, remarqua-t-il en la serrant un peu plus étroitement.

— Parce que je n'ai pas l'intention de me laisser chasser, répliqua-t-elle en le repoussant afin de maintenir entre eux une distance convenable. Ni maintenant ni jamais.

En tout cas, elle se défendait comme une tigresse ! Il avait eu tort de l'embrasser tout à l'heure, cela n'avait fait que renforcer les préventions qu'elle avait à son égard. Mais comment résister à la tentation ?

Malheureusement, pour la faire changer d'avis, il aurait fallu lui révéler quelle avait été son existence à l'étranger, et cela aurait suscité des questions qu'il préférait éviter. À propos de ses moyens de subsistance là-bas, notamment, ou même sur l'état actuel de ses finances. À supposer qu'elle accepte de croire à ses explications.

Non, décidément, il valait mieux laisser à la jeune fille le temps de le connaître un peu plus et de découvrir qu'elle s'était trompée sur son compte. Mais cela suffirait-il ?

— Est-ce parce que M. Merivale « mettait un point d'honneur à séduire tout ce qui portait un jupon » que vous êtes aussi cynique ?

— Vous avez surpris toute ma conversation avec Sydney ? s'enquit-elle en rougissant comme une pivoine.

— J'en ai entendu suffisamment pour comprendre que votre père vous a donné une mauvaise opinion de la gent masculine. Ce n'est pas parce que le seul homme que vous ayez connu était un débauché que…

— J'ai rencontré beaucoup de représentants du sexe fort durant mon enfance, rassurez-vous. Et la plupart étaient parfaitement convenables. À commencer par mon grand-père maternel, qui a vécu avec nous jusqu'à sa mort, il y a six ans. C'était un être d'une droiture et d'une moralité exemplaires.

— Comme votre poète ?

— Parfaitement. Et comme toute sa famille. Quand j'allais chez les Lovelace, j'avais l'occasion de voir comment vivaient des gens normaux, qui se respectent les uns les autres, et se conduisent de façon civilisée. C'est pour cela que j'ai décidé de ne jamais céder à une attirance physique et de ne pas me laisser entraîner à commettre des actes que je risquerais de regretter par la suite.

— Je dois donc me montrer flatté que, tout à l'heure, vous ayez fait une entorse à vos principes rien que pour moi.

— C'était une expérience, rien de plus, le défia-t-elle. Elle m'a confortée dans ma décision concernant Sydney, et je n'éprouve aucun besoin de la poursuivre.

Elle l'avait déjà jugé, et condamné, sans même lui laisser une chance de plaider sa cause. Il fallait agir rapidement, sinon à l'avenir elle éviterait sa compagnie, et alors, comment lui faire connaître sa véritable personnalité ? Surtout si elle le comparait sans cesse à son poète chéri, tellement parfait avec ses manières irréprochables.

Du coin de l'œil, Alexandre vit que Lovelace les observait d'un air mauvais tout en prêtant une oreille distraite aux bavardages de Mme Merivale.

Le baronet avait demandé deux semaines à la jeune fille. Cela laissait au comte tout le temps nécessaire pour mettre en place un plan d'action et prendre l'avantage sur son rival.

— Vous ne savez pas ce que vous manquez, dit-il.

— Je n'ai aucune envie de figurer à votre tableau de chasse.

— Mais vous n'aimeriez pas pousser votre amoureux dans ses retranchements et le forcer à se déclarer ?

— Comment cela ? interrogea-t-elle avec plus d'empressement qu'elle n'aurait voulu.

— La jalousie est un excellent aiguillon. Si votre cher Sydney s'imagine qu'il est train de vous perdre, cela le décidera peut-être à demander officiellement votre main.

— Ou bien il pensera que je suis volage et que je ne ferai pas une bonne épouse.

— Jusqu'ici, la patience ne vous a pas rapporté grand-chose. Il sait que vous êtes à sa disposition, et ne voit pas de raison de se presser de vous offrir le mariage.

— Il m'a assuré qu'il allait le faire sous peu, objecta-t-elle, les lèvres tremblantes.

— Dans quinze jours, et seulement parce que vous avez insisté. Vous croyez réellement qu'après avoir fait les quatre volontés de sa mère pendant tant d'années, il va se plier au délai que vous lui avez imposé ? Je suis certain qu'il ne bougera pas tant qu'il n'y sera pas obligé. Il faut le persuader qu'il n'a plus le choix.

— En le rendant jaloux ?

— Exactement.

— Je devine comment vous allez me proposer d'y arriver.

— C'est très simple. Vous me laissez vous courtiser jusqu'à ce que la jalousie pousse votre blondinet à demander votre main.

— Et vous, qu'y gagnerez-vous ?

Une épouse, j'espère.

— Ce qui intéresse les hommes de mon espèce, c'est la chasse, non ? Vous serez ma proie, proposa-t-il en l'attirant de nouveau contre lui. Et Lovelace sera la vôtre.

Katherine ne trouva aucune repartie, mais l'appréhension avec laquelle elle considérait son cavalier disait de façon suffisamment éloquente qu'il ne lui était pas aussi indifférent qu'elle le prétendait.

— Si vous avez peur que je vous courtise, nous courons à l'échec. Vous risquez de tomber éperdument amoureuse de moi, et d'avoir le cœur brisé.

— Ne vous faites pas trop d'illusions !

— Bien entendu, je prends un risque de mon côté.

Après tout, le rimailleur pouvait parfaitement se déclarer avant que lui-même ait eu le temps de prendre le dessus.

— Je risque moi aussi de me prendre au jeu, et si vous épousez Lovelace, c'est moi qui aurait le cœur brisé.

— Eh bien, il ne vous restera plus qu'à distribuer votre fortune aux miséreux et à vous retirer dans un monastère.

— Puisque vous connaissez si bien « les hommes de mon espèce », vous n'aurez aucune difficulté à résister à mon charme. Connaître l'ennemi constitue la meilleure des défenses.

La jeune fille s'abandonna à la valse sans prendre la peine de répondre. Elle paraissait songeuse, soudain, et Iversley aurait été bien en peine de deviner quelles pensées l'absorbaient ainsi.

— Il faut d'abord fixer quelques règles à notre petit jeu, commença-t-elle.

— Bien sûr, s'empressa-t-il d'approuver en réprimant un sourire de triomphe.

— Premièrement, vous n'aurez pas le droit de m'embrasser.

Il ne comptait pourtant pas s'en priver.

— Où sera le plaisir pour moi, dans ce cas ? Je suis censé vous chasser, pas courir derrière vous comme un caniche. Et puis, quel mal peuvent vous faire un ou deux baisers ?

— C'est une condition impérative.

S'il se rebellait, comme il l'avait fugitivement envisagé, elle couperait court à leur relation naissante. De toute façon, elle pouvait bien refuser de se laisser embrasser dans une salle de bal illuminée, au milieu de dizaines d'autres danseurs, quand ils se retrouveraient seuls dans un endroit discret, ce serait une autre affaire…

Après tout, il pouvait parfaitement s'accommoder des règles qu'elle lui imposait, il avait d'autres ressources pour séduire une femme. Elle mettait la barre un peu haut, certes, mais il était de taille à passer l'obstacle.

— C'est entendu ! Mais j'ai mes exigences, moi aussi, ajouta-t-il devant le sourire vainqueur de Katherine.

— Ce n'est pas à vous de fixer les règles !

— Je fais cela pour vous rendre service, ne l'oubliez pas. Et je me suis engagé à ne pas vous embrasser.

— Très bien, quelles sont vos conditions, milord ? demanda-t-elle à contrecœur.

— La première, c'est que vous ne m'appeliez pas « milord » quand nous sommes seuls.

— Vous prenez vraiment un malin plaisir à ne pas vous soumettre aux convenances.

— Chaque fois que la possibilité m'en est offerte, admit-il.

Et pour le lui prouver, il glissa la main sous sa ceinture pour lui caresser furtivement le dos. À sa grande satisfaction, les joues de la jeune fille s'empourprèrent

70

immédiatement. Il adorait voir rougir les dames, et cela allait à ravir à sa cavalière.

— En privé, vous m'appellerez Alexandre.

— Bien, Alexandre.

D'entendre son prénom dans sa bouche lui donna une furieuse envie de l'entraîner dans le jardin pour lui montrer de quoi un « homme de son espèce » était capable.

Dieu que c'était ennuyeux de se conduire en gentleman !

— Vous m'informerez aussi de votre emploi du temps, reprit-il. Si vous êtes invitée à un bal, vous me le ferez savoir, afin que je puisse m'y rendre. Il faut bien qu'on me voie vous courtiser, murmura-t-il en lui caressant de nouveau discrètement le dos.

— C'est entendu, acquiesça-t-elle d'une voix rauque qui lui enflamma les sangs.

— Je compte sur votre franchise, poursuivit-il, profitant de son avantage. Vous ne verrez pas Lovelace sans m'en avertir. Il ne faut pas que vous cédiez à vos vieilles habitudes, expliqua-t-il vivement alors qu'elle ouvrait la bouche pour protester. Si je ne suis pas là, vous risquez de reprendre votre rôle de confidente attentionnée. Lui retrouvera sa tranquillité béate, et vous ne serez pas plus avancée.

— Je commence à me demander où me mènera votre brillant stratagème.

— À ne pas rester vieille fille !

Elle le fusilla du regard, mais le comte ne s'en émut pas.

— Enfin, quand nous serons ensemble, vous ne me parlerez jamais de Sydney, si ce n'est pour fixer notre prochaine rencontre avec lui. Je ne veux pas entendre le récit larmoyant de votre premier regard, ni que vous vous lamentiez sur la façon dont il répond, ou ne répond pas, à votre amour. Nous ne nous étendrons pas non plus sur les débuts de votre idylle, ou sur votre merveilleuse communion intellectuelle ajouta-t-il avec flegme.

— D'une part, je n'ai pas l'habitude de larmoyer, ni de me lamenter, répliqua-t-elle, piquée au vif. D'autre part, quel mal y a-t-il à parler de Sydney ? En quoi cela vous dérange-t-il ?

— Il faut bien que je prenne un peu de plaisir à notre petit jeu. Et entendre une femme jacasser au sujet d'un autre n'a rien de particulièrement agréable.

— Je ne *jacasse* pas non plus !

— C'est parfait, nous nous entendrons à merveille ! Si toutefois vous acceptez mes conditions.

— Je ne vois aucune raison de ne pas parler de Sydney, s'obstina-t-elle.

— Ce n'est pas négociable. Regardez votre soupirant en conversation avec madame votre mère, poursuivit-il en lui désignant du menton Lovelace, qui semblait excédé par le bavardage de Mme Merivale. Ils ont l'air de si bien s'entendre. Peut-être n'aurez-vous pas besoin de mon aide, après tout.

— On voit bien que vous ne connaissez pas maman, fit Katherine. Je l'aime du fond du cœur, mais elle suffirait à mettre en fuite une armée de prétendants fous d'amour.

Alexandre aurait volontiers compati si cela ne l'avait pas autant arrangé.

— Alors ? Vous acceptez mes conditions ? reprit-il.

— Quand commençons-nous ? demanda-t-elle d'un air déterminé.

Une heure plus tard, Katherine regrettait déjà d'avoir donné son accord. Le baronet s'était éclipsé dans la salle de jeu et ne l'avait même pas vue entamer une nouvelle série de danses avec Alexandre. Le quadrille venait de s'achever et son amoureux était toujours invisible.

— Vous voyez, vous l'avez fait fuir, soupira-t-elle tandis que son cavalier la reconduisait vers les sièges qui bordaient la piste.

— Ne vous découragez pas si vite. La chasse débute à peine. On ne risque pas d'attraper sa proie si on renonce dès le départ. Vous verrez, il finira par se montrer.

— Et s'il ne revenait pas ?

— Cela prouverait sa sottise, et vous seriez débarrassé d'un idiot.

— Vous ne vous rendez pas compte que Sydney est un homme exceptionnel ? s'exclama-t-elle en balayant la pièce du regard. Il peut très bien prendre notre badinage comme une trahison, ou comme la preuve de ma vulgarité.

— Vous n'avez rien de vulgaire ! s'insurgea-t-il. Ne lui permettez jamais de prétendre le contraire. Ni à lui ni à personne.

La véhémence de sa repartie la surprit. Iversley paraissait vraiment furieux.

— Qu'est-ce que cela peut vous faire ?

— « Vous n'êtes qu'une vulgaire roturière, après tout. » C'est ce que mon père disait à ma mère, rétorqua-t-il, son regard d'azur soudain lointain. Et elle baissait la tête sans répondre. Tout cela parce qu'elle avait eu le malheur de... Elle ne méritait pas une telle insulte. Et vous non plus...

— Je croyais que vous ne vous entendiez pas avec votre mère, s'étonna la jeune fille. On raconte qu'elle est restée alitée longtemps avant de mourir, et que vous n'êtes même pas revenu en Angleterre lorsqu'elle est tombée malade.

— Nous étions en guerre, et ma famille a eu des difficultés à me joindre, répondit-il, plus pâle qu'un mort. Quand j'ai appris sa maladie, elle était déjà dans la tombe. Je n'avais plus aucune raison de rentrer.

— Je comprends.

À vrai dire, Katherine ne comprenait rien du tout. Même si elle lui reprochait son franc-parler, ses éclats de rires intempestifs et son goût pour l'argent, elle était très attachée à Mme Merivale et n'aurait jamais envisagé de rester sans nouvelles d'elle longtemps. Ignorer quelle était malade lui paraissait tout simplement inimaginable, de même que ne pas retourner dans sa famille après un décès.

Enfin, si le défunt comte était aussi terrible... Mais après tout, pourquoi se poser tant de questions ? Iversley n'était qu'un moyen d'arriver à ses fins, elle n'avait aucune raison de s'intéresser à lui.

— À propos de mère, la vôtre est peut-être partie prendre un rafraîchissement. Voulez-vous que nous allions à sa recherche ?

Lorsqu'ils passèrent sous la voûte de cerisiers en fleur, un pétale tomba sur le gant de Katherine. Le comte le retira doucement, et en profita pour laisser sa main s'attarder sur celle de la jeune fille.

Aussitôt, elle sentit son pouls s'accélérer, et elle retint son souffle.

Pour se donner une contenance, elle scruta les convives assis autour des tables disséminées dans la salle bruissante de conversations, au milieu du ballet de domestiques affairés à servir les rafraîchissements. Là non plus, il n'y avait pas trace de sa mère.

— Je connais maman, elle a dû s'empresser de disparaître avant que la danse se termine. Ainsi, vous êtes obligé de me tenir compagnie.

— Je suis prêt à me sacrifier, plaisanta-t-il. Je sens qu'elle et moi allons vite devenir de grands amis.

— On voit bien que vous ne la connaissez pas encore. Elle est coutumière de ce genre de mauvais tours. J'ai bien envie de partir seule à sa recherche.

— Mais vous ne le ferez pas.

— Ce n'est pas convenable, je sais, soupira-t-elle. Encore que je ne comprends pas pourquoi une femme ne pourrait pas traverser seule une pièce, au milieu d'une centaine de personnes.

— Je suis heureux de constater que je ne suis pas le seul à contester les usages de la bonne société.

— La différence, c'est que moi, je m'y conforme.

— Avec moi, ce n'est pas nécessaire, lui souffla-t-il à l'oreille.

— Je sais très bien quelles règles vous souhaiteriez me voir ignorer, riposta-t-elle pour masquer le trouble qui l'envahissait dès qu'Iversley se rapprochait d'elle.

— J'en doute, répliqua-t-il en lui caressant la main au mépris de toute convenance. Mais si vous voulez me suivre jusqu'au jardin, je me ferais un plaisir de vous éclairer.

— Je vous remercie, j'en ai suffisamment appris pour ce soir !

Elle se hâta de lui retirer ses doigts avant que sa détermination ne flanche, et poussa un soupir de soulagement en apercevant sa mère en compagnie de Sydney.

— Regardez ! Les voici tous les deux.

— Vous voyez, vous aviez tort de vous inquiéter. Lovelace ne vous a pas abandonnée.

— En fait, il m'avait demandé de lui accorder la dernière danse, pour être avec moi au souper, expliqua-t-elle. Ce n'est pas le genre de personne à vous faire faux bond. Il respecte toujours ses engagements.

— Mais il ne se presse pas pour les prendre. Pourquoi tenez-vous tellement à lui ? Si vous voulez mon avis, vous êtes très mal assortis.

— Parce qu'il refuse de m'embrasser ? Cela changera quand nous serons mariés.

— Si j'en crois mon expérience, le mariage n'a jamais changé qui que ce soit. Au contraire, il ne fait qu'accentuer les défauts.

— Vous avez donc été marié ? répliqua-t-elle.

— Non, admit-il à contrecœur, mais j'ai beaucoup observé mon père. Il n'avait jamais été un modèle d'affection, mais je l'ai vu se durcir au fil des années. C'est un exemple éloquent.

— Comme le mien. Mais vous savez, un penchant mal placé peut être aussi nuisible que le manque d'amour.

— C'est pour cela que vous préférez un mariage sans passion ?

— J'ai choisi un homme qui sera aussi un ami. L'amitié est plus durable que la passion.

— Ça ne me paraît pas très excitant.

Mme Merivale les avait aperçus et faisait de grands signes pour attirer leur attention. Katherine fronça les sourcils devant ce manquement aux convenances les plus élémentaires.

— Il semble évident que vous ne cherchez qu'à prendre du bon temps, et que vous n'avez jamais eu à faire face aux obligations triviales de la vie quotidienne. Vous n'avez jamais dû affronter les ragots d'un village. Vous avez eu raison de ne pas vous marier. Au moins, vous avez épargné tout cela à la malheureuse qui vous aurait épousé.

D'un geste brusque, il l'entraîna à l'abri des regards et l'obligea à lui faire face.

— Que les choses soient claires une fois pour toutes, articula-t-il, les yeux étincelants. Quoi qu'on raconte à mon sujet, lorsque j'étais à l'étranger, je n'ai pas passé mon temps à papillonner d'une femme à l'autre.

— Et à quoi l'occupiez-vous donc ?

— Je me suis occupé, c'est tout. Il y a beaucoup à faire quand on a du temps.

— Bien sûr ! Vous avez dû visiter toutes les cathédrales et tous les musées d'Europe.

Un instant, il parut décontenancé, mais il ne tarda pas à se reprendre.

— À vrai dire, j'ai passé beaucoup de temps à cheval. Mais dites-moi, Katherine, poursuivit-il d'un air mystérieux, aimez-vous l'équitation ?

6

La flatterie, les petits cadeaux, toutes ces attentions
qui permettent de séduire une femme, peuvent parfaitement
servir à endormir les soupçons
des mères et des chaperons.

L'Art de la séduction

Vêtue de son plus beau costume d'amazone en velours
violine, Katherine achevait sa corvée quotidienne. Tous
les jours, elle répondait au courrier, dépouillait les factures, et envoyait en Cornouailles ses instructions pour la
bonne marche de la maisonnée.

Assise dans le minuscule bureau de la modeste maison
qu'elles avaient louée à Londres, elle mesurait l'inanité de
ses efforts. Ce qu'elle allait tirer de la vente au boucher
local d'un agneau nouveau-né serait immédiatement
dépensé pour renouveler la garde-robe de sa sœur Bridget, qui avait grandi d'un seul coup. Ses jupes étaient
devenues tellement courtes que le pasteur en avait fait la
remarque à la femme de charge des Merivale, qui faisait
également office de chambrière, de cuisinière et de gouvernante pour les plus jeunes. La brave femme en avait
immédiatement informé sa maîtresse, y ajoutant les
commérages que ces remontrances pastorales ne man-
queraient pas de susciter dans la paroisse.

Sans le dévouement de leurs fidèles domestiques, qui
acceptaient d'attendre leurs gages au-delà du raisonnable,

sa mère et elle n'auraient jamais pu s'offrir ce séjour à Londres, censé faire aboutir ses projets matrimoniaux avec Sydney, et lui permettre d'entrer en possession de sa fortune.

Pourtant, elle commençait à douter que ses plus chères espérances se réalisent un jour.

Elle poussa un profond soupir et consulta la pendule. Il lui restait une demi-heure avant qu'Alexandre vienne la chercher pour une promenade à cheval, au lieu d'aller écouter Lovelace lire ses poèmes, comme elle le lui avait promis. Qu'est-ce qui lui avait pris d'accepter la proposition du comte la nuit dernière ?

Elle en avait eu assez, voilà tout ! Sydney s'était conduit de façon inqualifiable. Durant tout le souper, il lui avait à peine adressé la parole. S'il avait mentionné cette lecture, ne serait-ce qu'une seule fois, au lieu de bouder pendant tout le trajet de retour, elle se serait laissé attendrir, et aurait oublié ses engagements et la promenade à cheval.

Mais il avait préféré se conduire comme un gamin, et n'avait même pas proposé de venir la chercher. Bien entendu, Iversley, de son côté, avait jeté de l'huile sur le feu en la courtisant ouvertement.

À cette pensée, les joues de Katherine s'empourprèrent tandis que son cœur s'emballait. La peste soit de cet homme ! Un simple baiser lui avait suffi pour chambouler sa vie.

Elle avait lu attentivement le fameux livre trouvé dans l'armoire de son père, mais apparemment, il lui restait encore beaucoup à apprendre avant d'affronter à armes égales un redoutable séducteur comme le comte. Et puis, une petite révision lui rappellerait à qui elle avait affaire.

Elle ouvrit le tiroir où elle avait enfoui le livre interdit sous un monceau de papiers sans intérêt et le sortit. Quand elle l'avait trouvé, après la mort de son père, elle l'avait ouvert par pure curiosité. Comment une jeune fille pouvait-elle s'instruire et apprendre à démasquer les séducteurs qui chercheraient à abuser de son innocence ?

Même Alexandre en avait convenu, connaître l'ennemi constituait la meilleure des défenses.

Il n'y avait aucun danger que sa mère entre dans ce bureau alors qu'elle était occupée à toutes ces formalités ennuyeuses, aussi feuilleta-t-elle l'ouvrage sans hésiter. Elle devint écarlate lorsque son regard tomba sur l'une des illustrations.

La première fois qu'elle avait contemplé ces gravures licencieuses, Katherine avait cru qu'elles décrivaient des figures de gymnastique ou de lutte gréco-romaine. Après tout, les anciens Grecs avaient coutume de s'exercer aux jeux du stade dans le plus simple appareil, et les légendes des dessins, *La Chevauchée héroïque* ou *La Prise de côté*, par exemple, utilisaient un vocabulaire des plus sportifs.

Mais lorsqu'elle avait trouvé celle qu'elle regardait à l'instant même, intitulée *La Brouette*, elle avait compris de quoi il s'agissait. Un homme tenait par les chevilles une femme agrippée à une roue. Cela paraissait effectivement très sportif. Il semblait la pousser, comme s'il s'agissait d'une course, avec un long bâton qu'il tenait entre les jambes.

Mais à examiner le dessin de plus près, on constatait qu'il ne s'agissait pas d'un bâton, et que le couple ne s'adonnait pas du tout à l'athlétisme.

Elle aurait dû se débarrasser du livre aussitôt, mais ces illustrations étaient extrêmement instructives pour une jeune fille qui ne connaissait rien de la vie, hormis ce qu'elle avait eu l'occasion d'entrevoir à la campagne, chez les chevaux ou les moutons.

Elle en savait à présent beaucoup plus, mais elle ne comprenait toujours pas l'intérêt de toutes ces positions acrobatiques. Certaines paraissaient extrêmement difficiles, voire pénibles, notamment celle où la dame avait glissé les jambes autour du cou de son partenaire. Comment y parvenait-elle ? L'exercice devait demander beaucoup de souplesse…

Et puis, il y en avait une autre qu'elle comprenait mieux maintenant. Après tout, le jeune homme pouvait avoir envie de mettre la langue à cet endroit, et peut-être que sa belle trouvait cela très agréable. Elle avait pris beaucoup de plaisir lorsque Alexandre avait introduit sa langue dans sa bouche, la veille. Une onde brûlante l'avait parcourue de la tête aux pieds, la laissant pantelante autant que ravie.

À en juger par ces illustrations, les messieurs n'introduisaient pas uniquement leur langue dans le corps des dames. Mais elle se demandait s'il était plaisant pour une femme de recevoir cet… engin en elle.

Surtout s'il était aussi volumineux que sur cette gravure… Elle tourna le livre vers la fenêtre pour mieux voir. C'était certainement exagéré, comme les seins de la jeune personne, gros comme des melons.

Katherine poussa un soupir de regret en regardant sa propre poitrine, qu'elle avait toujours jugée trop menue.

Mais si ce livre faisait peu de cas du réalisme, pourquoi son père l'avait-il acheté ? Peut-être s'agissait-il tout simplement d'une curiosité malsaine, ou d'une perversion, comme sa liaison avec cette danseuse que sa mère l'avait accusé d'entretenir ?

La jeune fille se rappelait parfaitement leur violente dispute. Elle avait dû ensuite répondre à la curiosité de ses petites sœurs et trouver une explication satisfaisante à l'expression « une traînée vérolée ». Leur mère n'avait jamais particulièrement brillé par sa discrétion, mais après la mort de grand-père, elle avait perdu le peu de retenue auquel elle s'astreignait. Délivrée du jugement paternel, elle pouvait enfin donner libre cours à sa véritable nature, ce qui signifiait qu'aucun sujet n'était assez intime pour être passé sous silence devant les enfants.

Katherine s'aperçut soudain qu'elle avait toujours les yeux rivés sur la gravure licencieuse, et elle se hâta de tourner la page. Il n'y avait que du texte sur la suivante et, après tout, ce livre ne contenait pas que des obscénités.

Ainsi, un chapitre entier donnait des conseils pour vaincre la résistance d'une femme en lui offrant des présents. Elle lut les lignes consacrées aux fleurs : *Un bouquet de*

fleurs exotiques aide toujours à gagner le cœur d'une dame,
car ce sont avant tout des créatures superficielles et vénales.

Elle referma le livre et le jeta dans le tiroir d'un geste rageur. C'était bien là une réflexion d'homme ! Ils étaient persuadés qu'il leur suffisait de dépenser un peu d'argent pour séduire une femme. Apparemment, son père avait suivi le conseil à la lettre. Résultat : il avait ruiné les siens pour entretenir ses maîtresses.

Le bruit d'une voiture qui s'arrêtait devant la maison la fit sursauter. Seigneur, Alexandre venait bien tôt ! Où avait-elle donc posé ses gants ?

Mais après tout, la paire en daim noir soutaché de pourpre qu'elle avait préparée ne se mariait peut-être pas très bien avec son sobre costume de velours violine. Elle hésitait à aller en chercher une autre paire, plus classique, lorsqu'elle entendit des voix dans le hall.

Sydney !

Elle attrapa ses gants, empoigna la traîne de son costume et se rua dans l'escalier.

— Que me chantez-vous là ? Katherine part en promenade avec Iversley ? Mais elle m'a promis de venir assister à la lecture de mes poèmes !

La jeune fille n'entendit pas la réponse de sa mère, mais elle doutait fort qu'elle soit de nature à apaiser son soupirant. Elle dévala les dernières marches et surgit à temps pour entendre Mme Merivale déclarer à un Lovelace au bord de l'apoplexie que de toute façon, la poésie ne servait à rien, et qu'elle aimerait beaucoup que sa fille cesse de s'intéresser à ce genre de fadaises.

— Bonjour, Sydney ! s'écria Katherine en pénétrant d'un pas vif dans le salon. Quel bon vent t'amène ?

— Tu sais très bien que la lecture de mes poèmes commence dans moins d'une heure.

— Tu n'en as pas parlé hier soir quand tu nous as raccompagnées, rétorqua posément Katherine. Je ne connaissais même pas l'heure exacte.

— Euh… j'ai oublié, bafouilla le baronet.

— J'en ai déduit que tu avais changé d'avis, et que tu ne souhaitais plus que je vienne avec toi.

— Madame, puis-je avoir une conversation avec votre fille en tête à tête ?

— Il n'en est pas question, répliqua Mme Mère d'un ton acide. Vous n'êtes même pas financés !

— Maman veut dire « fiancés », se hâta de corriger Katherine en se retenant d'éclater de rire devant ce lapsus si révélateur.

Depuis le temps qu'ils se connaissaient, il aurait pourtant dû être habitué aux bourdes de sa mère.

— C'est exactement ce que j'ai dit ! protesta Mme Merivale.

— Tu as dit… Enfin, ça n'a aucune importance. Laisse-nous un instant, s'il te plaît.

— Si tu y tiens. Mais n'oublie pas que Sa Seigneurie doit arriver d'un moment à l'autre.

— Sa Seigneurie peut aller au diable et y attendre l'éternité entière, grommela Sydney.

La jeune fille haussa les épaules. La jalousie était censée rendre son prétendant plus attentionné, pas le faire bouder. Du reste, de quel droit lui faisait-il mauvaise figure ? Il s'imaginait toujours qu'elle était à sa disposition. Elle commençait à en avoir par-dessus la tête !

— Écoute-moi bien, enchaîna-t-il, je ne veux plus voir Iversley tourner autour de toi.

Ces manières possessives et ces crises subites d'autorité ulcéraient Katherine.

— Tu aurais dû y songer hier soir, au lieu de partir sans un mot.

— Je reconnais que j'ai manqué de courtoisie, mais jamais je n'aurais pensé que…

— Que j'accepterais l'invitation d'un autre ? acheva Katherine. Que je prendrais d'autres engagements ? Que je déduirais de ton attitude pendant le souper que je ne t'intéressais plus ?

— C'est Iversley qui t'a mis ces idées en tête ? J'ai toujours souhaité faire de toi ma femme, Katherine, tu le sais parfaitement.

— Tu as une curieuse façon de le montrer.

— Écoute, je sais que je me suis mal conduit hier soir, mais j'étais furieux de te voir badiner avec le comte.

— Je ne badinais pas avec lui !

— J'admets que tu avais des raisons de m'en vouloir, dit-il en se dandinant nerveusement d'un pied sur l'autre. Je ne te blâme pas d'avoir dansé avec lui, je sais que tu voulais te venger parce que je ne te montre pas toujours... à quel point tu comptes pour moi. Mais je pensais que ton accès de mauvaise humeur était passé, ajouta-t-il avec une pointe de rancune.

Voilà tout le cas qu'il faisait de ses inquiétudes ! Il les considérait comme un caprice de gamine, rien de plus.

— Hier soir, je n'étais pas de mauvaise humeur, mais maintenant, je le suis ! Et si tu t'imagines que je vais t'accompagner où que ce soit...

Un coup de heurtoir impérieux retentit à la porte d'entrée.

— C'est certainement lord Iversley qui vient me chercher pour notre promenade à cheval. Si tu veux bien m'excuser...

— S'il te plaît, ne te fâche pas, implora-t-il en lui barrant le chemin. Je ne peux pas le supporter.

Il paraissait tellement bouleversé qu'elle sentit fondre toute sa colère. Elle entendit le comte saluer Mme Merivale, mais elle ne pouvait pas abandonner Sydney de cette façon.

— Je ne suis pas fâchée contre toi, je suis simplement déçue. Et tu sais très bien pourquoi.

— J'ai parlé de nous deux avec mère, ce matin.

— Et qu'a-t-elle dit ? s'enquit Katherine, qui ne se faisait guère d'illusions.

— Elle s'étonne que nous soyons si pressés, répondit-il à contrecœur. Elle pense que nous pouvons parfaitement patienter jusqu'à ce que sa santé s'améliore.

La jeune fille avait beau s'attendre à cette réponse, elle eut du mal à cacher sa déception. Alexandre avait raison, Sydney n'oserait jamais contrarier sa mère sans une raison sérieuse.

— Eh bien, explique-lui mieux que ça. Tu as deux semaines !

— Je sais, soupira-t-il. Mais en attendant, je ne comprends pas ce qui t'empêche de me voir. Tu préfères ce vaurien d'Iversley ?

— Moi, je ne comprends pas pourquoi tu le traites de vaurien, rétorqua-t-elle en enfilant ses gants avec une nonchalance étudiée. Je le trouve charmant.

— C'est un gredin de la pire espèce, gronda le paisible baronet en l'attrapant par le bras comme pour la secouer. Et si tu t'imagines que le mariage fait partie de ses projets…

— Bonjour, mademoiselle Merivale, lança une voix froide.

Levant les yeux, la jeune fille découvrit Alexandre sur le seuil du salon. Tandis qu'elle se dégageait d'un mouvement vif, le comte, ignorant Sydney, l'enveloppa d'un regard brûlant qui lui laissa la gorge sèche. Face à cet aristocrate, habitué au luxe et à la sophistication, elle craignait de faire pâle figure, avec son costume d'amazone qui avait connu des jours meilleurs.

— Vous êtes particulièrement délicieuse aujourd'hui. Cette couleur vous va à ravir.

— Je vous remercie, lord Iversley. Pourtant, *certains* n'apprécient pas la couleur de mes vêtements, ajouta-t-elle sans regarder Lovelace.

— Ils sont peut-être occupés à des choses plus importantes que de débiter des flatteries, suggéra le jeune poète, piqué au vif.

— Des choses plus importantes ? intervint Mme Merivale, qui se tenait derrière le comte. Vous ne parlez pas de poésie, j'espère ? L'élégance est une obligation sociale pour les gens de notre monde, tandis que vos fadaises…

— Tu es du même avis ? demanda Sydney à Katherine d'un air implorant.

— Bien sûr que non, mais cela ne change rien. J'expliquais à sir Sydney que je ne peux assister à la lecture de ses poèmes, cet après-midi, à la salle Freeman, ajouta-t-elle à l'adresse du comte.

— Je vais être perdu sans toi, se lamenta le baronet, sans se soucier d'Iversley. En outre, on risque de trouver étrange que je dédie la plus importante de mes œuvres à la femme de ma vie, si celle-ci ne se donne même pas la peine de venir.

— Ta mère ne vient pas non plus ? s'étonna Katherine avec une innocence feinte.

— Je ne lui en ai pas parlé. Je voulais y aller avec toi.

La jeune fille regretta immédiatement son ironie.

Ainsi, il lui avait donné la préférence...

Ou plutôt il avait préféré ne pas infliger à lady Lovelace la présence d'une personne aussi ordinaire qu'elle.

— Ma chère, si nous tardons, il y aura trop de monde au parc pour pouvoir galoper, remarqua le comte.

— Je dois y aller, lança-t-elle à Lovelace en remerciant intérieurement Iversley de cette diversion.

— Tu es sûre ?

Son air suppliant faillit la faire fléchir. Est-ce qu'elle ne se montrait pas exagérément cruelle ? Peut-être lui demandait-elle trop...

Mère s'étonne que nous soyons si pressés.

Eh bien, il fallait parfois exiger ce que l'on avait pourtant bien mérité ! Et depuis le temps qu'elle l'attendait, elle avait bien mérité d'épouser Sydney.

— Certaine.

— Veux-tu que je passe ce soir te raconter comment mes poèmes ont été accueillis ?

— Si tu veux, répondit-elle impulsivement.

— Je vous reconduis, sir Sydney, glapit Mme Merivale.

Comprenant qu'il était de trop, le jeune homme s'inclina devant Katherine et, sans un mot ni un regard pour Alexandre, suivit la maîtresse de maison.

— Au revoir, Lovelace. Bonne lecture, lança ironiquement le comte.

— Pourquoi insistez-vous ? le morigéna Katherine. Il est assez puni comme cela.

— Je ne vous le fais pas dire. Il va s'enfermer avec une foule de raseurs pendant que nous profiterons de ce bel après-midi printanier.

La jeune fille ne pouvait s'empêcher de plaindre Sydney, ni d'éprouver un sentiment de culpabilité.

— Ma fille est passionnée d'équitation, déclara Mme Merivale. À la campagne, elle passe ses journées à cheval.

— Alors, nous irons à Saint-James Park, décréta le comte. C'est plus beau, et il y a plus d'espace.

— Katherine adore la nature, elle sera ravie de découvrir Saint-James Park. N'est-ce pas, ma chérie ?

Toute la matinée, sa mère lui avait seriné qu'elle avait beaucoup de chance d'avoir été remarquée par un homme aussi éminent que le comte d'Iversley, et elle n'avait aucune envie de s'attirer ses foudres à son retour.

— Mais oui, c'est une excellente idée. J'adore les parcs londoniens !

— Vous voyez ? Où que vous l'emmeniez, elle sera ravie de vous suivre, milord.

— Tout le plaisir sera pour moi, chère madame. Je suis prêt à emmener votre fille où il lui plaira, ajouta Alexandre avec un sourire coquin.

Tandis que sa mère détaillait ses exploits équestres en même temps que ses innombrables qualités, Katherine se perdait en conjectures sur la signification de ce sourire. Comment Iversley se débrouillait-il pour donner aux remarques les plus anodines une connotation équivoque ? Et ce regard possessif dont il l'enveloppait, comme si elle lui appartenait déjà…

Avec un frisson de frayeur et de délices, elle fut bien forcée d'admettre que ces façons la troublaient plus que de raison. Mais tout ce que voulait le comte, c'était la provoquer, c'était évident. Où la séduire ?

Elle devait reconnaître que cette tenue bleu roi lui allait à merveille, et qu'il était difficile de ne pas se perdre dans ses yeux d'azur. En un mot, il était beau comme un dieu, et terriblement viril !

Lui aussi l'observait, avec une expression satisfaite qui la déstabilisa. Elle s'empourpra quand, profitant de ce que sa mère avait le dos tourné, il lui adressa un clin d'œil canaille.

Passer ses journées avec un vaurien dans le seul but de rendre jaloux l'homme qu'elle aimait était un jeu dangereux. Elle avait toujours blâmé les coquettes, mais il fallait admettre que la technique était efficace. Sydney n'avait jamais recherché sa compagnie avec autant d'ardeur.

Le pauvre ! Quelle n'avait pas été sa stupéfaction lorsqu'elle avait refusé de l'accompagner. Tout à coup, une bouffée d'angoisse la saisit. Et si elle était allée trop loin ? S'il se décourageait, et qu'elle le perde définitivement ?

C'était impossible !

— Maman, j'ai oublié mon châle. Cela t'ennuierait d'aller me le chercher ?

— Mais pas du tout, ma chérie. Il ne faudrait pas que tu prennes froid.

Que Katherine éloigne sa mère éveilla la défiance d'Alexandre. Il avait bien senti que quelque chose tourmentait sa future fiancée, et il ne devinait que trop bien de quoi il s'agissait. Il ne fut donc pas surpris par la proposition embarrassée de la jeune fille.

— Au lieu de nous promener à Saint-James Park, nous pourrions aller à…

— Non.

— Vous ne savez pas ce que j'allais dire ! s'exclama-t-elle, indignée.

— Vous vouliez me demander d'aller à la lecture des poèmes de Lovelace, et je vous réponds « non ».

Avec la franchise qui la caractérisait, elle ne chercha pas de faux-fuyant.

— La salle Freeman est à deux pas. Et cela ne nous empêchera pas de nous promener au parc ensuite.

— Il n'en est pas question.

— Et pourquoi cela ?

Parce qu'il se rappelait parfaitement le regard de chien battu qu'elle posait sur cet imbécile de Lovelace tandis qu'il la suppliait de l'accompagner. Et parce que ce spectacle éveillait en lui un sentiment confus, d'une violence comme il n'en avait encore jamais éprouvé.

— C'est avec moi que vous avez promis de passer l'après-midi, pas avec ce rimailleur, trancha-t-il. Et je m'attends que vous teniez votre engagement.

— Si nous cherchons à rendre Sydney jaloux, protesta-t-elle faiblement, surprise par la véhémence qu'elle devinait sous ses dehors policés, il faut qu'il nous voie ensemble.

— Il vient de nous voir, et il sait que nous allons nous promener à cheval. Son imagination fera le reste, expliqua Alexandre avec un sourire qu'il voulait désarmant.

— Le but de ce stratagème, c'est de le pousser à demander ma main, mais si vous en faites une affaire personnelle, je préfère arrêter tout de suite, déclara-t-elle d'un air buté.

Elle n'en avait aucune intention, il en était certain. Rien n'avait changé entre son soupirant et elle depuis la veille, sinon elle n'aurait pas préféré sa compagnie à celle de ce mollasson. Elle devait pourtant bien se rendre compte que si elle renonçait à leur plan, son poète de deux sous retournerait vite à ses vieilles habitudes.

Et si elle était sincère ? Mieux valait ne pas prendre de risque, et retourner la situation à son avantage.

— Puisque vous y tenez tant, allons écouter votre rimailleur. Mais si je dois endurer ses vers de mirliton, cela mérite une récompense.

— De quel genre ? demanda-t-elle, immédiatement sur ses gardes.

— Un baiser, chuchota-t-il, après avoir lancé un coup d'œil vers la porte.

— Nous étions bien d'accord, protesta-t-elle. Pas de baiser !

— Nous étions aussi d'accord pour ne pas parler de Sydney, et voilà que vous voulez que je passe l'après-midi à vous regarder vous pâmer en écoutant ses poèmes.

— Je ne me pâmerai pas, riposta-t-elle.

— C'est une maigre consolation. Alors, que décidez-vous ? Vous m'accordez un baiser en échange de la lecture, ou nous allons nous promener à Saint-James Park comme prévu ?

Elle hésitait visiblement, mais il était convaincu qu'elle allait choisir le baiser. Cette lecture était de toute évidence très importante pour ce satané Lovelace, et elle n'oserait pas le mécontenter sérieusement.

Depuis la nuit dernière, Alexandre brûlait de goûter à nouveau cette bouche sensuelle, de sentir ces bras tremblants agrippés à son cou, de respirer ce parfum enivrant de rose et de jasmin. C'était l'occasion ou jamais !

— Très bien, céda-t-elle en s'approchant avec hardiesse. Prenez votre maudite « récompense », et allons-y.

Si elle s'imaginait pouvoir s'en tirer aussi facilement, elle se trompait lourdement. Il n'était pas le genre d'homme à se laisser abuser comme un collégien.

Avec un petit rire ironique, il prit le joli visage entre ses mains, savourant au passage la douceur de sa peau, puis, lentement, il caressa du pouce sa lèvre inférieure.

— Quelle bonne idée ! Je vous prends dans mes bras, vous entendez votre mère dans l'escalier, et nous finissons avant d'avoir commencé. Pas question, ma douce ! C'est moi qui choisirai le moment, le lieu et la manière de prendre ma récompense.

— Comme il vous plaira, Alexandre le Grand, répliqua-t-elle en dissimulant son inquiétude sous une indifférence affectée. Et quand comptez-vous la demander ?

— À mon heure. Mais ne vous inquiétez pas, ma chère, murmura-t-il, en se penchant si près qu'elle sentit la chaleur de son souffle contre son oreille. Je vous promets de ne pas vous décevoir.

La jeune fille bondit si brusquement en arrière qu'elle manqua de renverser la table à thé. Aux yeux d'Iversley, ses joues empourprées valaient tous les discours. Elle mourait d'envie qu'il l'embrasse de nouveau, même si elle se serait fait hacher menu plutôt que de l'admettre.

— Eh bien, allons-y, déclara-t-elle avec toute la dignité dont elle était capable. Nous avons juste le temps.

— Le temps de quoi ? demanda la voix sonore de Mme Merivale.

Katherine adressa à Alexandre un regard implorant qu'il fut fortement tenté d'ignorer. Mais il n'y aurait rien gagné.

— Le temps de vous offrir avant de partir le... petit présent que je vous ai apporté, répondit-il avec son sourire le plus enjôleur.

En fait, il l'avait acheté pour la jeune fille, mais à la guerre comme à la guerre.

— C'est un artisan qui peint des éventails sur commande, expliqua-t-il en tirant de sa poche un étui de velours mordoré. Ce que vous disiez hier soir sur les bals de Londres m'est revenu en mémoire et... enfin, voici.

Il s'inclina avant de lui tendre le petit paquet.

— Quelle charmante attention ! s'exclama-t-elle en déballant l'éventail. De l'ivoire gravé. Cela a dû coûter une jolie somme !

Heureusement, Mme Mère ne savait pas reconnaître l'os de l'ivoire.

— Mais le couple danse seul, s'étonna-t-elle. Ils sont bien en train de danser, n'est-ce pas ? Je ne vois pas bien...

— L'artisan n'a pas eu le temps de dessiner la foule, se hâta de préciser Alexandre, en espérant qu'elle ne remarquerait pas qu'en fait, le couple était en train de s'embrasser. De toute façon, je suis certain que tous vos cavaliers regrettaient de ne pas être seuls avec vous.

Mme Merivale, aux anges, gloussa devant ce compliment inattendu, et ne songea plus à poser de questions embarrassantes.

Elle tendit son châle à Katherine qui, finalement, décida qu'elle n'en aurait pas besoin. Un instant plus tard, les deux jeunes gens descendaient les marches du perron, une servante sur leurs talons pour leur servir de chaperon. Par chance, Alexandre avait eu la bonne idée de louer une monture supplémentaire.

Faire sa cour était décidément de plus en plus dispendieux !

— Cet éventail n'était pas destiné à ma mère, n'est-ce pas ? murmura Katherine.

— Seriez-vous en train de m'accuser de mensonge ? feignit de s'indigner Iversley.

— Je vous accuse juste d'utiliser tous les moyens possibles pour arriver à vos fins.

Mais le sourire amusé qui jouait sur les lèvres pulpeuses de la jeune fille alluma une étincelle de désir au creux des reins d'Alexandre.

— C'est vous qui en tirez tout le bénéfice, lui rappela-t-il.

Le sourire de Katherine s'élargit.

— C'est vrai. Merci, non seulement de m'emmener à cette lecture, mais encore de ne pas le dire à ma mère, fit-elle en pressant le bras du comte.

— Cela signifie-t-il que j'ai droit à deux récompenses ? risqua-t-il, espiègle.

— Certainement pas !

— Dommage. Dans ce cas, je vais devoir faire en sorte que celle que je recevrai en vaille la peine doublement !

7

Un acte chevaleresque vaut
tous les compliments du monde.

L'Art de la séduction

Je vais devoir faire en sorte que celle que je recevrai en
vaille la peine doublement.

Ces paroles retentissaient aux oreilles de Katherine
tandis qu'ils se dirigeaient à cheval vers la salle Freeman. Dieu du Ciel, devrait-elle endurer un après-midi
entier à attendre que le comte veuille bien réclamer sa
« récompense » ? Et à se demander si elle serait aussi
délicieuse que la première fois, s'il ferait avec sa langue
ces choses étranges, et si…

Zut ! La jeune fille glissa un regard de biais à son
compagnon. Il maîtrisait avec tant d'aisance sa fougueuse monture qu'elle ne douta pas un instant qu'il
disait vrai lorsqu'il prétendait avoir passé beaucoup de
temps à cheval.

Il montait bien mieux que les meilleurs cavaliers du
Jockey Club. L'assiette était tout simplement parfaite.
Une imperceptible poussée de ses cuisses musclées suffisait à diriger son pur-sang, et ses doigts jouaient en
virtuose avec les rênes.

Quel homme déconcertant ! Même la monture qu'il
avait choisie était inhabituelle.

— À quelle race appartient votre cheval ? s'enquit-elle tandis qu'ils s'éloignaient au petit trot, distançant Molly, la servante qui leur servait de chaperon.

— Beleza est un lusitanien. Je l'ai acheté au Portugal. Nous avons beaucoup roulé notre bosse et traversé toutes sortes d'épreuves ensemble, n'est-ce pas, ma belle ? fit-il en se penchant pour caresser l'encolure de la jument.

— Elle a mené la même vie de bâton de chaise que vous ?

— Vous me paraissez extrêmement intéressée par ma vie de bâton de chaise. Cela vous fait-il envie ?

— La vie de bâton de chaise, non, répliqua-t-elle en riant, mais les voyages, oui. J'aimerais connaître l'Italie, le Portugal… Toute l'Europe, à vrai dire.

Il détourna le regard, et son sourire s'évanouit.

— Je crains que ce ne soit pas le moment idéal pour voyager.

Elle avait oublié la guerre.

— À propos, comment un jeune homme peut-il prendre du bon temps s'il doit perpétuellement jouer à cache-cache avec les armées de Napoléon ?

— La vie suit son cours, même en temps de guerre, répondit-il évasivement. Les gens continuent à jouer, à boire, à… mener une vie de bâton de chaise. De quel côté ?

— À gauche, je crois.

— Nous devrions peut-être attendre votre suivante, suggéra-t-il en jetant un coup d'œil par-dessus son épaule.

Katherine suivit son regard. Comment Molly s'était-elle débrouillée pour prendre autant de retard ? Et pourquoi faisait-elle une figure pareille ? Les yeux lui sortaient de la tête. Ce n'était pourtant pas compliqué ! Il suffisait de se laisser porter et de suivre les mouvements du poney.

— Vous êtes certaine qu'elle sait monter à cheval ?

— Elle nous a assuré que oui, mais c'est une fille de cuisine, elle n'a pas beaucoup d'occasions de monter.

— Pourquoi votre mère ne vous a-t-elle pas fait accompagner par une femme de chambre ? demanda-t-il, circonspect.

— Nous avons laissé la plupart de nos domestiques en Cornouailles, mentit-elle avec aplomb, trop fière pour avouer le véritable motif.

Le jeune homme ne fit pas de commentaires, mais il paraissait sceptique.

— L'un de nous devrait s'assurer que tout va bien, insista-t-il en revenant à Molly.

— J'y vais, se hâta de proposer la jeune fille, qui ne tenait pas à ce que la servante bavarde à tort et à travers, et explique à Alexandre pourquoi une fille de cuisine devait tenir lieu de suivante aux dames Merivale.

Tandis que le comte retenait Beleza, Katherine fit demi-tour pour rejoindre Molly, qu'elle trouva agrippée au pommeau, verte de peur.

— Tout va bien ?

Les dents serrées, le chaperon acquiesça d'un signe de tête. À ce moment, sa monture fit un écart qui la déséquilibra. Elle se rattrapa tant bien que mal à sa crinière, mais il était évident qu'elle n'avait jamais fait d'équitation de sa vie. Pour l'heure, le poney suivait les deux autres chevaux, et il suffisait de s'accrocher pour se tenir en selle, mais comment ferait-elle quand ils emprunteraient des rues plus fréquentées ?

Katherine s'interrogeait quand le bruit d'une cloche retentit. Un fiacre, semblant surgir de nulle part, tourna à toute allure au coin de la rue. En apercevant les deux femmes qui bloquaient à moitié le chemin, le cocher agita de nouveau sa cloche, et le poney, affolé, s'emballa.

Molly poussa un hurlement tandis que sa maîtresse éperonnait son cheval. La servante cramponnée à sa crinière, le poney fila comme une flèche devant Alexandre qui s'élança à leur poursuite au galop.

La voiture passa en trombe devant Katherine. Le cocher freina des quatre fers en hurlant pour mettre en garde les deux cavaliers devant lui. Effarée, Katherine s'aperçut que sa suivante avait lâché les étriers. Ils arrivaient à un croisement, et si elle tombait, la petite serait immanquablement écrasée sous les roues du fiacre ou d'une autre voiture.

Impuissante, elle regarda la jument d'Alexandre rattraper le poney, et vit, incrédule, le comte se coucher presque perpendiculairement sur l'encolure de sa monture, juste au moment où Molly lâchait prise.

La jeune fille n'en crut pas ses yeux. Penché pratiquement jusqu'au sol, Alexandre rattrapa la servante avant qu'elle ne le heurte, et la hissa sur sa propre selle comme si elle ne pesait pas plus qu'un fétu de paille.

Il se redressa sans difficulté apparente, reprit sa position initiale et, tout en maintenant la petite d'une main ferme, freina son coursier. Malgré le poids supplémentaire et le fiacre lancé derrière eux dans un fracas de tonnerre, il contrôlait parfaitement sa monture, et la guida avec aisance sur le côté.

Revenue de sa surprise, Katherine se lança à la poursuite du poney qui, débarrassé de son encombrante et maladroite cavalière, avait ralenti l'allure. Elle le rattrapa aisément et, le tenant par la bride, rejoignit Alexandre qui mettait pied à terre avec une souplesse de félin.

À présent que tout danger était écarté, le cœur de la jeune fille battait à tout rompre et la tête lui tournait. Iversley, toujours parfaitement maître de lui, souleva doucement Molly qui s'affala dans ses bras en sanglotant. Le comte lui murmura des paroles apaisantes en la berçant comme une enfant.

Les curieux qui s'étaient rassemblés autour d'eux s'écartèrent pour laisser passer Katherine. La petite foule bruissait de commentaires admiratifs sur le courage et la dextérité du cavalier.

— J'ai jamais vu ça, même au cirque ! s'écria un gamin au visage constellé de taches de rousseur.

Les jambes flageolantes, Katherine mit pied à terre, tandis qu'Alexandre tendait son mouchoir à la petite domestique, toujours en larmes.

Si affable et galant qu'il soit, la jeune fille imaginait mal Sydney offrant son mouchoir à une fille de cuisine. En dépit des princes amoureux de pauvres bergères qui peuplaient ses poésies, il demeurait un pur aristocrate.

Iversley quant à lui semblait ne l'être que de nom. Peu de nobles en effet affichaient cette simplicité nonchalante. Et des dons de cavalier aussi exceptionnels. Katherine préférait ne pas penser à ce qui serait arrivé sans sa présence d'esprit, et son courage.

Elle rejoignit Molly en hâte, tandis qu'un sergent de ville se frayait un chemin jusqu'au comte.

— Oh, mademoiselle, sanglota la servante, je suis désolée d'avoir gâché votre promenade ! Je ne l'ai pas fait exprès, je vous le jure !

— Ne vous inquiétez pas, nous sommes soulagés que vous n'ayez rien, la rassura sa maîtresse en passant le bras autour de ses épaules.

— J'ai failli tomber ! Je serais morte écrasée si Sa Seigneurie n'avait pas été là ! hoqueta la petite en contemplant son sauveur avec adoration.

Katherine réprima un sourire. Apparemment, Alexandre avait l'art de conquérir les cœurs. La pauvre Molly n'était pas près d'oublier la façon dont le comte lui avait sauvé la vie. La jeune fille aussi, du reste.

— Pourquoi avez-vous dit à maman que vous saviez monter à cheval ? s'enquit-elle avec douceur.

— Il fallait quelqu'un pour vous accompagner, murmura la servante en tortillant le mouchoir entre ses doigts tremblants. La femme de chambre ne pouvait pas, et elle a dit que ça n'avait pas d'importance que je sache monter ou pas. Et puis, continua-t-elle en vérifiant qu'Alexandre était occupé avec le sergent de ville, Madame m'a dit de me laisser distancer et de rentrer

dès que je vous aurais perdus de vue. Elle a dit que si vous restiez seule avec Sa Seigneurie, il vous ferait des avances, et qu'ensuite, il serait obligé de vous épouser.

Le visage de Katherine s'empourpra de colère, à laquelle s'ajouta l'embarras lorsqu'elle s'aperçut qu'Iversley avait tout entendu. Le comte leur tournait le dos et paraissait absorbé par son cheval, mais ses épaules étaient secouées par un fou rire irrépressible.

Eh bien, elle réglerait cela avec sa mère plus tard, et ne se gênerait pas pour lui dire sa façon de penser.

— Nous allons vous ramener à la maison, dit-elle à Molly.

— Je m'en charge, intervint Alexandre. Elle ne peut pas rentrer seule, et je sais que vous ne voulez pas manquer votre lecture.

— Je viens avec vous, rétorqua fermement Katherine.

— Mademoiselle, je vous en prie ! protesta Molly. Madame me tuera si elle apprend que j'ai gâché votre promenade avec Sa Seigneurie.

— Je peux ramener la petite demoiselle à la maison, si vous voulez, proposa aimablement le sergent de ville.

Katherine hésitait, mais elle ne voulait pas que la pauvre ait des ennuis – cela dit que ce soit sa faute ou pas, elle savait que sa mère lui passerait un savon. Elle accepta donc l'offre de l'officier de police avec un sourire reconnaissant.

Elle chercha dans son réticule une pièce de monnaie pour le brave homme, mais le comte s'en était déjà occupé. Il avait également hélé un fiacre dans lequel il installa la petite et le sergent de ville, qui se mirent en route, le poney attaché derrière la voiture.

— Tout va bien ? s'enquit Alexandre avec sollicitude.

— On ne peut mieux, mentit-elle crânement.

— Vous voulez toujours aller écouter ces poèmes ? Nous serons en retard, mais si nous nous dépêchons, nous ne manquerons qu'une petite partie. Enfin, si vous n'êtes pas trop bouleversée.

— À vrai dire, j'aurais besoin d'un peu de calme, et la poésie conviendra mieux que... euh... un divertissement plus aventureux.

En riant, il alla ramasser son chapeau, qui avait roulé à terre et avait été piétiné par la foule. Il examina les restes pitoyables de l'élégant couvre-chef.

— Je crains que vous ne soyez obligé de continuer notre promenade tête nue, observa Katherine.

— Il n'en est pas question, répliqua-t-il en posant le chapeau défoncé sur son crâne. Avec ma culotte tachée de boue, j'ai une chance qu'on me prenne pour un vagabond et qu'on me refuse l'entrée de la salle.

— N'y comptez pas ! Je doute même qu'on remarque votre tenue.

— C'est vrai, où avais-je la tête ? fit-il en ôtant son chapeau. J'avais oublié que les poètes sont au-dessus des basses contingences matérielles et accordent peu d'importance à la mode.

— Comment pouvez-vous plaisanter après ce qui s'est passé ? J'ai encore le cœur qui bat.

— Si j'avais su plus tôt qu'il n'en fallait pas plus pour vous faire battre le cœur, j'aurais organisé toute une série de sauvetages, déclara-t-il en l'aidant à remonter en selle.

— Je vous en crois capable, rétorqua-t-elle.

Ils se remirent en route, chevauchant, comme par un accord tacite, à une allure plus modérée.

— Vous m'avez sidérée, reprit-elle. Je n'ai jamais vu de meilleur cavalier. Cette façon de rattraper Molly avant qu'elle ne touche le sol ! Où diable avez-vous appris cela ?

— À l'étranger. Ce n'est pas bien difficile.

— Mais si ! insista-t-elle. Quand vous disiez que vous aviez passé beaucoup de temps à cheval, je n'imaginais pas une seconde que...

— Vous ne vous débrouillez pas mal non plus, l'interrompit Alexandre, qui préférait changer de sujet. Vous

avez rattrapé ce poney en moins de temps qu'il ne faut pour le dire.

Il était parfaitement sincère. Katherine montait fort bien.

— C'était à la portée de n'importe qui, assura-t-elle, rougissant de son compliment. Il était déjà calmé. Tandis que vous...

— Moi, je vous suis reconnaissant de vous en être chargé. J'aurais été ennuyé de le perdre.

D'autant que cela lui aurait coûté fort cher.

Il la laissa passer pour traverser un carrefour et, tandis qu'elle cheminait devant lui, il l'imagina galopant dans les landes de Cornouailles, sa chevelure flamboyante flottant au vent, son joli postérieur fermement calé sur la selle épousant chaque mouvement de sa monture, tout comme il épouserait les siens quand il l'aurait mise dans son lit...

Il se hâta de chasser cette image et les tentations qu'elle suscitait. Chevaucher avec une érection était sacrément inconfortable.

— Je suppose que vous aviez beaucoup de temps libre pour monter à cheval, lorsque vous étiez à l'étranger ?

Mon Dieu, jamais il n'aurait dû permettre à son imagination de s'égarer. Voilà que la jeune fille revenait sur le sujet.

— Effectivement, je montais beaucoup. Mais vous aussi, apparemment, si j'en crois votre mère.

— À propos de ma mère, je suis vraiment confuse. Je ne la croyais pas capable d'imaginer un tel stratagème pour nous... enfin...

— Laisser seuls ? Mais ce n'était pas la seule raison pour envoyer Molly, n'est-ce pas ? Dites-moi la vérité. Vous n'avez pas laissé vos domestiques à la campagne.

Après tout, le meilleur moyen d'éviter les questions embarrassantes, c'était encore d'en poser.

— Autant que vous le sachiez, soupira Katherine en regardant droit devant elle. À sa mort, mon père ne nous a laissé que des dettes, et nous sommes un peu gênées. Mais cela ne devrait pas durer.

Jusqu'où la jeune fille était-elle capable de pousser la franchise ?

— Parce que vous allez épouser votre rimailleur ?

— Qu'est-ce qui vous fait croire…

— J'ai cru comprendre qu'il était très riche.

— En effet, répliqua-t-elle avec irritation, mais ce n'est pas pour cette raison que je l'ai choisi.

— Je n'en doute pas, ironisa-t-il.

— Je me moque de sa fortune, assura-t-elle, indignée, car je dois…

Elle s'arrêta net, effrayée d'en avoir trop dit. De son côté, Alexandre ne tenait pas non plus à ce qu'elle lui parle de son héritage. Il préférait ne pas être au courant, du moins officiellement, car il perdrait son principal avantage.

— Ne vous inquiétez pas. Je sais bien que vous n'êtes pas intéressée.

— Merci, murmura-t-elle, soulagée.

— Dans ce cas, pourquoi voulez-vous épouser Lovelace ? Parce que c'est un de ces hommes « respectables » que vous admirez tant ?

— Pas seulement. Nous sommes amis depuis toujours. Et je l'aime beaucoup.

— Mais vous n'êtes pas amoureuse de lui.

— Eh bien, euh… je suppose que si. Je l'aime. Bien sûr que je l'aime.

— Vous ne me paraissez guère convaincue.

Elle laissa échapper un soupir.

— À vrai dire, je ne suis pas sûre de croire à l'amour.

— Vraiment ? Voilà qui me surprend.

— Pourquoi ? Parce que je suis une femme ?

— Parce que vous avez un tempérament romantique. Vous aimez la littérature, la poésie, ce genre de choses.

— Cela m'apaise et me fait oublier mes soucis. Mais je ne suis pas assez naïve pour croire que la vie ressemble aux poèmes de Sydney.

— Un bon point pour vous, observa-t-il, soulagé. Toutes les jeunes filles devraient envisager le mariage comme vous le faites, comprendre qu'il s'agit d'une alliance dictée par la raison, et non de ce rêve romantique dont parlent les poètes.

— J'aime à croire que là vérité se situe quelque part entre les deux, que même si ce n'est pas forcément idyllique, ce n'est pas non plus une simple « alliance », comme vous le dites. Je pense qu'une affection sincère entre les deux partenaires est possible, et nécessaire.

— De même qu'une attirance physique, ajouta-t-il en la regardant droit dans les yeux. Mais peut-être que, chez vous, cela n'entre pas en considération.

— L'attirance physique peut vous égarer, dit-elle en détournant le regard. C'est ce qui a poussé ma mère à épouser mon père. Ses parents souhaitaient qu'elle se marie avec le père de Sydney, qui était un très bon parti, mais elle s'est enfuie avec son meilleur ami, mon bon à rien de père, et leur mariage a été un désastre. Une femme intelligente devrait toujours se laisser guider par la raison, pour choisir son conjoint comme pour le reste.

Une femme intelligente ne devrait pas non plus s'arrêter au seul prestige d'un titre, et c'était tout ce qu'Alexandre avait à offrir. Heureusement, elle ne le savait pas.

— Donc, la fortune de Lovelace et sa position respectable suffisent à faire de lui le mari idéal.

— Je vous l'ai déjà dit, nous sommes amis depuis l'enfance. Il fera un bon compagnon. Nous nous comprenons à la perfection.

— Vraiment ? Dans ce cas, pourquoi avez-vous besoin de le supplier de vous embrasser ? Pourquoi est-il resté assis à bouder toute la soirée pendant qu'un autre badinait avec vous ?

— Je croyais que vous ne vouliez pas parler de Sydney lorsque nous étions ensemble.

Exact. Mais l'estime dans lequel elle tenait son rimailleur agaçait prodigieusement le comte. Sans qu'il sache trop pourquoi, du reste. Ce n'était certainement pas de la jalousie. Mais alors, pourquoi revenait-il sans cesse sur le sujet, tel un enfant qui gratte une plaie jusqu'à ce qu'elle saigne ?

— Cessons de parler de Sydney, décida-t-elle. Parlons plutôt de vous. Où avez-vous appris à monter à cheval si merveilleusement ?

Seigneur, voilà qu'elle recommençait ! Elle était pire qu'un chien qui refuse de lâcher son os. Il se creusait désespérément la tête pour changer de sujet lorsqu'il aperçut l'enseigne qui se balançait sur la façade d'une imposante bâtisse.

— Je vous raconterai cela un autre jour, ma chère. Nous sommes arrivés.

8

*Pour mener à bien ton entreprise
de séduction, autorise-toi quelques privautés.*

L'Art de la séduction

Katherine trouvait étrange la répugnance d'Alexandre à parler de ses talents équestres. D'ordinaire, les hommes adoraient qu'on vante leurs mérites. Elle connaissait beaucoup de jeunes gens qui lui auraient déjà raconté au moins trois fois comment ils avaient secouru la malheureuse servante.

Soit le comte était d'une modestie peu courante... soit il avait quelque chose à cacher. Mais quoi ? Et pour quelle raison ? Manifestement, il n'aimait pas évoquer son séjour à l'étranger, ce qui était pour le moins inhabituel chez un grand voyageur. À moins, bien entendu, que ses occupations sur le continent n'aient pas été suffisamment convenables pour les oreilles d'une jeune fille de bonne famille.

La seconde explication lui paraissait de loin la plus vraisemblable.

Alexandre sauta souplement à bas de sa jument, l'attacha et aida la jeune fille à descendre. Comme il ne la lâchait pas, Katherine oublia instantanément sa curiosité, pour se concentrer sur les mains puissantes qui lui entouraient la taille, et le regard brûlant posé avec insistance sur sa bouche.

Dieu du Ciel, il n'allait tout de même pas l'embrasser ici, en pleine rue ?

Elle retint son souffle, et attendit, tel un animal pris au piège. À vrai dire, elle fut presque déçue lorsqu'il la lâcha pour lui offrir le bras. Enfin, seule une dévergondée se serait laissé embrasser en public. Et puis, quelqu'un aurait pu les voir et tout raconter à Sydney, ce qui lui aurait fourni un excellent prétexte pour rompre. Non, décidément, c'était mieux ainsi.

À l'entrée, une jeune femme élégante leur offrit un programme intitulé *Une réunion de jeunes poètes* avant de les conduire dans une vaste salle. Katherine eut un sourire gêné lorsque toutes les têtes se tournèrent dans leur direction, mais Alexandre ne leur prêta pas la moindre attention. La main négligemment posée au creux de ses reins, il la conduisit vers les sièges du dernier rang, les seuls qui soient libres.

Par chance, Lovelace ne remarqua pas leur entrée. Il était trop occupé à relire ses propres textes, indifférent à l'orateur qui déclamait une épopée patriotique.

— Ce genre de réunion attire toujours autant de monde ? chuchota Alexandre à l'oreille de sa compagne.

— Quand Sydney est là, oui ! Il y a peu, *La Gazette littéraire* a parlé de lui comme du « nouveau Wordsworth », ajouta-t-elle fièrement.

— Cette étonnante nouvelle a dû m'échapper.

Un jeune homme compassé se retourna pour le foudroyer du regard. Le comte s'adossa à l'inconfortable banc, enleva ses gants, et s'absorba dans la lecture du programme, changeant de position toutes les deux minutes.

Katherine se retenait de sourire. Le malheureux ne tiendrait jamais jusqu'au bout. Cette lecture devait être un véritable pensum pour un homme d'action tel que lui. Elle-même devait admettre qu'elle promettait d'être des plus ennuyeuses.

Hormis Sydney, tous les auteurs présents n'étaient que de médiocres versificateurs. Il avait accepté de se joindre à leur groupe uniquement parce que l'un d'eux, Julian

Wainscot, baron Napier, était son ami intime. Ce dernier était d'ailleurs assis à côté de lui. Il arborait une mine étonnamment joyeuse. D'ordinaire, il était en effet plutôt renfrogné, du moins en présence de Katherine. Sans doute la perspective d'un auditoire aussi attentif le plongeait-elle dans une félicité profonde.

Il changea de couleur en apercevant la jeune fille, qui lui adressa néanmoins un sourire des plus aimables. À ce moment-là, Alexandre détourna son attention en lui faisant remarquer avec effroi que son « précieux Sydney » était programmé le dernier.

Lorsqu'elle revint à lord Napier, celui-ci tirait son condisciple par la manche pour lui signaler la présence de la jeune fille. Un sourire radieux illumina le visage de Sydney… jusqu'à ce qu'il remarque Iversley assis à côté d'elle. Il ne lui rendit pas le petit signe de connivence qu'elle lui adressa, et fronça les sourcils d'un air boudeur.

À présent, Napier affichait une expression suffisante. Comme lady Lovelace, il trouvait sans doute que Katherine n'était pas un parti suffisamment brillant pour son meilleur ami. Tant pis ! Elle se moquait éperdument de leur avis à tous deux, et elle était bien décidée à épouser Sydney.

La voix ironique d'Alexandre la tira de ses pensées.

— *Une réunion de jeunes poètes*, chuchota-t-il en désignant le programme posé sur ses genoux. Cela ne vous fait pas penser à « une horde de chevaux » ou à « un troupeau d'oies » ?

— Taisez-vous, murmura-t-elle.

Ce fat de Napier s'avançait vers l'estrade, et elle tenait à l'écouter. D'un ton pénétré, il annonça le titre de son poème, *Le Discobole*.

Tandis qu'il commençait sa lecture, elle réprima un sourire. Toute cette exubérance pour un banal événement sportif. Que c'était ridicule ! Mais que pouvait-on attendre d'un homme qui se gominait les favoris, et dont le principal souci dans la vie était de choisir la cravate la mieux assortie à son gilet ? Il aurait dû prendre exemple sur Sydney, qui écrivait sur des sujets essentiels, comme l'amour, l'histoire ou la tragédie. Mais il en était bien incapable.

Rejetant en arrière son bras musculeux,
Il brandit l'astre éclatant de son disque
Qui fend l'air comme un couperet,
Tandis que la foule exhale une acclamation.

— Vous avez déjà entendu « exhaler une acclamation » ? s'enquit Alexandre en se penchant vers elle. Est-ce que cela fait beaucoup de bruit ? Vous croyez que la foule est à bout de souffle ? Ou qu'ils meurent tous tout de suite ?

— Chut, tout le monde nous regarde !

En fait, personne ne leur prêtait attention, à part Lovelace. Ennuyée par son air réprobateur, Katherine se redressa en essayant de paraître impressionnée. Heureusement, le poème du baron était aussi court que ses idées, et le comte, par miracle, se tint tranquille jusqu'au bout, ainsi que pendant les deux suivants.

Vint ensuite le tour du plus mauvais de tous les auteurs rassemblés. D'une voix chevrotante censée rendre toute l'émotion de son texte, il commença la lecture d'une élégie tellement ampoulée que Sydney lui-même leva les yeux au ciel.

— Je croyais qu'on ne portait plus de pourpoint depuis la Renaissance, chuchota Alexandre à l'oreille de Katherine.

— Vous oubliez que les poètes accordent peu d'importance à la mode.

Alexandre la gratifia d'un regard si espiègle qu'elle regretta aussitôt d'avoir répondu à son persiflage. Il n'avait certes pas besoin qu'on l'encourage !

Belle et cruelle tentatrice,
Les tisons ardents de tes yeux
Ont réduit mon cœur en cendre...

— Pourvu qu'il ne mette pas le feu, souffla le comte.

Cette fois, Katherine ne put se retenir. Elle pouffa bruyamment, s'attirant les regards courroucés de l'assistance. Écarlate, elle se recroquevilla sur son siège.

— Restez tranquille, je vous en supplie, siffla-t-elle.

Mais il était trop tard pour refermer la boîte de Pandore. Il avait compris à quel point ses facéties l'amusaient, et ne perdit plus une occasion de se moquer des orateurs. Elle se retenait tellement de rire qu'elle craignit bientôt d'éclater.

— Rappelez-moi de ne jamais laisser cet homme s'approcher de mon cheval, lui glissa Iversley après un poème particulièrement calamiteux. S'il ordonne à « mon farouche destrier » Beleza de « pérégriner le long des plaines élyséennes, sa fière crinière étincelant au zéphyr », elle risque de le piétiner. Elle déteste que sa crinière étincelle, les autres chevaux se moquent d'elle. Et puis, elle ne sait pas « pérégriner », elle se contente de trotter et de galoper.

— Taisez-vous, par pitié, gloussa-t-elle. Sinon, je vous tue !

— Avec « l'épée tranchante de Damoclès » ou avec « les vapeurs incandescentes de la colère du Vésuve » ? interrogea-t-il ingénument.

— Je me contenterai du mouchoir de batiste des Merivale pour vous étrangler, rétorqua-t-elle. Maintenant, taisez-vous, c'est le tour de Sydney. Essayez de ne pas être impoli quand il lira ses poésies, je vous en prie.

— Vous me trouvez impoli ? Mais si ces abrutis prétentieux avaient un semblant de considération pour leur prochain, ils nous épargneraient leurs vers de deux sous. Et si votre cher Sydney…

Elle le fit taire en le pinçant.

— Plus un mot, sinon vous aurez la peau toute bleue avant la fin du premier poème !

Il lui attrapa prestement le poignet.

— J'ai besoin qu'on me tienne la main. Ça m'aidera à rester tranquille.

Sans la quitter des yeux, il déplia dans sa large paume sa petite main gantée, avant de la poser sans vergogne sur sa cuisse.

Katherine cessa de respirer. Elle sentait les muscles d'acier se contracter sous ses doigts et sa chaleur irradier le long de son bras.

Affolée, elle regarda autour d'eux, mais nul ne leur prêtait attention. Ils étaient seuls au dernier rang, et personne ne pouvait voir ce qu'ils faisaient. Cette idée la glaça.

Privé. Secret. Interdit. Pourquoi ces mots étaient-ils aussi attirants ? Elle lança un regard coupable vers l'estrade où Sydney arrangeait ses papiers.

Elle ne voulait à aucun prix gâcher sa lecture, et si cela signifiait laisser Alexandre lui tenir la main, elle était prête à consentir ce sacrifice. Cela n'avait rien à voir avec les battements précipités de son cœur ni avec cette émotion étrange qui l'oppressait soudain.

Sydney s'éclaircit la voix, la ramenant sur terre. Elle se força à lui sourire, à l'écouter et à lui consacrer toute son attention.

Il devait lire deux de ses œuvres, *La Chute de Troie*, et une autre dont le titre n'était pas indiqué. Il se lança au préalable dans un exposé savant pour expliquer sur quelles versions de la mythologie il s'était fondé, et pour quelles raisons.

Ce fut le moment que choisit Alexandre pour emprisonner plus étroitement la main de Katherine sous la sienne. Tout d'abord, il se contenta de suivre du pouce les contours de ses doigts gantés, puis il entreprit de la débarrasser de son gant.

— Non ! intima-t-elle.

— Si, répliqua-t-il avec le sourire carnassier qu'avait dû avoir Bonaparte quand il avait décidé d'envahir l'Europe.

Elle tenta de se dégager, mais il la tenait fermement.

— C'est une compensation, ma douce, puisque vous m'interdisez de me distraire. Mais si vous préférez que je recommence mes commentaires…

Elle lui abandonna sa main avec un regard torve.

— Voilà qui est mieux.

Doucement, il tira sur chaque doigt, centimètre par centimètre, comme Alexandre le Grand avait dû faire lorsqu'il déshabillait les belles captives qu'il avait épousées.

Elle s'efforçait désespérément d'écouter le poème de Sydney mais, malheureusement, il le lui avait déjà lu, et les mots n'avaient plus l'attrait de la nouveauté. Son attention était accaparée par le comte qui, lentement, méthodiquement, lui ôtait son gant.

Il le jeta sur les genoux de Katherine, et c'est là que commença la véritable distraction. Il tourna la main de la jeune fille paume en l'air, et se mit à la caresser, effleurant délicatement ses doigts un à un, puis les emprisonnant entre les siens.

Jamais un homme ne l'avait touchée de cette façon, et jamais elle n'aurait imaginé qu'un geste en apparence parfaitement innocent pouvait être aussi… aussi… érotique.

C'était aussi excitant que les illustrations du livre de son père. D'autant que, cette fois-ci, c'était elle qui faisait l'objet de ces attentions.

Elle avait du mal à respirer tandis que les doigts du jeune homme musardaient entre les siens, s'attardaient au creux de sa paume, avant de remonter jusqu'à son poignet où son pouls battait frénétiquement.

Elle craignait de défaillir. Enfin, c'était ridicule ! Même la plus prude des oies blanches ne se serait pas évanouie sous prétexte qu'un homme lui caressait la main ! Ou plutôt, caressait sa chair, lui faisait l'amour rien qu'en l'effleurant.

— « Hélène repoussa-t-elle les caresses de Pâris/En regardant les ruines fumantes de Troie ? » déclamait Sydney.

Bien sûr que non ! Surtout s'il était aussi doux et habile qu'Alexandre.

Katherine aurait voulu le haïr de se conduire ainsi, mais comment aurait-elle pu ? Après tout, ce n'était pas si indécent que cela. D'ailleurs *L'Art de la séduction* ne mentionnait pas ce genre de caresse parmi les techniques de séduction – alors que c'en était une, et des plus efficaces !

Chaque frôlement du comte était un mot d'amour, chaque fois que les doigts d'Iversley effleuraient les siens, tous ses sens s'enflammaient. S'il continuait, elle allait prendre feu avant la fin de la lecture.

Plus cela durait, plus elle mourait d'envie de lui rendre la pareille. Elle se risqua à le regarder, puis entreprit sa propre exploration.

Il plongea son regard dans celui de la jeune fille. Y aurait-elle vu la plus infime trace de triomphe ou d'arrogance qu'elle l'aurait repoussé. Mais tout ce qu'elle lisait dans ses yeux d'azur, c'était un désir aussi ardent que le sien.

Le souffle du jeune homme se fit plus rapide tandis qu'elle s'enhardissait. Il n'avait pas des mains d'aristocrate, sa paume était rugueuse, et une cicatrice lui barrait le pouce. Doucement, Alexandre mêla ses doigts à ceux de Katherine, qui frémit de la tête aux pieds.

Lorsque Sydney acheva son poème, Katherine ne savait plus où elle était. Jamais elle n'avait été aussi consciente de la virilité d'un homme. Elle rêvait à présent de sentir ses mains si vigoureuses parcourir ses épaules, ses hanches, sa poitrine…

Quand les applaudissements éclatèrent, elle avait les joues en feu. Vivement, elle se dégagea pour applaudir à son tour.

Et rompre le charme avant d'y succomber complètement. Sinon, dans un instant, ce serait elle qui lui mendierait un baiser.

Et c'était la dernière chose à faire.

9

La femme est particulièrement sensible à la poésie.
Ne sous-estimez pas le pouvoir d'un sonnet
chantant ses louanges.

L'Art de la séduction

À regrets, Alexandre la laisser aller. Leur exquis petit jeu n'avait fait qu'attiser son désir. Il avait dû faire un effort surhumain pour ne pas plaquer la main de la jeune fille entre ses cuisses, là où son pantalon se gonflait de façon inquiétante. Jamais une caresse aussi innocente ne l'avait autant excité.

Si cela continuait, Katherine allait le rendre fou avant qu'il ait eu le temps de la conduire à l'autel. Sous la curiosité effarouchée de la jeune fille se cachaient les élans passionnés d'une femme expérimentée. Si elle faisait preuve d'une telle ardeur dans une salle de lecture, il osait à peine imaginer ce que ce serait au lit. De telles idées n'étaient pas faites pour calmer son émotion.

Dès que les applaudissements cessèrent, il lui reprit la main, bien décidé à retrouver leur délicieuse intimité. Mais la voix de Lovelace attira son attention.

— Mon nouveau poème est dédié à la femme qui compte le plus dans ma vie.

Alexandre jeta un coup d'œil vers l'estrade, et fronça les sourcils. Sydney couvait Katherine d'un regard possessif.

— Il est intitulé *La Muse*.

La ficelle était un peu grosse. S'il s'imaginait que la jeune fille allait se laisser embobiner aussi facilement…

C'est alors qu'elle lui enleva sa main. Alexandre lui glissa un regard oblique, et la lui reprit immédiatement. Après tout, elle prenait autant de plaisir que lui à leur petit jeu. Mais elle la lui retira de nouveau.

— Alexandre, je vous en prie…

La peste soit des poètes en général et de Sydney Lovelace en particulier ! Il ne s'y prenait pas si mal finalement. Katherine avait beau répondre volontiers à ses caresses, elle était prise de remords dès que ce satané rimailleur réapparaissait. Il nota pourtant avec satisfaction son soupir plein de regrets lorsqu'elle remit son gant.

Mais privé subitement de ces doigts fuselés qui l'ensorcelaient, il se faisait l'effet d'un petit garçon en pénitence. Et ce n'était pas la voix de Sydney, forte et assurée, qui allait lui remonter le moral.

Quand l'inspiration se refuse,
Quand la poésie fuit ma plume,
C'est sa voix qui m'apporte réconfort,
Et qui apaise mes peines.

C'était simple, élégant, sans une once de prétention qui plus est.

Elle est ma poésie, ma musique,
Par elle, mon chagrin devient allégresse
Son sourire me donne force,
Car l'espoir rayonne de son beau visage.

Pourquoi ce bonnet de nuit n'était-il pas aussi ridicule que ses condisciples ? Ses vers étaient loin d'être mauvais. Même le comte, qui était amateur de chansons à boire plutôt que de poésie, reconnaissait que son talent dépassait celui de l'amateur moyen.

Ennuyé, il jeta un coup d'œil à Katherine, et dut admettre que l'espoir rayonnait de son « beau visage ». Elle espérait, elle attendait que Sydney, et non lui, la courtise, l'épouse, et l'aime. Tandis qu'il la contemplait, une larme roula sur sa joue.

Une vague de jalousie le frappa de plein fouet. À présent, il comprenait ce qui l'attirait chez Lovelace. Ses manières raffinées, bien entendu, mais surtout son aisance verbale. Elle laissait Alexandre lui caresser la main, mais c'était Sydney qu'elle écoutait bouche bée, c'était lui qui avait droit à son admiration. Et c'était lui qu'elle souhaitait épouser.

Lovelace termina son poème et, un instant, l'assistance, captivée, observa un profond silence, avant d'éclater en applaudissements frénétiques. Beaucoup, dont Katherine, se levèrent pour manifester leur enthousiasme. Iversley les imita en maugréant. Il espérait lire sur le visage de son rival une pointe de vanité satisfaite qui pourrait le desservir auprès de la jeune fille.

Il fut amèrement déçu. L'orateur considérait l'assistance d'un air surpris, et presque embarrassé. Il chercha dans la foule le visage de son égérie et, lorsqu'il l'aperçut, il lui décocha un sourire radieux, tel un gamin ravi d'avoir obtenu l'approbation de son professeur.

Pour Alexandre, ce fut une illumination.

Le poème s'intitulait « La Muse », et non « La Bien-aimée » ou même « La Fiancée ». Le baronet avait besoin d'une inspiratrice qui apprécie son talent, qui « comprenne le ballet délicat de la pensée à la plume », comme il disait dans l'un de ses poèmes.

Il ne s'intéressait pas à cette femme au sang chaud qui rêvait de baisers et de caresses, et se languissait d'être désirée. Il l'avait mise sur un piédestal, et comptait bien l'y laisser. Mais jamais Katherine ne pourrait se contenter d'un tel statut.

Elle est ma poésie, ma musique...

Alexandre se sentit pousser des ailes. Katherine ne vivait pas seulement de poésie, c'était une femme de chair et de sang, elle avait besoin de chaleur, de passion, autant que de tendresse et d'amitié. Et cela, lui seul pouvait le lui offrir.

Les applaudissements avaient laissé place au bruissement des conversations. Les dames rassemblaient leurs châles et leurs réticules, les messieurs rangeaient les programmes dans leurs poches et remettaient leurs chapeaux. Certains s'approchaient de l'estrade pour féliciter les auteurs.

— Je reviens, lança sa compagne sans le regarder. Je vais féliciter Sydney, j'en ai pour une minute.

Mais au lieu de se diriger vers le groupe compact formé par les poètes et leurs admirateurs, elle sortit par une porte de côté, probablement dans l'idée de rejoindre l'endroit où le jeune poète retrouverait ses amis.

Un instant déconcerté, le comte hésita. Devait-il prendre le risque de la laisser quelques minutes en tête à tête avec Lovelace ?

Certainement pas !

D'un pas décidé, il se fraya un chemin dans l'assistance et parvint jusqu'au grand hall sur lequel ouvraient toutes les salles. Il ne fut pas long à apercevoir la jeune fille. Elle allait à contre-courant de la foule, et elle avait du mal à avancer.

— Mademoiselle Merivale ! appela-t-il. Attendez !

Par miracle, elle l'entendit malgré le brouhaha. Ses joues s'empourprèrent, mais elle ne s'enfuit pas. Ses yeux lançaient des éclairs.

— Que se passe-t-il, lord Iversley ? s'enquit-elle d'un ton guindé lorsqu'il la rejoignit.

Désemparé, il se rendit compte qu'il n'avait pas songé à la stratégie à adopter une fois qu'il l'aurait rattrapée. Il avait mille choses à lui dire. « Votre Sydney est un imbécile, vous méritez mieux », par exemple, ou « Il vous admire, tandis que moi je vous désire ».

Mais les beaux discours n'étaient pas son fort, il préférait les laisser aux poètes de salon. Il avait d'autres talents.

— Venez, intima-t-il en entraînant prestement la jeune fille dans une pièce vide qu'il venait de repérer.

Dieu merci, elle le suivit sans faire de difficultés, mais elle montra son agacement lorsqu'il ferma la porte derrière eux.

— Que voulez-vous ? Je vous ai dit que j'en avais pour une minute.

— J'ai rempli ma part du contrat. Je viens réclamer ma récompense !

Elle tressaillit visiblement.

— Pourquoi ici ? Et maintenant ?

« Parce que je veux chasser Lovelace de vos pensées », aurait-il pu lui répondre.

— Pourquoi pas ? rétorqua-t-il en l'attirant dans ses bras.

— Alexandre, je vous en prie… supplia-t-elle.

— Non. J'en ai assez de vos « s'il vous plaît » et de vos « je vous en prie » ! Donc, avant de courir retrouver votre Sydney, vous allez me donner ce que vous m'avez promis.

Sans lui laisser le temps de protester, il posa ses lèvres sur celles de Katherine.

Il s'attendait à ce qu'elle lui résiste, mais elle fit bien pire. Elle demeura de marbre. Il croyait embrasser une statue.

— Embrassez-moi, vous aussi, bon sang ! s'emporta-t-il.

La jeune fille conservait un calme olympien, sans la moindre trace du trouble qui l'avait envahie quand il lui avait pris la main un peu plus tôt.

— Cela ne fait pas partie du marché. Vous n'avez jamais exigé que je vous rende votre baiser. Vous vouliez m'embrasser, vous l'avez fait, nous sommes quittes.

— Vous m'avez promis une récompense. Cela n'en est pas une !

La gêne de Katherine montrait assez qu'il disait vrai, mais elle n'était pas disposée à le reconnaître. Elle se dégagea et se précipita vers la porte.

— Il faudra pourtant que vous vous en contentiez !

Il la rattrapa à temps, et l'éloigna de la porte autant que le lui permettait la taille de la pièce. Malgré ses protestations, il la jucha sur une table et posa les mains à plat sur le plateau, l'emprisonnant entre ses bras.

— Vous m'avez fait endurer sans broncher deux heures de poésie de bazar. Maintenant, vous allez me donner la récompense que j'ai méritée, même si nous devons passer la journée ici !

— Embrassez-moi de nouveau si cela vous chante, répliqua Katherine d'un air de défi, mais je ne peux vous garantir ma réaction. Je n'y peux rien si je n'ai pas envie de vous embrasser. Cela ne se commande pas.

— C'est ce qu'on va voir, gronda-t-il en la prenant par la taille avant de capturer sa bouche.

Il se laissa emporter par la colère, et l'embrassa avec tant de rudesse que, cette fois-ci, elle résista, se débattit et alla même jusqu'à le mordre.

Luttant pour se ressaisir, Alexandre s'efforça de se montrer plus doux. Il s'appliqua à traiter sa partenaire avec la considération qu'elle méritait. Pas question qu'elle l'accuse par la suite de l'avoir agressée, alors que tout ce qu'il demandait, c'était qu'elle tienne sa promesse.

Il caressa de ses lèvres la bouche tendre de la jeune fille, la mordilla doucement, l'agaça de la langue. Et peu à peu, sa résistance mollit, jusqu'à ce que, finalement, elle lui réponde.

C'est alors seulement qu'il approfondit son baiser. Avec délices, il s'abîma dans la chaleur de sa bouche veloutée. Ses mains, qu'elle avait posées à plat sur son torse pour le repousser, glissèrent jusqu'à ses épaules tandis qu'elle se pressait contre lui.

Seigneur qu'elle était douce ! Sa bouche, sa taille, ses hanches, sa peau… Il n'aurait jamais son content de ces plaisirs enivrants, ne serait jamais rassasié de ces lèvres exquises.

Lorsqu'elle se raidit et s'arracha brusquement à lui, il se rendit compte qu'il emprisonnait dans sa main un sein délicat. Ce sein qu'il aurait voulu prendre dans sa bouche, sucer…

— Ce genre de… caresses ne fait pas partie de notre marché, balbutia-t-elle.

— Je sais, souffla-t-il en couvrant son cou de baisers brûlants.

Elle aurait pu le gifler, ou au moins écarter cette main trop aventureuse, mais elle n'en fit rien, et c'était en soi une réponse.

— Arrêtez, il ne faut pas…

— Et pourquoi donc ? Cela ne se commande pas, lui chuchota-t-il à l'oreille, en agaçant la pointe de son sein qui, à sa grande satisfaction, se dressa sous son pouce.

— Alexandre…

Ce soupir extasié aiguillonna un peu plus son désir.

— Dites-moi que vous détestez sentir mes mains sur votre corps, ma bouche sur la vôtre…

— Vous trichez, protesta-t-elle faiblement.

— C'est le meilleur moyen de gagner, mon ange, et je n'aime pas perdre. Dites-moi que cela ne vous plaît pas, insista-t-il en couvrant de baisers son visage empourpré. Et ceci ? ajouta-t-il avant de sucer le lobe délicat de son oreille. Et ceci ? murmura-t-il en lui pétrissant le sein.

— Je… je ne veux pas !

— Dites-moi ce que vous voulez.

« Que je vous fasse oublier ce satané Lovelace », songea-t-il.

Mais Katherine était déjà à des lieues de Sydney.

Plus rien ne lui importait, excepté la main d'Alexandre, ces doigts caressants qui l'avaient rendue folle pendant la lecture des poèmes, et qui maintenant la brûlaient comme un tison, l'entraînaient dans un tourbillon vertigineux.

Elle aurait dû protester, le repousser.

À présent, elle comprenait mieux pourquoi, dans *L'Art de la séduction*, les dames paraissaient transportées lorsqu'un homme les touchait ainsi. Jamais elle n'avait éprouvé sensation aussi exaltante. Elle n'osait imaginer ce qu'elle ressentirait sans la barrière des vêtements…

117

Comme s'il avait lu dans ses pensées, Iversley entreprit de déboutonner son corsage.

Elle tenta de l'arrêter, mais avec si peu de conviction qu'il n'y prêta aucune attention. Elle était à la fois scandalisée et fascinée par son audace. Et mourait d'envie de savoir jusqu'où il était capable d'aller, et quel en serait l'effet.

Depuis quand était-elle devenue aussi dépravée ?

— Dites-moi ce que vous voulez, répéta-t-il en lui mordillant le lobe de l'oreille.

Pantelante, elle fut incapable d'articuler un mot tandis qu'il défaisait un à un les boutons.

Il glissa la main dans son corsage, sous la fine chemise de batiste, jusqu'au sein rond qui n'attendait que cela.

Le souffle coupé, elle s'agrippa à ses épaules.

— Ça ne vous plaît pas ? interrogea-t-il d'une voix sourde.

Pourquoi le péché avait-il ce goût de miel, pourquoi était-il si agréable, si doux, si terriblement... érotique ? Les doigts du comte incendiaient sa chair. Lorsqu'il joua avec la petite pointe durcie de son sein, elle faillit tomber de la table. C'était un pur délice. Le paradis sur terre !

Le souffle court, il avoua :

— Voilà ce que j'avais envie de faire hier soir, mais je n'ai pas osé.

— Pourquoi osez-vous maintenant ? demanda-t-elle d'une voix mourante.

— Pour vous prouver que vous me désirez autant que je vous désire.

Sans lui laisser le temps de répondre, il reprit sa bouche dans un baiser étourdissant qui lui coupa le souffle. Son trouble était tel qu'elle sentit à peine le jeune homme se glisser entre ses cuisses, la soulever et la plaquer contre lui. Il la serrait si étroitement que même à travers l'épaisseur de ses jupes, elle sentait son sexe dur comme la pierre.

— Alexandre, arrêtez immédiatement, dit-elle dans un souffle.

118

— Pas encore…

Il frottait maintenant sa chair gonflée contre l'intimité de la jeune fille, faisant naître une étrange et délicieuse envie.

— Pas tant que vous n'aurez pas admis que vous aimez sentir mes mains et ma bouche sur votre corps, que vous adorez que je vous touche. Dites-le-moi, s'entêta-t-il tandis que ses caresses se faisaient plus insistantes.

Il pressa plus fermement encore sa virilité contre le corps de Katherine, qui sentit un éclair de plaisir la traverser.

— Oui, oui… je vous désire ! s'écria-t-elle, emportée par une vague voluptueuse.

Saisie de honte devant la lueur triomphante qui dansait au fond des yeux d'azur, elle cacha son visage contre la poitrine du comte.

— Voilà, vous avez ce que vous vouliez !

— À peine, murmura-t-il. Je désire beaucoup plus que cela.

— Eh bien, vous ne l'aurez pas ! s'exclama-t-elle, reprenant ses esprits.

— Katherine…

— Lâchez-moi immédiatement, avant qu'on nous surprenne et que ma réputation soit définitivement ruinée.

Il hésitait, et l'avidité qui se lisait sur son visage farouche n'était pas pour la rassurer.

Enfin, il desserra son étreinte et la libéra.

— Merci, balbutia-t-elle, soulagée.

Elle se hâta de reboutonner son corsage, mais quand elle voulut sauter à bas de la table, il ne bougea pas, l'en empêchant.

— Laissez-moi descendre, supplia-t-elle.

La saisissant par la taille, il la fit lentement glisser contre lui, pressant son sexe durci le long du corps de la jeune fille. Son regard s'assombrit tandis qu'il murmurait :

— Encore un baiser, et je vous laisse partir.

Sans attendre sa réponse, il s'empara de ses lèvres.

10

La jalousie ne fait pas partie des armes
du séducteur, car elle abêtit et engendre
des erreurs irréparables.

L'Art de la séduction

Sydney consulta la pendule avec une pointe d'agacement. Il avait vu Katherine sortir avec Alexandre. Où était-elle allée ? Pourquoi ne venait-elle pas le féliciter ?

En entrant dans la salle où les auteurs s'étaient rassemblés, il ne l'avait pas vue, pas plus que le comte d'ailleurs. Cette canaille avait dû la dissuader de venir le retrouver, de même qu'il avait essayé de l'empêcher d'assister à la lecture.

Il en avait été pour ses frais, naturellement. Lovelace se remémora avec satisfaction le sourire que lui avait adressé Katherine. « Prends ça, Iversley ! ricana-t-il intérieurement. Elle est venue quand même. Et elle est venue pour moi. » Peut-être l'attendait-elle dans le hall, du reste...

Il se dirigeait vers la porte quand Julian l'intercepta.

— Seigneur, tu ne vas pas te ridiculiser à cause d'une petite péronnelle !

— Ne te mêle pas de ça, Napier. Ça ne te regarde pas.

— Je suis « Napier », maintenant ? Je ne suis plus Julian, ton cher Julian ?

— Tais-toi ! Nous ne sommes pas seuls...

— Je le sais bien, rétorqua son ami.

S'assurant que personne ne les regardait, il se rapprocha et poursuivit à voix basse :

— De même que tu sais, même si tu refuses de l'admettre, que rien de ce qui te touche ne me laisse indifférent.

Sydney fut parcouru d'un frisson délicieux. Les allusions du baron à la nature de leur amitié devenaient plus audacieuses chaque jour… et plus précises.

Mais qu'est-ce qu'il lui prenait ? Il ne ressentait rien de tel pour Julian. C'était Katherine qu'il aimait, depuis toujours. Julian ne comprenait rien à la grandeur et à la pureté de l'amour qui pouvait exister entre un homme et une femme. Cela n'avait rien à voir avec le… l'amitié trouble qu'il lui proposait.

— Laisse-moi tranquille, ordonna-t-il en le contournant. Tu te trompes complètement au sujet de Katherine et moi.

— Ça t'arrange de le croire, rétorqua Napier, l'air peiné. Ainsi, cela signifie que tu n'es pas…

— Ça suffit ! coupa Sydney. Je t'ai déjà expliqué mille fois que tout ce que je souhaitais, c'était épouser Katherine et fonder une famille.

— Parce que c'est ce qu'on attend de toi. Mais ça n'a rien à voir avec tes véritables désirs.

Embarrassé, Sydney ne trouva rien à répondre. Jamais il n'aurait dû répondre au baiser de Julian quelques semaines plus tôt. Bien qu'ils n'en eussent jamais reparlé depuis, leur relation avait pris un tour entièrement nouveau. Le pire surtout, c'est que cela lui avait fait prendre conscience de tout ce qu'il avait refusé de voir jusqu'ici, de désirs qu'il préférait ignorer…

Non ! Ce baiser était une erreur qui devait rester sans lendemain, mais cela, son ami refusait de le comprendre.

— Tout ce que j'ai à t'offrir, c'est mon amitié. Ça ne te suffit pas ?

— Non, figure-toi ! Je t'aime comme aucune femme ne le pourra jamais. Bon sang, vieux, elle est venue avec Iversley !

Sydney n'avait nul besoin qu'on le lui rappelle.

— Mais c'est peut-être pour ça que tu tiens tant à la garder, remarqua Julian. Tu ne supportes pas qu'il te la prenne. Tout ça pour une rivalité de collégiens !

— Cesse de dire des bêtises !

Sans plus de façons, Sydney planta là lord Napier. Mais ses paroles résonnaient cruellement à ses oreilles. Son ami avait raison. Avant qu'Alexandre ne commence à tourner autour de Katherine, il envisageait effectivement de ne pas l'épouser.

Mais il détestait le comte, son aisance, l'assurance que lui donnait son titre, et par-dessus tout son mépris des usages. Lui-même les avait toujours scrupuleusement observés. L'idée de s'en écarter l'horrifiait.

Sauf lorsqu'il s'agissait de Julian.

Il se sentit rougir, et craignit un instant que quelqu'un ne remarque son trouble. Mais il était seul dans le hall. Nulle trace de Katherine, ni d'Iversley.

D'où venait le profond soulagement qu'il éprouvait ?

Il se laissa tomber sur un siège et enfouit son visage entre ses mains. À quel moment son existence si méticuleusement ordonnée avait-elle commencé à devenir aussi compliquée ? Katherine le pressait de l'épouser, sa mère s'y opposait, et Julian...

Son ami voulait l'entraîner sur une voie que la morale réprouvait. Il voulait qu'il quitte l'Angleterre avec lui pour un long voyage en Grèce. Et lady Lovelace était tout à fait favorable à cette idée, car elle souhaitait le séparer de Katherine en attendant de lui trouver une fiancée « digne de lui ».

Si elle se doutait de ce que le baron avait en tête...

Sydney combattit avec détermination l'excitation qui l'avait envahi à cette pensée. Il ne devait à aucun prix songer à Napier de cette façon. Ce n'était pas convenable. Et puis, ce voyage était tout simplement inenvisageable. Vivre à l'étranger, seul avec Julian...

C'était impossible.

Sa mère avait besoin de lui. Et il y avait Katherine. Il ne pouvait l'abandonner à Iversley, et le laisser lui gâcher sa vie. Cette canaille était incapable de la rendre heureuse.

Et lui, en était-il capable ?

Il le souhaitait de tout son cœur, mais Katherine avait tellement changé ces derniers temps. C'était devenu une femme. La camarade de jeux, l'adolescente qui grimpait aux arbres s'était transformée en cette créature à la féminité triomphante qui le terrifiait. Il prenait toujours autant de plaisir à parler avec elle, et admirait son intelligence, mais l'idée de partager son lit lui flanquait des sueurs froides.

Sans doute parce qu'il n'avait encore jamais couché avec une femme. Julian lui avait embrouillé l'esprit, voilà tout. Il suffisait qu'il l'embrasse, comme elle le lui demandait, pour rompre la glace, et que tout aille bien.

Et si cela ne suffisait pas ? Si cela ne lui plaisait pas ?

C'était encore Napier qui lui avait fourré cette idée dans la tête. Eh bien, il allait lui prouver qu'il se trompait ! Il allait trouver Katherine, exiger qu'elle cesse de fréquenter le comte. Puis il la prendrait dans ses bras et...

Un bruit étouffé attira son attention. Curieux, il s'approcha de la seule porte fermée et jeta un coup d'œil à l'intérieur de la pièce par le carreau.

Son cœur cessa de battre. Alexandre était en train d'embrasser Katherine. Une colère terrible le submergea. Ce misérable osait toucher à *sa* fiancée !

Sydney ouvrit la porte. Cela n'allait pas se passer comme ça ! Il allait dire son fait à ce gredin et mettre fin à ses scandaleuses assiduités.

Puis il remarqua les bras de Katherine étroitement noués autour du cou de son rival. Elle lui rendait son baiser avec ardeur. Et lorsque les lèvres du comte descendirent le long de son cou, laissant voir le visage de la jeune fille, ses yeux fermés, sa bouche entrouverte, Sydney eut l'impression qu'elle avait atteint le septième ciel.

Et cependant il resta de marbre. Il n'éprouvait aucune jalousie, ne se sentait même pas offensé.

Enfin, ce n'était qu'à moitié vrai. Le spectacle de cette passion torride lui faisait regretter de ne pas en être l'objet. Il n'était pas jaloux, mais envieux.

Et il comprit, à son grand désarroi, que ce n'était pas Iversley qu'il enviait.

— Lâchez cette femme !

L'intervention de Lovelace brisa le charme sous lequel Alexandre tenait Katherine envoûtée. Elle se dégagea et jeta un regard affolé vers la porte.

Depuis combien de temps Sydney était-il là ? De quoi avait-il été témoin exactement ? Avait-il vu, un instant plus tôt, la main du comte dans son corsage ? Sûrement, à en juger par sa fureur.

Mais celle-ci paraissait surtout dirigée contre Iversley, non contre elle.

— Bonjour, Lovelace, lança Alexandre avec un calme olympien.

Avec le comte, il n'était pas question d'excuses ou de faux-semblants, de « Ce n'est pas ce que vous croyez » ou de « Je vous demande pardon, je ne sais pas ce qui m'a pris ». Comme à l'accoutumée, il était d'une honnêteté à toute épreuve quand il s'agissait de ses désirs.

Que faire ? s'interrogea Katherine. Sydney ne lui pardonnerait jamais cette trahison.

— Vous n'avez pas le droit d'embrasser cette jeune fille, Iversley, tonna le baronet en fonçant sur eux tel l'ange de la vengeance.

Dieu merci, il venait d'entrer, et n'avait rien surpris de trop compromettant !

— J'en ai autant le droit que vous, *mon vieux*. Du moment que cette demoiselle accepte mes baisers, cela ne vous regarde absolument pas.

— *Ses* baisers ? Ce n'est pas la première fois qu'il t'embrasse, Katherine ? s'exclama Lovelace, ébahi.

C'était l'occasion ou jamais d'accuser Alexandre de mensonge et de prétendre qu'il l'avait embrassée de force.

Elle n'y songea pas une seconde. Même si visiblement le comte s'y attendait un peu, il n'était pas question de mentir. La situation serait certes moins humiliante pour elle, mais Sydney se croirait obligé de défendre son honneur, et c'était impensable. Les hommes d'action tel qu'Iversley étaient d'ordinaire d'excellents tireurs.

— Lord Iversley, pourriez-vous me laisser seule un instant avec sir Sydney ?

Bien que surpris, le comte accepta sans difficulté.

— Je vais m'occuper des chevaux, lâcha-t-il en passant devant le baronet sans lui accorder un regard.

— Tu as perdu l'esprit ? s'écria Sydney dès que le comte fut sorti. Qu'est-ce qui t'a pris de laisser ce vaurien t'embrasser ?

Curieuse remontrance chez un homme censé être dévoré de jalousie. Ce ton moralisateur aurait mieux convenu à un frère un peu trop protecteur qu'à un fiancé.

— Ce n'était pas prémédité, tu sais. C'est arrivé... c'est tout.

Inutile de lui parler du marché qu'elle avait passé avec Alexandre.

— La seule personne que tu devrais embrasser, c'est *moi*, reprit-il d'un ton inhabituellement farouche.

Ainsi, Alexandre avait vu juste. Leur stratagème marchait à merveille !

— Tu as entièrement raison. D'ailleurs, je préférerais de beaucoup que ce soit toi qui me donnes un baiser !

« Menteuse », lui cria une petite voix intérieure.

Elle la fit taire. Elle ne voulait pas d'autre époux que Sydney. C'était lui qu'elle aimait, même si elle s'était comportée avec le comte comme la pire des coquettes.

— J'ai eu tort d'embrasser Al... le comte, confessa-t-elle, toute rougissante. Mais cela ne reproduira plus.

Du moins l'espérait-elle...

— Je suis heureux de l'apprendre.

— Si tu me pardonnes... commença-t-elle tandis qu'il s'approchait d'elle.

— Bien sûr, que je te pardonne, répondit-il en lui caressant timidement la joue. Si toi aussi tu me pardonnes de t'avoir négligée depuis quelques jours.

Quelques jours ? Des mois, oui ! Mais le moment était mal choisi pour polémiquer ; cela faisait trop longtemps qu'elle attendait cet instant.

Il prit une profonde inspiration, comme s'il se préparait à accomplir une tâche difficile, et se pencha pour presser ses lèvres contre celles de Katherine. Son baiser était appliqué, respectueux... et totalement dénué de passion.

Mais après tout, qu'attendre d'autre d'un homme qui avait appris à rester convenable en toute circonstance ? Jamais il ne l'embrasserait aussi fougueusement qu'Alexandre, jamais il ne se permettrait de gestes déplacés. C'était sans doute pour cette raison que son pouls ne s'emballait pas et que son cœur ne bondissait pas dans sa poitrine, supposa-t-elle.

C'était donc cela, l'idée qu'il se faisait d'un baiser ? Il ne lui venait même pas à l'esprit de la prendre dans ses bras, de la serrer contre lui ?

Apparemment pas. Il reculait déjà, comme pour battre en retraite, soulagé d'avoir accompli sa corvée. Oh, mais il n'allait pas s'en tirer à si bon compte !

Lui attrapant les mains, elle les glissa autour de sa taille, tandis qu'elle nouait les bras autour de son cou.

— Essayons encore, chuchota-t-elle devant son air ahuri.

Avant qu'il ait eu le temps de dire *ouf !* elle avait collé ses lèvres aux siennes et l'embrassait comme Alexandre le lui avait appris. Mais dès que sa langue frôla sa bouche, il bondit en arrière comme si elle l'avait mordu.

— Je crois que... nous devrions attendre d'être mariés pour ce genre d'exercices, balbutia-t-il, écarlate du gilet à la racine des cheveux.

Elle rougit à son tour. Voilà ce qu'il en coûtait de prendre des leçons de baisers auprès d'un débauché notoire. Elle avait encore commis un impair, et Sydney devait la prendre pour une fille facile.

— Je suis désolée...

— Non, ne le soit pas ! Ce n'est pas ta faute, c'est la mienne, articula-t-il, décomposé. Je... je ne suis pas doué pour ce genre de choses, j'en ai peur.

C'était le moins qu'on puisse dire.

Non, elle ne devait pas penser une chose pareille ! C'était déloyal de sa part.

— Nous manquons de pratique, c'est tout, dit-elle d'un ton léger.

— Sans doute. Vois-tu, poursuivit-il, la sueur au front, je pense qu'il ne faut pas nous précipiter... Je veux dire que...

— Ce qu'essaie de vous expliquer mon balbutiant ami, claironna une voix ironique, c'est que nous projetons de partir en Grèce cet été, et que convoler en justes noces n'entre pas dans ces plans.

Sydney fit volte-face, à la fois furieux et mortifié.

— De quoi te mêles-tu, Napier ? Sors d'ici !

Katherine en était encore à essayer de comprendre de quoi parlait lord Napier. Il ne voulait quand même pas dire que... C'était tout simplement impossible !

— C'est vrai, Sydney ?

— Non !

— Dis-lui la vérité, bon sang ! aboya Julian.

— Bon, d'accord, concéda Sydney, pris de panique, nous en avons effectivement parlé, mais rien n'a encore été décidé...

— Le simple fait d'en discuter est la preuve que tu n'envisageais pas notre mariage dans un proche délai, répliqua-t-elle d'une voix blanche.

— C'est juste que... jusqu'à hier soir, je n'avais pas compris que ta mère te posait un ultimatum, bégaya-t-il en tripotant nerveusement sa cravate. Si j'avais su que tu étais si pressée...

— Tu aurais immédiatement informé la tienne que tu étais décidé à m'épouser quoi qu'elle en pense, c'est cela ? persifla-t-elle. Tu n'en as même pas eu le courage après notre conversation. Et apparemment, ton ami ici présent est persuadé que votre voyage aura lieu.

— Ne fais pas attention à ce qu'il dit ! C'est juste que...

— Il me déteste ? Comme ta mère ? Tu sais quoi, Sydney ? continua-t-elle en ravalant ses larmes. J'en ai assez de combattre sans cesse les préjugés que ta mère, tes amis, et même toi, vous avez contre moi ! Maintenant, c'est à mon tour de te mettre à l'épreuve. Si tu veux m'épouser, demande ma main. Tant que tu ne l'auras pas fait, je considérerai qu'il n'y a rien entre nous. Rien !

— Tu ne parles pas sérieusement ?

— Oh que si ! assura-t-elle, les yeux brillants de larmes. Au revoir, Sydney, ajouta-t-elle avant de se diriger vers la porte.

— Katherine, attends !

— Laisse-la partir, intervint Napier, irrité. Tu ne peux pas lui donner ce qu'elle veut.

« Il le pourrait si vous ne vous mettiez pas tous en travers de notre chemin », songea-t-elle amèrement.

Pourquoi fallait-il qu'il y ait toujours des témoins de son humiliation ? D'abord, Alexandre, puis l'horrible ami de Sydney. Elle se drapa dans sa dignité. À aucun prix, elle ne voulait pleurer devant lord Napier.

— Vous serez plus heureuse sans lui, mademoiselle Merivale, murmura ce dernier quand elle passa devant lui.

Elle ne pouvait pas le laisser se moquer d'elle sans répondre.

— Vous ne voulez pas plutôt dire qu'*il* sera plus heureux sans *moi* ?

— Non. Vous comme moi serions certainement plus heureux sans lui. Mais vous, vous avez un autre choix, tandis que moi pas.

Il ne plaisantait pas, et paraissait même étrangement compatissant. Mais elle ne comprenait pas le sens de sa remarque, aussi préféra-t-elle passer son chemin.

Quelle réflexion absurde ! Comme s'il ne pouvait pas choisir d'autres amis, et comme si elle pouvait épouser le premier venu !

Car il faisait allusion à Alexandre, bien entendu. Mais il se trompait lourdement s'il le considérait comme un fiancé possible. Sydney n'était peut-être pas le prétendant idéal, mais lord Iversley encore moins, sauf à vouloir finir seule et ruinée. Certes, il montait à cheval comme un dieu, et il la faisait rire, mais ce n'était pas une raison pour se jeter dans ses bras. Son père aussi possédait un charme ravageur dans sa jeunesse... et il suffisait de voir ce qui était arrivé à sa mère !

Du reste, ce n'était pas le mariage qui intéressait le comte, mais la seule conquête.

Katherine étouffa un sanglot. Alexandre la poursuivait de ses ardeurs, tandis que Sydney la fuyait. Aucun des deux n'avait l'intention de demander sa main, et peu importait ce qu'Iversley prétendait.

Qu'ils aillent au diable tous les deux ! Elle s'arrêta pour s'essuyer les yeux et remettre un peu d'ordre dans sa toilette. Sydney avait apparemment repoussé leur union à une date indéfinie, mais il n'était pas question que le comte apprenne qu'il avait vu juste. Dieu merci, il lui restait encore un peu de fierté !

Elle rejoignit Alexandre qui patientait auprès des chevaux. Il paraissait de mauvaise humeur. Parfait, elle aussi. Ils allaient pouvoir se disputer tout le long du chemin.

— Vous avez été bien longue, lança-t-il sèchement en l'aidant à grimper en selle. Cette conversation devait être passionnante.

— Elle l'était, en effet.

S'il s'imaginait qu'elle allait la lui rapporter en détail, il pouvait toujours attendre.

— Alors, que vous a dit votre cher Sydney ? Il vous a fait la morale ? Il vous a raconté par le menu toutes mes sottises de collégien ?

Elle sentit la moutarde lui monter au nez.

— Puisque vous tenez à le savoir, il m'a embrassée ! Apparemment, votre petit stratagème a parfaitement fonctionné, poursuivit-elle, alors qu'il lui décochait un regard meurtrier. Je vous en suis infiniment reconnaissante, milord.

11

La plupart des femmes sont des créatures fantasques, faciles à diriger. Mieux vaut éviter celles qui ne le sont pas, car elles feront tout pour vous enchaîner dans les liens du mariage.

L'Art de la séduction

Alexandre n'en croyait pas ses oreilles. Cet imbécile de Lovelace l'avait embrassée ? Et elle l'avait laissé faire, après les baisers et les caresses passionnés qu'il lui avait prodigués ?

Une colère terrible le submergea. S'il avait pensé une seconde que ce pauvre rimailleur trouverait le courage de l'embrasser, il ne les aurait jamais laissés seuls. Rien que d'imaginer les lèvres de Sydney sur celles de Katherine, il croyait devenir fou.

Apparemment contente d'elle, la jeune fille partit au petit trot. Le comte sauta en selle en étouffant un juron et entreprit de la rattraper. Dès qu'il arriva à sa hauteur, il scruta anxieusement son visage. Son air morose le rasséréna quelque peu.

— Vous ne me paraissez pas enchantée du baiser de votre poète.

— Bien sûr que si, rétorqua-t-elle en rougissant. Pourquoi ne le serais-je pas ?

— Parce qu'il n'a peut-être pas répondu à vos attentes.

— Je croyais que nous ne devions pas parler de Sydney lorsque nous étions ensemble.

— C'est moi qui ai établi cette règle, je peux l'enfreindre si cela me chante.

— Enfreindre les règles est votre passe-temps favori, n'est-ce pas ? Il est vrai que vous n'êtes pas obligé d'en supporter les conséquences, comme le commun des mortels...

— Ça suffit ! Dites-moi plutôt ce que Lovelace vous a raconté.

Il remarqua soudain qu'elle avait les yeux embués, et il eut aussitôt envie de tourner bride pour flanquer son poing dans la figure du rimailleur. Comment ce poseur osait-il lui faire de la peine ?

— Je ne suis pas d'humeur à discuter. Je préfère profiter de cette promenade, milord. Si vous voulez bien m'excuser...

Sur ce, elle éperonna sa monture et s'éloigna au galop.

Le premier instant de surprise passé, il l'imita et piqua des deux pour la rattraper. Fine mouche, va ! Elle savait bien qu'ils ne pouvaient pas parler à une telle allure. Heureusement, le quartier était peu fréquenté. Ailleurs, elle aurait risqué sa vie à chaque carrefour.

Au moins, il pouvait l'empêcher de se blesser. Il régla le pas de son cheval sur le sien, l'œil aux aguets, prêt à intervenir au moindre danger. Les bêtes étaient à bout de souffle lorsqu'ils arrivèrent en vue de la maison.

Elle tira sur la bride et n'attendit même pas que le comte vienne l'aider à mettre pied à terre. Sautant à bas de sa monture, elle gravit les marches du perron quatre à quatre. En réprimant un juron, Iversley l'imita, et attacha les bêtes. Si cette petite peste s'imaginait qu'il allait la laisser se réfugier dans les jupes de sa mère pour éviter de répondre à ses questions, elle se trompait lourdement.

Il la rattrapa au moment où elle empoignait le heurtoir.

— Pourquoi diable êtes-vous si pressée ?

— Je croyais que cela vous amuserait de me courir après, riposta-t-elle.

132

— Pas de cette manière !

— Qu'est-ce qui ne va pas, Alexandre ? Notre petit jeu ne marche-t-il pas au-delà de vos espérances ? s'écria-t-elle d'un ton plein d'amertume.

— Pour moi, ce n'est pas un jeu, quoi que vous en pensiez ! Et je n'aime pas vous voir dans cet état.

— Dans quel état ? demanda-t-elle d'une voix tremblante. L'homme que je veux épouser vient de m'embrasser, que désirer de plus ?

— Juste une question : avez-vous pris plaisir à ce baiser ?

— Qu'est-ce que cela peut bien vous faire ? marmonna-t-elle en évitant son regard.

— Parce que si c'est le cas, je serai contraint de tuer Lovelace !

Elle le considérait avec stupéfaction lorsque la porte d'entrée s'ouvrit sur une Mme Merivale tout sourire.

— Vous voilà enfin ! Je commençais à me demander où vous étiez passés.

Alexandre fit pivoter la jeune fille et glissa son bras sous le sien tout en gratifiant Mme Mère de son sourire le plus charmeur.

— Cette demoiselle a soudain eu envie d'aller écouter des poèmes. Je l'ai donc emmenée.

Indignée par cette trahison, l'intéressée tenta de retirer sa main, mais il la tenait fermement.

— Vraiment ? se renfrogna sa mère. J'espère que vous ne vous êtes pas trop ennuyé.

— Nullement ! la rassura le comte. J'ai toujours pensé qu'il valait mieux connaître le plus tôt possible les goûts d'une jeune fille qu'on courtise.

— Vous voulez dire… ? balbutia-t-elle, incrédule.

— Bien entendu. Mes intentions envers votre fille sont parfaitement convenables, chère madame, et je vous demande la permission de lui faire la cour.

Katherine enfonça les doigts dans son bras, mais il feignit de ne pas s'en apercevoir. Pas question de la regarder soupirer après Sydney Lovelace sans bouger. Le baronet n'était pas l'homme qu'il lui fallait, et elle le savait. Restait à la convaincre que lui, en revanche, ferait un bon époux.

La tâche s'annonçait difficile, à en juger par le regard meurtrier qu'elle lui décocha tandis qu'ils emboîtaient le pas à Mme Merivale, qui babillait gaiement. Dieu seul savait quelle serait sa réaction si jamais elle apprenait qu'il était ruiné.

Mais il ferait ce qu'il fallait pour qu'elle l'apprenne le plus tard possible.

— Asseyez-vous, milord, invita Mme Mère tandis qu'ils pénétraient dans le salon. Il faut fêter cela !

— Maman ! protesta Katherine. Il n'y a pas à...

— Votre mère a raison, intervint le comte d'une voix suave. Cela se fête.

— Tu vois ? Lord Iversley connaît les usages. Installez-vous tous les deux, je vais demander du thé et des gâteaux. Oh, et je vais aussi envoyer chercher du champagne !

À peine fut-elle sortie que Katherine bondit comme une furie.

— Qu'est-ce qui vous prend ? C'est un nouveau jeu ?

— Certainement pas. Demander la permission de vous faire la cour et abuser votre mère sur mes intentions ruinerait ma réputation.

— C'est déjà fait depuis longtemps !

— Ça, ce sont les calomnies de votre ami Sydney.

— Ce n'est pas mon ami, c'est mon... mon...

— Fiancé ? Il vous a demandé en mariage pendant que je vous attendais avec les chevaux ? J'en doute, ajouta-t-il en la voyant pâlir. Si c'était le cas, vous n'auriez pas galopé comme une furie tout le long du chemin.

— Je ne comprends pas vos motifs, avoua-t-elle. Vous ne pouvez pas être sincère !

— Je vous ai montré à quel point j'étais sincère quand je vous ai embrassée. À plusieurs reprises, si je puis me permettre.

— Mais c'était simplement une... eh bien...

— Une attraction physique ? La plupart des couples mariés ne partagent même pas cela.

— Mais cela ne me suffit pas, murmura-t-elle.

— Vous n'en obtiendrez pas tant avec Lovelace !

— Je ne peux pas vous épouser, Alexandre, soupira-t-elle en se massant les tempes.

Voilà qu'elle était prête à décliner son offre avant même qu'il ne l'ait faite. Il fallait agir.

— Mais je ne vous ai pas demandée en mariage.

— Vous avez demandé la permission de me faire la cour, cela revient pratiquement au même. Et c'est inutile, je ne vous épouserai pas.

Il réfléchit à toute allure. Il lui fallait trouver une bonne raison de continuer ce qu'ils avaient commencé ; une raison susceptible d'emporter son adhésion.

— Vous n'y êtes pas obligée. J'ai voulu obtenir de votre mère l'autorisation de vous courtiser parce que je vous voyais douter de notre plan. Je voulais m'assurer que vous n'alliez pas renoncer.

Un curieux mélange d'émotions se peignit sur ses traits.

— Si tel est votre but, je crains que tout ceci ne soit inutile. J'ai bien peur que tout ne soit fini entre Sydney et moi.

— Vraiment ?

— Je lui ai dit que je ne voulais plus le voir, en tout cas tant qu'il n'aurait pas demandé ma main. Et comme il ne paraît pas véritablement pressé… Vous voyez, poursuivit-elle avec un pauvre sourire, vous n'avez pas besoin d'employer les grands moyens. J'ai abandonné l'idée de le rendre jaloux.

L'amertume de la jeune fille prouvait sa sincérité, et un instant Alexandre savoura son triomphe. Jusqu'à ce qu'il comprenne qu'elle n'avait plus besoin de ses « services ».

Eh bien, soit, il allait lui démontrer qu'il n'en était rien.

— Mais vous souhaitez toujours l'épouser, n'est-ce pas ?

— Je… C'est sans espoir. Jamais il ne me demandera en mariage.

— Hier soir, vous pensiez qu'il ne vous embrasserait jamais, et maintenant, c'est chose faite. Qui sait comment il réagira lorsqu'il apprendra que je vous courtise ? Vous pouvez compter sur votre mère pour répandre la nouvelle. Et là…

— Je ne comprends pas pourquoi cela vous importe tellement, observa-t-elle, soupçonneuse.

Il l'attira dans ses bras et lui caressa les cheveux.

— Je ne suis pas encore prêt à arrêter la chasse, ma douce, murmura-t-il. Nous avons à peine fait connaissance.

Mais il avait bien l'intention d'y remédier.

— Nous nous connaissons suffisamment, si vous voulez mon avis. Lâchez-moi, Alexandre. Maman pourrait nous surprendre.

Il l'espérait bien. Ainsi, Katherine serait obligée de l'épouser.

— Croyez-vous que cela la contrarierait ? Elle a tellement envie de nous voir mariés qu'elle danserait probablement de joie.

— Elle exigerait que vous m'épousiez sur-le-champ. Cela ne vous fait pas peur ? ajouta-t-elle dans un souffle.

— J'adore prendre des risques, assura-t-il, les sens enflammés par ce murmure délicieux.

Lorsqu'il pressa les lèvres sur la joue empourprée de la jeune fille, elle s'écarta, sans pour autant se dégager.

— Eh bien, pas moi !

— Pourtant, vous aimez galoper à travers Londres. C'est extrêmement risqué. Et vous aimez m'embrasser, ajouta-t-il en traçant du doigt le contour de ses lèvres. C'est encore plus dangereux. Alors pourquoi ne pas prendre le risque ultime et me laisser vous courtiser ? Cela rendra fou votre Sydney.

— Au point de me demander en mariage ? fit-elle, le souffle court.

— Au moins, vous aurez tout tenté. Réfléchissez-y, la pressa-t-il en entendant le pas de Mme Merivale dans le hall. Et puis, de cette façon, votre mère vous laissera tranquille un moment. Tandis que si vous lui apprenez que Lovelace ne souhaite plus vous épouser, elle vous trouvera d'autres prétendants, et vous serez contrainte d'accepter les hommages d'inconnus. Au moins, avec moi, vous savez à qui vous avez affaire.

— Effectivement, remarqua-t-elle ironiquement.

— Vous savez que je ne vous ferai pas de mal. Et si notre stratagème ne fonctionne pas, vous n'aurez rien perdu.

— Soit, essayons, soupira Katherine en se dégageant. Mais je ne veux plus de ces comportements… déplacés. Sinon, vous vous retrouverez la bague au doigt, que vous le souhaitiez ou non.

Il réprima un sourire. C'était précisément ce qu'il espérait.

Pendant l'heure qui suivit, la jeune fille endura avec le sourire les tentatives peu subtiles de sa mère pour obtenir des renseignements sur la fortune du comte, mais elle avait l'esprit ailleurs.

Et si notre stratagème ne fonctionne pas, vous n'aurez rien perdu.

Son cœur, peut-être ? Non, elle n'allait pas donner son cœur à un débauché. Mais elle risquait de perdre la liberté de choisir elle-même son mari.

Il lui avait déjà prouvé qu'elle n'était pas insensible à ses avances. Chaque fois qu'il l'embrassait… Eh bien, il lui suffisait de s'en tenir fermement à la règle qu'elle avait fixée. Plus de baisers !

Mais c'était plus facile à dire qu'à faire. Surtout quand il déployait tout son charme, comme aujourd'hui. Il s'était montré si prévenant avec Molly ! Pourtant, à lire *L'Art de la séduction*, elle aurait pensé que les viveurs étaient tous de parfaits égoïstes. Son père, par exemple, ne pensait qu'à lui.

Tandis qu'Alexandre avait supporté d'écouter de la poésie tout l'après-midi, pour le simple plaisir d'être avec elle.

Bon, d'accord, il s'était moqué des auteurs et avait exigé un baiser pour sa peine…

Il l'avait obtenu, et beaucoup plus encore. Le problème, c'était que les hommes comme lui étaient prêts à tout pour arriver à leurs fins. Elle toucha à la dérobée la main qu'il avait caressée un peu plus tôt. À voir avec quelle facilité il forçait ses défenses, il fallait qu'elle ait perdu l'esprit pour entrer dans son jeu.

Et cependant… elle appréciait sa compagnie. Il la faisait rire, et elle en avait bien besoin ces derniers temps. Et après tout, s'il espérait la séduire – ce qui était bien son intention –, elle était de taille à se défendre. Elle le prenait pour ce qu'il était et, comme il l'avait dit lui-même, avec lui, elle savait à qui elle avait affaire.

À moins que cela aussi ne fasse partie de sa stratégie de séduction.

— Tu es bien silencieuse, ma fille, remarqua Mme Merivale, qui trônait sur le canapé au côté du comte. Tu n'as pas envie d'en savoir plus sur la propriété de lord Iversley dans le Suffolk ?

— Tu as déjà posé toutes les questions possibles, maman.

De toute façon, elle n'aurait jamais l'occasion de connaître son domaine, même si ce n'était pas l'envie qui lui en manquait. À en juger par ses descriptions pleines de ferveur, Edenmore – qui portait bien son nom – ressemblait au paradis sur terre. Du reste, pour un homme uniquement préoccupé par ses plaisirs, il en semblait excessivement fier.

— Tu dois quand même éprouver un peu de curiosité, toi qui t'intéresses toujours à la marche d'une maisonnée.

— Il faut bien que quelqu'un s'en charge, répliqua Katherine avec un sourire crispé.

— Balivere ! Une bonne gouvernante suffit amplement. Je suis toujours à batailler pour qu'elle se distraie un peu, reprit-elle en se tournant vers Alexandre. Elle est tellement sérieuse, toujours à se préoccuper du prix du charbon, et de ce genre de choses.

— Aucune frivolité, si je comprends bien ?

— Hélas, non ! Et pourtant, un peu de frivolité ne lui ferait pas de mal. Elle va finir par devenir ennuyeuse, à force d'être sérieuse.

— J'ai suffisamment de distractions, intervint Katherine. Je monte à cheval et je lis beaucoup !

— Galoper pendant des heures en remâchant tous nos petits tracas ou, quand il fait mauvais, rester assise à rabâcher des poèmes, ce ne sont pas des distractions de jeune fille !

— Je ne remâche pas, je réfléchis ! Cela n'a jamais tué personne.

Elle s'efforçait surtout de s'évader du tourbillon de folie dans lequel la plongeaient sa mère et son père, quand il était encore de ce monde et qu'il consentait à passer un peu de temps au sein de sa famille.

— Ce n'est pas sain, insista Mme Merivale. À ton âge, on va danser ou pique-niquer avec des jeunes gens, personne ne te demande de réfléchir.

— Penser un peu n'a jamais fait de mal à personne, observa Alexandre avec un regard compatissant à l'adresse de Katherine.

— Mais elle rumine des heures entières ! À Heath's End, elle ne va pratiquement jamais aux réceptions, alors que je la presse d'y assister.

Ces derniers temps, sa famille n'avait pas les moyens d'entretenir plus d'une écervelée.

— Toi et moi n'apprécions pas les mêmes distractions, maman, c'est tout.

— La poésie, je sais ! Tu n'as que ce mot à la bouche. Moi, ça m'endort. Je trouve ça sinistre.

— Sur ce point, madame, je ne peux pas vous donner tort, intervint Alexandre.

— Vous n'aviez pas l'air de vous ennuyer cet après-midi, remarqua sèchement Katherine. J'aurais même juré que vous trouviez cela très distrayant.

— Ce ne sont pas les poèmes que j'ai trouvés distrayants, c'est l'assistance, contra-t-il avec un regard éloquent.

Elle ne put s'empêcher de sourire.

— Quand bien même, déclara sa mère, il ne faut plus la laisser vous traîner à ces lectures, milord. Ou vous finirez par devenir aussi sérieux et ennuyeux que ces rimailleurs.

— Il y a peu de danger, persifla sa fille. Lord Iversley ne parviendrait pas à être ennuyeux, même si sa vie en dépendait. Et tout le monde sait qu'il n'est jamais sérieux.

— Faux. Je suis on ne peut plus sérieux sur certains sujets, rétorqua le comte en parcourant lentement Katherine des yeux.

Profondément troublée, elle enfonça les ongles dans ses paumes pour ne pas devenir écarlate.

— J'espère cependant que vous accepterez d'assister avec moi à des divertissements plus légers, poursuivit-il de cette voix enjôleuse qui n'appartenait qu'à lui.

— Mais certainement ! s'empressa d'acquiescer Mme Mère.

— Connaissez-vous le musée des automates ? Cela mérite une visite. J'aimerais aussi vous emmener aux jardins de Vauxhall, et chez Mme Tussaud. Nous pourrons même aller voir le cabinet particulier, qui est interdit aux enfants.

— Et l'amphithéâtre Astley ? l'interrompit Katherine.

— Si vous voulez.

— Tu vois comme les jeunes gens peuvent être attentionnés ? lança Mme Merivale. Enfin, certains jeunes gens !

— Ne me dites pas qu'un jeune homme a osé se montrer désobligeant avec Mlle Merivale ? s'écria Alexandre avec un sourire taquin à l'adresse de Katherine.

— Si, justement, renchérit sa mère, au grand dam de la jeune fille. Quand nous sommes arrivées à Londres, elle a demandé à sir Sydney de nous emmener à l'amphithéâtre royal, mais il a refusé. Très sèchement, du reste. Il prétend

140

que ce n'est pas un endroit convenable pour une jeune fille.

Bien entendu, la réaction de Lovelace n'avait fait qu'accroître l'intérêt de Katherine, mais pour rien au monde elle ne l'aurait admis devant Alexandre.

— On ne peut pas le lui reprocher, fit-elle. Sydney pense simplement que les femmes doivent être...

— Choyées et dorlotées, compléta Iversley.

— Protégées, corrigea-t-elle.

— Protégées de tout ce qui sort de l'ordinaire, de tout ce qui peut ressembler à l'aventure, en un mot, de tout ce qui fait le sel de la vie.

Elle n'aurait pu le contredire, car il avait fait mouche.

— Quant à moi, reprit-il, je pense au contraire qu'il faut encourager la curiosité et l'esprit d'aventure chez les dames.

— Je vous crois volontiers, répliqua-t-elle, espiègle. Ainsi, cela vous dispense de les accompagner à des lectures de poèmes.

— Faites-moi confiance, mademoiselle Merivale, vous verrez que l'amphithéâtre Astley est beaucoup plus distrayant.

C'était précisément ce qu'elle craignait.

Bien entendu, le comte prolongea sa visite le plus possible. Il accepta de bon cœur l'invitation à dîner de Mme Mère, et la fit tellement rire qu'elle en oublia de poser d'autres questions sur sa situation matérielle. Lorsqu'il prit congé, il avait fait de Mme Merivale une alliée indéfectible.

Tandis qu'elle se préparait pour la nuit, Katherine réalisa combien cela était étonnant. Non pas qu'il ait subjugué sa mère. Il était capable d'embobiner n'importe quelle femme pour peu qu'il veuille s'en donner la peine, et Mme Merivale n'était pas une proie bien difficile. Mais s'il ne cherchait qu'à séduire la fille, pourquoi se donner tant de mal pour entrer dans les bonnes grâces de la mère ? Pourquoi répondre à ses allusions maladroites, devancer ses questions indiscrètes, rire à ses plaisanteries stupides ? Il se conduisait comme s'il avait véritablement l'intention de…

De lui faire la cour et de demander sa main.

C'était impossible ! Elle n'avait rien pour attirer un homme de son rang. Rien sauf sa fortune, et personne n'en connaissait l'existence. N'est-ce pas ?

La porte s'ouvrit à la volée et Mme Mère entra comme une tornade dans la chambre. Sans lui laisser le temps de se lancer dans l'une de ses tirades habituelles, Katherine demanda :

— Dis-moi, tu n'as parlé à personne de l'argent que m'a légué grand-père ?

— Bien sûr que non. Tu m'as priée de garder le secret jusqu'à ce que sir Sydney t'ait demandée en mariage.

— Aucune allusion ne t'a échappé ? Tu n'as jamais cherché à impressionner qui que ce soit ? Lady Jenner, par exemple, ou…

— Il me reste encore un peu de jugeote, figure-toi, coupa sa mère avec un reniflement outragé. Deux jeunes gens du meilleur monde s'intéressent à toi, je ne vois pas l'intérêt d'attirer les coureurs de dot !

Pour une fois, elles étaient du même avis, même si Mme Merivale avait tendance à considérer cet argent comme le sien, et qu'elle entendait l'utiliser pour ses besoins personnels une fois que sa fille aurait épousé un homme fortuné comme Sydney.

Ou Alexandre. Encore que, songea soudain Katherine, elles ignoraient si le comte était riche.

— Tu n'en as pas parlé devant lord Iversley ?

— Non. Mais puisque Sa Seigneurie te courtise, il faudrait peut-être demander à notre notaire d'avoir un entretien avec lui.

— C'est trop tôt. Attendons de mieux le connaître.

— Tu n'imagines quand même pas qu'il en veut à ton héritage ? Tu ne l'as pas entendu ? Il a plus de douze mille acres dans le Suffolk. Dix fois plus que notre pauvre petit domaine ! Tu te rends compte de ce que cela doit lui rapporter ?

142

— Si c'est bien géré. Mais il n'a peut-être pas les fonds pour entretenir ses terres.

— Cela me paraît peu vraisemblable. Tu as remarqué comme il était élégant ?

— N'importe qui peut s'habiller à crédit.

— Lady Jenner m'a dit en confidence que sa mère était immensément riche. C'était la fille d'un gros négociant, ou quelque chose de ce genre. Évidemment, cela a dû faire jaser en son temps…

— Je m'en moque. Qu'est-ce que lady Jenner t'a dit d'autre ?

— Pour être franche, je n'ai pas fait très attention. Je n'aurais jamais imaginé qu'un comte… Enfin, se reprit-elle avec un sourire contrit, tu es charmante, mais tout de même, tu n'es pas une beauté, avec tes cheveux et tes taches de rousseur. Tu t'habilles bien, je te l'accorde, mais tu ne sais ni chanter ni jouer du piano. Pour une jeune fille du monde, c'est un manque !

— Je chante faux, je n'y peux rien ! rétorqua Katherine avec impatience. C'est précisément ce qui me tracasse. Pourquoi le comte s'intéresse-t-il à moi alors qu'il pourrait choisir n'importe quelle fille de la noblesse ?

— Qui peut dire ce qui attire un homme ? Tu as un joli visage, une belle silhouette, et tu danses fort bien. Tes impertinences ont l'air de l'amuser, Dieu seul sait pourquoi. De mon temps, une jeune fille à marier ne se montrait pas aussi insolente.

— Maman, tu es certaine que ce n'est pas mon argent qui l'intéresse ?

— Mais oui, mon petit, absolument certaine. Avant même qu'il nous ait été présenté, lady Jenner m'avait raconté qu'il avait quinze mille livres de rentes.

Katherine l'aurait cru, si Alexandre n'avait paru si ami avec leur hôtesse. Et s'il lui avait demandé de mentir à son sujet ?

Non, cela n'avait aucun sens dès lors qu'il ne savait pas qu'elle était une héritière en puissance. Et si sa mère n'avait pas commis d'impair, comme elle l'assurait, il ne pouvait être au courant. Lorsqu'ils s'étaient rencontrés, tout ce qu'il savait d'elle, c'était son nom, et ce que Sydney et elle avaient…

Seigneur ! Avaient-ils dit quelque chose qui aurait pu lui mettre la puce à l'oreille ? Elle tenta de se remémorer leur conversation. Elle était pratiquement certaine de ne pas avoir évoqué son héritage. Donc, Alexandre ignorait tout de sa future fortune. Il n'avait de ce fait aucune raison valable de la courtiser.

Sauf qu'il la désirait. Mais il n'était pas le genre d'homme à se marier pour si peu. Quand il parlait de la conquérir, il voulait dire la mettre dans son lit, tout simplement.

Elle en ressentit une amère déception. Ce qui était ridicule, puisque, même s'il lui demandait sa main, elle n'avait aucune intention de la lui accorder. N'empêche, elle voulait qu'il la lui demande.

Elle était vexée, voilà tout. Cela la blessait qu'il ne veuille pas d'elle pour épouse, même si de son côté elle ne voulait pas de lui pour mari.

— Maintenant que te voilà rassurée quant aux intentions de lord Iversley, j'espère que tu vas te conduire un peu mieux avec lui.

— Je… je ne vois pas ce que tu veux dire, balbutia Katherine.

Mon Dieu, sa mère avait-elle eu vent des baisers enflammés et des caresses enivrantes qu'ils avaient échangés ?

— Oh que si ! Qu'est-ce qui t'a pris d'emmener Sa Seigneurie à cette lecture de poèmes ?

— J'avais promis à Sydney d'y aller, répliqua Katherine, soulagée.

— C'est effectivement une bonne raison. Il faut dire que lui, il tient toujours ses promesses ! Si tu as deux sous de jugeote, tu ferais bien d'oublier Sydney, maintenant que lord Iversley te fait la cour. Tu te rends compte ? Il ne tient qu'à toi de devenir une riche comtesse !

— Tu t'enthousiasmes un peu vite. Je ne suis pas certaine que les intentions du comte soient vraiment sérieuses. Peut-être ne cherche-t-il qu'à s'amuser ? Tu sais ce qu'on dit de lui.

— Que c'est un « roulé » ?

— Un « roué », maman. Cela veut dire un séducteur sans scrupule, un débauché.

— Il ne faut jamais écouter les commérages. Et même si c'était le cas, quelle importance ? Tous les jeunes gens doivent jeter leur gourme, mais ils finissent par se ranger quand vient l'heure du mariage.

— J'en ai connu qui ont continué longtemps après, ironisa Katherine en s'asseyant pour se brosser les cheveux. Je ne veux pas épouser un coureur.

— Ne fais pas l'enfant. Il faut prendre les hommes comme ils sont. Une femme apprend à regarder ailleurs.

— Comme toi ?

Mme Merivale rougit.

— C'est ce que tu penses ? Que je me disputais avec ton père parce que j'étais jalouse ? Mais je me moquais éperdument de ses petites grues, figure-toi ! Ce qui m'affolait, c'étaient les sommes astronomiques qu'il dépensait, alors qu'il ne pouvait même pas m'emmener à Londres pour la saison. Et en plus il jouait !

— Étant donné ton expérience, tu devrais comprendre mes réticences vis-à-vis de lord Iversley, remarqua Katherine, un peu embarrassée.

D'un côté, la franchise de sa mère au sujet des frasques de son père lui avait servi de mise en garde, d'un autre, son manque de discrétion lui faisait honte.

— C'est différent. Ton père et moi n'avons jamais eu suffisamment d'argent pour faire quoi que ce soit. Si tu épouses le comte, avec les revenus de ses domaines et la fortune de sa famille maternelle, tu n'auras peut-être même pas besoin de ce que t'a légué ton grand-père, paix à son âme.

Katherine soupira. Sa mère était si transparente.

— Nous aurons d'abord à payer les dettes de papa. Sans parler des cinq mille livres qu'il devait à ce joueur. C'est par là qu'il faudra commencer.

— Je ne comprends pas comment ton père en est arrivé à devoir de l'argent à cet horrible individu.

— M. Byrne s'est montré plutôt compréhensif. Il ne nous a jamais mis le couteau sous la gorge.

— Certes. Mais il aurait quand même pu avoir pitié d'une veuve sans défense et de ses enfants.

— Et nous faire cadeau de cinq mille livres ? Il n'est pas fou. De toute façon, on s'attend qu'un gentleman règle ses dettes, même mort !

— Entre gens du même monde, certainement ! Mais quand il s'agit d'un individu de cette espèce... Tu sais ce qu'on raconte sur sa naissance ?

— Oui, c'est un bâtard du prince de Galles. Voilà pourquoi je ne veux pas épouser un coureur comme lord Iversley.

— Tu vois, l'exemple vient de haut, répliqua Mme Merivale en s'asseyant à côté de sa fille. La vie est ainsi faite. L'important, c'est que l'homme reste discret. Pas comme ton père, ajouta-t-elle en pinçant les lèvres. Il a fait scandale même en mourant !

Ultime humiliation pour sa famille, M. Merivale s'était étouffé avec une arête de poisson au cours d'un souper fin chez sa maîtresse.

— Le comte sera discret, crois-moi. Et je m'y connais. Il est très réservé, ce n'est pas le genre à se vanter de ses conquêtes.

— Ce n'est pas la discrétion que j'attends d'un mari, c'est la fidélité ! s'exclama Katherine, qu'une telle complaisance écœurait.

— Comme nous toutes, ma chérie, soupira sa mère. Hélas, les hommes en sont incapables !

— Pas Sydney.

— Même si c'était vrai, sa fidélité compenserait à peine les autres désavantages, à commencer par son horripilante mère.

C'était l'hôpital qui se moquait de la charité !

— Vous étiez amies, autrefois, fit remarquer Katherine en réprimant un fou rire.

— Avant que je m'enfuie avec ton père. Elle le détestait ! Et elle m'en a toujours voulu parce que son mari l'a épousée en second choix, après que j'ai refusé de lui accorder ma main. Je n'ai jamais compris ce qu'elle lui trouvait, c'était un vrai bonnet de nuit. Comme son fils !

— Je croyais que tu aimais bien Sydney, répliqua Katherine d'une voix crispée.

— Tant qu'il était ton seul prétendant, je m'en contentais. Mais depuis que nous sommes à Londres, je vois votre union d'un autre œil. Quelle serait ta vie avec lui ? Il est bien élevé et a ses entrées dans la bonne société, je te l'accorde, mais ce n'est rien à côté de lord Iversley.

— Maman, je me moque de la bonne société.

— Tu changeras peut-être d'avis quand tu te retrouveras cloîtrée au fin fond de la Cornouailles avec la mère de Sydney pour tout régenter. Tandis que si tu épouses le comte, poursuivit-elle comme une incantation aux divinités protectrices du mariage, tu seras reçue partout, tu seras de toutes les réceptions, de tous les bals… Peut-être même rencontreras-tu le prince, qui sait ?

— Quel honneur ! Tu crois que j'en serai digne ? railla Katherine.

— Tu viendras en ville tous les ans pour la saison, continua sa mère sans relever. Et tes sœurs pourront faire leurs débuts dans le monde.

— Et tu les accompagneras, bien entendu ?

— Cela va de soi ! En outre, tu auras besoin d'avoir ta mère à tes côtés pour t'aider quand tu donneras toi-même des bals et des réceptions.

— Je n'ai pas envie de donner de bals ou de réceptions.

— Mais une comtesse a des obligations ! On t'appellera lady Iversley…

— Si j'épouse Sydney, je m'appellerai lady Lovelace.

— Tu ne peux pas comparer. Les Lovelace sont de toute petite noblesse. Tandis que les comtes d'Iversley… Tes fils seront lords, et ton aîné héritera du titre.

— Et je serai seule pendant que mon mari passera ses journées à son club, et je serai malheureuse comme les pierres parce qu'il aura des maîtresses !

— Seule ? À Londres ? Ne dis pas de sottises, je t'en prie ! Et si tu es malheureuse, tu pourras toujours avoir des… amis. Une fois que tu auras assuré la descendance de ton époux, bien entendu.

— Maman ! s'insurgea Katherine en rougissant jusqu'à la racine des cheveux. Jamais je…

— Oh, ne fais pas ta prude ! Tu seras une femme respectable et respectée, et tu pourras faire ce qui te chante.

— Si c'est cela qu'on attend d'une femme respectable, ça ne m'intéresse pas.

Elle avait rêvé d'une vie simple et paisible aux côtés de Sydney, et la peinture que lui brossait sa mère de sa future existence avec Alexandre la rendait malade. Mais si Lovelace ne demandait pas sa main, quelle autre possibilité lui resterait-il ?

— Discuter avec toi ne sert à rien, déclara Mme Merivale en se levant avec raideur. Tu ferais la fine bouche même si on t'apportait un prince sur un plateau.

Elle se dirigea vers la porte, ouvrit le battant, puis lança depuis le seuil :

— Épouse ton nobliau, puisque tu tiens tant à périr d'ennui. Mais je te préviens, si d'ici quinze jours, tu n'es pas fiancée, tout Londres saura que tu es une riche héritière, et je te garantis que là, tu n'auras que l'embarras du choix. Les coureurs de dot se bousculeront. Et je resterai sourde à tes protestations. Que cela te plaise ou non, ma petite, tu seras mariée avant la fin de la saison !

12

Endors par des présents la méfiance de ta proie.

L'Art de la séduction

Une semaine plus tard, tandis que le magnifique attelage emprunté à Draker fendait la foule londonienne en
direction de la demeure des Merivale, Alexandre fut
bien obligé d'admettre qu'il avait commis une grossière
erreur tactique. En laissant croire à Katherine que son
attirance pour elle était purement physique, il n'avait
fait qu'accroître sa méfiance vis-à-vis de lui.

Pour une raison connue d'elle seule, le magnifique
bouquet de fleurs exotiques qui avait coûté au comte
une somme rondelette l'avait mise en colère. Si les
femmes n'aimaient plus les fleurs, que faire ? Le livre de
poèmes sur lequel il s'était rabattu avait été mieux reçu,
jusqu'à ce qu'elle découvre que l'auteur, un nommé
Byron, était un débauché notoire. Il ne savait plus à
quel saint se vouer.

Il avait eu plus de succès quand il les avait emme-
nées en promenade ou au spectacle, sa mère et elle,
mais elle ne quittait pas Mme Merivale d'une semelle.
Et elle avait obstinément refusé toute promenade à cheval sous prétexte qu'elle n'avait pas de chaperon pour
l'accompagner.

De toute évidence, elle ne voulait à aucun prix se trouver de nouveau seule avec lui. Et malgré les manœuvres

149

de Mme Mère pour les laisser en tête à tête, et ses propres efforts, il n'avait même pas réussi à lui prendre la main, encore moins à lui voler un baiser.

Cela ne pouvait plus durer, il allait devenir fou. Il aurait tout donné pour s'emparer une fois encore de ces lèvres si douces et si tendres. Et il y parviendrait dès ce soir, si son plan fonctionnait comme prévu. Le temps pressait. Les nouvelles d'Edenmore étaient alarmantes, et il ne pourrait plus s'attarder à Londres très longtemps.

Lovelace n'avait pas reparu, c'était toujours ça. Mais cet avantage était à double tranchant. Si Katherine finissait par comprendre que sir Sydney n'avait aucune intention de l'épouser, et qu'elle se faisait une raison, leur stratagème n'avait plus lieu d'être, et elle pouvait parfaitement renvoyer Alexandre, qui aurait perdu son temps et ses efforts.

Il aurait mieux fait de porter son choix sur l'une de ces petites oies blanches qui font les épouses dociles… et ennuyeuses à mourir, surtout au lit.

Et quelle importance, après tout ? Ce qui comptait, c'était de sauver son domaine ! Mais il était fou de Katherine, il avait besoin d'elle comme il avait besoin de galoper à perdre haleine par les prairies et les bois. Il aimait sa compagnie, sa conversation le stimulait, et ses caresses l'enivraient.

Mais il ne fallait pas se laisser aller. Ses métayers et son personnel passaient avant tout. Ils comptaient sur lui pour remettre le domaine en état. Mais il voulait jouer sa dernière carte. S'il échouait, si Katherine demeurait insensible à ses avances, ce soir à l'amphithéâtre Astley, alors il renoncerait et demanderait à Byrne de lui trouver une autre fiancée.

Il ne pouvait se permettre d'échouer. Les préventions de la jeune fille à son égard étaient dues aux commérages concernant sa vie à l'étranger. Tant qu'elle serait persuadée qu'il avait voulu fuir ses responsabilités familiales pour mener une vie de débauche, elle ne lui laisserait pas sa chance. Il fallait donc à tout prix la détromper, même partiellement, même s'il devait enjoliver quelque peu la vérité.

Thomas, le domestique des Merivale, l'accueillit avec sa bonhomie habituelle.

— Bonsoir, milord. Madame est souffrante, et mademoiselle est au salon avec un monsieur. Souhaitez-vous l'attendre, ou préférez-vous que je vous annonce ?

Un monsieur ? Un seul homme pouvait se permettre de rendre visite aux Merivale à cette heure tardive, et il n'était pas question de laisser le champ libre à ce satané Lovelace.

— Je m'annoncerai tout seul ! répondit Alexandre. Ne vous dérangez pas, je connais le chemin.

Il confia en hâte son manteau et son chapeau au serviteur, puis se dirigea à grandes enjambées vers le salon. Sa colère augmentait à chaque pas. Disputer sa future épouse à ce poète de deux sous commençait à le fatiguer. Le moment était venu de se déclarer ouvertement, et de mettre un terme aux prétentions de Lovelace.

Mais ce ne fut pas Sydney qu'il trouva en conversation avec Katherine, ce fut Gavin Byrne.

— Alexandre ! Je veux dire, lord Iversley, s'écria la jeune fille, s'interrompant au milieu d'une phrase.

— Je suis désolé de vous déranger, s'excusa-t-il sans la moindre trace de contrition. J'ignorais que vous aviez du monde.

— Je vous en prie, le rassura le joueur en le saluant. Nous avons réglé l'affaire qui nous occupait, et je m'apprêtais à prendre congé.

— L'affaire ?

— Je vous présente M. Byrne, intervint Katherine, un ancien... associé de mon père. Il souhaitait parler à maman, mais comme elle est souffrante...

— Mlle Merivale a eu la gentillesse de me recevoir, termina Gavin.

— Je vois, acquiesça Alexandre en se demandant ce que son demi-frère pouvait bien faire ici. Je suis le comte d'Iversley, un ami intime de la famille. Et plus, j'espère, si j'arrive à convaincre Mlle Merivale d'accepter que je la courtise.

— Dans ce cas, ma visite n'était pas nécessaire, rétorqua Byrne avec un sourire carnassier. Tous mes vœux, milord. Merci pour le thé, mademoiselle, ajouta-t-il en s'inclinant devant son hôtesse.

— Je vais reconduire M. Byrne, décréta Alexandre.

Il emboîta le pas à son demi-frère et, dès qu'ils furent hors de portée de voix, l'arrêta d'un geste sec.

— Que faites-vous ici ?

— J'ai pensé qu'une petite visite pour me rappeler au bon souvenir de Mlle Merivale pourrait vous être utile.

— Je n'ai pas besoin de votre aide, s'insurgea Alexandre, mortifié. Je suis assez grand pour conquérir Katherine seul.

— Je n'ai toujours pas vu l'annonce de vos fiançailles dans les journaux. Sydney Lovelace paraît pourtant s'être désisté.

— Comment cela ?

— On dit qu'il est à la campagne depuis une semaine, chez son ami Napier.

Un sentiment de triomphe envahit le comte. Si Lovelace battait en retraite, aucun obstacle ne se dressait plus en travers de sa route. Il épouserait Katherine, quoi qu'il arrive. Quand elle découvrirait qu'il était son seul prétendant, elle rendrait sans doute les armes.

— Il ne tient qu'à vous d'épouser la belle, et de me rembourser. Dommage que sa mère et elle attachent tellement d'importance à la position sociale, poursuivit Gavin, sinon je me serais porté candidat. Je ne m'étais pas rendu compte que Mlle Merivale était si séduisante.

— Bas les pattes ! coupa Iversley. Elle n'a pas besoin d'un autre soupirant.

— Elle ne m'a pas semblé disposée à convoler rapidement, remarqua Gavin avec un sourire ironique.

— Elle le sera sous peu, crois-moi.

— Je te souhaite bonne chance ! Mlle Merivale ne me paraît pas facile à influencer.

Dissimulant mal son agacement, le comte referma la porte derrière son présomptueux demi-frère avant de regagner le salon où Katherine faisait les cent pas, l'air préoccupé.

— Byrne n'a pas voulu me confier l'objet de sa visite, mentit Alexandre. Que vous veut-il donc ?

— Oh, rien d'important, ne vous inquiétez pas ! assura la jeune fille d'un ton qu'elle voulait dégagé, malgré ses joues en feu.

— Ce n'est pas un homme fréquentable. S'il essaie de vous causer des ennuis, je…

— Vous le connaissez ?

Le jeune homme hésita. Jusqu'ici, il avait évité de mentir, mais il s'agissait d'une urgence.

— De réputation. D'après ce que j'ai entendu dire, votre père ne se serait jamais associé à un individu de son espèce.

Allait-elle se confier à lui ? Était-elle prête à lui faire confiance ?

— M. Byrne est l'un des créanciers de papa, soupira-t-elle.

— *L'un* des créanciers ?

La nouvelle avait du mal à passer. Que resterait-il pour restaurer Edenmore si les dettes de M. Merivale étaient si nombreuses ?

— Il y en a quelques autres, mais c'est à lui que nous devons la plus grosse somme.

— À combien de reprises est-il venu réclamer son dû ? s'enquit-il en retenant un soupir de soulagement.

— C'est la deuxième fois, à ma connaissance du moins.

— C'est trop à mon goût.

— Ne vous faites pas tant de souci, c'est un homme très correct. Les gens ne disent du mal de lui qu'à cause de sa naissance.

— Vous êtes au courant ? interrogea Alexandre avec inquiétude.

— Que c'est un enfant naturel du prince de Galles, qui ne l'a jamais reconnu ? C'est de notoriété publique.

— Et cela ne vous ennuie pas de le recevoir ?

— Bien sûr que si. Son Altesse est l'homme le plus débauché d'Angleterre, et si M. Byrne tient de lui, ce doit être un incorrigible coureur de jupons.

— Dans ce cas, pourquoi l'avoir reçu en tête à tête ? Votre mère étant souffrante, vous auriez pu lui demander de revenir un autre jour.

— Maman n'est pas plus malade que vous et moi, expliqua Katherine avec un rire amer. C'était un prétexte pour éviter de le voir.

— Et elle vous en a laissé le soin ? explosa Alexandre.

— Non, mais elle s'imagine qu'à force de se dérober, il finira par se lasser. Ce en quoi elle se trompe, c'est évident.

— C'est pour cela que vous avez décidé de lui parler ? Pour essayer de le convaincre de vous remettre votre dette ?

— C'est à peu près ça, admit-elle.

— Vous avez réussi ?

— Non. Mais il a accepté de nous laisser un délai supplémentaire, avoua-t-elle d'une voix tremblante.

— Le temps que vous épousiez un homme fortuné.

— Le mariage est effectivement la seule solution, acquiesça-t-elle à contrecœur.

— Mais c'est le problème de votre mère, pas le vôtre ! s'indigna-t-il. Pourquoi vouloir à tout prix réparer les erreurs de vos parents ?

— Il faut bien que quelqu'un s'en charge, s'écria-t-elle, les yeux brillants de larmes.

Alexandre aurait volontiers étranglé Mme Merivale, pour lui apprendre à assumer ses responsabilités, au lieu de laisser sa fille se commettre avec un individu tel que Byrne.

— Vous êtes prête à vous sacrifier pour payer des dettes qui ne vous concernent en rien et éviter à votre mère un entretien déplaisant ?

— Je ne le fais pas pour maman, mais pour le reste de la famille. Si notre situation financière ne s'améliore pas, mes sœurs ne trouveront pas à s'établir, et mon frère héritera d'une propriété sans valeur. Et puis, épouser Sydney n'est pas un sacrifice. Je l'aime, et il m'aime.

Il était grand temps de lui enlever ses illusions.

— Il vous aime, mais cela ne l'empêche pas de partir se prélasser à la campagne pendant que vous vous débattez avec les créanciers de votre père, lâcha-t-il froidement.

— Que voulez-vous dire ? Comment savez-vous où il est ?

— Il paraît qu'il est parti la semaine dernière dans le Kent, chez son ami Napier.

— Vous voyez ? Je vous avais bien dit que votre stratagème ne fonctionnerait pas, rétorqua-t-elle avec un sourire mal assuré. Vous perdez votre temps à feindre de me courtiser, il s'en moque éperdument.

— Je ne feins pas !

— C'est gentil de prétendre le contraire, Alexandre, mais nous savons tous deux que c'est faux. Ne vous inquiétez pas pour moi, je m'en remettrai. Nous n'aborderons plus le sujet, si vous voulez bien. C'est notre dernière soirée, je tiens à ce qu'elle soit réussie ! Je vais chercher maman.

— Un instant, l'arrêta-t-il. J'ai un présent pour vous.

Il était certain que celui-ci lui plairait.

— Les poèmes d'un autre libertin ? demanda-t-elle d'un air indulgent.

— Non, il ne s'agit pas de poésie, répliqua-t-il en tirant de sa poche un écrin de velours qu'il lui tendit.

— Un bijou, fit-elle en s'en saisissant. Comme c'est original !

— Ouvrez-le.

— Vous gaspillez votre argent, milord. Je ne suis pas une de ces petites dindes qu'on attire avec tout ce qui…

Elle s'interrompit, interdite, en découvrant le contenu de l'écrin.

— Est-ce suffisamment original ? demanda-t-il d'un air satisfait.

— C'est… ravissant, répondit-elle en rougissant violemment. Je n'ai jamais rien vu de tel.

— C'est de l'or damasquiné, expliqua-t-il en s'emparant de la broche qui représentait un cheval noir qui galopait dans une forêt d'or. Je l'ai achetée en Espagne il y a quelques années.

— Pour une autre femme ! se cabra-t-elle. Votre dulcinée de l'époque n'en a pas voulu et…

— Je l'avais acheté pour ma mère.

Le murmure embarrassé de la jeune fille pouvait passer pour une excuse.

— Je l'ai vu fabriquer à Tolède, reprit-il. Ils sertissent un fil d'or sur un motif d'acier gravé, ils chauffent pour noircir l'acier, et ils terminent en repoussant l'or au poinçon pour rehausser le dessin. Quand je l'ai vu fini, je n'ai pas pu résister, ajouta-t-il tandis qu'il épinglait le bijou sur le corsage de la jeune fille.

— Et qu'a dit votre mère lorsque vous le lui avez offert ?

— Je n'en ai jamais eu l'occasion. Je ne voulais pas le confier à la poste, et de toute façon, mon père l'aurait confisqué. Quand j'ai appris la mort de ma mère, je l'ai gardé.

— Je ne peux pas accepter, protesta Katherine en immobilisant la main du comte sur son corsage.

— Elle ne vous plaît pas ?

— Oh, si… bien sûr ! Mais un objet qui a une telle valeur sentimentale doit être réservé à votre femme.

— Je tiens à ce que vous la gardiez, insista-t-il, découragé par l'entêtement de Katherine à ne pas prendre ses sentiments au sérieux. Elle vous va à ravir. Et puis, en dehors de vous, je doute que quiconque l'apprécie à sa juste valeur, poursuivit-il en la sentant fléchir.

— Elle est splendide, admit-elle timidement.

— Surtout sur vous, assura-t-il en finissant d'épingler la broche. Vous ressemblez à ce bijou, de l'acier égayé par l'éclat de l'or, la force adoucie par la beauté.

— Je… je n'ai rien d'une beauté, souffla-t-elle tandis qu'il caressait doucement la naissance de son cou, s'attardant sur la veine qui battait follement sous cette pression enivrante.

— Si j'étais poète, je saurais trouver les mots pour vous dire avec quelle ardeur je désire faire de vous mon épouse. Peut-être alors me croiriez-vous. Mais je ne peux que vous le montrer…

Et, joignant le geste à la parole, il l'attira contre lui pour lui donner le baiser dont il rêvait depuis des jours.

La bouche de la jeune fille était douce sous la sienne, et un instant, elle répondit à son baiser avant de le repousser brusquement.

— Vous n'êtes pas censé m'embrasser ! lui rappela-t-elle.

— Je ne suis pas maître de mes désirs, Katherine. Je ne cherche pas à enfreindre les règles volontairement ni à me mesurer à votre satané Sydney. Je veux tout simplement faire de vous ma femme, et vous ne pouvez rien y changer.

Sur ce, il reprit ses lèvres. Cette fois, son baiser était impérieux, exigeant. L'espace d'une seconde, elle hésita, puis finit par s'abandonner.

Seigneur, l'embrasser était un délice ! Mieux encore que dans son souvenir. Il chercha fiévreusement la confirmation qu'elle aussi le désirait toujours.

Jusqu'à ce qu'un pas résonne dans le hall…

— On vient, chuchota Katherine en s'arrachant à son étreinte. Bonsoir, maman, ajouta-t-elle en se tournant vers la porte.

— Lord Iversley ! s'exclama Mme Merivale. Quelle bonne surprise ! Vous venez d'arriver ?

— Il a raccompagné M. Byrne, expliqua sa fille d'un ton neutre.

Le sourire de Mme Merivale s'évapora. Visiblement, elle ne tenait pas à ce que le prétendant de sa fille apprenne dans quelle situation désastreuse elles se trouvaient.

— Il ne vous ennuiera plus, j'y veillerai, intervint Alexandre.

Il ignora le regard étonné de Katherine. Autant la laisser croire qu'il était décidé à payer leurs dettes de ses deniers. C'était quasiment la vérité, après tout. Une fois mariés.

Car ils allaient se marier, il n'en doutait plus. Puisque Lovelace lui laissait le champ libre, il avait toutes ses chances. Il était prêt à essuyer toutes les rebuffades possibles, à y passer le temps qu'il faudrait, mais il l'épouserait !

13

*Les femmes les plus réservées sont souvent celles qui,
secrètement, ne demandent qu'à se dévergonder.*

L'Art de la séduction

Katherine ne savait plus quoi penser. Alexandre insistait tellement sur le sérieux de ses intentions. Était-il sincère ? Et s'il ne l'était pas, pourquoi cette déclaration solennelle au sujet de leur dette envers M. Byrne ?

Et cette broche… Il connaissait si parfaitement ses goûts en matière de bijoux. Elle n'en revenait pas ! Et puis, on ne faisait pas présent à la première venue d'un bijou acheté pour sa propre mère.

Elle leva les yeux sur lui. Il était assis en face d'elle, négligemment adossé à la banquette capitonnée. Le magnifique attelage qui les emportait vers l'amphithéâtre Astley disait avec suffisamment d'éloquence la richesse de son propriétaire. Il planta ses yeux d'azur dans les siens, avec la même intensité qu'un peu plus tôt dans le salon. Comme il s'attardait sur sa bouche, elle sentit son cœur chavirer. Dieu du Ciel, il savait provoquer le trouble chez une femme !

Non seulement elle ne pouvait oublier ses baisers enivrants et ses caresses brûlantes, mais chaque jour, elle l'appréciait un peu plus. Et pourtant, elle en savait si peu sur lui. Il était tellement secret.

— Vous êtes allé à Tolède, m'avez-vous dit. Ce n'était pas dangereux pour un Anglais ?

— Pas à cette époque. En 1805, Napoléon n'avait pas encore installé son frère sur le trône d'Espagne.

Katherine effectua un rapide calcul mental. S'il avait le même âge que Sydney, cela lui faisait…

— Vous deviez donc avoir…

— Dix-huit ans.

Imaginer le jeune Alexandre achetant un bijou à sa mère pour apprendre ensuite qu'elle venait de mourir serra le cœur de la jeune fille.

— J'étais allé acheter des chevaux avec mon oncle.

— Vous avez de la famille à l'étranger ?

— La sœur de mon père a épousé un comte portugais. J'ai passé dix ans chez eux.

— Mais je croyais… Enfin, on dit que…

— Que je menais une vie de bâton de chaise sur le continent ? acheva-t-il malicieusement. Je l'ai moi-même entendu dire.

— Ainsi, c'est faux ?

— Tout dépend de ce qu'on entend par « vie de bâton de chaise ». J'étais effectivement à l'étranger, après tout.

— Vous étiez parti pour le Grand Tour, murmura-t-elle.

— En fait, non. Mais mon père était trop orgueilleux pour avouer la vérité.

— C'est-à-dire ?

— Il n'appréciait pas mon caractère indiscipliné, et quand j'ai été renvoyé de Harrow pour une bêtise, il en a profité pour m'expédier au Portugal chez mon oncle et ma tante.

Son chagrin et son amertume étaient trop évidents pour être feints, et pourtant, Katherine avait du mal à le croire.

— Et vous avez vécu là-bas dix ans ?

— Je n'avais aucun goût pour Londres et la vie mondaine. Mon oncle élevait des chevaux pour son plaisir, et comme j'adore l'équitation, j'ai préféré rester.

— Même pendant la guerre ?

— Nous vivions dans une région qui n'a pas vraiment été touchée par la guerre.

Katherine le scruta d'un œil soupçonneux. Elle croyait que l'Europe entière avait été envahie. Si elle avait su, elle aurait lu les journaux plus attentivement.

— Pourquoi n'en avez-vous jamais parlé ?

— Cela ne s'est pas trouvé.

— Mais si, plusieurs fois !

— Vous aviez décrété que j'étais un viveur. Vous ne m'auriez pas écouté.

— Mais vous étiez tellement évasif sur les raisons de votre séjour à l'étranger !

— Enfin, mon petit, ce pauvre garçon vient de te les expliquer, intervint Mme Mère. Cesse de le harceler ! Qu'importe ce qu'il faisait au Portugal. En revanche, j'aimerais bien savoir s'il est allé en France. Il pourrait nous expliquer ce que portent les sans-culottes, cela m'a toujours intriguée.

Avant que Katherine ait eu le temps de remettre sa mère en place, Alexandre s'était courtoisement excusé de ne jamais être allé en France et, évitant un rappel historique fastidieux, il s'était lancé dans un exposé détaillé sur la mode portugaise qui, pour être moins prestigieuse que celle de Paris, présentait des particularités fort intéressantes.

Pour l'heure, la jeune fille était bien obligée de se contenter de ces maigres révélations, même si elle était convaincue qu'il ne lui disait pas tout. Son histoire était trop édifiante pour être vraie. L'unique héritier d'un pair du royaume, envoyé à l'étranger pour une peccadille, aurait trouvé son bonheur dans la vie provinciale de la noblesse portugaise ?

Elle avait du mal à croire qu'il avait acquis ses belles manières et son aisance en société en élevant des chevaux.

Cela expliquait certes pourquoi il montait si bien, et d'où lui venait son lusitanien, mais pourquoi ne pas lui avoir dit la vérité d'emblée ? À elle et à tous les autres qui faisaient courir des ragots sur son compte ? Élever des chevaux n'avait rien de répréhensible, même si c'était une occupation quelque peu excentrique...

Décidément, cet homme était une énigme. Il pouvait se montrer un gentleman accompli, capable d'une grande délicatesse, comme lorsqu'il lui offrait cette broche destinée à sa mère ou lorsqu'il s'était proposé de payer les dettes de sa famille. Mais il pouvait aussi faire preuve d'une habileté inquiétante, lorsqu'il manœuvrait Mme Merivale, par exemple, pour la gagner à sa cause. Et parfois...

Parfois, il se révélait un conquérant impérieux, à qui rien ni personne ne pouvait résister, qui la prenait dans ses bras pour exiger un baiser comme s'il lui était dû. Pour son malheur, elle aimait le conquérant au moins autant que l'homme du monde, sinon plus.

À vrai dire, ses baisers enflammés lui étaient devenus indispensables. Il lui arrivait de rester des heures à se retourner dans son lit, cherchant à retrouver le goût de ses lèvres ou à se remémorer ses audaces de libertin.

Alexandre était-il vraiment un libertin ? Elle ne savait plus quoi penser à présent.

Sa surprise s'accrut lorsqu'ils arrivèrent à l'amphithéâtre. Le comte avait réservé une loge pour eux seuls, alors que les billets étaient normalement vendus sur place, sans réservations. S'il avait cherché à les impressionner, c'était réussi.

Ils étaient très bien placés, suffisamment près pour ne rien manquer des mimiques du clown qui se faisait traîner par un cheval, poursuivre par un autre, harceler par un troisième jusqu'à finalement passer par la fenêtre. Ce numéro était suivi d'une pantomime intitulée *Le Chevalier sanglant*, dont l'héroïne, la jolie Isabelle, se faisait enlever et enfermer par son beau-frère dans un château fort.

Mme Merivale aurait préféré un divertissement plus mondain, bien entendu. Elle s'ennuyait, même si elle s'efforçait de le dissimuler, mais Katherine, quant à elle, ne pouvait détacher les yeux de la piste sablée où évoluaient de magnifiques alezans. Certes, elle aimait le calme de la vie campagnarde, mais elle devait reconnaître que Londres offrait des divertissements inégalables.

Après avoir vérifié que Mme Mère somnolait, Alexandre posa le bras sur le dossier du fauteuil de la jeune fille et lui chuchota à l'oreille :

— Vous n'êtes pas déçue, au moins ?

— C'est encore plus beau que je ne le pensais. Comment parviennent-ils à dresser ainsi leurs montures ?

— Il faut beaucoup de carottes.

— Très drôle. Sérieusement, savez-vous comment ils s'y prennent ?

— Dresser un animal demande juste de la patience, et quantité de récompenses, expliqua-t-il avec un sourire. Par exemple, si vous voulez habituer un cheval au cliquetis des armes, vous attachez à la selle une gourde de métal avec une pièce de monnaie à l'intérieur. Une fois qu'il est habitué au tintement d'une seule piécette, vous en ajoutez d'autres, puis d'autres gourdes également remplies de monnaie. À la fin, le cheval ne fait plus attention aux bruits métalliques. Pour l'habituer aux détonations…

— Vous êtes vraiment un expert en dressage.

— Excusez-moi. Je me suis laissé emporter par mon sujet.

— Mais cela m'intéresse beaucoup. Simplement, je ne me doutais pas que vous en saviez autant.

— J'aidais mon oncle, expliqua-t-il évasivement.

— J'imagine qu'il est plus facile de dresser les chevaux que les humains. Regardez celui-ci… ajouta-t-elle en désignant un jeune cavalier dont la monture s'obstinait à refuser l'obstacle que les autres passaient sans rechigner. Il paraît complètement perdu !

— Il donne à son cheval des instructions contradictoires. D'un côté, il le pousse en avant en serrant les genoux, de l'autre, il le retient en tirant sur les rênes. Il n'a visiblement pas l'habitude de ce genre d'exercices. Je me demande pourquoi Astley l'a engagé. D'habitude, il est très exigeant sur le choix de ses employés.

— Vous connaissez le propriétaire ?

— Je l'ai… euh… rencontré une fois ou deux. Que pensez-vous de la célèbre Mlle Woolford ? C'est une écuyère hors pair, vous ne trouvez pas ? demanda-t-il en faisant glisser son bras du dossier du siège aux épaules de la jeune fille.

Il était plus rusé qu'un renard ! Voilà qu'il cherchait à nouveau à détourner son attention pour l'empêcher de poser trop de questions.

— J'aimerais bien monter comme elle.

— Je pourrais vous apprendre, suggéra-t-il en lui caressant l'épaule.

Rien que d'imaginer les doigts d'Alexandre remontant le long de sa jambe pour en corriger la position, son autre main posée sur sa cuisse tandis qu'il lui donnait des explications, Katherine avait la gorge sèche.

— Je ne vois pas à quoi cela me servirait, objecta-t-elle en chassant ces pensées inopportunes.

— Vous pourriez apprendre pour le plaisir. Je veillerais à ce que vous en éprouviez, murmura-t-il comme s'il avait lu dans ses pensées.

Et, sans doute pour donner plus de solennité à cette promesse, il la ponctua d'un baiser sur l'oreille qui fit défaillir la jeune fille.

— Arrêtez ! intima-t-elle en jetant un coup d'œil furtif vers sa mère.

La porte de la loge s'ouvrit soudain sur un homme trapu avec le bras en écharpe.

— Senhor Black ! s'exclama l'intrus avec un fort accent, en se précipitant vers le comte. Dieu merci, le senhor Astley avait raison, vous êtes bien là !

— França ? s'écria Iversley en se levant. Que faites-vous en Angleterre ?

— Le senhor ne vous l'a pas dit ? Je travaille pour lui maintenant ! Enfin, peu importe, il m'a envoyé vous demander… Pardonnez-moi, senhorita, s'interrompit-il en apercevant la jeune fille, mais nous avons un besoin urgent de l'aide du senhor Black.

À la grande surprise de Katherine, Alexandre ne parut pas s'offusquer des manières familières du nouveau venu.

— J'ai déjà dit à Astley…

— Que vous feriez une exhibition un autre jour, je sais, le coupa França. Mais il vous le demande comme un service. Je me suis cassé le bras bêtement, la nuit dernière, et nous n'avons personne pour me remplacer.

Le bruit avait éveillé Mme Merivale, qui se dressa pour toiser le petit homme de toute sa hauteur.

— Que faites-vous dans notre loge, jeune homme ?

— Mesdames, permettez-moi de vous présenter M. Miguel França, un de mes amis du Portugal. Il est venu pour…

— Implorer l'aide du senhor Black, termina M. França en s'inclinant cérémonieusement devant la matrone.

— Si vous voulez que Sa Seigneurie vous aide, commencez par vous adresser à lui comme il convient, répliqua-t-elle sèchement.

— Pardon ? fit-il, étonné, puis son visage s'éclaira : Ah, je comprends ! Alors, le senhor Astley était sérieux ? Vous êtes vraiment un aristocrate ? *Maravilhoso !* Mais il va falloir que je vous appelle milord, ou quelque chose comme ça, maintenant ?

— Ce n'est pas nécessaire, le rassura Alexandre.

— Vous devez l'appeler lord Iversley, corrigea Mme Mère.

— Merci, senhora. À présent, si vous voulez bien m'excuser, je vais vous enlever votre lord Iversley. L'officier que le senhor Astley a engagé pour me remplacer ce soir n'est pas venu. Nous avons pensé que peut-être le senhor Black, je veux dire lord Iversley…

— Il n'en est pas question, França, trancha Alexandre. Je n'ai pas la tenue appropriée, et je ne peux pas abandonner mes invitées.

— Ne vous inquiétez pas pour nous, protesta Katherine, extrêmement intriguée. J'adorerais vous voir faire une démonstration d'équitation.

Et puis, de cette façon, elle serait à l'abri de ses attentions.

Alexandre la scruta attentivement. Avait-il deviné les raisons de son impatience à l'éloigner ?

— Oh, oui, je vous en prie ! renchérit Mme Merivale. Ce serait merveilleux.

— Je ne peux pas vous laisser seules ici, ce ne serait pas courtois de ma part. Dites à Astley que je regrette infiniment, poursuivit-il en se tournant vers França, mais je ne peux pas lui rendre service ce soir.

— Le senhor Astley m'a aussi chargé de vous rappeler qu'il vous a obligeamment...

— C'est bon ! coupa sèchement le comte. Nous allons nous arranger.

— Nous pouvons vous prêter des vêtements, offrit França, visiblement soulagé. Et si vous ne voulez pas laisser la jolie senhorita et sa maman, emmenez-les avec vous. Elles regarderont le spectacle des coulisses.

Alexandre considéra Katherine d'un regard songeur.

— J'ai une meilleure idée, dit-il. Et si Mlle Merivale prenait part au spectacle, elle aussi ?

— *Maravilhoso !* Sa chevelure de feu, son sourire radieux... elle va charmer le public.

— Qui, du coup, ne remarquera pas ma maladresse, conclut le comte.

— Vous pourriez jouer *L'Épouse fâchée*, c'est un rôle facile pour elle, non ?

— Vous êtes fous, tous les deux ? les interrompit Katherine. Je ne monte pas assez bien à cheval pour faire des tours et des pirouettes.

— Vous n'aurez pas besoin de monter, senhora, la rassura le petit homme. *L'Épouse fâchée*, c'est...

— Une saynète, acheva Alexandre. Tout ce que vous aurez à faire, c'est rester immobile pendant que je passe devant vous au galop et que j'enlève votre chapeau à la pointe de l'épée. Vous devez juste faire semblant d'être en colère contre moi. Je suis sûr que vous y arriverez sans peine, ajouta-t-il avec un sourire malicieux.

166

— Nous avons un costume qui ira parfaitement à la demoiselle, assura le senhor França. Elle sera resplendissante ! Mais il va falloir vous coiffer différemment.

— Je n'ai pas dit que j'acceptais ! Jamais je ne réussirai à…

— Mais si, vous vous en sortirez très bien, rétorqua Alexandre. Du reste, vous en mourez d'envie.

Il disait vrai. C'était la chose la plus excitante qui lui soit jamais arrivée. Une occasion pareille ne se représenterait jamais.

— Ce n'est pas convenable, vous le savez parfaitement, protesta-t-elle cependant. Si quelqu'un me reconnaît, on dira que je suis une dévergondée, ou pire encore.

— Ne sois donc pas si collet monté, intervint sa mère. Cela me paraît follement amusant !

Katherine fit volte-face.

— Tu ne vas pas me dire que tu es d'accord !

— Vous pourriez porter un masque, suggéra le senhor França. Le senhor Black aussi, s'il veut.

Visiblement, il était prêt à tout pour obtenir la collaboration d'Alexandre. Et puisque le comte voulait celle de Katherine…

— Si lord Iversley répond de la sécurité de ma fille, je n'ai aucune objection, déclara Mme Mère en foudroyant França du regard.

— Elle ne risque rien, je vous en donne ma parole, assura Alexandre en enveloppant la jeune fille d'un regard brûlant. Je vous promets que vous ne serez ni blessée ni embarrassée. Prenez le risque, mon ange, lui chuchota-t-il. Vous ne le regretterez pas.

— C'est entendu, fit Katherine, que l'idée séduisait depuis le début. Mais je serai masquée, et je ne veux pas d'une robe trop… eh bien…

— Ne vous inquiétez pas, vous aurez une très jolie robe, la rassura França en feignant d'ignorer la cause de son souci. Venez, il ne reste plus beaucoup de temps pour vous préparer, ajouta-t-il en lançant un coup d'œil sur la piste.

— Tu nous accompagnes, maman ?

— Je préfère rester ici. Des coulisses, je ne verrai rien. Allez, ma fille, va vite.

Katherine n'était pas convaincue, mais discuter avec sa mère était inutile. Elle suivit donc sans plus d'objections le senhor França, qui expliquait à Alexandre quelles figures il souhaitait lui voir exécuter.

— Vous croyez qu'il connaît toutes ces manœuvres ? s'étonna la jeune fille.

— Mais bien entendu ! Il en a même inventé deux.

— Vraiment ? s'exclama-t-elle en jetant un coup d'œil au comte qui, soudain, évitait son regard. Il était dans la cavalerie ?

— Non, répondit França. Pourtant, Wellington a insisté, mais le senhor Black est têtu, et il n'a jamais voulu entrer dans la cavalerie. Il n'a accepté que d'enseigner l'équitation aux soldats, c'est tout. C'est comme cela que nous nous sommes rencontrés. Il était mon professeur quand j'étais dans la cavalerie portugaise. Tout ce que je connais en matière de chevaux, c'est à lui que je le dois.

— Et si nous discutions de notre petite saynète ? l'interrompit Iversley avec fermeté.

— Je croyais qu'il élevait des chevaux avec son oncle ? insista Katherine.

— C'est vrai, mais il n'a pas pu continuer une fois que l'armée l'a engagé comme moniteur. Le camp d'entraînement était près de Lisbonne. Il lui aurait fallu un cheval volant pour retourner tous les jours dans le sud du Portugal. Je me souviens du petit hôtel où il logeait, le…

— L'hôtel Saint-Jean, coupa le jeune homme avant de poursuivre dans une langue incompréhensible qui devait être du portugais.

En tout cas, le senhor França comprit parfaitement. À en juger par le ton de sa réponse, il offrit ses excuses les plus plates et, lorsque la conversation reprit, en anglais cette fois, il se cantonna aux figures qu'Iversley devait exécuter.

168

La jeune fille en avait suffisamment appris. Si elle avait eu raison de penser qu'Alexandre ne lui disait pas toute la vérité sur son passé, elle s'était trompée quant à ce qu'il voulait cacher. Pourquoi refusait-il d'avouer qu'il avait pris part à la guerre ?

Parce que le fils d'un comte n'était pas censé occuper un emploi, encore moins percevoir une rémunération. L'ironie voulait qu'il puisse faire une carrière d'officier sans qu'on y retrouve à redire, mais travailler pour gagner sa vie était déshonorant.

Il aurait pourtant dû se douter qu'elle n'avait pas de tels préjugés. Mais il préférait passer pour un débauché à ses yeux plutôt que de révéler qu'il avait fait un travail honnête. C'était sans doute sa faute, elle avait tellement insisté sur le respect des convenances quand ils s'étaient rencontrés.

Eh bien, dès que cette exhibition serait finie, elle mettrait les choses au point. Elle lui dirait à quel point elle était fière qu'il ait servi son pays, et peu importait de quelle façon. Parce qu'à la vérité, elle en avait assez d'être toujours sur ses gardes et d'imaginer le pire, alors que, visiblement, elle s'était mépris sur son compte.

Une remarque du senhor França la tira soudain de ses réflexions.

— Que voulez-vous dire « tant que la senhorita peut rester immobile pour le dernier coup de sabre » ? s'enquit-elle.

— À la fin de cette saynète, vous levez un objet, mon ange, et je le coupe en deux au galop, expliqua obligeamment Alexandre en la guidant vers les coulisses.

— Vous êtes sûr d'en être capable ? demanda-t-elle, la gorge sèche.

— Sans aucune difficulté.

L'objet en question devait être suffisamment grand.

— De quoi s'agit-il ? J'espère que ce ne sera pas trop lourd.

Ses compagnons éclatèrent de rire.

— Ne vous inquiétez pas, vous brandissez une poire !

14

Alexandre en riait encore lorsqu'il laissa Katherine entre les mains de l'habilleuse qui devait l'aider à se préparer.

— Je vous conseille de choisir la plus grosse poire du royaume ! le prévint-elle. Parce que si vous m'égratignez ne serait-ce que le bout du petit doigt, je vous jure que je vous embrocherai avec votre épée.

— Vous voyez le danger que vous me faites courir, demanda-t-il à França en se dirigeant vers les écuries.

— La senhorita n'a pas l'air de plaisanter. Vous êtes sûr qu'elle est vraiment d'accord ? s'inquiéta son ami.

— Elle vous l'a dit quand vous lui avez expliqué ce qu'il fallait faire, n'est-ce pas ? Ne vous laissez pas impressionner… Elle proteste, mais elle sera parfaite. Au fond, elle adore l'imprévu.

— Alors vous ne m'en voulez pas de vous avoir un peu forcé la main ?

— Plus maintenant.

Depuis le temps qu'il cherchait comment parachever la conquête de Katherine, França venait de lui en fournir le moyen.

— De toute façon, vous saviez que je n'avais pas le choix.

— Ne m'en veuillez pas. Le senhor Astley n'aimait pas l'idée de vous mettre le couteau sous la gorge, mais il y avait urgence.

Alexandre devait effectivement ce service à Astley, qui lui avait offert la loge et les billets en échange d'une exhibition équestre, et il n'avait nullement l'intention de se dérober. Mais dans son esprit, il était censé s'acquitter de cette promesse lors d'un prochain spectacle. Apparemment, le maître des lieux envisageait la question différemment.

— La demoiselle ne savait pas quel cavalier hors pair vous êtes ?

— Si, mais elle ignorait que j'avais fait du dressage.

À n'en pas douter, il devait se préparer à affronter un feu roulant de questions et à expliquer pourquoi le fils d'un comte et pair du royaume avait dû travailler.

Peut-être que cela ferait pencher la balance en sa faveur, après tout. Katherine aimait les excentriques… comme ce maudit Lovelace. Et si elle ne lui posait pas trop de questions sur sa situation financière, il pouvait se tirer de cet interrogatoire avec les honneurs.

Ses soucis s'envolèrent dès qu'ils entrèrent dans les écuries. Les chevaux qui s'ébrouaient, leur hennissement amical, l'odeur de paille et de crottin… il se sentait chez lui. Après son mariage, il commencerait par là les travaux de remise en état d'Edenmore.

Mais pour le moment, il lui fallait choisir sa monture, et définir avec França les figures à exécuter.

Lorsqu'il grimpa en selle, il était fin prêt. Dès que les portes s'ouvrirent devant lui, il s'élança au galop. Il tenait à faire une entrée impressionnante.

L'assistance l'acclama, et il commença par faire le tour de la piste au trot, tandis que le senhor França annonçait avec emphase les prouesses que le cavalier allait accomplir.

Alexandre ne s'était encore jamais rendu compte à quel point la voltige lui manquait. Il n'avait jamais aimé les mondanités ni les passe-temps habituels de l'aristocratie. Ici en revanche, il était dans son élément. Il aurait pu effectuer toutes ces figures les yeux fermés.

Il avait refusé de porter un masque qui aurait gêné sa vision, mais il était certain que personne ne reconnaîtrait le comte d'Iversley dans le capitaine Black, avec son dolman bleu et son shako surmonté d'un plumet, surtout au galop.

Il marqua un temps d'arrêt au bord de la piste afin de ménager ses effets, puis il se lança dans les premières figures. *Volte, prêt à l'assaut, à l'assaut !* Il effectuait d'instinct toutes ces évolutions qu'il avait enseignées jour après jour, pendant des années.

Protection. Parade à l'épée. Fente, en garde. Protection à gauche. Dès la sixième figure, il avait conquis son public qui, bouche bée, n'attendait plus que les exercices de haute voltige.

Bien entendu, ces mouvements périlleux ne lui étaient pas aussi familiers que les manœuvres militaires, mais il les avait quand même exécutés souvent, pour distraire ses élèves, et le fait de les accomplir sur une piste circulaire lui facilitait grandement la tâche. Le premier, Philip Astley avait découvert que la force centrifuge améliorait considérablement l'équilibre du cavalier et lui permettait d'effectuer des tours extraordinaires. Avec aisance, Iversley se dressait debout sur sa selle en brandissant son épée, descendait et remontait à cheval en plein galop, ou s'inclinait si bas que sa tête frôlait le sol, ce qui lui valut une ovation enthousiaste.

Il s'arrêta pour saluer, et França annonça d'une voix de stentor « la ravissante senhora Encantadora, qui a accepté de jouer le rôle de la femme du capitaine Black ».

Tandis que Katherine, le visage dissimulé sous un loup de velours noir, s'avançait au milieu de la piste, Alexandre émit silencieusement le vœu que, bientôt, cette fiction devienne réalité.

L'Épouse fâchée était une courte saynète censée constituer un intermède comique entre les numéros de cavalerie, réputés plus austères, et le final, une pantomime
patriotique. Elle offrait également l'occasion aux machi-
nistes de préparer l'ambitieuse reconstitution de la
bataille de Salamanque, qui demandait la participation
de cinquante chevaux et nécessitait l'édification de deux
collines traversées par une rivière.

Tandis que França expliquait que Mme Black en avait
assez de rester seule à la maison en attendant le retour du
capitaine, et qu'elle était venue le chercher, Katherine,
vêtue d'un ample domino noir et d'un amusant petit chapeau, venait se placer au centre de la piste.

Elle fit semblant de se plaindre et de menacer son mari
de son ombrelle, tandis que le maître de cérémonie préci-
sait que Mme Black était dotée d'un tempérament volcanique. Le comte s'approcha au galop et, d'un coup de
sabre, trancha l'ombrelle en deux, à la grande joie des
spectateurs.

Katherine mima la colère en brandissant furieusement
le morceau restant.

— Mme Black est furieuse, traduisit le senhor França.
C'était son ombrelle préférée !

Alexandre effectua un second tour de piste, enleva le
chapeau de la pointe de son arme, et le déposa au passage
sur la tête de França tandis que, comme prévu, la chevelure de la jeune fille tombait en désordre sur ses épaules,
ce qui déclencha les rires de l'assistance.

Iversley, de son côté, eut une réaction bien différente.
Jamais il n'avait vu Katherine les cheveux défaits. Leur
voluptueuse masse cuivrée semblait engloutir la mince
silhouette telles des langues de feu. Que n'aurait-il donné
pour enfouir les doigts dans ces flammes ardentes…

Mais l'heure n'était pas à la rêverie. Il avait besoin de
toute sa concentration pour rester en pleine possession de
ses moyens.

Katherine tâta le sommet de sa tête et désigna son chapeau juché sur le crâne de França en tapant du pied. Qui

aurait pu penser que la petite débutante de Cornouailles cachait un tel talent de comédienne ?

Tandis qu'elle continuait ses mimiques, il revint au petit trot, l'épée pointée sur les plis de son ample domino. En principe, le cavalier devait trancher le large nœud qui retenait le vêtement, et ce dernier tombait à terre, mais la jeune fille avait refusé de laisser la lame s'approcher de son cou.

En priant pour qu'elle n'ait pas oublié de défaire la bride, le comte attrapa le vêtement avec son épée. Dieu merci, elle n'avait pas oublié, et il n'eut aucun mal à enlever la grande cape, qu'il lança à França.

— Je crois que le capitaine va avoir des ennuis, prédit França. Il a déchiré le plus beau vêtement de sa femme.

À présent, Alexandre avait le loisir de contempler ce que cachait le domino, et il en fut un instant ébloui.

Machinalement, il ramena sa monture au petit trot, sans quitter sa partenaire des yeux. Sa robe de satin corail, semée de paillettes vert et or, moulait sa silhouette. Le corselet ajusté mettait en valeur les globes arrogants de sa jeune poitrine, comme pour mieux les offrir à la convoitise de l'amoureux.

Il lui fallut un immense effort de volonté, et un tour de piste supplémentaire, pour dompter le désir furieux qui bouillonnait en lui. Comment était-il supposé se concentrer sur une exhibition équestre alors qu'il n'avait qu'une pensée en tête : la déshabiller, contempler cette nudité qu'il devinait splendide, et la prendre, ici même, au beau milieu de la piste ?

Mais ce n'était pas à ce genre de spectacle que le public était venu assister.

Parfaitement ignorante des pensées lubriques de son partenaire, Katherine brandissait bien haut la poire qu'elle avait tenue cachée sous sa cape.

— Mme Black explique au capitaine qu'elle avait gardé pour lui la dernière poire de leur jardin, reprit França d'une voix forte. Mais puisqu'il la traite si mal, elle a changé d'avis. C'est elle qui va la manger.

C'était le signal qu'attendait Alexandre. Il s'élança, non sans remarquer le léger tremblement qui agitait le bras tendu de la jeune fille. Le fruit était suffisamment gros pour qu'il le coupe en deux sans difficulté, mais à en juger par l'inquiétude avec laquelle elle suivait son approche, Katherine était loin d'en être convaincue.

« Fais-moi confiance, ma douce », l'admonesta-t-il en silence.

La seconde d'après, il tranchait le haut de la poire. La foule applaudit frénétiquement.

Katherine était censée jouer les femmes outragées, mais visiblement, elle n'avait plus le cœur à la pantomime. Elle demeurait figée tandis qu'il effectuait un nouveau tour de piste. Heureusement, le public, croyant que cela faisait partie du spectacle, éclata de rire.

Alexandre, quant à lui, s'inquiétait pour la suite du numéro. Elle devait porter à sa bouche le morceau restant, qu'il lui arracherait à la pointe de l'épée avant de s'enfuir au trot, tandis qu'elle le poursuivrait en courant.

Elle attendait bravement qu'il s'approche, mais son regard affolé trahissait son appréhension. Qu'arriverait-il si elle bougeait au moment crucial ? Au mieux, leur numéro serait gâché. Au pire, elle pouvait être sérieusement blessée.

Impossible de prendre un tel risque ! Il lui fallait donc changer ses plans.

15

N'attends pas pour séduire les conditions idéales,
mais saisis ta chance quand elle se présente.

L'Art de la séduction

« Il sait ce qu'il fait, tu ne crains rien », se répétait Katherine tandis qu'Alexandre tournait autour d'elle.

Mais sa main semblait d'un autre avis, et elle ne parvenait pas à l'empêcher de trembler. Le morceau de poire restant paraissait si petit ! Elle le tenait vraiment du bout des doigts. Un peu plus, et elle le lâchait. Et s'il tombait au moment où le comte tentait de l'enlever, ce serait son index qui volerait en morceaux !

Elle était supposée porter le fruit à ses lèvres. « Eh bien, vas-y », intima-t-elle à sa main, qui refusait obstinément d'obéir.

Trop tard ! Déjà il arrivait sur elle sabre au clair, il se dressait haut sur ses étriers, se rapprochait, de plus en plus près… Mais pourquoi se penchait-il de cette façon sur l'encolure de son cheval ?

Avant qu'elle ait eu le temps de comprendre ce qui lui arrivait, il lui avait arraché la poire avec les dents !

La foule rugit d'admiration, tandis qu'elle le regardait, paralysée par l'émotion, jeter son épée qui vint se planter dans le sable de la piste. Que devait-elle faire ? Se lancer à ses trousses, comme prévu à l'origine ? Mais s'il ne faisait pas mine de quitter la piste, cela n'avait aucun sens et ne ferait rire personne.

Et voilà qu'il revenait sur elle, le fruit toujours fiché entre les dents. Tout à coup, elle se sentit emportée, soulevée dans les airs, et elle se retrouva juchée sur sa selle.

Elle jeta les bras autour de son cou pour ne pas tomber, ce qui provoqua les applaudissements enthousiastes du public.

— Mme Black va-t-elle pardonner les façons pour le moins… cavalières de son époux ? improvisa França, ce qui ramena immédiatement les spectateurs à un silence attentif. Où va-t-elle le chasser définitivement ?

Le cheval entamait un dernier tour de piste au petit trot. Une lueur espiègle dansant au fond de ses yeux, Alexandre offrit à Katherine la moitié de poire qu'il avait entre les dents. Incapable de résister à l'invitation, Katherine mordit dans le fruit offert, et leurs deux bouches se rejoignirent.

L'assistance éclata en acclamations frénétiques, ravie de cette fin romantique. Les clameurs continuèrent après qu'ils eurent franchi les portières de velours cramoisi qui séparait la piste des coulisses, les lèvres d'Alexandre toujours rivées à celles de Katherine.

Cramponnée au cou du jeune homme qui immobilisait sa monture, celle-ci ne prêtait aucune attention à l'activité bourdonnante qui régnait autour d'eux, aux valets qui couraient en tous sens ou aux cavaliers qui se préparaient pour le final, ajustant leurs étriers, rectifiant une dernière fois leurs costumes chamarrés.

Iversley mordit dans son morceau de fruit, et le mâcha sans quitter la jeune fille des yeux. Elle l'imita lentement, subjuguée. Elle avait à peine avalé que la bouche du comte capturait de nouveau la sienne, et qu'il l'embrassait fougueusement.

Elle n'y vit aucun inconvénient. Elle avait encore le cœur battant après toutes ces émotions, et elle avait pris goût aux sensations fortes. S'abandonnant à son étreinte, elle lui rendit son baiser avec tant d'ardeur que son loup de velours faillit tomber. Elle retrouvait sur les lèvres d'Alexandre le goût sucré du fruit qu'ils venaient de partager et le savoura avec délices.

Sans se soucier du monde qui les entourait, il l'embrassait avec la fièvre et l'audace d'un amant, tant et si bien que la tête de Katherine lui tournait.

— Excusez-moi, mais nous avons besoin du cheval.

Ils se séparèrent à regret, et découvrirent un garçon d'écurie qui tirait sur les rênes de leur monture. Alexandre semblait aussi étourdi qu'elle.

— Nous avons besoin du cheval pour le final, insista le garçon en les dévisageant effrontément.

Alexandre mit pied à terre, puis aida Katherine, écarlate, à descendre.

— Comment vous sentez-vous ? demanda-t-il avec sollicitude, sans lui lâcher la taille. Je ne vous ai pas fait mal, au moins ?

— Pas du tout, souffla-t-elle, encore pantelante de leur baiser.

— J'ai bien vu que vous n'aviez pas envie que j'enlève la poire avec l'épée, alors j'ai improvisé, poursuivit-il en souriant.

— Vous avez manqué à la règle que je vous avais fixée. Vous m'avez embrassée.

— Voilà ce qui arrive quand on veut m'imposer d'autres règles que les miennes, rétorqua-t-il malicieusement en l'attirant contre lui. Vous savez bien que je prends un malin plaisir à les transgresser.

— Mais vous n'êtes pas obligé de le faire devant tout le monde, s'exclama-t-elle en riant.

Elle se dégagea et se dirigea d'un pas décidé vers la loge où elle s'était changée avant le spectacle.

— Parce qu'il y avait du monde ? répliqua-t-il en la rattrapant. Moi, je n'ai vu personne.

— Vous êtes vraiment incorrigible, remarqua-t-elle en riant de plus belle.

— Et vous, vous êtes magnifique.

— Vous croyez ? demanda-t-elle d'un air mutin, le cœur soudain chaviré.

Que lui arrivait-il ? Jamais de sa vie elle n'avait aguiché un homme. C'était sans doute ce costume. Elle se sentait une autre femme, libre de répondre à l'invite de ce regard caressant. Elle esquissa le geste d'enlever son masque, puis se ravisa. Des valets d'écurie s'affairaient encore autour d'eux, et ils pouvaient reconnaître en elle la dame qui était en compagnie de lord Iversley dans sa loge.

— Je ne connais aucune débutante qui se serait comportée avec autant d'aisance dans l'arène. Vous avez été merveilleuse, et le public ne s'y est pas trompé. Il était prêt à vous manger dans la main.

— On ne peut pas comparer ma pauvre petite pantomime avec votre numéro de virtuose. Je comprends pourquoi Wellington voulait que vous entraîniez son armée. J'aimerais monter aussi bien, ajouta-t-elle en rajustant son loup.

— Je le pensais lorsque je vous ai proposé de vous donner des leçons. Vous êtes bonne cavalière, vous pourriez apprendre les figures les plus simples en un rien de temps.

— Encore faudrait-il avoir un cheval, soupira-t-elle. Et même si j'en possédais un, maman ne m'y autoriserait jamais. C'est une chose que de faire ce numéro une fois, mais elle n'accepterait pas que cela devienne une habitude.

— Vous ne serez pas toujours sous la coupe de votre mère. Si vous m'épousiez, vous pourriez faire ce qu'il vous plairait.

Elle tourna la tête pour scruter le visage du jeune homme et il en profita pour glisser le bras autour de sa taille. Mais l'habilleuse qui s'était occupée de Katherine surgit avant qu'il n'ait eu le temps de pousser son avantage.

— Je suis désolée, mais je ne vais pas avoir le temps de vous aider à vous changer. Il faut que j'aille donner un coup de main pour le final.

— Ne vous inquiétez pas, je me débrouillerai très bien toute seule.

— Excusez-moi, monsieur, mais j'ai besoin de votre costume. Vous pouvez garder la culotte et les bottes.

— Pas de problème, sourit le comte en lui tendant le shako emplumé. La senhora Encantadora ne se choquera pas, elle connaît trop les nécessités du spectacle, poursuivit-il en enlevant son baudrier rouge et or avant de déboutonner la vareuse bleue à parements noirs. N'est-ce pas, mon ange ?

— Bien entendu, se vanta la jeune fille, l'air faussement dégagé. Il vous allait magnifiquement, commenta-t-elle quand la costumière les eut laissés seuls.

— L'uniforme flatte toujours son homme, rétorqua Alexandre.

Mais il n'avait nul besoin d'uniforme pour mettre en valeur son corps d'athlète. Il n'avait pas non plus à dissimuler sous sa chemise une ceinture de contention, comme le père de Katherine lorsqu'il avait commencé à prendre du poids. Il était l'incarnation même de la virilité.

De la sensualité aussi…

Et s'il était parfaitement conscient de l'effet qu'il produisait sur elle, son regard brûlant de désir montrait assez qu'il partageait les mêmes dispositions. Il ouvrit la porte de la loge et tira la jeune fille à l'intérieur. La pièce était déserte, tout le monde avait rejoint les coulisses pour le final.

Ils étaient seuls.

Le cœur de Katherine manqua un battement lorsqu'il l'enlaça et voulut lui enlever son loup de velours.

— Non, chuchota-t-elle. Laissez-moi être la senhora Encantadora encore un moment.

La senhora pouvait faire ce que bon lui semblait, embrasser son cavalier autant qu'il lui plaisait. Tandis que Mlle Merivale…

— Qui m'a choisi ce pseudonyme ?

— Moi, fit-il en lui prenant le visage entre ses mains. C'est du portugais.

— Et qu'est-ce que cela signifie ? haleta-t-elle tandis que leurs bouches se frôlaient.

— L'Enchanteresse, traduisit-il dans un souffle, avant de la faire taire d'un baiser.

Elle ne lui opposa aucune résistance. Un officier de la cavalerie embrassait avec passion la senhora Encantadora, une jeune femme inconnue qui portait des robes décolletées et n'avait peur de rien. Qui aurait trouvé à y redire ?

Et puis, comment résister à un homme qui la surnommait l'Enchanteresse ? Surtout quand il prenait sa bouche comme un butin, qu'il l'agaçait, la savourait, tendrement d'abord, puis avec de plus en plus de fougue, jusqu'à ce qu'elle en ait le souffle coupé, jusqu'à ce qu'elle perde l'esprit, jusqu'à ce qu'elle noue plus étroitement les bras autour du cou de son partenaire.

Le goût de la poire qui se mêlait à l'odeur de cuir et de cheval qui flottait dans l'air la grisait. Elle oublia tout, les clameurs du public, les garçons d'écurie qui s'empressaient de l'autre côté de la porte, sa mère qui l'attendait dans leur loge.

Lorsque enfin leurs lèvres se séparèrent, elle était trop étourdie pour remarquer le geste du comte.

— Laissez-moi voir votre visage, mon cœur, murmurat-il en jetant le masque sur la coiffeuse toute proche. Vous savez, la senhora Encantadora me plaît beaucoup. Et Mme Black encore plus.

— Ne dites jamais une chose pareille devant maman. Pour elle, c'est lady Iversley ou rien, précisa-t-elle en s'efforçant à la nonchalance.

— Eh bien, soit pour lady Iversley.

La passion qu'elle lut dans son regard fit bondir son cœur dans sa poitrine. Pouvait-elle le croire ?

Lorsqu'il s'inclina sur elle pour l'embrasser de nouveau, elle s'écarta légèrement.

— Vous pensez vraiment ce que vous venez de dire ?

— Pourquoi faut-il toujours que vous doutiez de moi ?

— Pas plus tard que la semaine dernière, vous prétendiez me faire la cour uniquement pour rendre Sydney jaloux, objecta-t-elle.

— Vous refusiez de me prendre au sérieux. C'est le seul moyen que j'ai trouvé pour vous rencontrer régulièrement. Je suis venu à Londres pour trouver une épouse, et dès que je vous ai vue, j'ai su que vous étiez celle que je cherchais, poursuivit-il, son regard bleu brûlant d'une flamme dévorante.

— Vous ne cherchiez qu'à me séduire, protesta-t-elle dans un souffle.

Mais déjà sa conviction vacillait, et elle ne demandait qu'à se laisser convaincre.

— L'un n'empêche pas l'autre, sourit-il. Comment vous résister ?

Et joignant le geste à la parole, il enfouit les doigts dans les boucles rousses qui cascadaient sur les épaules de Katherine.

À ce contact, une onde de chaleur se lova au creux du ventre de la jeune fille.

— Il… il faut que vous partiez, maintenant, je dois me changer. Ma mère va se demander ce qui nous retient si longtemps.

— Nous lui dirons que nous avons regardé le final des coulisses, suggéra-t-il en lui mordillant le cou. Où est donc passée la senhora Encantadora, cette fille audacieuse à la chevelure de feu ?

— Maman prétend que mes cheveux sont mon principal défaut, et Sydney les trouve trop voyants. Il pense que je devrais porter un turban pour les cacher.

— Surtout pas ! Depuis le premier jour, je rêve de les voir flotter librement sur vos épaules, de les toucher, d'y plonger les doigts…

Il enroula une épaisse mèche autour de son poignet et attira doucement le visage de Katherine vers le sien jusqu'à ce que leurs lèvres se rencontrent. Il l'embrassa tendrement, puis laissa sa bouche errer sur les joues enfiévrées, avant de plonger les deux mains dans la crinière flamboyante. Les yeux mi-clos, elle s'abandonna complètement à la vague délicieuse qui la submergeait.

— Tout ce que je reproche à vos cheveux, c'est que vous les releviez. Quand nous serons mariés, murmura-t-il en couvrant de baisers fiévreux le visage de la jeune fille, vous pourrez les détacher aussi souvent que vous voudrez.

— Je n'ai pas encore accepté de vous épouser.

— Et pourquoi pas ?

— Parce que je ne vous connais pas assez.

— Vous me connaissez suffisamment, décréta-t-il en plongeant la langue dans l'oreille de Katherine.

— Jusqu'à ce soir, je ne vous connaissais pas du tout. Pourquoi m'avoir laissée croire que vous n'étiez qu'un libertin ?

— Si je me souviens bien, j'ai essayé de vous détromper, mais vous refusiez de me croire. Du reste, avoua-t-il avec un sourire carnassier, vous n'aviez pas tout à fait tort. Dès que je suis avec vous, je deviens le pire des libertins. Quant à vous, ma chère senhora, poursuivit-il en glissant la main sous le corsage ajusté pour caresser son épaule nue, vous n'êtes plus qu'une petite polissonne lorsque vous vous trouvez seule avec moi.

Elle crut défaillir sous les baisers ardents dont il couvrit son cou.

— La senhora Encantadora… a disparu lorsque vous lui avez ôté… son masque, contra-t-elle faiblement.

— En êtes-vous sûre ? Peut-être se cache-t-elle derrière la très convenable demoiselle Merivale, suggéra-t-il en faisant glisser le vêtement pour lui découvrir l'épaule.

Sentir la brûlure fiévreuse de ses lèvres là où aucun homme ne l'avait jamais touchée des yeux faisait naître en Katherine une ivresse inconnue.

— Vous avez dû connaître beaucoup d'autres… senhoras, j'imagine ?

— Moins que la plupart des hommes de mon âge. Il y a peu de femmes dans les campements militaires. Et aucune aussi attirante que la senhora Encantadora, ajouta-t-il en laissant son doigt glisser jusqu'au vallon entre ses seins.

— En fait, c'est la senhora qui vous intéresse ? s'enquit-elle, pantelante.

— Non, c'est Mlle Merivale, mais elle refuse de se laisser aller avec moi à ses penchants polissons. La senhora pourrait peut-être lui donner des leçons ?

Katherine trouva l'idée à la fois intrigante et excitante.

Tandis qu'elle méditait cette éventualité et ses conséquences, les lèvres d'Alexandre poursuivaient leur chemin de ses épaules à sa gorge, et plus bas encore. Oserait-il lui embrasser les seins, comme sur les gravures de *L'Art de la séduction* ? Serait-ce aussi enivrant que lors de la lecture de poésie ?

— À supposer que vous vous trouviez seul... avec la senhora, risqua-t-elle. Que feriez-vous avec cette petite dévergondée ? C'est une supposition, bien entendu.

— Bien entendu !

Un éclair diabolique traversa le regard bleu, puis, la prenant par surprise, Alexandre la souleva dans ses bras et l'emporta au fond de la pièce, jusqu'à une longue table encombrée de morceaux de tissu qui servait d'établi à la costumière.

— Qu'est-ce que vous faites ?

— J'emmène la senhora là où nous serons plus à l'aise, expliqua-t-il avec un sourire retors.

— Nous quittons le domaine de la supposition, remarqua-t-elle en riant.

— Je ne peux spéculer que dans un cadre approprié, répliqua-t-il en la déposant sur la table.

Il s'étendit confortablement à son côté, s'appuya sur le coude, la tête dans la main, et passa son bras libre autour de la taille de la jeune fille.

— Où en étions-nous ? Ah, oui ! Vous vouliez savoir ce que je ferais à la senhora Encantadora, cette petite polissonne. Il s'agit d'une hypothèse, cela va sans dire.

— Bien entendu, acquiesça-t-elle dans un souffle.

L'épaulette de sa robe pendait toujours sur son bras.

Il entreprit d'abaisser lentement le haut de la chemise qu'elle portait en dessous pour découvrir l'un de ses seins.

— Je commencerais par là, expliqua-t-il. Ensuite, je continuerais de cette façon, poursuivit-il en prenant dans sa paume le globe d'ivoire.

Dieu du Ciel, voilà qu'elle retrouvait les sensations affolantes qu'elle avait éprouvées lorsqu'il avait réclamé son baiser à la salle Freeman.

C'était mal. Elle n'avait pas le droit de s'y abandonner.

— Et la senhora vous laisserait prendre de telles… libertés sans protester ?

— Certainement ! C'est exactement ce qu'elle attend de son nouvel amant.

— Et s'il s'agissait de son premier amant ?

— Dans ce cas, je devrais faire preuve de plus de délicatesse encore, lui montrer comment trouver son plaisir. Nous sommes toujours dans de pures spéculations, bien entendu.

— Bien entendu, soupira-t-elle tandis qu'il agaçait du pouce la pointe ambrée de son sein.

Frémissant de la tête aux pieds, elle glissa timidement la main sous la chemise du comte.

— La senhora est vraiment dévergondée, n'est-ce pas ?

— Disons plutôt qu'elle est curieuse, corrigea-t-il. Et qu'elle a le goût de l'aventure. C'est le genre de femme à participer sans appréhension à un numéro de voltige équestre.

Ce qui ne faisait qu'ouvrir l'appétit de la senhora Encantadora pour d'autres aventures. Avec lui. Et il le savait parfaitement ! Sinon, pourquoi aurait-il saisi délicatement entre ses lèvres le bout de son sein et… Oh !

Katherine crut s'évanouir.

De la langue, Alexandre lui taquinait le sein, le caressait, le léchait, tandis que, secouée de frissons délicieux, elle priait pour qu'il ne s'arrête pas. Elle enfouit les doigts dans les cheveux de jais pour l'empêcher de relever la tête, et la bouche du jeune homme se fit plus audacieuse, l'entraînant dans un vertige qu'elle ne demandait qu'à prolonger. Elle était impatiente soudain qu'il explore d'autres parties, plus intimes, de son corps. Comme dans ce livre…

Seigneur, elle était aussi dépravée que lui… et elle n'en avait cure. Jamais elle n'avait connu pareille ivresse.

Une petite provinciale naïve peut constituer une agréable nouveauté pour le palais blasé du libertin.

Elle chassa de ses pensées cette citation qui illustrait un chapitre de *L'Art de la séduction*. Alexandre n'était pas un libertin. Il voulait l'épouser, il l'avait dit haut et clair.

— Le goût de votre peau est grisant, murmura-t-il en relevant la tête. Et cela fait si longtemps que j'ai envie d'y goûter !

— Et moi, quand vais-je connaître le goût de votre corps ?

Les mots lui avaient échappé. Mais après tout, elle n'était *pas* une petite provinciale naïve !

Elle n'eut pas besoin de répéter sa question. Alexandre se redressa vivement et se débarrassa de sa chemise si rapidement qu'il en perdit ses boutons de manchettes.

— Quand il vous plaira, senhora. Tout de suite, si vous le désirez.

Katherine le fixa, la bouche sèche. Que Dieu la protège, avec ses hanches étroites, ses larges épaules et sa musculature déliée, il était encore plus attirant que les athlètes du livre !

Elle était perdue dans la contemplation émerveillée de ce corps viril lorsque Alexandre lui prit la main et l'appuya contre son torse. Sa peau était douce et tiède comme celle d'un enfant, constata-t-elle avec autant d'étonnement que d'émotion.

— Je donnerais tout l'or du monde pour que vous me touchiez, chuchota-t-il avec un regard tellement implorant qu'elle ne pouvait pas douter de sa sincérité.

Elle se pencha lentement et posa les lèvres sur sa poitrine. Le souffle du jeune homme s'accéléra. Elle se souvenait dans quelle ivresse les baisers du comte sur son sein l'avaient plongée, et elle lui rendit sa caresse.

— Quelle sera ma récompense pour avoir goûté à votre corps, capitaine Black ?

— Tout ce que vous voudrez, mon ange, répondit-il d'une voix rauque en pressant contre lui le visage de la jeune fille.

Katherine s'enhardit et prit tout son temps pour explorer en détail chacun des muscles de cette poitrine si masculine, se délectant de sentir sous ses lèvres et sous ses doigts la chair ferme du jeune homme.

La senhora l'avait définitivement emporté, et Mlle Merivale n'avait aucune envie de lui résister. La soirée tout entière ressemblait à un rêve éveillé, et le son étouffé des clairons et des tambours, les clameurs assourdies qui leur parvenaient de l'arène, les odeurs inhabituelles ajoutaient à cette atmosphère d'irréalité dans laquelle ils baignaient.

Elle savourait avec délices le goût légèrement poivré de la peau d'Alexandre lorsque la main de ce dernier descendit le long de sa jambe et releva sa jupe haut sur ses cuisses.

Le sortilège qui les enveloppait se rompit immédiatement.

— Alexandre, arrêtez ! s'exclama-t-elle en retombant brutalement sur terre.

— Je veux juste vous toucher, plaida-t-il, le regard brûlant. Rien d'autre. Vous ne voulez pas savoir ce que je ferais ensuite à la senhora Encantadora ? ajouta-t-il en lui caressant l'intérieur de la cuisse, lui arrachant un soupir extasié.

Elle essaya frénétiquement de se cramponner à ses objections, mais chaque fibre de son corps réclamait désespérément les caresses du jeune homme.

— Il ne s'agit plus… de spéculations, haleta-t-elle.

— Appelons plutôt cela un aperçu, suggéra-t-il tandis que ses doigts remontaient inexorablement le long de sa cuisse. Mettez-vous à la place de la senhora et dites-moi ce qu'elle penserait de l'expérience, poursuivit-il avec un sourire diabolique en frôlant l'ouverture de sa culotte.

— Un aperçu, vraiment ! Voilà qui est pur rhétorique.

Elle tenta de réprimer son envie de rire. Il n'avait pas besoin qu'on l'encourage dans ses polissonneries.

— Si vous le dites… Vous en savez beaucoup plus que moi dans ce domaine. Moi, je ne suis qu'un homme fruste avec des plaisirs simples.

— Il n'y a rien de fruste dans… Mais que faites-vous ? C'est indécent ! s'écria-t-elle.

Alexandre avait pressé la paume contre son intimité, comme s'il avait deviné qu'elle mourait d'envie qu'il la touche là, précisément.

— Vous croyez que cela plairait à la senhora ? s'enquit-il en explorant sans vergogne ce qui se cachait sous le triangle bouclé.

— Elle… elle adorerait ça, souffla-t-elle tandis qu'Alexandre titillait le petit bourgeon durci entre les replis de sa chair, envoyant une flambée de plaisir dans ses veines.

— Vous êtes sûre ? insista-t-il en lui frôlant les seins de ses lèvres. Vous me paraissez très perturbée.

— Parce que… Oh, mais que me faites-vous ? gémit-elle.

— Je vous montre ce que j'aimerais faire à la senhora, tout simplement.

— Alexandre !

— Oui, senhora ? Vous aimez mon aperçu ? s'enquit-il tandis qu'elle tentait sans grande conviction de retenir son bras.

Ses doigts poursuivaient leur danse envoûtante entre les cuisses de Katherine, avec lenteur d'abord, puis avec une frénésie diabolique qui lui arracha une plainte sauvage.

— Si j'en crois mes oreilles, on dirait que oui, remarqua-t-il avec un sourire entendu. Dois-je continuer ?

— Oui ! répondit-elle dans un cri.

Elle n'avait plus qu'un seul désir, s'abandonner sans retenue à ce plaisir presque douloureux à force de volupté. Elle aurait voulu qu'il ne s'arrête jamais, que le temps suspende son cours, et *oh !* oser s'abandonner à l'ivresse qu'elle entrevoyait.

— Est-ce que vous... La senhora souhaite-t-elle en savoir plus ? demanda-t-il sourdement, en fouillant inlassablement son intimité de l'index tandis que, du pouce, il effleurait le tendre bouton un peu plus haut.

— Alexandre... s'il vous plaît... haleta-t-elle, oubliant ses velléités de résistance.

— S'il vous plaît quoi ? Dois-je m'arrêter, ou continuer ? insista-t-il tandis que ses caresses devenaient de plus en plus audacieuses.

— *Continuez...* gémit-elle.

Il eut un sourire triomphant, avant de s'emparer de sa bouche avec fièvre, sans cesser le va-et-vient frénétique de ses doigts entre ses cuisses.

— Laisse-toi aller, mon cœur, chuchota-t-il tout contre ses lèvres en la sentant onduler au rythme de sa main. Ne boude pas ton plaisir. Laisse-le s'épanouir...

Elle l'entendait à peine, emportée par le tourbillon furieux que provoquait chacune de ses caresses. Son corps entier se tendit comme un arc, dévoré par un désir impérieux.

La vague de plaisir sauvage qui déferla soudain lui arracha un cri de volupté. Retrouvant ses esprits, elle se nicha languissamment dans la tiédeur des costumes. Les yeux clos, ses désirs les plus secrets enfin assouvis, elle tentait de prolonger l'état d'extrême béatitude dans lequel elle baignait.

— Que m'avez-vous fait ? soupira-t-elle.

— Je vous ai fait plaisir.

Si une femme vous résiste, faites en sorte de lui montrer la voie du plaisir, elle vous suivra docilement jusqu'à votre lit.

Bon sang, elle n'allait pas laisser ce maudit livre gâcher sa félicité ! À regret, elle ouvrit les yeux pour scruter le visage d'Alexandre.

— Et vous... comptez vous arrêter là ? ne put-elle s'empêcher de demander.

— Pour le moment, oui, répondit-il en retirant sa main avant de rabattre ses jupes. Par principe, je respecte l'innocence, ajouta-t-il en déposant un baiser si tendre sur sa poitrine qu'elle en eut les larmes aux yeux. Mais quand nous serons mariés…

Il laissa sa phrase en suspens, et l'imagination de Katherine s'emballa. La qualité d'époux lui donnerait tous les droits, et elle était certaine qu'il les exercerait pleinement. Rien qu'à se figurer les caresses qu'il s'autoriserait, son corps s'enflammait tout entier, et son cœur battait la chamade.

À grand-peine, elle refréna son émoi. Le mariage était une affaire sérieuse, elle ne pouvait s'engager à la légère, même si son corps lui criait de faire fi de toute prudence.

— Je n'ai pas encore accepté de vous épouser, lui rappela-t-elle en se redressant avant de recouvrir ses seins. Et vous ne m'avez pas vraiment demandée en mariage.

Il s'assit à son tour, l'air ravi.

— Eh bien, je vous le demande. Katherine, voulez-vous m'épouser ?

Son cœur bondit en entendant ces mots magiques, mais elle se força au calme.

— Pourquoi désirez-vous m'épouser ?

— Parce que je n'imagine pas me marier avec une autre que vous.

Il ne parlait pas d'amour, mais elle n'en avait jamais parlé non plus. Entre Sydney, qui prétendait l'aimer mais dont la conduite prouvait le contraire, et Alexandre, qui ne prononçait pas le mot, mais dont tous les actes témoignaient d'une passion brûlante, le choix était facile.

« Tu le connais à peine, tu ne sais rien de son véritable caractère », lui murmura la voix de la raison.

Mais que devenaient ces scrupules lorsqu'il la prenait dans ses bras, lorsqu'il l'embrassait, lorsqu'il courait des risques insensés pour arracher un morceau de poire de sa main de crainte de la blesser, lorsqu'il faisait fi de son propre désir pour respecter sa virginité ?

— Oui, murmura-t-elle avant d'avoir le temps de le regretter. Oui, j'accepte.

En guise de réponse, il s'inclina vers elle et lui donna un long baiser passionné qui alluma de nouveau un brasier en elle.

Mais lorsqu'elle l'enlaça, il se dégagea doucement.

— Nous ferions mieux d'arrêter. Écoute, ajouta-t-il en désignant la porte du menton.

Dans l'amphithéâtre, la musique s'était arrêtée, et les applaudissements allaient décroissant, tandis que l'agitation augmentait dans les coulisses. Le spectacle était terminé, et on ne tarderait pas à venir.

— Tu ne veux pas qu'on nous trouve dans cette tenue, n'est-ce pas ?

Katherine s'empourpra. Elle aurait dû y penser la première.

Iversley sauta à bas de la table, et enfila sa chemise avant de lui tendre la main pour l'aider à descendre.

— Je vais sortir par la porte de derrière. Tu n'as qu'à attendre ici en chemise. La costumière supposera que tu as enlevé seule ton costume, mais que tu avais besoin de son aide pour te rhabiller.

Il inspecta rapidement la pièce du regard, pour vérifier qu'il ne restait pas trace de leur intermède scandaleux.

— Je parlerai à ta mère dès ce soir, et je passerai une annonce dans les journaux demain. Si j'obtiens une dérogation, nous pourrons…

— Alexandre, coupa-t-elle, ne dis rien à maman ce soir.

Il se figea.

— Pourquoi ?

— Je voudrais d'abord l'annoncer à Sydney.

— Écris-lui, rétorqua-t-il tandis qu'une flamme inquiétante s'allumait au fond de ses yeux. Ou mieux, laisse-le découvrir l'annonce dans la presse. C'est un poète, après tout. Il lit beaucoup.

— J'ai été à demi fiancée avec lui une partie de ma vie. Il mérite que je lui annonce notre mariage en personne, fit-elle en réprimant un sourire.

— Je vois. Et tu comptes me faire attendre combien de temps ? Il est à la campagne, et tu ne sais pas quand il reviendra.

— La propriété de lord Napier n'est pas très éloignée de Londres. Demain, j'irai voir la mère de Sydney pour lui demander l'adresse exacte, et je lui enverrai un message. S'il n'est pas rentré d'ici la fin de la semaine, nous considérerons que nous sommes libres d'annoncer nos fiançailles.

— Mais nous *sommes* libres. Tu es la seule à prétendre le contraire, grommela-t-il.

— Tu sais que tu es adorable quand tu es jaloux ! s'exclama Katherine, aux anges.

— Ah oui ? rétorqua-t-il en s'adoucissant immédiatement. Bientôt, tu vas me dire que je suis gentil.

— Mais tu l'es ! La plupart du temps, en tout cas.

Il l'attira contre lui pour l'embrasser farouchement, ses mains courant sur son corps comme pour lui rappeler qu'elle était sienne. Lorsqu'il la lâcha, le sang de la jeune fille bouillonnait furieusement dans ses veines.

— Et le reste du temps, qu'est-ce que je suis ?

— Le seul homme que je puisse imaginer d'épouser.

Visiblement soulagé, il lui caressa les lèvres du pouce.

— Comment diable est-ce que je vais réussir à attendre jusqu'à notre mariage pour que tu sois à moi ! s'exclamat-il. Je peux à peine supporter l'idée de te quitter quelques instants.

Émue par son évidente sincérité, elle s'appuya contre lui. Il se penchait déjà pour l'embrasser quand on frappa à la porte.

— Il faut que j'y aille, chuchota-t-il. S'ils ne peuvent pas entrer par cette porte, ils essaieront l'autre, et je serai fait comme un rat.

— Mademoiselle ? appela une voix inquiète. Vous êtes là ?

— J'arrive ! répondit Katherine.

Elle se retourna pour dire à Alexandre qu'elle le verrait dehors, mais il avait déjà disparu.

16

Le libertin ne devrait jamais mêler
les affaires et les plaisirs.

L'Art de la séduction

Sur le chemin du retour, Alexandre ne prêta qu'une oreille distraite aux commentaires de Mme Merivale sur ses exploits équestres. Toutes ses pensées allaient à Katherine, assise en face de lui.

Il la dévorait des yeux, se remémorant la splendeur de sa poitrine d'albâtre, la douceur de sa peau...

Sa future épouse possédait toutes les qualités d'une excellente maîtresse de maison, mais sous ses dehors policés, elle dissimulait une sensualité débridée et un tempérament volcanique.

Et moi, quand vais-je connaître le goût de votre corps ?

À la pensée des lèvres de la jeune fille se pressant sur son torse... Il dut fermer les yeux pour dissimuler son trouble.

Grands dieux, comment parviendrait-il à tenir jusqu'à leur nuit de noces ? Surtout si elle n'opposait pas plus de résistance à ses avances... Histoire de la tester, il profita de l'obscurité pour glisser subrepticement le pied sous les jupes de sa fiancée afin de lui caresser la cheville.

Katherine tressaillit, puis lui adressa un regard brûlant des plus éloquents. Après avoir vérifié d'un coup d'œil que sa mère n'avait rien remarqué, elle lui rendit sa caresse.

La réaction du jeune homme ne se fit pas attendre, ce qui n'était pas recommandé quand on portait une culotte moulante et qu'on était assis en face de sa future belle-mère.

Il s'efforça de se ressaisir. Il ne se rappelait pas avoir jamais désiré une femme avec une telle intensité.

Il fallait cependant convenir que Katherine n'était pas une femme ordinaire. Qui d'autre aurait accepté de participer au pied levé à un numéro de voltige équestre ? Et sa réaction lorsqu'elle avait appris de quoi il avait vécu à l'étranger ! N'importe quelle jeune fille de son milieu aurait trouvé ses activités dégradantes. Elle, au contraire, s'était montrée intriguée, et intéressée.

Heureusement, elle ne connaissait pas tous ses secrets ! Il était prêt à tout pour qu'elle ne découvre pas sa situation avant qu'ils ne soient mariés.

Mais ensuite ? Lorsqu'ils iraient s'établir à Eden-more, elle découvrirait qu'il était pauvre, et en déduirait qu'il avait d'abord été attiré par sa fortune.

Telle qu'il la connaissait, sa réaction ne manquerait pas d'être violente. Et que dire quand elle apprendrait qu'il était en réalité le fils naturel d'un débauché qu'elle méprisait...

Mais ils seraient mari et femme, et elle n'aurait d'autre choix que de se résigner à l'accepter tel qu'il était.

À vrai dire, la résignation ne lui semblait pas le fort de sa fiancée et il doutait qu'elle ait l'intention de s'y exercer une fois mariée, mais il refusa de se laisser décourager. Elle ne lui garderait pas rancune longtemps, il y veillerait. Il ferait de sa sensualité un atout. Les hommages enfiévrés qu'il lui rendrait avec assiduité finiraient par lui faire oublier sa tromperie, et elle la lui pardonnerait.

Ces gaillardes perspectives lui redonnèrent confiance en l'avenir. Le jeu en valait certainement la chandelle, et son attente serait récompensée !

Mais avant de récolter le fruit de ses efforts, il fallait d'abord atteindre son but, et donc faire en sorte que Katherine n'ait ni le temps ni même l'idée de se renseigner sur sa situation financière.

— Nous n'avons jamais eu l'occasion de faire cette promenade à cheval dans le parc, observa-t-il quand Mme Merivale fit une pause pour respirer. Nous pourrions peut-être y aller demain après-midi. Qu'en pensez-vous ?

— C'est impossible. J'ai un autre engagement, vous vous souvenez ?

Ah, oui, Lovelace ! Elle devait aller voir sa mère. Quand ce blondinet prétentieux cesserait-il de contrecarrer ses projets ?

— J'avoue que j'avais oublié. Dans ce cas, nous nous verrons le soir, à la réception donnée à Holland House.

— Nous ne sommes pas invitées, soupira la jeune fille. Contrairement à vous, ma mère et moi n'avons pas nos entrées dans la haute société.

— Mais si, nous étions invitées ! coupa l'incorrigible Mme Merivale en foudroyant Katherine du regard. Je ne t'en avais pas parlé parce que j'ai décliné l'invitation. Cette dame a des mœurs très libres, et je ne tiens pas à ce que ma fille soit vue à ses soirées. C'est une divorcée, tout de même !

— Peut-être, mais c'est la coqueluche du Tout-Londres, maman. Des pairs du royaume et des ministres de Sa Majesté se pressent dans ses salons. Tu n'aurais jamais refusé une invitation de sa part. Ma mère ne veut simplement pas vous avouer que nous sommes situées si bas sur l'échelle sociale que même une personne, aussi scandaleuse que lady Holland ne daigne pas nous convier à ses fêtes, expliqua-t-elle en souriant à Alexandre.

— Enfin, Katherine ! protesta Mme Merivale, indignée.

— Rassurez-vous, chère madame, je ne courtise pas votre fille pour ses relations.

Ces mots furent récompensés par un chaleureux sourire de reconnaissance qui suffit à mettre les sens d'Alexandre en émoi.

— Si vous n'assistez pas à cette soirée, je n'irai pas non plus. Cette réception ne sera pas suffisamment convenable pour un homme aussi respectable que moi, ajouta-t-il avec un clin d'œil à Katherine.

— Tu entends, ma chérie ? Lord Iversley est vraiment un modèle de courtoisie ! s'écria Mme Merivale, rayonnante.

— Bien sûr, maman. Nous devrions tous suivre son exemple.

— Et toi qui le prenais pour un libertin !

— Comment ? s'exclama Alexandre en feignant l'indignation. Mademoiselle Merivale, vous aviez une mauvaise opinion de moi ?

— Certainement pas, milord, se défendit-elle d'un ton suave. Cela dit, j'essaie toujours de cerner votre véritable personnalité.

Le comte se rembrunit. Elle venait d'accepter de l'épouser, mais elle ne lui faisait pas encore entièrement confiance. Il avait intérêt à demeurer sur ses gardes.

— Si vous êtes libre demain soir, venez donc dîner à la maison, proposa Mme Mère.

— J'en serai enchanté. Et après-demain soir, j'aimerai vous escorter au souper que donne lady Purefoy pour son anniversaire. Si vous n'avez pas d'invitations…

— Nous en avons, coupa Katherine avec soulagement. Lady Purefoy et ma mère ont fait leurs débuts dans le monde ensemble, et elles sont restées très amies.

— C'est exact, se rengorgea Mme Merivale. Nous formions un trio inséparable, avec lady Lovelace. Mais elle, je l'ai pratiquement perdue de vue. Je ne sais même pas si elle assistera à cette soirée. Quant à son…

— Le comte a compris, maman, interrompit Katherine. C'est un gentleman, il ne commettra aucun impair.

Alexandre réprima une grimace. Sa fiancée lui signifiait que son ancien prétendant serait peut-être à cette réception, et qu'elle comptait les voir se conduire avec courtoisie. Quelle perspective réjouissante !

— Eh bien, c'est parfait. Je viendrai vous chercher à 8 heures après-demain soir.

— Et vous dînez avec nous demain, insista Mme Merivale.

Mais même la perspective de passer deux soirs de suite en compagnie de la jeune fille ne parvint pas à lui remonter le moral. La seule idée de voir Sydney Lovelace s'approcher d'elle suffisait à lui gâcher son plaisir.

Et si cet imbécile tentait de la reconquérir ? Ou pire, s'il essayait à nouveau de l'embrasser ? Cela rendait Alexandre positivement malade !

Mais enfin, que lui arrivait-il donc ? Jamais encore il n'avait éprouvé une telle jalousie, même lorsque sa maîtresse portugaise, la femme du capitaine, suivait son mari en campagne. Pourquoi fallait-il que cela lui arrive avec Katherine, alors qu'il était vital qu'il garde la tête froide ?

Mais cette jalousie possessive, si nouvelle pour lui, venait éclairer d'un jour nouveau la relation entre ses parents. Jusqu'ici, il n'avait jamais compris pourquoi un homme qui n'éprouvait pas la moindre affection pour sa femme lui en voulait autant de chercher son plaisir ailleurs. À présent, il ne se posait plus de telles questions. Bien entendu, il n'approuverait jamais la façon dont son père avait traité sa mère, ni les humiliations qu'il se plaisait à lui infliger, mais il comprenait ce qu'être jaloux signifiait. Sur une personne aigrie, comme le défunt comte, cela pouvait provoquer des ravages.

Lui ne devait pas céder à de tels emportements. Katherine était à lui maintenant, il ne fallait surtout pas compromettre sa conquête.

« Domine-toi, tu touches au but, se tança-t-il. Ne laisse pas la passion t'emporter, tu risques de tout perdre ! »

Pourtant, arrivé chez les Merivale, il se surprit à demander à la maîtresse de maison la permission de parler en tête à tête à Katherine quelques instants.

— J'aurais pensé que vous aviez eu tout le temps de vous entretenir avec ma fille, observa Mme Mère avec un sourire indulgent. Mais enfin, si quelques minutes de plus vous font tellement plaisir...

Tandis qu'elle s'éloignait, Alexandre entraîna la jeune fille dans le petit salon et, la porte à peine refermée, la prit dans ses bras pour l'embrasser fougueusement. Il avait besoin de ce baiser pour se rassurer.

— Alexandre ! Qu'est-ce qui vous prend ? s'écria-t-elle lorsqu'il lui permit de respirer à nouveau.

— C'est pour que vous vous souveniez de moi quand vous verrez Lovelace, au cas où il utiliserait la même technique pour vous ramener à lui.

— Où est passé l'homme qui m'encourageait à tenter de nouvelles expériences ? Qui disait que j'avais besoin de faire des comparaisons ? demanda-t-elle en feignant l'incrédulité. Vous aviez peut-être raison. Si jamais Sydney essaie à nouveau de m'embrasser, je pourrai me faire plus facilement une opinion.

Il la fit taire d'un baiser si long et si passionné qu'elle se sentit littéralement fondre dans ses bras et en resta le souffle coupé. En la voyant ainsi, les paupières closes, pantelante, le jeune homme se détendit.

— Cela vous apprendra à me tourmenter, et à y prendre tant de plaisir, déclara-t-il lorsqu'elle ouvrit les yeux.

— Attendez un peu que nous soyons mariés, le taquina-t-elle.

— Je ne suis pas certain de pouvoir patienter tout ce temps, surtout si nous rencontrons votre poète chaque fois que nous mettons le nez dehors.

— Promettez-moi d'être courtois avec lui.

— Je me conduirai avec la plus parfaite courtoisie. S'il essaie de vous embrasser, je vous promets de l'assommer très poliment.

— Vous ne feriez pas une chose pareille !

— Non, je plaisante, la rassura-t-il en s'efforçant d'étouffer une nouvelle bouffée de jalousie. À moitié en tout cas, ajouta-t-il devant son regard dubitatif. Mais je vous promets de ne pas vous mettre dans l'embarras.

— Et une fois que nous serons mariés ? Vous veillerez encore à ne jamais m'embarrasser ?

— J'essaierai de ne pas être un mari jaloux, si c'est ce que vous voulez dire.

Elle se mordilla la lèvre.

— Et est-ce que… euh… *vous* me donnerez des raisons d'être jalouse ? Je sais bien que la plupart des hommes aiment badiner, mais…

Il posa l'index sur ses lèvres.

— Je ne suis pas comme la plupart des hommes. Et une fois marié, j'ai l'intention de ne partager mon lit qu'avec une seule femme, la mienne. La fidélité existe, même chez la gent masculine, vous savez.

Il ne pouvait pas encore expliquer à sa fiancée qu'il était le fruit d'un adultère qui avait gâché sa jeunesse.

— Je l'espère. Parce que je ne serai pas le genre d'épouse à fermer les yeux. Moi non plus, je ne suis pas comme la plupart des femmes.

— Je m'en suis rendu compte dès notre première rencontre, mon ange, assura-t-il en retenant un sourire. Et c'est ce qui m'a séduit chez vous.

— Tant que nous nous comprenons…

Un toussotement sonore leur parvint du hall.

— Votre mère me fait savoir qu'il est temps de me retirer, remarqua-t-il.

— La subtilité n'a jamais été le fort de maman, soupira Katherine comme il se tournait vers la porte. À propos de Sydney, ajouta-t-elle en le retenant, je voulais vous dire que vous aviez raison. Quand il m'a embrassée... ce n'était pas ce que j'espérais.

— Je le savais.

— Vous êtes toujours aussi sûr de vous ? lâcha-t-elle, agacée.

— Si vous aviez pris plaisir au baiser de Lovelace, vous ne m'auriez pas autorisé à vous faire la cour, répondit-il simplement. Vous n'avez rien d'une coquette, et vous n'auriez pas voulu jouer avec nos sentiments à tous deux.

— Alors pourquoi ai-je accepté notre petit stratagème ?

— Parce que tout au fond de vous, c'est moi que vous aviez envie d'épouser, et que cela vous donnait un prétexte pour être avec moi. Et puis, fit-il en baissant les yeux sur la main de la jeune fille posée sur son bras, vous ne pouvez pas vous empêcher de me toucher. Pas plus que je ne peux m'empêcher de vous toucher, du reste.

Elle retira aussitôt sa main, mais il l'attrapa et la porta à ses lèvres pour déposer un baiser insistant au creux de sa paume gantée. Puis il embrassa chacun des doigts, jusqu'à ce qu'un sourire apparaisse sur le visage de Katherine. Alors seulement il la lâcha.

— Dormez bien, ma chérie. Une fois mariée, vous n'en aurez plus beaucoup le temps !

Satisfait de la voir s'empourprer à cette perspective, il tourna les talons et se hâta de regagner sa voiture avant de changer d'avis. S'il s'était écouté, il l'aurait enlevée pour l'emmener séance tenante à Gretna Green, ce village d'Écosse où l'on pouvait convoler sur l'heure sans autre formalité.

Cette solution, pour tentante qu'elle fût, présentait des risques. On avait déjà pendu de vils séducteurs pour avoir enlevé de riches héritières. Mieux valait patienter et se résigner à passer encore quelques soirées solitaires à rêver de leur nuit de noces.

Ces pensées stimulantes furent brutalement interrompues lorsqu'il arriva à son hôtel.

— Emson ! Que faites-vous à Londres ? s'écria-t-il en découvrant son vieux valet de chambre dans le hall.

Le majordome était l'un des rares domestiques qui restaient à Edenmore. Il était né au domaine et avait toujours servi la famille d'Alexandre, comme son père et son grand-père avant lui. Sa fidélité envers les Iversley était indéfectible.

— C'est M. Dawes qui m'envoie. Il faut que vous reveniez immédiatement au château, milord.

Le nouveau régisseur n'était pas homme à s'affoler pour des vétilles, et le sang d'Alexandre se figea dans ses veines.

— Que se passe-t-il ?

— C'est cet horrible Harris, le marchand de grains d'Ipswich ! Il est rentré depuis peu d'un voyage en Écosse. Quand M. Dawes est passé au magasin chercher les semences et les socs de charrue que vous aviez commandés, il a refusé de les lui donner. Il ne livrera la marchandise que s'il est payé comptant. Il paraît qu'il a été très désagréable, mais fort clair.

— Mais je m'étais mis d'accord avec son fils !

— Apparemment, M. Harris père avait laissé des instructions précises pour ne plus faire crédit à Votre Seigneurie. M. Harris fils dit…

— Que je lui ai forcé la main, et c'est vrai ! Lui au moins comprend nos difficultés. C'est bon, je vais écrire à M. Harris pour lui expliquer que je viens de me fiancer à une riche héritière et lui demander de patienter jusqu'à mon mariage.

— Une lettre ne suffira pas à le convaincre, milord. Il faut absolument que vous veniez en personne. Et

M. Dawes dit que ce matériel et ces semences sont vraiment indispensables.

— Il a raison. Il s'agit de nouvelles variétés, beaucoup plus résistantes et productives. Mais pour que les métayers les adoptent sur leurs propres parcelles, il faut que je leur apporte la preuve qu'elles sont meilleures. Pour accroître les revenus d'Edenmore, il faut améliorer le rendement des fermes.

— M. Dawes m'a chargé de vous rappeler que les champs doivent être ensemencés dans la semaine. Sinon, il faudra attendre l'année prochaine.

Enfer et damnation ! Il n'aurait peut-être pas dû prêter une oreille si complaisante aux idées modernistes de son nouveau régisseur, mais l'ancien était un incapable et un filou qui avait volé son père sans vergogne pendant des années. Alexandre s'en était vite aperçu, et il l'avait mis à la porte.

M. Dawes faisait de son mieux pour le seconder, mais il n'avait pas encore gagné la confiance des paysans, et Alexandre non plus, apparemment.

Le comte ne savait quoi faire. À Fenbridge, le village le plus proche du château, il aurait pu se prévaloir de son titre pour obtenir le crédit souhaité, mais les commerçants locaux n'avaient pas de marchandises aussi nouvelles.

Et malheureusement, sa qualité ne suffisait pas à impressionner un des plus importants négociants d'Ipswich. Les établissements Harris & Fils fournissaient en grains et matériel agricole tous les propriétaires terriens du Suffolk. Perdre la clientèle d'un aristocrate désargenté, fût-il comte et pair du royaume, ne leur ferait ni chaud ni froid.

— Comment puis-je relever ce domaine si personne ne me fait confiance ? s'exclama Alexandre avec amertume.

— Ce n'est pas le cas, milord. Mais vous devez vous rendre compte que votre séjour en ville fait jaser. Certains pensent que…

— Que je suis le fils de mon père ! Comme si j'avais le choix ! Il faut que je me marie, c'est la seule solution ! Et c'est à Londres que je vais trouver une épouse, pas à la campagne.

— Mais ce n'est pas à Londres que vous trouverez vos charrues et vos grains !

Le vieux majordome faisait partie de la famille et il n'hésitait pas à donner son avis sans s'encombrer de circonlocutions inutiles. Même le défunt comte ne s'offusquait pas de son franc-parler.

— Vous avez raison, décida Alexandre. Je rentre avec vous.

— Une journée devrait suffire. Si nous prenons la malle-poste de nuit, nous arriverons dans la matinée, et vous pourrez repartir en fin de journée.

Et il serait de retour le surlendemain, suffisamment tôt pour emmener Katherine chez lady Purefoy. Mais il lui fallait renoncer au dîner du lendemain…

— Nous irons plus vite avec ma voiture, et je pourrai dormir un peu avant d'affronter Harris.

— Vous avez acheté un attelage ? Eh bien, on fait son chemin dans le monde, à ce que je vois, commenta Emson avec flegme.

— Pour votre information, je l'ai emprunté à… euh… mon associé.

Aux yeux du vieux domestique, il était encore un gamin indiscipliné toujours prêt à faire les quatre cents coups. Il faudrait du temps pour le faire changer d'avis, et Alexandre était de retour depuis à peine quelques semaines.

— Je ne pouvais pas courtiser mon héritière à pied, expliqua-t-il. J'espère que lord Draker n'apprendra pas que je m'en sers pour courir les grands chemins.

— Vous avez osé emprunter une voiture au vicomte Dragon ? s'écria Emson, les yeux ronds.

— Aux grands maux les grands remèdes ! riposta son maître. Donnez-moi une minute pour prendre quelques vêtements et écrire un mot à ma fiancée.

— Je vais m'occuper des chevaux, acquiesça le majordome.

Le comte rédigea en hâte un mot d'excuse à l'attention de Katherine, et le remit au chasseur.

— Portez ce billet à l'adresse indiquée, s'il vous plaît. Vous le remettrez au domestique qui viendra ouvrir en disant simplement que c'est pour Mlle Merivale. Surtout, ne dites rien d'autre, et ne vous attardez pas. Portez-le dans l'après-midi, à l'heure où les gens sortent faire leurs visites, ajouta-t-il après réflexion. Comme ça, elle ne sera pas à la maison !

— Bien, milord, fit le gamin, un peu perplexe devant ces instructions inhabituelles.

— Surtout, ne dites à personne d'où vous venez. Partez dès que vous aurez remis la lettre. Le valet de pied ne vous demandera rien, et si par hasard ces dames étaient à la maison, elles ne pourront pas vous poser de questions vu que vous ne serez plus là. C'est compris ?

— Oui, milord !

Alexandre ne tenait pas du tout à ce que Katherine – ou, pire, sa mère – apprenne qu'il habitait à l'hôtel.

Cela risquerait d'éveiller les soupçons, et c'était ce qu'il voulait éviter à tout prix, maintenant que le succès était à portée de main.

17

Le libertin doit considérer la tromperie comme un art.
Et savoir qu'il vaut mieux tromper qu'être trompé.

L'Art de la séduction

La visite de Katherine à lady Lovelace se déroula aussi bien que possible. Comme prévu, celle-ci proposa de se charger du message, mais la jeune fille campa fermement sur ses positions, et la dame finit par admettre que son fils séjournait effectivement chez lord Napier. Obtenir l'adresse exacte fut plus difficile, mais Katherine finit par arriver à ses fins.

Une fois la lettre envoyée, pourtant, elle se retrouva désemparée, incapable de tenir en place. Elle ouvrit successivement une demi-douzaine de recueils de poèmes, pour les abandonner au bout de quelques vers.

Que lui arrivait-il donc ? La poésie était d'ordinaire le plus sûr moyen d'oublier ses tracas. Aujourd'hui, le style fleuri, la moindre expression quelque peu ampoulée lui rappelaient les commentaires d'Alexandre et provoquaient son hilarité. Quant aux chants d'amour, leurs allusions aux lèvres pourpres et aux doux baisers ne parvenaient qu'à lui suggérer des pensées troublantes.

C'était la faute du comte. Depuis qu'il lui avait offert un avant-goût des plaisirs matrimoniaux, elle passait d'une exaltation passionnée à des moments de doute affreux, et ce tourbillon d'émotions contradictoires l'effrayait.

Pourtant, elle ne regrettait pas d'avoir accepté de devenir sa femme. Elle avait changé d'opinion à son sujet, et elle commençait à croire que l'amour et la vie conjugale n'étaient pas obligatoirement incompatibles. Après tout, il existait peut-être des maris à la fois passionnés et responsables, séduisants et fiables.

Plus que la paisible association de deux partenaires raisonnables, le mariage pouvait se révéler une aventure excitante, le moyen d'atteindre à une félicité insoupçonnée. Elle attendait avec impatience le jour où ils seraient enfin mari et femme, et surtout la nuit qui s'ensuivrait.

— Laissez-moi ! Il m'a dit de ne pas attendre de réponse ! piailla soudain une voix inconnue.

Katherine se précipita dans le hall pour trouver Thomas, le majordome, morigénant un adolescent en livrée.

— Je vais t'apprendre à faire ton service comme il faut, mon garçon ! Tu crois que ton maître t'emploie pour aller baguenauder dans les rues ?

— Je ne vais pas baguenauder, et j'ai fait ce que Sa Seigneurie m'a dit !

Ils se figèrent en apercevant Katherine.

— Mademoiselle, ce garçon vous apporte un billet de M. le comte.

Le cœur de la jeune fille fit un bond dans sa poitrine.

— Et pourquoi tout ce vacarme ?

— Il voulait décamper sans attendre la réponse, comme il est normal de le faire, expliqua Thomas en toisant le petit.

Elle réprima un sourire. Le majordome qui avait toujours vécu en province, lui avait souvent fait part de son indignation devant la désinvolture du personnel londonien.

— Faites excuse, mademoiselle, intervint le gamin en s'inclinant, mais j'ai promis à Sa Seigneurie de donner la lettre à votre valet pour… pour ne pas vous déranger.

— Je vois, murmura-t-elle, même si elle ne voyait rien du tout. Où est ce billet ?

— Le voilà ! Et maintenant si vous permettez…

Il tournait déjà les talons lorsque le domestique l'arrêta.

— Un instant ! On attend que le destinataire ait lu le message, voyons. Ensuite seulement, tu pourras partir.

— B… bien, bégaya le petit chasseur.

Katherine finissait par trouver les manières de ce coursier bien étranges, elle aussi. Pourquoi diable était-il si pressé ?

— Vous êtes au service de lord Iversley ?

— Non, mademoiselle.

Elle s'attendait à des précisions, mais il resta planté devant elle, roulant des yeux affolés, comme un lapin pris au piège, ce qui ne fit qu'exciter sa curiosité. Elle décacheta l'enveloppe.

Chère Katherine,

Veuillez me pardonner, mais une affaire urgente m'appelle dans le Suffolk. Je n'aurai donc pas le plaisir de dîner ce soir en votre charmante compagnie. Je serai heureusement rentré à temps pour vous emmener à la réception de lady Purefoy.

Présentez, s'il vous plaît, mes excuses les plus sincères à votre mère, et assurez-la que je préférerais de beaucoup votre si agréable compagnie aux devoirs qui me ramènent à Edenmore.

Affectueusement,

Alexandre

Elle replia la feuille, dissimulant de son mieux sa déception. Que le comte exerce aussi sérieusement ses responsabilités aurait pourtant dû lui plaire. La plupart des aristocrates ne pensaient qu'aux mondanités, et se reposaient entièrement sur leurs régisseurs pour l'administration de leurs domaines.

Mais bien entendu, il était si différent…

— Vous m'avez dit que vous n'étiez pas au service de lord Iversley ? Vous ne venez pas de chez lui, alors ?

— Non, mademoiselle.

De nouveau, Katherine éprouva un malaise indéfinissable. Elle attendait que le gamin lui donne des précisions, mais il demeurait là à se dandiner nerveusement d'un pied sur l'autre.

— Vous êtes au service de qui, alors ?

— Je ne peux pas vous le dire, mademoiselle.

— Et pourquoi donc ?

— Je n'ai pas le droit.

— Qui vous l'a interdit ?

— Mais réponds, quand on te pose une question, tête de mule ! s'écria Thomas en secouant le gamin qui gardait un silence obstiné.

— Sa Seigneurie m'a donné l'ordre de ne rien dire, mademoiselle, admit-il craintivement.

— Dans ce cas, je ne voudrais pas que tu te fasses réprimander. Tu peux t'en aller, et tu pourras dire à lord Iversley que tu as suivi ses instructions à la lettre.

— Merci, mademoiselle ! fit-il, soulagé, en s'inclinant à plusieurs reprises.

À peine avait-il passé la porte que la jeune fille ordonnait au majordome.

— Suivez-le. Voyez pour qui il travaille et comment il connaît le comte. Mais surtout, ne vous montrez pas !

— Vous pouvez compter sur moi, mademoiselle.

Tandis que Thomas partait sans attendre, Katherine retourna au salon. Avait-elle agi à la légère en envoyant Thomas, comme si elle suspectait le comte de tromperie ? Après tout, celui-ci était libre de ses faits et gestes. Et s'il ne souhaitait pas qu'elle sache où il passait son temps, c'était son droit. Les hommes observaient souvent une discrétion remarquable à ce sujet.

Comme son père, avec ses « rendez-vous d'affaires ». Les « affaires » en question concernant généralement une femme mariée, une servante d'auberge, ou pire.

Elle se faisait des idées, son fiancé était différent. Il n'était pas cynique au point de lui écrire de chez une autre femme. Mais alors, que tenait-il donc tant à lui cacher ?

Elle se tortura ainsi pendant plus d'une heure, se reprochant sa sottise tantôt pour avoir fait une montagne d'un détail sans importance, tantôt pour s'être fiée à un beau parleur tel que le comte.

Elle était au bord de la crise de nerfs lorsque le majordome revint enfin.

— Eh bien ? Vous avez trouvé où travaille ce garçon ?

— Au *Stephens Hôtel*, mademoiselle.

Elle s'attendait à tout, sauf à cette réponse.

— Je n'ai jamais entendu parler de cet hôtel.

— C'est dans Mayfair. Il s'agit d'un établissement modeste, mais très convenable, fréquenté surtout par des militaires. On m'a dit que beaucoup d'officiers de cavalerie venaient y prendre leurs repas.

Qu'elle était bête de se ronger les sangs ! Où un célibataire pouvait-il dîner, si ce n'est dans ce genre d'endroits ?

Mais dans ce cas, pourquoi faire tant de mystères ?

— Vous leur avez demandé s'ils connaissaient lord Iversley ?

Le valet de chambre affichait le visage de marbre du parfait domestique, et cela ne présageait rien de bon.

— Oui, mademoiselle. J'ai même parlé au propriétaire de l'hôtel. Il m'a dit qu'il ne connaissait pas M. le comte, qu'il n'en avait jamais entendu parler.

L'angoisse étreignit à nouveau la jeune fille.

— Vous croyez qu'il mentait ?

— Ma question a mis ce monsieur très mal à l'aise. Les employés aussi ont observé le mutisme le plus complet, mademoiselle. Comme si…

— Comme s'ils avaient quelque chose à cacher ? termina-t-elle à sa place, la gorge nouée.

— Peut-être étaient-ils trop occupés… Il y a beaucoup de monde dans cet établissement, beaucoup d'allées et venues. Ils ne peuvent pas se souvenir de tout le monde.

Cela n'expliquait pas pourquoi son fiancé avait recommandé le silence à son messager.

— Et des dames ? Y avait-il des dames, dans cet hôtel ?

— Pas le genre de dames auquel vous pensez, mademoiselle. Ce n'est pas du tout ce type d'établissement. Bien entendu, il y avait des dames. Il y en a dans tous les hôtels, mais…

— Donc, il pourrait se rendre dans cet hôtel pour rencontrer une autre femme ! D'où l'embarras du personnel !

— Je l'ignore, mademoiselle, répliqua Thomas, impavide.

Katherine ne connaissait que trop ce refrain. C'était la réponse qu'il avait faite des années durant, lorsque Mme Merivale lui posait des questions concernant son mari. Pourquoi fallait-il que les hommes se soutiennent dès qu'il s'agissait de cacher leurs infidélités ?

— M. le comte a dû venir dîner dans cet établissement une fois ou deux, ce qui explique qu'il n'y soit pas connu, suggéra le majordome devant la mine défaite de la jeune fille.

Elle retint de justesse une repartie cinglante. Il avait probablement raison. Rien ne lui permettait de soupçonner Alexandre, hormis les dires du chasseur, qui pouvait avoir mal compris les instructions du comte. Elle devait se garder de toute conclusion hâtive tant qu'elle n'aurait pas eu l'occasion de s'expliquer avec son fiancé.

Comment imaginer qu'en sortant d'ici il ait couru directement dans les bras d'une autre ? Il venait tout juste de la demander en mariage !

C'était impensable. Certes, les hommes étaient capables des pires mensonges quand cela les arrangeait, mais Alexandre venait de lui jurer fidélité. Pareille duplicité était inimaginable !

— Je vous remercie, Thomas. Vous vous êtes montré extrêmement efficace. Je vous serais reconnaissante de ne pas souffler mot de ceci à ma mère.

— Comptez sur moi, mademoiselle.

Malheureusement, si elle pouvait cacher à Mme Merivale les soupçons éveillés par les remarques du messager, elle ne pouvait pas passer sous silence l'objet de la lettre. Il valait mieux la prévenir tout de suite.

Elle trouva sa mère dans sa chambre, très occupée à trier ses nombreux éventails. Celui d'Alexandre trônait sur le dessus de la pile, et Katherine se demanda s'il allait y rester.

Comme il fallait s'y attendre, elle prit la nouvelle fort mal.

— Mais que va-t-il faire dans le Suffolk ? C'est ridicule ! On ne retourne pas à la campagne en plein milieu de la saison, sauf pour y donner une réception.

— Je suppose qu'il s'agit d'une affaire qui exigeait sa présence. En tout cas, il a promis d'être de retour demain soir.

— Je ne crois pas un mot de cette histoire ! Il va aller à la soirée de lady Holland, voilà tout !

— J'en doute fort, maman.

— Puisque je te le dis ! Et c'est ta faute. Quel besoin avais-tu de lui avouer que nous n'étions pas invitées ? Tu ne m'écoutes jamais ! Je connais le monde, figure-toi. On ne raconte pas à un homme de ce rang qu'on n'est pas la bienvenue chez une de ses relations. Si tu as envie de l'épouser, ce n'est pas la meilleure façon de t'y prendre, crois-moi.

La jeune fille faillit lui révéler que le comte l'avait déjà demandée en mariage et qu'elle avait accepté, mais elle préféra s'en abstenir.

Pour commencer, elle ne tenait pas à ce que sa mère aille claironner la nouvelle dans tout Londres avant qu'elle ait parlé à Sydney. Ensuite…

Ensuite, elle avait peur.

Une peur panique, irraisonnée, qui l'oppressait. Peur de s'être trompée en faisant confiance à Alexandre et en se laissant courtiser, peur de découvrir un méfait qui l'obligerait à annuler leur mariage. Ce que sa mère lui reprocherait jusqu'à la fin de ses jours.

— La moitié de Londres sera là-bas, et il y aura sûrement des comptes rendus dans les journaux, contra-t-elle. Lord Iversley sait que nous apprendrons la vérité tôt ou tard, alors pourquoi nous mentirait-il ? Je suis certaine qu'il ne va pas chez lady Holland !

Mais alors, où était-il ? Elle aurait donné tout l'or du monde pour le savoir.

Ce soir-là, Alexandre était de nouveau dans la voiture prêtée par son demi-frère et fonçait vers le Hertfordshire, après un après-midi épuisant passé à tenter de convaincre M. Harris père de lui faire crédit et de lui livrer les semences et le matériel dont il avait besoin.

Le commerçant n'avait rien voulu entendre. Il exigeait ses cinq cents livres comptants et n'en avait pas démordu. Bien entendu, Alexandre n'avait pas une telle somme, et ne l'aurait pas avant d'avoir épousé Katherine.

Ces considérations avaient laissé le marchand de marbre. Il avait menacé de disposer de la commande d'Edenmore, auquel cas il faudrait des semaines pour faire venir d'autres graines, et elles arriveraient trop tard pour être plantées cette année.

Tout ce qu'il avait pu obtenir, c'était un délai de deux jours pour réunir les fonds nécessaires. Il ne restait plus qu'une solution : les emprunter. Et il ne pouvait s'adresser qu'à Draker. Byrne était à Bath, trop loin pour être joint en si peu de temps, et aucune banque ne lui consentirait un prêt dans un délai aussi bref. Le vicomte Dragon était son seul espoir.

Il atteignit Castlemaine le lendemain aux premières lueurs du jour, éreinté, les yeux rougis par le manque de sommeil, le corps courbaturé, et l'estomac dans les talons.

En attendant le vicomte, il arpenta d'un pas fébrile le bureau où on l'avait introduit. Ce voyage pouvait parfaitement se révéler inutile. Draker n'avait sans doute pas particulièrement envie d'aider un demi-frère qu'il ne connaissait pas trois semaines plus tôt. Il pouvait même refuser de le recevoir !

Ou tout simplement lui rire au nez…

Alexandre bouillait d'exaspération. Voilà qu'il était amené à vivre d'emprunts, lui qui n'avait jamais voulu dépendre de qui que ce fût et qui subvenait à ses besoins depuis qu'il était en âge de gagner sa vie.

Lorsqu'il se montra enfin, son hôte lui parut d'humeur massacrante.

— J'espère que vous ne me dérangez pas pour rien, Iversley. J'étais parti inspecter mes troupeaux.

— Il est bien tôt pour sortir, s'étonna Alexandre.

— Pas pour moi ! Je ne passe pas mes nuits à danser et à boire pour ensuite dormir toute la matinée. La fortune ne vient pas toute seule ! Soit dit en passant, la vie de noctambule n'a pas l'air de vous réussir, ajouta-t-il en considérant les traits tirés de son visiteur.

Draker prit place derrière son bureau, comme s'il s'adressait à son régisseur, ce que le jeune homme ne manqua pas de remarquer. Il fallait bien admettre que, malgré sa barbe broussailleuse et la simplicité de sa mise, son demi-frère avait tout du riche seigneur recevant un pauvre hère venu quémander quelques sous.

— Eh bien ? Quel est le motif de votre visite ? Je vous écoute.

— J'ai besoin de cinq cents livres, lâcha le comte après avoir rassemblé tout son courage.

— Votre chasse à l'héritière n'a pas donné les résultats escomptés ?

— Si. Mlle Merivale m'a accordé sa main. D'après Byrne, elle doit hériter de cent mille livres lorsqu'elle se mariera.

— Et vous vous fiez à ce joueur ? grommela le vicomte.

— Je n'ai pas le choix. Et comme les Merivale lui doivent de l'argent, j'imagine qu'il est bien renseigné.

— Alors pourquoi avez-vous besoin de cinq cents livres ?

À contrecœur, Alexandre lui détailla l'état de son domaine, la situation de ses fermiers, et les exigences de M. Harris.

— Vous m'avez l'air d'avoir un régisseur compétent, commenta Draker, quelque peu radouci. Ces semences sont d'un excellent rendement, il a bien fait de vous les recommander. La moitié de mes fermiers les utilise, avec un résultat très satisfaisant.

— D'après les documents que Dawes m'a donnés, cette variété devrait très bien s'acclimater chez nous. Mais nous avons absolument besoin de socs neufs. Il nous faudra aussi bientôt quelques poneys du Suffolk…

— J'en ai entendu parler. C'est une race de chevaux de trait particulièrement résistants, n'est-ce pas ? Ils pourraient nous être utiles ici.

— Je vous enverrai le premier poulain qui naîtra, si vous me prêtez ces cinq cents livres.

— Pourquoi ne les empruntez-vous pas à Byrne ? suggéra le vicomte d'un ton neutre. Vous lui rendez service en épousant cette jeune fille.

— Il est à Bath, et il me faut cet argent demain soir au plus tard.

— Et vous vous attendez que je vous les sorte d'un tiroir ?

— Je peux vous proposer une garantie collatérale.

Tout le long du chemin, Alexandre avait envisagé toutes les possibilités, et même si cette idée lui répugnait profondément, c'était la seule solution qu'il ait trouvée.

— Vraiment ? Et laquelle ?

— Mon cheval.

Draker changea d'expression.

— Qu'a-t-il de particulier ? s'enquit-il, une lueur d'intérêt dans le regard.

— C'est un lusitanien doté d'un excellent pedigree. Ma jument vaut plus de mille livres.

— Comment l'avez-vous acquise ?

— Le général Beresford me l'a offerte en remerciements de services rendus.

— Byrne m'a parlé de vos états de service, en effet.

Le comte fut surpris d'apprendre que ses demi-frères s'étaient revus depuis qu'il les avait présentés l'un à l'autre, mais il ne posa pas de questions.

— Il m'a appris que vous étiez un cavalier remarquable, et que vous pouviez exécuter des figures de voltige extraordinaires. Ce ne sont pas des qualités très utiles pour gérer un domaine.

— J'apprendrai. Tout ce que je demande, c'est un peu d'aide.

— Une aide de cinq cents livres !

— Puisque vous connaissez mes occupations au Portugal, vous savez que je suis parfaitement capable d'évaluer le prix d'un cheval. Beleza en vaut le double, je n'exagère pas.

— C'est pourtant ce que font tous les maquignons.

— Je suis un gentleman, rétorqua sèchement Alexandre.

— Cela reste à démontrer, répliqua le vicomte. Si votre jument a une telle valeur, pourquoi ne l'avez-vous pas offerte en garantie à ce M. Harris ?

— J'ai essayé. Mais il s'est fait duper par mon père une fois de trop, et il n'acceptera rien d'autre que des espèces sonnantes et trébuchantes. Il s'est montré très clair.

— Vous avez amené cette fameuse jument ?

— Non, j'arrive directement du Suffolk.

— Avec ma voiture, remarqua le vicomte, flegmatique.

— Je devais faire vite, expliqua Alexandre en s'efforçant de garder son sang-froid. Si vous voulez voir Beleza, passez demain matin à mon hôtel. Vous déciderez ensuite si vous souhaitez ou non me prêter cet argent.

Draker garda le silence un long moment. Il semblait plongé dans de profondes réflexions.

— Et pourquoi ne vendez-vous pas votre monture ?

— Parce que je veux la garder. Comme je n'ai besoin de cet argent que pour une courte période, jusqu'à mon mariage…

— Si vous vous mariez, coupa le vicomte. Supposons que les choses ne tournent pas comme prévu avec votre héritière. Vous me laisserez votre cheval en guise de paiement ?

— Oui, acquiesça Iversley, avec autant d'enthousiasme que si on lui arrachait le cœur.

— Et qu'est-ce que vous monterez ?

— Un âne ! s'impatienta Alexandre. Êtes-vous disposé à me prêter cet argent, oui ou non ?

— Je vais vous faire une proposition. Laissez-moi vous montrer mon domaine pendant que je réfléchis. Vous pourrez poser à mon régisseur toutes les questions que vous voulez sur ces nouvelles semences. Vous pourrez même discuter des avantages et des inconvénients du mariage avec lui. Ensuite, je vous donnerai ma réponse.

Alexandre retint une réplique bien sentie. Le vicomte voulait le mettre à l'épreuve, savoir s'il avait les qualités nécessaires pour diriger un domaine, ou si ce n'était pour lui qu'une lubie.

Il ne pouvait lui en vouloir, mais l'heure tournait. Il lui restait une petite dizaine d'heures avant d'aller chercher Katherine et sa mère pour la réception de lady Purefoy, moins une heure de trajet jusqu'à Londres et une heure pour se changer. Il ne voulait à aucun prix manquer cette soirée. Avec un peu de chance, la jeune fille aurait eu l'occasion de parler à Lovelace, et il pourrait annoncer officiellement leurs fiançailles.

Cela lui laissait quand même un peu de temps. Et il fallait bien en passer par les exigences de Draker s'il voulait cet argent.

— Allons-y, lança-t-il.

18

Le véritable libertin n'a pas de sentiments.
Son seul mobile est la recherche du plaisir.

L'Art de la séduction

Voilà que cela recommençait. Combien de fois par le passé Katherine s'était-elle retrouvée avec sa mère, attendant que son père se montre pour les accompagner à une cérémonie ou à un dîner ? Il arrivait invariablement avec plusieurs heures de retard, la cravate de travers, fleurant la bière ou le gin.

Combien de fois avait-elle fait semblant de croire à ses piètres excuses, une voiture qui n'arrivait pas, un cheval qui boitait, tandis que sa mère laissait bruyamment éclater sa rage ? Combien de fois avait-elle étouffé sa propre rancœur, parce qu'il fallait bien que quelqu'un garde la tête froide ?

Ce soir, pourtant, c'était elle qui écumait, tandis que sa mère avait depuis longtemps sombré dans un silence lugubre qui ne lui ressemblait guère.

Finalement, n'en pouvant plus d'attendre et de ruminer ces sombres pensées, elle ramassa son réticule et se dirigea vers la porte.

— Où vas-tu donc ? l'arrêta sa mère.

— Dans ma chambre. Il a plus d'une heure et demie de retard ! Il faut se faire une raison, il ne viendra pas. Et comme nous n'avons pas de voiture, que nous avons refusé celle que lady Purefoy proposait de nous envoyer, et que Thomas ne trouvera jamais de fiacre à cette heure-ci, nous n'avons aucun moyen d'aller à cette soirée par nos propres moyens. Je préfère me changer et lire un peu. Cela me calmera.

— Écoute, mon petit, il a peut-être été retenu à la campagne.

— Parce que maintenant, tu crois qu'il est parti sur ses terres ? Ce n'est pas ce que tu disais hier ! Et même s'il y est, continua-t-elle, laissant libre cours à sa rancœur, et que cette importante affaire l'empêche de rentrer comme prévu, il avait tout le temps de nous faire prévenir. La poste est rapide, de nos jours !

— Il a peut-être eu un accident sur la route. Cela arrive, tu sais. Ou bien il a été attaqué en chemin.

Le cœur de Katherine s'arrêta de battre. Imaginer Alexandre gisant, ensanglanté, au creux d'un fossé...

Non, le comte n'était pas homme à négliger l'entretien de son attelage, et il avait certainement un excellent cocher. Quant aux brigands, avec un bretteur capable de couper un fruit en deux en plein galop, ils trouveraient à qui parler.

Son attitude énigmatique à propos du *Stephens Hôtel* prouvait qu'il avait quelque chose à cacher, et cette absence imprévue avait un rapport avec ce mystère, elle en était convaincue.

— Je ne pense pas que le comte ait eu un accident. Il se croit simplement autorisé à se conduire comme un goujat, maintenant que j'ai accepté...

Elle s'interrompit, en espérant que sa mère ne relèverait pas son impair. Mais Mme Merivale était loin d'être sotte et, lorsqu'on abordait certains sujets, elle pouvait même se montrer d'une grande sagacité.

— Qu'as-tu accepté, mon petit ? s'enquit-elle.

— De l'épouser. Il a demandé ma main, l'autre soir, à l'amphithéâtre Astley, et j'ai dit oui.

— Mais c'est merveilleux, ma chérie ! Tu vas être comtesse. Oh, j'en étais sûre ! Cette façon qu'à lord Iversley de te regarder, toutes ses attentions, sa courtoisie…

— Comme ne pas venir me chercher pour une réception, par exemple ?

— Ce sont des choses qui arrivent ! s'écria Mme Mère d'un ton dégagé. Tu comprendras ce que je veux dire quand tu seras mariée.

C'était précisément ce qui tourmentait Katherine.

— Mais pourquoi ne me l'as-tu pas annoncé plus tôt ? s'étonna Mme Merivale. Et comment se fait-il qu'il ne soit pas venu me faire sa demande officielle ?

— Il le souhaitait, mais j'ai préféré… Enfin… Je lui ai demandé d'attendre que j'aie eu le temps de parler à Sydney.

— *Quoi ?* rugit Mme Mère, qui se dressa comme une furie en brandissant son éventail. Es-tu devenue folle ? Quand un homme de son rang demande sa main à une jeune fille dans ta position, celle-ci ne fait pas la fine bouche. Ce serait une autre histoire si les prétendants se bousculaient à ta porte, mais en l'occurrence, même sir Sydney a renoncé à t'épouser. Et tu fais attendre le comte ? Pas étonnant qu'il se soit découragé !

— Écoute, maman, je ne pense pas…

— C'est bien ce que je te reproche ! Tu ne penses pas. Tu as été si froide avec lui que lord Iversley a sans doute pensé que tu voulais jouer avec ses sentiments. Et tu lui as dit ensuite que nous n'étions pas invitées chez lady Holland. Il a dû réfléchir, avoir des regrets. Voilà pourquoi il est parti dans ses terres, ou Dieu sait où !

— Si c'est le cas, bon débarras ! Je ne veux pas d'un mari qui nous méprise, ou qui m'en veuille de montrer des égards envers mes amis ! riposta Katherine en ravalant ses larmes.

Mais s'il était vraiment le genre d'homme qu'elle avait cru voir en lui, il serait ici depuis longtemps, ou il lui aurait au moins envoyé un message d'excuses. Il ne l'aurait pas fait attendre ainsi, n'aurait pas tenté de lui cacher des choses à son sujet…

— Je monte dans ma chambre. Appelle-moi s'il daigne se montrer.

Elle lui dirait sa façon de penser. Et qu'il ne s'imagine pas qu'il suffisait de quelques baisers pour l'amadouer !

Elle s'était laissé un peu trop facilement persuader que s'il s'était montré évasif, s'il lui avait caché son passé, c'était qu'il avait de bonnes raisons. Elle avait refusé de voir les énormes lacunes dans ses trop rares révélations.

Mais elle avait eu tout le temps de réfléchir, ces deux derniers jours, et de s'interroger.

Quelle était cette sottise de jeunesse qui l'avait éloigné de son père ? Et pourquoi un comte avait-il permis à son unique héritier de travailler dans un pays étranger, ravagé par la guerre de surcroît, plutôt que de le rappeler chez lui pour assumer les devoirs de son rang ? Pareil éloignement ressemblait à un exil, et il fallait qu'Alexandre ait commis un forfait vraiment répréhensible pour mériter une telle disgrâce.

Et quel était le rôle du fameux oncle du Portugal dans cette affaire ? Le garçon lui avait été confié, il aurait dû l'empêcher de travailler dans la cavalerie. Elle aurait considéré toute cette histoire comme un tissu de mensonges, si elle n'avait été témoin des prouesses du jeune homme. À n'en pas douter, il connaissait les manœuvres de cavalerie. Et cela ne s'apprenait pas en une nuit. Mais il lui cachait quelque chose, elle en était certaine. Quelque chose de plus grave que ces mystères à propos du *Stephens Hôtel*.

Elle entra dans sa chambre et jeta son réticule sur le lit. Tandis qu'elle passait devant la psyché, elle aperçut la broche damasquinée qu'elle avait fixée à son corsage en l'honneur d'Alexandre. Sa gorge se noua.

Et si là aussi il lui avait menti ? S'il n'avait pas acheté ce bijou pour sa mère, mais pour l'une de ses conquêtes ? Cela expliquerait son peu de hâte à rentrer en Angleterre.

Quelque beauté portugaise pouvait avoir conquis son cœur.

C'était peut-être pour cette raison qu'il avait quitté la maison de son oncle et avait été contraint de gagner sa vie. Même s'il était suffisamment conscient de ses obligations pour ne pas l'épouser, il avait parfaitement pu en faire sa maîtresse... et l'installer dans un endroit comme le *Stephens Hôtel* pendant qu'il se mettait en quête d'une épouse convenable pour assurer sa descendance.

Oui, elle était sur la bonne piste. Cela s'accordait mieux avec l'homme qu'elle connaissait. Elle n'arrivait pas à l'imaginer en train de festoyer avec des femmes de mauvaise vie, comme le faisait M. Merivale. Mais tomber fou amoureux d'une roturière... Voilà qui lui ressemblait bien.

C'était aussi beaucoup plus difficile à accepter. Alexandre épris d'une autre, alors même qu'il la caressait et l'embrassait avec ardeur ! Cette idée la rendait malade.

Elle appuya les doigts sur ses tempes douloureuses. C'était ridicule ! Voilà qu'elle se laissait de nouveau emporter par son imagination. Il n'allait pas lui offrir un bijou acheté pour une femme qu'il fréquentait toujours. Et puis, s'il était capable d'une telle duplicité, il aurait dû au contraire s'appliquer à endormir par tous les moyens sa méfiance et être exact à leur rendez-vous.

Il avait certainement été retenu à la campagne. Mais quelle qu'en soit la raison, son absence la bouleversait. C'était précisément pour éviter cela qu'elle avait jeté son dévolu sur Sydney. Souhaitait-elle passer sa vie à combattre de telles angoisses ?

Cela dit, avait-elle le choix ? Sydney avait disparu et ne reviendrait peut-être jamais. Et trouverait-elle jamais un autre fiancé qui lui convienne ?

Alors qu'elle se laissait tomber sur son lit, elle sentit un objet dur sous elle. *L'Art de la séduction*. Elle en avait lu quelques pages dans un moment de doute, avant de se préparer pour la réception.

Elle l'ouvrit au chapitre intitulé *Le Séducteur et le mariage*. Elle n'avait encore jamais pu se résoudre à le lire, mais une phrase lui sauta immédiatement aux yeux. *Si un séducteur doit finalement prendre épouse afin de remplir ses obligations sociales, il lui faudra alors cacher son penchant pour les plaisirs charnels. C'est à ce prix seulement qu'il pourra poursuivre sa recherche de la volupté après son mariage.*

Elle réprima un frisson. Était-ce là une explication à l'attitude d'Alexandre ? Essayait-il de lui donner le change en lui jurant fidélité ? Dans ce cas, pourquoi ne pas choisir une fiancée moins méfiante ?

Au bruit d'une voiture s'arrêtant devant la maison, elle bondit sur ses pieds. Enfin ! Il était là ! Il allait tout lui expliquer, tout allait s'arranger. Si ses excuses étaient plausibles, bien sûr...

Elle attrapa son réticule et s'élança pour accueillir le jeune homme. Arrivée au milieu de l'escalier, elle s'aperçut qu'elle tenait encore à la main *L'Art de la séduction*. Elle s'apprêtait à remonter pour le ranger lorsqu'une silhouette masculine s'avança jusqu'au bas des marches.

Sydney !

Elle se figea. Il avait dû recevoir son billet, mais pourquoi venir à une heure pareille ? Elle fourra en hâte le livre dans son sac et s'avança à sa rencontre.

— Comme vous n'arriviez pas, lady Purefoy m'a demandé d'aller vous chercher. J'aimerais te parler un instant, si tu le permets.

— Mais volontiers. Tu as eu ma lettre ?

— Quelle lettre ? fit-il en fronçant les sourcils.

— J'ai envoyé un message chez lord Napier dans lequel je te priais de venir ici. Ta mère m'avait dit que tu étais chez lui, à la campagne.

— J'avais besoin d'un peu de calme. Pour réfléchir, expliqua-t-il en rougissant jusqu'à la racine des cheveux. Et Julian... enfin, Napier a très gentiment proposé de m'accueillir. Mais je suis revenu à Londres hier, et mère ne m'a pas parlé de ta visite. Je me suis querellé avec

Napier avant mon départ. J'imagine qu'il m'en veut, et n'aura pas fait suivre ton message.

— Il m'a semblé entendre… fit la voix de Mme Merivale sur le seuil du salon.

Elle se figea, stupéfaite.

— Oh, bonsoir, sir Sydney ! se reprit-elle. Qu'est-ce qui nous vaut le plaisir de cette visite impromptue ?

— Je suis venu vous chercher à la demande de lady Purefoy, expliqua Lovelace en s'inclinant. Il y a eu un malentendu, apparemment. Elle voulait vous envoyer une voiture, mais elle avait compris que vous n'en aviez pas besoin.

— Lord Iversley devait passer nous prendre, mais il n'est pas là, précisa Katherine d'un ton pincé.

— Il a été retenu à la campagne, s'empressa d'ajouter Mme Mère. Mais il ne devrait plus tarder.

— Je suis lasse d'attendre. Lady Purefoy a eu la gentillesse de nous envoyer chercher, il serait impoli de ne pas venir. Allons-y, maman.

Pour Mme Merivale, l'idée de manquer la réception de son amie constituait un véritable crève-cœur, elle accepta donc sans rechigner.

Pendant tout le trajet, Katherine se perdit en conjectures sur l'étrange comportement de Sydney. Il ne cessait de lui adresser des regards fervents, mais paraissait fort nerveux. De quoi voulait-il donc lui parler ? Et pourquoi s'était-il disputé avec lord Napier ? Peut-être regrettait-il la désinvolture avec laquelle il l'avait traitée.

Mais comment lui annoncer sa décision d'épouser Alexandre ? Fallait-il seulement le lui dire, alors qu'elle commençait à avoir des doutes au sujet de son fiancé ?

À peine arrivés, leur hôtesse entraîna immédiatement Mme Merivale à sa suite, laissant Katherine seule avec Sydney. La jeune fille était tellement déstabilisée qu'elle ne savait plus si elle devait s'en réjouir ou non.

— Me feras-tu le plaisir de m'accorder cette danse ? s'enquit le jeune homme alors que retentissaient les premières mesures d'une valse.

Elle acquiesça. En cet instant, elle avait besoin de l'apaisement que lui procurait depuis toujours la présence de Sydney.

Mais cette fois, le charme n'opéra pas. Elle ne ressentait plus aucune complicité avec son ami d'enfance. Elle était même mal à l'aise.

— Est-ce que je n'ai plus aucune chance, Katherine ?

Elle tressaillit et leva les yeux sur lui. Il paraissait sincèrement inquiet, comme s'il avait lu dans ses pensées.

— Que veux-tu dire ?

— Il paraît qu'Iversley te courtise. Et à voir le baiser que j'ai surpris l'autre jour à la salle Freeman, il ne t'est pas indifférent.

— Sydney…

— Non, écoute-moi. Je sais que je ne t'ai pas rendue heureuse, mais je peux m'amender. Si tu consens à m'épouser, je vais le dire à ma mère sur-le-champ. Je peux aussi l'annoncer officiellement ce soir, avant même de la prévenir, si c'est ce que tu souhaites.

Katherine en demeura bouche bée. Le stratagème du comte se voyait couronné de succès, finalement. Sydney venait de la demander en mariage !

— Que se passe-t-il ? Pourquoi es-tu soudain si pressé, alors que tu ne m'as pas adressé la parole depuis plus d'une semaine ?

— J'ai réfléchi, et j'ai découvert ce qui était bon pour moi. Tu me fais du bien.

Elle haussa les sourcils.

— Un peu comme de prendre de l'exercice ou d'avoir une nourriture équilibrée ?

— Bien sûr que non ! Ce que je veux dire, c'est que tu m'empêches de faire des bêtises, d'agir de manière inconsidérée.

— Tu serais bien incapable de faire la moindre bêtise, même si tu le voulais, sourit-elle.

— On ne sait jamais, répliqua-t-il en évitant son regard. Il y a toutes sortes de tentations… Alors, tu acceptes ? Tu veux bien m'épouser ?

Elle le contempla avec incrédulité. C'était l'homme qu'elle connaissait depuis toujours, le seul avec qui, pendant des années, elle s'était vue mariée. Un garçon gentil, prévenant, brillant poète qui plus est. Il n'avait pas changé, il avait toujours le même visage aristocratique, la même allure soignée.

Mais elle était incapable de l'imaginer en train de l'embrasser avec passion, ou de lui faire battre le cœur d'un mot, comme le faisait Alexandre. C'était tout simplement impossible.

Mais c'était peut-être mieux ainsi ? Avec Sydney, jamais elle ne connaîtrait les angoisses qui l'avaient tenaillée ces deux derniers jours, cette affreuse incertitude qui la torturait, ce désir farouche qui la prenait par surprise au beau milieu de la nuit. Il lui assurerait une vie calme et paisible, sans le moindre imprévu.

Il y a de quoi mourir d'ennui !

Le commentaire ironique d'Alexandre résonnait encore à ses oreilles. Maudit soit cet arrogant ! Il fallait qu'il s'approprie même ses pensées. Il pouvait être fier de lui ! Il avait gâché sa relation avec Sydney, il l'avait rabaissée à son propre niveau, si bien que tout ce qu'elle cherchait à présent, c'était à satisfaire des désirs inavouables. Elle n'avait plus aucun goût pour les plaisirs simples et une vie tranquille.

Il lui avait aussi communiqué son goût de la rébellion.

— Dois-je interpréter ton silence comme un refus ? demanda son cavalier, visiblement peiné.

— Tu ne serais pas heureux avec moi.

Et il n'était pas l'homme qu'il lui fallait, de cela au moins elle était certaine.

— C'est à cause de *lui*, n'est-ce pas ? interrogea-t-il, tendu. Il t'a montée contre moi !

— Ce n'est pas ça, mais…

— Si tu ne veux plus de moi, trouve au moins quelqu'un de mieux qu'Iversley pour me remplacer.

— Il n'est pas aussi mauvais que tu le penses.

— Il n'a même pas daigné venir te chercher !

— Maman t'a expliqué pourquoi. Il a été retenu dans ses terres.

— Et tu crois cette histoire à dormir debout ? persifla Lovelace. Je doute qu'il s'intéresse à ce point à la gestion de son domaine pour sacrifier une soirée comme celle-ci.

— Je crois que tu te trompes, répliqua-t-elle, songeant à la ferveur d'Alexandre lorsqu'il parlait d'Edenmore.

— Pourquoi prends-tu sa défense ?

— Je ne sais pas.

— Il est on ne sait où à faire Dieu sait quoi, alors que vous avez rendez-vous, et ça ne te fait ni chaud ni froid !

— Là, tu te trompes, répliqua-t-elle, bien décidée à ne plus tolérer ses mystères et ses demi-vérités. Mais cela ne l'empêche pas d'avoir des qualités.

Elle l'avait toujours su, au fond d'elle-même, mais le dire haut et clair en faisait une évidence. Il le cachait peut-être bien, mais il avait de nombreuses qualités.

— Tu te fais des illusions, Katherine, je t'assure. Au mieux, c'est un plaisantin qui se divertit comme il peut en brocardant les poètes médiocres. Mais oui, j'ai parfaitement remarqué ses mimiques, ajouta-t-il devant son expression surprise. C'est exactement le genre de choses qu'il faisait à Harrow. Il ne prenait jamais rien au sérieux.

Tandis que Sydney, lui, prenait tout tellement au sérieux qu'il était incapable de se décider à se marier.

— Au pire, poursuivit-il, ce n'est qu'un vulgaire coureur de jupons.

— Et d'où tiens-tu cela ?

— Oh, je connais ce genre ! Charmeur, plein d'esprit, séduisant, et totalement dépourvu de moralité.

— En d'autres termes, tu n'as que des présomptions, et tu ne t'appuies sur rien de précis pour l'accuser ainsi.

— À Harrow, il flattait toutes les servantes pour qu'elles se laissent embrasser, répliqua-t-il, maussade.

Katherine réprima un sourire. Elle imaginait fort bien Alexandre à seize ans, dégingandé, mais déjà beau garçon, contant fleurette à une accorte femme de chambre pour lui voler un baiser. Cela lui ressemblait tout à fait.

— Je doute que beaucoup aient pu résister à son charme.

— Tu ne me prends pas au sérieux...

— Et ça t'étonne ? Si tu avais un exemple précis à me donner, s'il s'était mal conduit depuis son retour en Angleterre, je t'écouterais. Mais toutes ces bêtises de collégiens... Seigneur, tous les gamins font ce genre de farces !

— Eh bien, pas *moi* !

— Je parie que ton ami Napier en faisait. C'est bien son genre.

— Julian n'a jamais essayé d'embrasser une femme de chambre de sa vie, riposta Sydney avec un étrange rire dur. Je peux te l'assurer.

— Si tu le dis. Mais tous les enfants font des sottises. Tu ne peux pas juger un homme sur son comportement étant enfant.

Surtout s'il a passé la moitié de sa vie à l'étranger, loin de sa famille, dans un pays en guerre.

— Mais dis-moi, Sydney, pourquoi Alexandre a-t-il été renvoyé de Harrow, exactement ?

C'était là un sujet sur lequel l'intéressé avait toujours observé le plus profond mutisme.

— Ses amis et lui ont eu l'idée d'aller dans une auberge où on ne les connaissait pas, et de se faire passer pour le prince de Galles et sa suite. Ils se sont enfuis sans payer, mais l'aubergiste est allé se plaindre à Harrow, et ils ont tous été renvoyés.

— C'est tout ? C'est pour *ça* que son père l'a exilé au Portugal ?

— Pour le Portugal, je ne sais pas. Mais c'est pour cette raison qu'il a été renvoyé du collège, en tout cas.

Katherine éclata de rire. Elle ne pouvait plus s'arrêter. Elle avait imaginé les plus horribles forfaits, alors qu'il ne s'agissait que d'une vétille, d'une farce de gamins !

— Je ne vois pas ce qu'il y a de si drôle, observa Sydney, agacé. Ils ont provoqué un véritable scandale, et ont eu de sérieux ennuis. Et quand le père d'Iversley est venu le chercher, il lui a promis une correction magistrale.

Katherine cessa de rire. Le vieux comte avait fait bien pire, à en juger par le chagrin qu'elle avait lu dans les yeux du jeune homme quand il lui avait raconté la mort de sa mère.

— Promets-moi de ne prendre aucune décision hâtive au sujet d'Iversley, implora Sydney lorsque la valse se termina.

Il était plus que temps de lui avouer qu'elle avait accepté d'épouser Alexandre, mais elle craignait sa réaction. C'est alors que la voix du majordome résonna soudain dans la salle de bal :

— Sa Seigneurie, le comte d'Iversley !

Katherine se figea, puis se retourna lentement, tandis qu'un murmure scandalisé parcourait l'assistance.

Cela n'avait rien de surprenant, car l'homme qui venait de faire son entrée ressemblait à un vagabond, avec son manteau vert olive froissé, sa culotte de peau et ses bottes crottées. Sa chevelure de jais était en bataille, et ses joues n'avaient pas vu un rasoir depuis plusieurs jours.

Pareil accoutrement aurait suscité des commentaires désapprobateurs n'importe où, mais à une réception aussi élégante que celle-ci, c'était un véritable scandale.

Alexandre n'en avait cure. La mine sombre, l'air menaçant, il fendit la foule d'un pas pressé. Lorsque enfin son regard croisa celui de Katherine, le cœur de celle-ci s'arrêta de battre. Les autres ne s'en rendaient peut-être pas compte, mais le jeune homme bouillait de rage.

Et, devina-t-elle, sa colère était dirigée contre elle.

19

Le séducteur doit parfois agir à l'instinct.

L'Art de la séduction

Quand Alexandre aperçut Katherine au bras de Lovelace, une rage folle, irrépressible, irraisonnée l'envahit.

Et peu importait que ce fût *lui* qui n'avait pas vu le temps passer tandis qu'il découvrait avec un intérêt passionné le domaine de son demi-frère. Et que la jeune fille ait parfaitement le droit de danser avec qui bon lui semblait.

Le majordome des Merivale lui avait appris que ces dames étaient parties au bal avec sir Sydney, et cela avait suffi à le mettre hors de lui. Ce poseur escortait sa fiancée comme si lui n'existait pas, comme si elle ne lui avait pas accordé sa main deux jours plus tôt !

Ils allaient voir à qui ils avaient à faire.

Tandis qu'il s'approchait, Lovelace s'interposa entre Katherine et lui, et le fixa avec un mépris non dissimulé.

— Vous vous êtes finalement décidé à sortir de votre trou ? Vous devriez avoir honte d'avoir mis Mlle Merivale dans un tel embarras.

— Cela suffit, Sydney ! s'écria Katherine, extrêmement gênée.

— Oui, Sydney, cela suffit, renchérit ironiquement Alexandre. Restez en dehors de cette conversation, elle ne concerne que ma fiancée et moi.

— Vo… votre fiancée ? bégaya Lovelace.

Le comte scruta le visage de la jeune fille, dont la rougeur confirmait ses soupçons, et sa colère ne connut plus de bornes.

— Mlle Merivale m'a accordé sa main. Elle avait apparemment oublié de vous signaler ce petit détail.

— Je m'apprêtais justement à le faire, milord, rétorqua Katherine en le fusillant du regard.

— Eh bien, vous devez être ravie que je vous aie épargné cette peine, lança-t-il. À présent, ma chère, j'aimerais vous entretenir en privé, ajouta-t-il en lui offrant son bras.

— Un instant… intervint Lovelace.

— Tu m'excuseras, Sydney, mais j'ai moi-même deux mots à dire à lord Iversley, coupa Katherine en prenant le bras du comte.

Ils s'éloignèrent, ignorant les regards et les chuchotements des invités qui s'écartaient sur leur passage. Jamais ils ne parviendraient à s'isoler pour parler. Et Dieu sait qu'ils avaient besoin d'intimité.

— Alexandre…

— Pas ici, murmura-t-il. Allons dans le jardin, nous y serons seuls.

— Je ne tiens pas particulièrement à me trouver seule avec vous pour le moment, avoua-t-elle en tentant de se dégager.

— Vous n'avez pas le choix, rétorqua-t-il en la retenant fermement. À moins que vous ne souhaitiez que j'assomme Lovelace…

— Vous n'oseriez pas, objecta-t-elle d'une voix mal assurée.

— Je m'en sens parfaitement capable, surtout en ce moment !

Elle le suivit sans renâcler, mais à peine furent-ils dans le jardin qu'elle lui arracha sa main et lui fit face, les yeux lançant des éclairs.

— Vous êtes vraiment incroyable ! Vous me laissez attendre des heures sans même prendre la peine de me faire prévenir de votre retard, et vous avez le toupet de m'en vouloir parce que j'ai accordé une danse à Sydney ?

— Ce n'est pas de vous voir danser avec ce poseur qui m'a mis en colère, ma douce, c'est le fait que vous ne lui ayez pas annoncé nos fiançailles.

— Vous étiez déjà furieux quand vous avez fait cette entrée fracassante.

— Comment auriez-vous réagi si, après deux journées infernales passées à régler des problèmes de toutes sortes, vous trouviez votre fiancée au bras d'un autre ?

— Probablement comme vous auriez réagi vous-même si vous aviez appris que votre fiancé s'est rendu dans un hôtel juste après avoir demandé votre main !

Alexandre eut l'impression d'avoir reçu un direct à l'estomac. C'est à ce moment seulement qu'il remarqua ses lèvres tremblantes et ses yeux brillants de larmes.

Un murmure étouffé vint distraire son attention. On les observait plus ou moins discrètement du haut d'un balcon.

Alexandre leur jeta un regard si menaçant qu'ils disparurent sans demander leur reste. Il prit alors Katherine par le bras et l'entraîna vers une petite orangerie qu'il avait aperçue, au bout d'une allée.

— Que faites-vous ? On va jaser, s'insurgea-t-elle.

— Vous tenez à avoir cette conversation sur la place publique ?

— Ils sont partis.

— Ils reviendront, croyez-moi. Une querelle d'amoureux, l'occasion est trop belle !

L'argument dut faire mouche, car elle le suivit sans résister. À l'intérieur, en dépit des hautes fenêtres, il faisait noir comme dans un four. À force de tâtonner autour de lui, Alexandre finit par mettre la main sur une lampe et un briquet.

La lueur tremblotante éclaira une Katherine fort énervée, qui ne cherchait pas à dissimuler son impatience.

— Eh bien ? attaqua-t-elle. J'avais de bonnes raisons de danser avec Sydney. Et vous, qu'alliez-vous faire au

Stephens Hôtel ? Et pourquoi teniez-vous tellement à me le cacher ?

Il aurait dû s'en douter. Katherine était capable de faire parler un muet, et le chasseur de l'hôtel n'était pas de taille à l'affronter. Restait à savoir ce qu'elle avait appris exactement. Elle était parfaitement capable de prêcher le faux pour savoir le vrai et le surprendre en flagrant délit de mensonge.

Mieux valait dire la vérité.

— C'est là que j'habite.

À voir son air effaré, elle devait l'ignorer.

— J'habite au *Stephens* quand je suis en ville. Mon père a vendu notre maison de Londres lorsque la maladie l'a confiné à la campagne, et je n'ai pas eu le temps d'en acheter une autre.

Ni l'argent pour en louer une.

— Mais pourquoi teniez-vous tant à ce que je ne le sache pas ?

— Ce n'est pas le genre d'établissement prestigieux où descend habituellement l'aristocratie. J'aurais pu aller au *Clarendon*, mais le propriétaire du *Stephens* est un ami.

Et le Clarendon était très au-dessus de ses moyens.

— Dans ce cas, pourquoi cet « ami » a-t-il déclaré qu'il n'avait jamais entendu parler de vous ? insista-t-elle, soupçonneuse.

— Vous l'avez torturé pour le faire parler ? interrogea-t-il en s'efforçant de ne pas montrer son appréhension.

— Non, mais… Eh bien, balbutia-t-elle en rougissant, comme votre messager refusait de dire où il travaillait, j'ai demandé à Thomas de le suivre. C'est lui qui a questionné le propriétaire.

— J'avais demandé à Jack la discrétion la plus absolue. Je n'avais pas envie d'affronter les questions des uns et des autres sur mon logement.

— Ce n'est pas le genre de choses dont je me soucie, vous le savez bien.

— Mais votre mère, si. Je suis certain que me savoir au *Stephens Hôtel* ne lui sourirait guère.

Il fit mine de s'approcher, mais elle se hâta de reculer, toujours sur ses gardes.

— Pourquoi attachez-vous tant d'importance à l'opinion de maman ?

— Vous ne souhaitez pas qu'elle approuve notre mariage ?

— Vous savez parfaitement qu'elle y consentira avec enthousiasme. Elle serait tellement contente d'avoir un comte pour gendre !

— Mais vous, vous préféreriez un poète, rétorqua-t-il d'un ton acide, laissant libre cours à sa jalousie.

— Je préférerais un homme à qui je puisse me fier, et avec vous, je ne suis pas entièrement certaine que ce soit le cas.

Katherine était trop intelligente pour se laisser facilement abuser. Il ne servait à rien de discuter, cela ne ferait que nourrir sa défiance. Il connaissait la tactique à adopter avec elle.

— Mais vous avez confiance en moi, reprit-il en s'approchant d'elle à dessein. Sinon vous ne porteriez pas la broche que je vous ai offerte. Vous ne m'auriez pas laissé couper à la pointe de l'épée un fruit que vous teniez à la main. Vous ne m'auriez pas laissé aller aussi loin l'autre soir chez Astley…

— C'était différent, coupa-t-elle en reculant de nouveau. Vous n'aviez pas encore disparu pendant deux jours sans donner de nouvelles ni envoyer un mot d'excuses !

— Laissez-moi vous présenter mes excuses maintenant, fit-il en s'avançant d'un pas.

— Ce n'est pas en m'embrassant que vous vous ferez pardonner !

— Et pourquoi pas ? chuchota-t-il en tentant de joindre le geste à la parole.

Mais elle l'arrêta en lui donnant sur la main un coup sec avec son réticule, qu'il trouva étonnamment lourd pour un sac de soirée.

— Qu'ai-je donc fait pour mériter un tel traitement ?

— Cela vous apprendra à essayer de m'amadouer avec des baisers ! Maintenant, éloignez-vous ! Je veux savoir pourquoi vous arrivez si tard, et pourquoi vous ne nous avez pas prévenues.

— Parce que lorsque je me suis rendu compte que toute cette affaire me prendrait plus de temps que prévu, il était trop tard pour vous envoyer un message, expliqua-t-il en se massant la main.

— Quelle affaire ?

— Je vous l'ai dit, un problème urgent à régler sur mon domaine.

— Soyez plus précis. Quel genre de problème ?

Il se rembrunit.

— Si vous vous imaginez que je suis de ces hommes qui demandent à leur femme la permission d'éternuer, vous vous trompez lourdement.

— Je n'aurai pas l'occasion de découvrir quel genre de mari vous faites si vous ne répondez pas à mes questions.

Il s'aventurait en terrain mouvant, mais le meilleur moyen d'arrêter la curiosité de Katherine était encore de la satisfaire.

— J'ai dû retourner à Edenmore pour assurer la livraison de socs de charrues et de graines pour les prochaines semailles. Voilà, vous savez tout !

— Pourquoi votre régisseur ne pouvait-il pas s'en occuper ?

— Parce que j'ai renvoyé celui de mon père, qui était un voleur, et que ni mes fermiers ni les commerçants locaux ne connaissent le nouveau suffisamment pour lui faire confiance. Vous me pardonnerez de ne pas vous avoir expliqué tout cela plus tôt, ajouta-t-il d'un ton sarcastique, mais je ne me doutais pas que l'agriculture vous passionnait à ce point.

— Et cela vous a pris deux jours ? s'exclama-t-elle, ignorant son sarcasme.

— Quand votre fournisseur refuse d'honorer la parole de son fils, ce n'est pas de trop ! Il ne voulait pas nous livrer notre commande, j'ai dû donc trouver un autre arrangement, en l'occurrence, aller jusque dans le Hert-fordshire, chez un ami. Vous êtes contente ?

Lui l'était. Il se félicitait de n'avoir dit que la stricte vérité, lorsqu'elle lâcha :

— Et quel est cet autre arrangement ?

— Écoutez, gronda-t-il, je ne suis pas d'humeur à vous détailler le fonctionnement de mes domaines. Après deux jours passés avec des marchands entêtés, des fermiers bornés et un régisseur inquiet, je n'ai plus qu'une idée en tête : rappeler à ma fiancée quel homme elle a choisi d'épouser. Ce qu'elle semble avoir oublié.

— Je n'ai rien oublié du tout. Je me préparais à l'annoncer à Sydney…

— En dansant avec lui pendant qu'il vous contait fleurette ! riposta-t-il en fonçant sur elle.

Une fois de plus, elle recula, et heurta le tronc d'un oranger. Utilisant son réticule comme un bouclier, elle avertit Alexandre :

— Si vous me touchez, je vous frappe !

— Essayez ! J'aimerais bien voir ça.

Elle brandit la petite bourse de soie, mais il la lui arracha sans peine, et la balança malicieusement devant elle.

— Mais que transportez-vous là-dedans ? Un boulet de canon ?

— Rendez-moi ce sac, lui ordonna-t-elle, l'air alarmé.

Secouant la tête, il ouvrit le réticule. En voyant le livre qui s'y trouvait, sa curiosité fit place à la colère.

— Les poèmes de votre rimailleur, j'imagine ?

Il s'approcha de la lampe et ne put retenir une exclamation de surprise.

— C'est Lovelace qui vous a donné *ça* ?

— Non… il… euh… appartenait à mon père.

— Et c'est *lui* qui vous l'a offert ? s'écria-t-il, encore plus choqué.

— Je l'ai trouvé dans son bureau. Après sa mort…

Les yeux plissés, Alexandre feuilleta rapidement le mince ouvrage, notant les titres des chapitres au passage :

Les Instruments de la séduction, *Les Faiblesses de la femme*, *La Discrétion du séducteur*…

— C'est à cause de *cela* que vous refusez de me faire confiance ? explosa-t-il en agitant le livre. Parce que vous avez lu ces idioties…

— Ce ne sont pas des idioties, malheureusement, dit-elle d'un ton amer. On croirait le récit minutieux de la vie de mon père.

— Alors, c'était lui, l'idiot.

— En effet, admit-elle. Mais je voulais savoir ce qui l'avait rendu aussi stupide. Et pourquoi *certains* hommes s'amusaient à séduire les femmes.

— Et je suppose que vous m'avez placé d'autorité dans cette catégorie. Comment osez-vous me comparer à votre satané père ? Je ne vous ai donné aucune raison de croire que je lui ressemblais.

— Vraiment ?

La lumière se fit soudain dans l'esprit du comte.

— Vous vous imaginiez que je rencontrais une femme au *Stephens* ? C'est cela ?

— Vous vous étiez donné tellement de mal pour que je n'apprenne pas l'existence de cet hôtel.

— Enfin, Katherine, comment avez-vous pu me croire capable d'une chose pareille ? Vous me prenez vraiment pour un ruffian !

Elle le regarda droit dans les yeux, sur ses gardes.

— Je ne sais pas quoi penser de vous. Je ne l'ai jamais su.

— Vous aviez la tête farcie de ces sornettes, et vous avez décidé que j'étais un débauché. Tout ça sur la foi de quelques racontars, dont ceux de ce jaloux de Lovelace.

— Et à cause de votre conduite ! lança-t-elle d'un ton de défi.

— Parce que je vous avais embrassée ? Et que je vous avais montré le chemin du plaisir ? ajouta-t-il à voix basse.

— Parce que vous m'aviez menti.

— Je ne vous ai jamais menti.

Ce n'était pas tout à fait vrai, mais il s'agissait de mensonges véniels, d'omissions, de demi-vérités… Le plus grave restait à venir…

Mais elle n'avait pas besoin de lui attribuer des crimes pires que ceux qui étaient les siens.

— Vous n'avez aucune raison sérieuse de vous méfier de moi, mais quoi que je dise ou fasse, je demeure un gredin et un débauché…

— Vous admettrez quand même que…

— Il n'y a rien à admettre. Je suis un libertin, un menteur, un tricheur, un vil suborneur. Je suis un… Attendez, fit-il en feuilletant le livre. Un maître en séduction !

Katherine voulut lui répondre, mais il poursuivit :

— Voilà qui me plaît bien. Un maître en séduction. Et dire que tout ce temps, je croyais n'être qu'un homme qui courtise une femme qu'il souhaite épouser ! Où avais-je donc la tête ? s'exclama-t-il en se débarrassant de son manteau et avant de déboutonner son gilet.

Écarquillant les yeux, la jeune fille s'écria :

— Mais enfin, Alexandre, vous n'allez pas…

— Chut, ma belle, chuchota-t-il en l'enlaçant après avoir ôté son gilet, laissez faire le maître.

Il était temps de montrer à sa future épouse qui il était. Et s'il devait la séduire pour ce faire, eh bien, soit.

Et il prit sa bouche avec une détermination farouche.

20

*Certaines femmes sont trop intelligentes
pour se laisser séduire.*

L'Art de la séduction

Dieu, que cet homme était exaspérant ! Il s'imaginait toujours pouvoir se sortir d'affaire par un baiser. Elle avait beau avoir les jambes en coton, sentir une onde brûlante se répandre au creux de son ventre, elle ne se laisserait pas amadouer si facilement.

— Non ! s'exclama-t-elle en s'arrachant à son étreinte. Que croyez-vous donc que vous faites ?

— Ce que j'aurais dû faire il y a deux jours ! M'assurer que nous allons bien nous marier, répliqua-t-il en dénouant sa cravate.

Ses yeux étincelaient de fureur, et un frisson d'appréhension parcourut la jeune fille.

— En me séduisant ? demanda-t-elle en s'efforçant au calme.

— C'est ce que je suis censé faire, non ? répliqua-t-il sèchement. C'est pour cela que vivent les libertins de mon espèce... Séduire les jeunes filles innocentes.

Il fit passer sa chemise par-dessus sa tête et l'accrocha à l'arbuste le plus proche. La gorge sèche, Katherine contempla son torse sculptural. Aussitôt, les sensations enivrantes éprouvées au cours de cette soirée mémorable chez Astley lui revinrent en mémoire.

Elle se ressaisit.

— Je sais bien que vous n'êtes pas un libertin.

— Vraiment ? persifla-t-il en l'attirant dans ses bras. Alors pourquoi emportez-vous ce maudit livre avec vous ? C'est un talisman ?

— Mais non, je le...

D'un baiser fougueux, il interrompit les protestations embarrassées de sa fiancée, qui ne lui opposa aucune résistance. Après tout, il avait de bonnes raisons d'être furieux. Ses explications étaient plausibles, et elle avait fait un drame de ce qui n'était qu'un contretemps. Elle n'avait pas non plus annoncé leurs fiançailles à Sydney comme elle s'y était engagée.

Elle n'était cependant pas totalement en confiance. Il lui cachait quelque chose, elle le sentait à la façon dont il évitait certaines questions.

Elle se dégagea et s'enfonça plus avant dans la serre, afin de se mettre prudemment hors de portée du jeune homme.

— Vous n'oserez pas !

— Oh que si ! objecta-t-il en fondant sur elle tel un aigle sur sa proie. Je suis un libertin, vous vous rappelez ?

— Cessez ces enfantillages, intima-t-elle en trébuchant sur un arrosoir. Vous ne parlez pas sérieusement. Vous êtes simplement agacé parce que j'ai lu ce livre.

— J'ai dépassé le stade de l'agacement depuis un certain temps déjà, je vous assure.

— Soyez raisonnable. On pourrait nous voir, protesta-t-elle en frémissant tant il semblait résolu.

Mais, elle devait bien l'admettre, ce n'était pas la peur qui la faisait frémir ainsi.

— Aucun risque, riposta-t-il. Nous sommes loin des fenêtres.

Grands dieux, il ne plaisantait pas !

— Mais les gens devineront ce que nous faisons, contra-t-elle en lui barrant le passage avec une chaise.

— Encore faudrait-il qu'ils sachent que nous sommes ici, lui fit-il observer en écartant la chaise. En revenant sur le balcon, ils trouveront le jardin vide et penseront que nous sommes rentrés. Et puis, s'ils devinent où nous sommes et ce que nous faisons, tant mieux ! Vous serez obligée de m'épouser.

Il l'accula dans un coin où il avait aperçu un banc garni de coussins moelleux mais, au lieu de la prendre dans ses bras, il la fit pivoter et entreprit de dégrafer sa robe.

En sentant les doigts d'Alexandre à travers la soie, une bouffée de désir courut dans les veines de la jeune fille. Elle tenta bravement de l'ignorer.

— Arrêtez ! On ne peut pas faire une chose pareille !

— Mais bien sûr que si !

Il déposa une traînée de baisers sur son cou, ses épaules, son dos à mesure qu'il le dénudait.

— Nous ne sommes pas encore mariés, protesta-t-elle.

Elle commençait à perdre pied, et n'avait rien trouvé de mieux.

— Cela ne saurait tarder...

Il fit glisser la robe de Katherine jusqu'à la taille et commença à délacer son corset avec une aisance qui agaça sa fiancée.

— Vous savez vous y prendre pour déshabiller une femme, remarqua-t-elle.

— J'en ai déshabillé quelques-unes, admit-il en jetant le corset de côté. Mais moins que vous le pensez. Et aucune depuis un certain temps. C'est cela qui vous préoccupe ? Vous me croyez assez cynique pour vous séduire et ne plus vouloir vous épouser ensuite ? demanda-t-il en enveloppant de ses mains la poitrine ronde et ferme à peine protégée par la fine chemise de batiste.

— Je n'ai jamais dit que vous étiez cynique.

— Au fait, que dit votre manuel à propos des séducteurs qui veulent se marier ?

Il était difficile de tenir une conversation alors qu'il lui caressait si délicieusement les seins, mais elle prit sur elle.

— Il dit que... le libertin marié... doit être... discret.

— Bon sang, il ne faudra pas oublier de jeter ce bouquin au feu !

— Ou cesser de suivre ses recommandations.

Il la fit brutalement pivoter face à lui.

— Je n'ai jamais...

— Je sais, coupa-t-elle en posant la main sur sa bouche. Je le sais parfaitement. Mais apparemment, poursuivit-elle quand elle vit retomber sa colère, les libertins et les hommes respectables pensent pareillement.

Il l'observa d'un œil suspicieux.

— À quel sujet ?

— Vous essayez de me séduire, n'est-ce pas ?

— J'essaie de vous faire l'amour, c'est différent.

— Je ne vois pas en quoi.

— Un séducteur contraint une femme à dire « oui » pour l'amener dans son lit. On fait l'amour quand la dame dit « oui » parce qu'elle en a envie, chuchota-t-il en l'attirant contre lui.

Voilà qui n'était certes pas mentionné dans *L'Art de la séduction*. Elle en avait lu suffisamment pour savoir que l'auteur ne se préoccupait pas de donner le choix aux femmes.

— Et qui vous dit que j'en ai envie ?

À peine avait-elle prononcé ces mots qu'elle se rendit compte de sa bévue. En parler, c'était y penser, et y penser, c'était le désirer.

— Parce que vous avez besoin de moi autant que moi de vous !

Il la pressa contre lui, et l'embrassa avec une douceur torturante, en homme qui savait mieux qu'elle encore ce qu'elle désirait.

— Montrez-moi que vous avez confiance en moi, ma chérie, murmura-t-il en lui mordillant la lèvre. Montrez-moi que vous ne courrez pas vous réfugier dans les bras de Lovelace si je vous déçois. Donnez-moi la preuve que c'est moi que vous voulez pour mari.

Maintenant que sa colère semblait s'être dissipée, il était autrement plus dangereux.

— C'est vous que je veux épouser, mais... il faudra établir des règles.

— Pas question ! s'insurgea-t-il.

— Mais...

— Il n'y a pas de « mais », coupa-t-il en lui ôtant sa chemise.

Elle ne portait pas de dessous, et il la dévorait des yeux, sans chercher à cacher le désir qui le consumait. Embarrassée par ce regard éloquent, elle tenta de cacher son intimité, mais il lui attrapa les mains pour l'en empêcher.

— Vous êtes beaucoup trop portée sur les règles, mon ange. Vous pourrez exiger ce que vous voulez de moi quand nous sommes en société, mais en privé, nous n'observerons qu'une règle !

— Laquelle ?

— Celle des amants. Seul doit importer notre plaisir mutuel.

— Et si je désire plus ? Si je veux...

Elle n'osait dire « l'amour », car elle avait affirmé ne pas y croire.

— ... une affection réciproque ? risqua-t-elle. Que vous preniez mes sentiments en considération ?

— Vous l'aurez, aussi, je vous le promets, murmura-t-il en la ramenant à lui.

Pour quelque raison inexplicable, elle ne douta pas un instant de sa sincérité.

— Alors, c'est oui.

— Oui, quoi ? demanda-t-il en l'enlaçant plus étroitement.

— J'ai cru comprendre que pour faire l'amour, il fallait que la femme dise « oui ».

Il se pencha pour prendre ses lèvres avec d'autant plus d'ardeur qu'il s'était retenu longtemps, et

Katherine fut balayée par un tourbillon de sensations. De la langue il explorait sa bouche, tandis que, la main pressée sur ses reins, il la plaquait contre lui.

Elle sentit un renflement dur au creux de son ventre, et se rappela soudain les gravures licencieuses du manuel et les attributs impressionnants qu'arboraient les messieurs.

Seigneur, était-ce possible ? Pouvait-on imaginer... Curieuse, elle glissa la main entre leurs corps enlacés pour tâter la bosse qui gonflait le pantalon du jeune homme. Lorsqu'elle la sentit se dresser sous sa paume, elle battit précipitamment en retraite avec un petit cri.

— Ciel, ça bouge !

— Il n'y a pas de quoi avoir peur, mon cœur, s'amusa Alexandre. Regarde !

Il guida la main hésitante de Katherine et la posa sur son sexe en érection. Il ferma les yeux sous la timide caresse et poussa un soupir extasié quand la jeune fille s'enhardit.

— Attends... souffla-t-il d'une voix rauque.

En un tournemain, il se débarrassa de son pantalon et de son caleçon, et elle put contempler tout à loisir le mât qui se dressait entre les cuisses musclées. Comme sur les illustrations ! C'était donc vrai ! La taille du sexe masculin augmentait lorsque...

— Touche-moi encore, supplia-t-il en lui prenant la main. Je ne ferai rien, je te le promets...

Le désir brut qui transparaissait dans sa voix ravit Katherine. Jamais encore Alexandre ne l'avait implorée ainsi ; il était toujours si sûr de lui. Avec le sentiment d'accomplir un geste des plus osés, et des plus excitants aussi, elle referma ses doigts autour de son sexe.

Ma foi, il était aussi imposant que sur les gravures. Et raide ! Comment la chair d'un homme pouvait-elle être à la fois si dure et si douce ? Et si sensible aux caresses...

— Je ne te fais pas mal ? s'inquiéta-t-elle en l'entendant gémir.

— Non… assura-t-il, le souffle court.

— Montre-moi comment te faire plaisir.

Tandis qu'il resserrait les doigts de la jeune fille autour de son sexe dressé, elle lut dans ses yeux une avidité qu'elle ne lui avait jamais vue.

— Serre-le dans ta main.

— Comme ceci ?

— Plus fort. Hmm… c'est tellement bon, mon ange, murmura-t-il lorsqu'elle s'exécuta.

Elle exultait devant son visage transfiguré, en entendant les plaintes que chacune de ses caresses lui arrachait. Jusqu'à présent, c'était toujours lui qui avait éveillé son plaisir à elle. Renverser les rôles et prendre l'initiative était véritablement grisant.

La façon dont sa virilité se dressait dans sa main, répondait à la moindre sollicitation, la troublait et l'excitait. Seule la caresse intime dont il l'avait gratifiée chez Astley lui aurait procuré une semblable félicité.

Comme s'il avait deviné ses pensées, il insinua la main dans la tiédeur humide de son intimité, et entreprit de la toucher avec la même d'audace.

Au contact des doigts d'Alexandre, elle creusa les reins pour venir à sa rencontre. Il la fouaillait si habilement qu'elle crut devenir folle ; plus rien ne comptait que les voluptueuses sensations que cette main, qui la menait à sa guise, faisait naître en elle. Ses jambes se dérobèrent sous elle, et elle chancela contre la poitrine de son partenaire.

— Tu aimes ça ?

— Tu le sais… bien, répondit-elle, à bout de souffle. Et ça, tu aimes ? demanda-t-elle en caressant plus vigoureusement son sexe durci.

— C'est trop, gémit-il.

Soudain, il écarta sa main et l'entraîna sur le banc recouvert de coussins qui se trouvait tout près.

— Maintenant, tu m'appartiens, Katherine Merivale, gronda-t-il en se nichant entre ses cuisses. Tu es à *moi*, et à personne d'autre.

Elle acquiesça dans un soupir en nouant les bras autour de son cou.

— Et tu vas m'épouser, reprit-il d'un ton impérieux, tandis qu'il écartait d'une main experte les replis veloutés de son intimité. Le plus vite possible.

— Quand tu voudras, souffla-t-elle en se tortillant sous sa main.

Il baissa les yeux sur elle et murmura :

— Tu sais ce qui va se passer, n'est-ce pas ?

La solennité de son expression, alors qu'il était étendu sur elle et que ses doigts la taquinaient de la plus honteuse manière, arracha un gloussement à Katherine.

— Si je ne le sais pas encore, j'ai l'impression que je ne vais pas tarder à l'apprendre.

— Écoute…

— Oui, je sais de quoi il s'agit, le rassura-t-elle en s'arc-boutant sous sa caresse. Je viens de la campagne, tu sais.

Et elle ne s'était pas privée de regarder les illustrations de *L'Art de la séduction*…

— Je ne veux pas de te faire mal.

— C'est inévitable, il me semble, chuchota-t-elle en déposant un baiser au creux de son bras. À moins que tu n'envisages de t'en tenir là…

— Sûrement pas ! gronda-t-il.

Alors ce ne furent plus ses doigts, mais un quelque chose de beaucoup plus volumineux, et de beaucoup plus dur, qui commença à se frayer un chemin en elle.

Elle ferma les yeux. Elle éprouvait des sensations entièrement nouvelles, et tellement… inattendues. Elle découvrait soudain une partie de son corps qu'elle avait ignorée jusque-là, un endroit en sommeil qui semblait éclore sous l'impérieuse poussée, telle une fleur en bouton…

Alexandre s'immobilisa tout à coup et lui murmura à l'oreille :

— Parfait, ma petite campagnarde, nous y sommes. Détends-toi et tout ira bien, tu verras.

Elle hocha la tête, tout en se préparant bravement à ce qui allait suivre. Se détendre était impossible. Tout son être était conscient de cet envahissement, de cette intrusion, de cette chair palpitante au plus profond de son corps. Elle se tendait vers lui, comme si elle attendait depuis toute éternité de l'accueillir en elle, comme si elle n'avait vécu que pour s'unir à lui et devenir sa compagne.

Lorsqu'il donna un premier coup de reins, elle n'éprouva qu'un léger pincement, si insignifiant qu'elle ne put s'empêcher de rire. C'était donc *ça*, cette fameuse virginité qu'on lui avait appris à défendre si farouchement ? Cette petite barrière si facile à franchir ?

— Qu'y a-t-il de si drôle ? fit-il en s'immobilisant.

— Je… je ne m'attendais pas à ça, avoua-t-elle.

— À quoi t'attendais-tu exactement, demanda-t-il en haussant un sourcil.

— À ce que le ciel me tombe sur la tête, et que la terre se mette à trembler.

Après tout, elle venait d'abandonner sans honte aucune sa virginité en dehors du mariage.

Il la gratifia d'un sourire ravageur.

— Attends un peu, souffla-t-il, avant d'effleurer ses lèvres des siennes.

— Attendre quoi ?

Sans répondre, il commença à aller et venir lentement en elle, s'enfonçant de plus en plus profondément, accélérant progressivement le rythme, jusqu'à ce que Katherine, saisie de vertige, se mette à onduler sous lui en gémissant.

Haletant, il la chevauchait fougueusement, retenant son plaisir afin de l'entraîner avec lui jusqu'aux rivages voluptueux qu'il lui avait laissé entrevoir.

Lorsqu'il glissa la main entre eux pour titiller le tendre bourgeon niché au creux de sa toison, elle fut submergée par un flot de pur plaisir, et répondit à son étreinte avec tant de passion qu'il faillit tomber du banc.

Le souffle rauque, il s'écarta pour plonger son regard dans le sien.

— Souviens-toi... que c'est avec *moi* que tu as connu cela... pas avec Lovelace.

Pour toute réponse, elle enroula étroitement les jambes autour de ses hanches, s'offrant encore plus complètement à ses assauts.

— Tu es à moi, répéta-t-il dans un élan si vigoureux qu'elle perdit tous repères. À moi seul.

Alors le ciel s'ouvrit, la terre se mit à trembler... Frémissante de la tête aux pieds, elle sombra dans un abîme de volupté en laissant échapper un cri de plaisir.

Alexandre l'étouffa de la main pour ne pas trahir leur présence dans l'orangerie.

Mais sa voix résonnait encore aux oreilles de la jeune fille. *Tu es à moi. À moi seul.*

21

Si l'une de tes conquêtes devient possessive, étouffe
ses prétentions dans l'œuf si tu tiens à avoir la paix.

L'Art de la séduction

Alexandre n'était absolument pas pressé de rejoindre le bal. Il se trouvait trop bien, allongé sur le banc, une Katherine nue et alanguie, lovée au creux de ses bras.

L'orangerie préservait la douceur du printemps, et dans cette atmosphère tiède et humide, le parfum des agrumes et des fleurs rares s'exhalait librement. La pénombre les protégeait des regards indiscrets, si bien qu'ils avaient l'impression d'être seuls au monde tels Adam et Ève au jardin d'Eden.

Ici, il oubliait les soucis que lui causait Edenmore, il n'avait rien à cacher, il n'éprouvait ni gêne ni culpabilité. Ici, il n'y avait que Katherine et lui.

Au souvenir de l'ardeur et de la passion avec laquelle elle avait répondu à sa propre fougue, il en eut la gorge nouée. C'était une amante si délicieuse et si fougueuse, qui se donnait sans restriction… Il resserra son étreinte dans un geste possessif. Elle était sienne, à présent, et il ne laisserait personne s'interposer entre eux.

— C'est le paradis ici, soupira-t-elle en se pelotonnant contre lui.

— Oui, mon cœur, murmura-t-il en frôlant de ses lèvres sa chevelure en désordre. Il faudra que je fasse construire une orangerie à Edenmore.

— Quel dommage que nous devions rejoindre les autres invités, remarqua-t-elle en caressant langoureusement le torse d'Alexandre, qui réagit instantanément.

— Le devons-nous vraiment ?

— Tu sais bien que oui. Ma mère va commencer à s'inquiéter, et se mettre à ma recherche.

— Tant mieux ! Nous allons l'attendre tranquillement, ainsi, tu seras définitivement compromise. Tu sais que maintenant, tu n'as plus le choix, tu es obligée de m'épouser, ajouta-t-il en lui soulevant le menton.

À la joie qu'il lut dans son regard, il comprit que, tout au fond d'elle-même, elle avait craint qu'il ne veuille que la séduire.

— Nous nous marierons le plus tôt possible, assura-t-il, écartant l'inquiétude sourde qu'il sentait poindre de nouveau en lui.

— Ah oui ? fit-elle avec un sourire espiègle avant de se lever.

Elle s'étira avec des grâces de jeune chat, puis, surprenant son regard plein de convoitise, elle attrapa sa chemise et s'en couvrit en hâte. Mais il avait eu tout le temps de contempler ses seins haut perchés, le triangle cuivré entre les longues cuisses fuselées qui, quelques minutes plus tôt, s'enroulaient autour de lui avec cette science de l'amour que les femmes possèdent naturellement depuis la nuit des temps.

Elle le parcourut d'un regard langoureux, s'attardant sur son sexe qui revenait à la vie à toute allure.

La chemise toujours plaquée contre sa poitrine, elle s'approcha et se pencha sur lui pour effleurer sa virilité du doigt. Aussitôt, il lui arracha sa chemise pour prendre dans sa bouche la pointe d'un de ses petits seins ronds, qui durcit immédiatement sous sa langue.

Il s'apprêtait à l'attirer à nouveau sur le banc pour une autre étreinte, mais elle lui échappa. Respirant

bruyamment, il la regarda enfiler sa chemise, impuissant à la retenir.

— Tu sais, il y a aussi des illustrations dans *L'Art de la
séduction*, lança-t-elle malicieusement.

— Quel genre d'illustrations ?

— Des gravures indécentes, qui montrent ce que font
les roués avec les dames. Il y en a même qui représen-
tent les... attributs masculins, ajouta-t-elle en désignant l'impressionnante érection qu'il arborait à
présent.

Il devinait ce qu'un tel livre pouvait présenter comme
un sexe « normal » !

— Il faudra vraiment que je flanque ce manuel dans
le feu, grommela-t-il en se levant pour la rejoindre.

— Je croyais que ces gravures étaient exagérées,
mais apparemment, les hommes sont vraiment comme
ça, pouffa-t-elle en s'écartant à nouveau.

— Comme quoi ?

— Comme toi, long et... dur, répondit-elle en enroulant les doigts autour de sa virilité.

Alexandre retint son souffle. Il s'était toujours douté
que sa fiancée cachait un tempérament volcanique,
mais comment imaginer qu'elle prendrait si vite goût
aux choses de l'amour, et qu'elle se révélerait à ce point
insatiable ?

Et lui aussi était loin d'être rassasié.

— Et voilà ! fit-il en l'enlaçant. Maintenant, je vais,
être forcé de te rappeler pourquoi je suis dans cet état.

Il se pencha, laissa errer ses lèvres sur le cou de la
jeune fille, descendit le long de son épaule, tandis
qu'elle se cambrait et plaquait étroitement ses hanches
contre les siennes.

Puis, soudain, elle se dégagea et partit à la recherche
de sa robe.

— Pas si vite, senhora, s'écria-t-il en se lançant à sa
poursuite. Tu ne peux pas m'abandonner dans cet état !

— Tu vas voir qui tu es sur le point d'épouser ! rétorqua-t-elle en riant, avant de s'esquiver, sa robe à la main.

— Comme si je risquais de l'oublier alors que tu te promènes toute nue devant moi !

— Eh bien, continue d'y penser en attendant notre mariage !

— Je n'ai pas envie d'attendre. Je veux te faire l'amour tout de suite.

— Tu sais bien que c'est impossible, répliqua-t-elle en lui tendant son caleçon. Allons, habille-toi vite, avant qu'on nous surprenne.

Ce qui serait une façon radicale de mettre fin à cette torture, songea-t-il. Avec un sourire enjôleur, il s'approcha d'elle, ses vêtements à la main.

— Juste un baiser, pour me faire patienter jusqu'à notre nuit de noces.

— Tu crois vraiment que tu pourras te contenter de cela ? railla-t-elle.

Bien sûr que non ! Pas plus qu'elle, du reste. C'était bien là le problème.

— On va bien voir !

— Oh, non ! fit-elle en se mettant prudemment à l'abri derrière un énorme palmier. Je ne tiens pas à ce qu'on me trouve nue dans tes bras, même si cette idée semble beaucoup te plaire.

— Ton sens des convenances te perdra, grommela-t-il. J'étais pourtant certain de t'en avoir débarrassée.

— Pas complètement, visiblement. Mais rien ne t'interdit d'essayer encore. Après notre mariage, précisa-t-elle en enfilant sa robe.

Il s'apprêtait à lui expliquer qu'après leur mariage, il avait bien l'intention de rester au lit avec elle pendant une semaine, lorsqu'un bruit de voix retentit dans le jardin.

— Vous êtes sûre qu'elle est partie de ce côté ? claironnait Mme Mère.

251

Alexandre n'entendit pas la réponse. Mais en voyant l'expression affolée de Katherine, il se décida à préserver les convenances.

Ils s'habillèrent rapidement. Le comte servit de carriériste à la jeune fille, laçant son corset et agrafant sa robe, tandis qu'elle l'aidait de son mieux à nouer sa cravate. Dieu merci, sa mise était tellement négligée lorsqu'il était arrivé que le désordre de sa tenue n'étonnerait personne.

La tâche était plus difficile pour Katherine mais à eux deux, ils parvinrent à la rendre présentable. Elle venait d'enfoncer la dernière épingle dans son chignon lorsque la porte de l'orangerie s'ouvrit sur Mme Merivale en compagnie de leur hôtesse, qui brandissait un chandelier.

À cet instant, Alexandre aperçut *L'Art de la séduction* abandonné au pied d'un pot de fleurs. Du pied, il le repoussa dans l'ombre.

La mère de Katherine parut quelque peu déçue de les trouver entièrement habillés, à distance respectable l'un de l'autre, ce qui ne l'empêcha pas de s'écrier d'un ton scandalisé :

— Enfin, milord ! Comment osez-vous...

— Bonsoir, mesdames, coupa Iversley en s'inclinant courtoisement. Vous arrivez au bon moment. Mlle Merivale vient enfin d'accepter de m'épouser.

L'espace d'une seconde, les deux femmes demeurèrent immobiles, puis l'atmosphère changea du tout au tout tandis que, affichant un sourire triomphant, Mme Mère se ruait sur sa fille pour la serrer sur son cœur.

— Ma chérie, je suis si heureuse ! Quel bonheur de te voir enfin établie !

L'étonnement de leur hôtesse fit place à une expression satisfaite.

— Ne te l'avais-je pas dit, Tottie ? Je savais que Sa Seigneurie n'entrerait jamais chez moi dans une tenue pareille sans une bonne raison. Un si beau mariage, qui se décide à ma réception d'anniversaire ! C'est merveilleux ! Demain, tout Londres en parlera.

Comme si elle y était pour quelque chose, se garda de faire remarquer Alexandre.

— J'espère que vous me pardonnerez, lady Purefoy, d'avoir fait intrusion chez vous d'une façon aussi cavalière, mais vous comprendrez que je ne pouvais attendre une minute de plus pour demander la main de Mlle Merivale.

— Allons, allons, mon cher comte, vous êtes tout excusé. Notre jeunesse n'est pas si loin, nous nous souvenons encore de l'impétuosité des jeunes gens lorsqu'ils sont amoureux, gloussa la douairière avec un regard entendu à son amie.

Tandis que les deux dames riaient, Alexandre vit s'effacer le sourire de Katherine.

Quel butor il faisait ! Il avait demandé à la jeune fille de l'épouser – le lui avait ordonné pratiquement – sans prononcer une seule fois les mots d'amour que toute fiancée était en droit d'attendre de son soupirant.

Cela dit, ne lui avait-elle pas expliqué qu'elle ne croyait pas à l'amour ? Il s'agissait d'une union entre deux personnes qui se désiraient mutuellement, rien de plus. Elle devait bien en être consciente. Dans le cas contraire, il avait intérêt à mettre les choses au point avant qu'elle ne commence à nourrir des sentiments à son encontre.

Avant que lui ne *veuille* qu'elle en nourrisse. Il n'allait certainement pas suivre l'exemple de sa mère, et passer sa vie à quémander ce qu'il ne pouvait avoir. Il pouvait désirer Katherine, apprécier sa compagnie, mais il n'était pas question d'amour.

C'était courir à l'échec.

— Je crains qu'il ne nous faille rejoindre la salle de bal avant qu'on commence à jaser, suggéra lady Purefoy.

— Vous avez raison, acquiesça Alexandre. Et puis, j'ai envie de danser avec ma fiancée.

Les deux amies échangèrent un regard de connivence, et se dirigèrent vers la porte. À peine eurent-elles
tourné le dos que Katherine se précipita pour ramasser
le livre. Alexandre la devança.

— Je le garde, murmura-t-il en le glissant dans sa
poche.

— Et pourquoi cela ?

— Tu m'as bien dit qu'il y avait des illustrations scandaleuses, non ?

— Alexandre, commença-t-elle, l'air menaçant.

— Du calme, mon ange. Je te le rendrai dès que nous
serons mariés, promit-il en lui prenant le bras pour
rejoindre leur hôtesse. En attendant, je ne veux pas que
tu te montes la tête à cause de ce livre.

— Écoute, mon cher comte, je n'ai pas l'intention
de...

— Dépêchez-vous, tous les deux, les pressa
Mme Merivale. Nous avons des fiançailles à annoncer !

— Allons, ma chérie, ne traînons pas, la taquina-t-il.

Ce à quoi Katherine répondit en lui tirant la langue.

Tandis que Mme Mère les attendait à la porte, Iversley se fit la réflexion qu'une belle-mère encombrante
avait parfois des avantages. Surtout si elle se montrait
toujours aussi ostensiblement son alliée.

Katherine n'avait jamais été la reine de la soirée, et
n'aurait jamais imaginé l'être un jour. Il avait suffi
qu'un aristocrate en vue, jeune et beau de surcroît,
demande sa main, pour atteindre cette position
enviable.

Dès que la nouvelle se fut répandue parmi les invités,
la jeune fille se retrouva entourée comme jamais.

La bonne société était ainsi faite. Elle était à Londres
depuis des semaines et, jusqu'à ce qu'elle rencontre
Alexandre, elle n'avait eu pour cavalier, à part Sydney,
bien entendu, que ses amis poètes et quelques messieurs d'âge mûr qui louchaient sur son décolleté. Entre

ses cheveux « poil de carotte », comme disait Mme Mère, les gaffes de cette dernière et la réputation douteuse de son père, elle partait avec un lourd handicap.

Elle était toujours la même, mais soudain les hommes n'avaient d'yeux que pour elle. Et le comte les leur aurait volontiers arrachés à en juger par le regard mauvais qu'il posait sur son cavalier du moment, un vicomte plutôt beau garçon, mais sans aucun esprit.

Elle se retint de rire. Son malheureux fiancé était accaparé par sa mère, que la joie rendait encore plus volubile qu'à l'accoutumée, et contraint de ronger son frein en la regardant virevolter au bras du gandin.

Voilà qui lui apprendrait à lui voler ses livres !

Mais il n'avait pas dit son dernier mot. Et tandis que le jeune dandy ramenait Katherine à sa place, le comte la détailla de la tête aux pieds, s'arrêtant brièvement sur ses seins, son ventre, sur l'endroit secret qu'il avait conquis de façon si indécente quelques instants plus tôt.

Il la contemplait d'un regard si sensuel qu'elle n'arrivait plus à suivre la conversation, pourtant fort plate, de son cavalier. Dieu merci, le fade jeune homme était trop occupé à s'écouter parler pour s'apercevoir de quoi que ce fût.

Seigneur ! Il était si bien parvenu à ses fins, à la déshabiller ainsi du regard, que le temps qu'elle le rejoigne, elle n'avait plus qu'une envie, se jeter dans ses bras et le supplier de la prendre sur-le-champ.

Elle aurait été incapable de dire à quel moment le vicomte s'était éclipsé.

— Voulez-vous que j'aille vous chercher un rafraîchissement, ma chère ? s'enquit Iversley avec un sourire innocent. Vous semblez avoir chaud.

— Oh, quelle bonne idée ! s'exclama Mme Merivale avant que sa fille ait le temps d'ouvrir la bouche. Rapportez-nous deux punchs, s'il vous plaît. Je vais finir par avoir une extinction de voix à force d'annoncer votre mariage. Tout le monde s'étonne de cette mésalliance.

Alexandre toussota pour masquer son envie de rire tandis que Katherine poussait un soupir résigné. Les bourdes de sa mère finissaient par la décourager.

— Et tu ne leur as pas dit que toi aussi, tu étais étonnée, n'est-ce pas ?

— Bien sûr que non ! Je leur ai expliqué que lord Iversley n'avait aucun préjugé, et qu'il se moquait de faire une mésalliance. Lady Winthrop a paru curieusement surprise, mais elle m'a quand même félicitée.

— Ne vous inquiétez pas pour lady Winthrop, intervint le comte, conscient que sa fiancée avait envie de rentrer sous terre. Je la remercierai de ses vœux en allant chercher vos boissons.

— Quel jeune homme charmant, soupira Mme Mère en le regardant s'éloigner, les épaules secouées par le fou rire qu'il tentait de réprimer.

— Effectivement, il n'a aucun préjugé, observa sa fille.

— Je suis tellement heureuse, ma chérie. Dès que je l'ai vu arriver, ce soir, j'ai su qu'il te pardonnerait.

— Et qu'était-il censé me pardonner ?

— D'avoir retardé l'annonce de vos fiançailles sous prétexte d'en parler d'abord à sir Sydney. Tiens, quand on parle du loup.

Déjà Lovelace les rejoignait. Il affichait la même allure digne qu'à l'accoutumée, pourtant, Katherine lui trouva quelque chose de triste et d'étrangement vulnérable.

— Je tenais à te féliciter, dit-il en s'inclinant. J'espère que vous serez très heureux, Iversley et toi.

Elle décida de saisir le rameau d'olivier qu'il lui tendait.

— Merci beaucoup, Sydney. Cela me touche énormément.

— Je suis certain que ma mère aussi serait venue te féliciter si elle avait été avec nous ce soir.

— Vous n'oublierez pas de lui préciser qui est le fiancé, intervint Mme Merivale. Ma fille n'est peut-être pas d'assez haute condition pour un baronet, mais, apparemment, elle convient très bien à un comte.

— Maman, je t'en prie... commença Katherine, tandis que Sydney virait au carmin.

— Ma chérie, il n'y a que la vérité qui blesse. Lady Lovelace se pousse un peu trop du col, si tu veux mon avis, et il est grand temps que quelqu'un le lui dise. Et puis...

— Excuse-moi, maman, mais je dois parler à Sydney en privé.

Sans se soucier des convenances, elle entraîna le jeune homme à l'écart.

— Je suis désolée. Tu connais ma mère. Elle dit tout ce qui lui passe par la tête.

— Cela n'a pas l'air de déranger Iversley.

Il avait raison. Le comte faisait preuve à l'égard de Mme Merivale d'une patience angélique.

— J'ai l'impression qu'il la trouve amusante.

— Ah oui ? Et moi, j'ai l'impression qu'il s'amuse de beaucoup de choses.

— Il est peut-être temps que quelqu'un apporte un peu de gaieté dans ma vie, sourit-elle, ignorant délibérément le sous-entendu déplaisant.

— Ce n'était pas une simple formule de politesse, Katherine, j'espère sincèrement que tu seras heureuse. Et que tu me considéreras toujours comme ton ami.

— Bien entendu.

Mais leurs relations allaient obligatoirement changer. Elle allait déménager à l'autre bout du pays, et de toute façon, une femme respectable ne passait pas des heures en tête à tête avec un ami de sexe masculin, même s'il ne s'agissait que de discuter poésie.

Leurs conversations allaient lui manquer, pensa-t-elle avec un peu de mélancolie. Mais il y aurait des compensations. Elle aurait sa maison, un mari avec qui elle s'amusait, et des enfants.

Des enfants ! Elle n'y avait pas encore songé. Ne serait-ce pas merveilleux d'avoir des enfants avec Alexandre ?

— Tu l'aimes, n'est-ce pas ? lâcha Sydney qui l'observait attentivement.

— Pardon ? Mais non ! Enfin… Je ne sais pas… Je…

— Je te connais, tu n'épouserais jamais un homme que tu n'aimes pas.

— Certes, marmonna-t-elle.

Elle n'avait aucune envie de s'étendre sur ce sujet. Non, elle n'épousait pas Alexandre par amour, elle n'était pas si sotte. Elle l'avait choisi parce qu'elle appréciait sa compagnie, et parce que leur alliance comportait des avantages.

Et parce qu'elle le désirait de toute son âme.

Elle rougit. Si l'amour était une raison stupide pour se marier, le désir physique était un motif pire encore. Mais après tout, si le meilleur parti qui s'était présenté était également l'homme le plus séduisant qu'elle ait jamais rencontré, elle n'allait pas faire la fine bouche.

— Je voudrais que tu me fasses une promesse, reprit Lovelace avec une tendresse touchante. Si jamais tu as besoin de moi, si Iversley ne te traite pas comme il le devrait, que ce soit avant ou après votre mariage, promets-moi de venir me trouver.

Après son mariage ? Elle le dévisagea avec attention.

— Mais j'ai bien l'intention d'être fidèle à mon mari !

— Je l'espère bien ! répliqua-t-il avec un air offusqué qui rassura la jeune fille sur ses intentions. Jamais je ne viendrais semer la discorde dans un couple, même si l'homme est un… un…

— Un vaurien ? compléta-t-elle en s'esclaffant. Tu ne vas pas recommencer ! Ne t'inquiète pas, je serai heureuse avec lui.

Ce Sydney-là, qui désapprouvait tous ceux qui ne vivaient pas comme lui ou ne partageaient pas son amour de la poésie, ne lui manquerait pas !

— De toute façon, reprit-elle, tu seras loin. Tu pars en Grèce avec lord Napier, n'est-ce pas ?

Il détourna le regard, embarrassé.

— En fait, non. Nous nous sommes disputés, et je lui ai dit que je ne viendrais pas.

— Mais c'est ridicule ! Tu devrais y aller. Ça te plaira beaucoup.

— C'est précisément pour cela que j'ai décidé d'annuler ce voyage. Au fait, quand vous mariez-vous ? ajouta-t-il vivement, avant qu'elle ait le temps de méditer son énigmatique réponse.

— Dès que possible, j'espère, répondit derrière eux la voix d'Alexandre.

Surprise, Katherine fit volte-face, et faillit renverser le verre de punch qu'il lui tendait. Mme Merivale, qui se tenait à son côté, affichait ouvertement sa désapprobation, tandis que le comte offrait un visage impassible.

Une lueur qu'elle avait du mal à interpréter brillait cependant au fond de son regard bleu. Colère ? Jalousie ? Les deux sans doute. Mais il y avait aussi autre chose. Et curieusement, cet autre chose ressemblait à de la peur.

— Bonsoir, Iversley, fit Sydney. J'étais venu présenter à votre… fiancée mes félicitations.

— C'est très aimable à vous. Je regrette de ne pouvoir vous inviter à la cérémonie. Nous la célébrerons dans l'intimité, la semaine prochaine si possible, par dérogation.

Katherine manqua de lâcher son verre de saisissement. Quant à Mme Mère, pour une fois, elle resta sans voix. Alexandre regarda fixement Katherine.

— J'ai pensé que vous ne souhaiteriez pas attendre. Il ne faut pas oublier M. Byrne, après tout.

— Qui est ce M. Byrne ? s'enquit Sydney.

— Personne d'important, coupa la jeune fille, qui ne voulait surtout pas que Lovelace apprenne à quel point ils étaient endettés. Ainsi, nous nous marions la semaine prochaine ? ajouta-t-elle à l'adresse du comte. Vous avez sans doute déjà choisi ma robe, je suppose ?

Le comte haussa les sourcils, surpris par son ton acerbe.

— Pardonnez-moi, ma chérie, je pensais que cela vous ferait plaisir. Mais si vous préférez attendre la publication des bans pour célébrer le mariage chez vous, à Heath's End, je n'y vois aucun inconvénient.

— Vous plaisantez, intervint Mme Merivale. Vous ne pouvez quand même pas vous marier comme n'importe quel journalier ! C'est tellement plus romantique de demander une dérogation pour hâter la cérémonie ! Toutes les femmes vont être jalouses de toi, ma fille !

— Pourquoi êtes-vous si pressés ? interrogea Sydney après un regard à Katherine.

— Je ne vois aucune raison d'attendre, rétorqua Iversley en adressant un chaud sourire à sa fiancée. Je suis venu à Londres en quête d'une épouse, et maintenant que je l'ai trouvée, je n'ai qu'une envie, rentrer avec elle dans le Suffolk pour y commencer notre vie conjugale.

Katherine se sentit fondre. Là aussi, sa mère s'était trompée. Alexandre ne voulait pas d'un mariage mondain. Tout ce qu'il voulait, c'était *elle* !

Mais, bien entendu, Mme Merivale ne l'entendait pas de cette oreille.

— Retourner en province quand la saison bat son plein ? Vous n'y pensez pas ! Il faudra donner un bal dans votre maison de Londres, c'est bien le moins.

— Je n'en vois pas la nécessité, intervint la jeune fille en voyant la figure du jeune homme s'allonger.

— Mais bien sûr que si ! insista sa mère. Un tel événement doit être célébré comme il se doit, avec une grande réception, un souper pour les intimes, et une garden-party pour les familles. Vous ne pouvez pas vous éclipser à la campagne comme des malandrins. Que penseraient les gens ?

— Nous nous moquons de ce que pensent les gens, rétorqua sa fille en posant la main sur le bras de son fiancé.

Ce dernier la couvrit de la sienne, et la pressa tendrement, si bien que les questions au sujet de ces noces précipitées qui s'attardaient encore dans l'esprit de Katherine s'envolèrent. Après tout, c'était exactement sa conception du mariage : un couple uni face au monde, prêt à défendre ses opinions et son mode de vie contre toutes les mères abusives et tous les poètes trop raisonnables. Deux partenaires qui se comprenaient parfaitement.

Sydney contempla leurs mains jointes d'un air crispé.

— Eh bien, je ne m'imposerai pas plus longtemps dans cette touchante scène familiale. Je présume que vous raccompagnerez ces dames ? lança-t-il à Iversley avec un regard plein de ressentiment.

Le comte acquiesça d'un signe de tête.

— Souviens-toi, insista Lovelace en se tournant vers Katherine, si jamais tu as besoin…

— Je sais, merci beaucoup, coupa-t-elle en sentant la main d'Alexandre se crisper sur la sienne.

Tandis que Sydney s'éloignait, le comte le suivit d'un regard assassin. Heureusement, Mme Mère l'accapara avant qu'il n'ait eu le temps de demander ce que le poète avait voulu dire.

— Écoutez, milord, vous ne pouvez pas entraîner ma fille ainsi à la campagne au beau milieu de la saison.

Ce qui, en clair, signifiait : « Vous ne pouvez pas m'enlever ma seule raison de rester à Londres. »

— Une fois que nous serons mariés, le comte pourra faire comme bon lui semble, maman, remarqua Katherine, l'air de ne pas y toucher.

— Je suis désolé, mais je ne peux pas m'attarder à Londres en ce moment, renchérit Alexandre, qui se demandait où voulait en venir sa fiancée. Mon père a négligé notre domaine pendant des années, et ma présence est nécessaire pour le remettre en état. Mais bien entendu, si Katherine préfère rester ici…

— Mais pas du tout, assura la jeune fille. J'ai hâte de connaître Edenmore.

Alexandre la récompensa d'un sourire si chaleureux qu'elle serait partie sur l'heure si elle avait pu.

— Bien entendu, vous êtes la bienvenue, chère madame Merivale, si la présence des ouvriers et des métayers ne vous dérange pas.

Sa future belle-mère s'empressa de décliner son offre.

— Je vous remercie, mais je resterai à Londres quelque temps.

— N'oublie pas qu'il faudra que quelqu'un s'occupe de Merivale Manor quand je ne serai plus là, remarqua Katherine, prise d'une envie malicieuse de faire bisquer sa mère. Bien entendu, tu peux t'en charger par écrit, comme je le fais en ce moment.

Elle faillit éclater de rire devant l'inquiétude de sa mère, qui détestait écrire autant qu'elle abhorrait la vie de province.

Pour un peu, Katherine l'aurait prise en pitié.

Mais après tout, elle l'avait bien mérité. En la poussant à épouser le comte, elle ne s'était probablement pas rendu compte que toutes les responsabilités familiales lui reviendraient, tandis que si elle s'était mariée avec Sydney, Katherine aurait pu continuer à s'occuper du domaine familial, puisqu'il était voisin de celui des Lovelace.

Décidément, elle avait bien fait de choisir Alexandre…

22

*Même le séducteur le plus habile ne peut être
assuré de la réussite de ses plans.*

L'Art de la séduction

Alexandre touchait au but. Encore une petite semaine, et il serait sauvé. À moins, bien entendu, que sa future belle-mère n'apprenne d'ici là dans quel état désastreux étaient ses finances, mais cette éventualité paraissait des plus improbables.

Évidemment, lorsque Katherine découvrirait à quel point Edenmore était délabré, il passerait un très mauvais moment. Mais il serait trop tard. Ils seraient mariés devant Dieu et les hommes, et elle ne pourrait plus lui échapper. Il espérait d'ailleurs lui enlever tout désir de fuite.

— Milord, j'ai tout essayé, mais je n'arrive pas à réveiller votre cocher. Si vous pouviez avoir la bonté...

Visiblement, le valet de lady Purefoy ne savait plus quoi faire.

— Ne vous inquiétez pas, je vais m'en occuper moi-même, le rassura Alexandre en lui glissant quelques pièces le plus discrètement possible, afin que les dames Merivale ne voient pas qu'il s'agissait de menue monnaie.

— Mais où est votre valet de pied ? C'est à lui de réveiller votre cocher ! s'exclama Mme Mère, outrée.

— Je l'ai laissé chez vous, au cas où vous rentreriez avant que je vous aie rejointes. Ne vous faites pas de souci, je vais le réveiller.

— Nous venons avec vous, trancha Katherine.

Craignant de souiller ses escarpins de soirée, Mme Merivale les suivit en maugréant.

— John, réveillez-vous ! lança sèchement le comte.

Il eut droit à un ronflement sonore en guise de réponse.

— John ! cria-t-il de nouveau en le secouant énergiquement.

Le cocher se recroquevilla sur son siège et reprit ses ronflements.

— Allons, John ! reprit Alexandre en le poussant vigoureusement.

Trop vigoureusement, apparemment, car le pauvre homme dégringola de son siège, ce qui eut l'avantage de le réveiller.

— Aux voleurs ! À l'aide ! cria-t-il en se relevant péniblement. Oh ! Je vous demande pardon, milord ! ajouta-t-il en pâlissant. Je me suis assoupi, mais cela ne se reproduira plus, je vous le jure !

— Ce n'est rien, John.

— Je suis confus, milord. Et vous êtes avec ces dames ! Pardonnez-moi, mesdames, mais nous avons passé ces deux derniers jours sur les routes, et nous sommes revenus à un train d'enfer de chez lord Draker, dans le Hertfordshire.

— Lord Draker ? s'étonna Katherine. C'est bien lui qu'on surnomme...

— Le vicomte Dragon, oui, répliqua Alexandre d'un ton irrité. Seigneur, personne n'appelle donc jamais cet homme par son nom ?

— Je suis désolée, je ne savais pas qu'il était de vos amis.

— Eh bien si. John, vous pourrez nous ramener sans vous endormir à nouveau ?

— Oui, milord, répondit le cocher avec empressement.

Une fois en voiture, la jeune fille ne put refréner sa curiosité.

— Comment connaissez-vous lord Draker ? Il paraît que c'est un vrai sauvage qui vit retiré à la campagne.

— C'est un vieil ami de ma famille, marmonna-t-il. Si vous voulez, je peux vous le présenter.

Que dirait-elle si elle connaissait la vérité ? Cela l'ennuierait-il ?

— Non, merci ! s'écria Mme Merivale. Nous n'avons aucune envie de fréquenter cet ours.

— Il veille attentivement sur sa jeune sœur, gère son domaine à la perfection, ses fermiers vivent confortablement, et ses domestiques lui sont très attachés. Vous n'avez pas envie de fréquenter ce genre d'homme ?

Le ton du comte était si sec que Mme Mère faillit s'étrangler.

— Maman, intervint Katherine d'une voix douce, tu parles d'un ami de lord Iversley. Nous ne connaissons le vicomte que par ouï-dire, aussi vaudrait-il mieux ne pas le juger trop vite, tu ne crois pas ?

L'adorable sourire que lui décocha la jeune fille aurait suffi à séduire Alexandre, si cela n'avait été déjà fait.

— Merci, murmura-t-il.

Elle au moins était capable d'apprécier les admirables qualités d'un homme tel que Draker. Tandis que pour Mme Merivale et ses semblables, seules comptaient les apparences. Un coureur de dot était accueilli à bras ouverts parce qu'on le croyait riche, mais un homme sérieux, responsable était impitoyablement banni de leur monde.

Il en avait assez de cette hypocrisie, et avait hâte de retourner à la campagne avec sa jolie femme, qui partageait ses opinions sur la bonne société.

— Savez-vous, milord, que c'est la première fois que vous mentionnez le nom d'un ami, à part M. França, remarqua Katherine. Et vous ne nous avez pas non plus beaucoup parlé de votre famille. Je ne sais même pas comment sont vos parents. Est-ce que votre mère avait les mêmes cheveux sombres que vous, ou est-ce que vous les tenez de votre père ?

— À part mes cheveux, que je tiens de ma mère, je ressemble beaucoup à mon père, expliqua-t-il en s'efforçant de masquer son ironie.

Dieu merci, elle ne verrait pas le portrait du défunt comte avant leur mariage !

— J'aurais aimé les connaître, murmura-t-elle pensivement.

— Vous auriez plu à ma mère. Comme toutes les personnes timides, elle appréciait celles qui ont leur franc-parler.

Peut-être que si elle n'avait pas été aussi timide, elle aurait osé résister au prince de Galles. Mais dans ce cas, Alexandre n'aurait jamais vu le jour.

Un léger ronflement attira leur attention. Cette fois, ce n'était pas le cocher, mais Mme Merivale qui s'était assoupie. Katherine gratifia son fiancé d'un sourire ironique.

— J'aurais apprécié que ta mère soit timide, chuchota-t-elle. J'ai suffisamment enduré son exact opposé.

— À propos, tu as dit tout à l'heure que tu t'occupais de Merivale Manor par écrit. Qu'est-ce que cela signifie exactement ?

— Je donne par courrier les instructions à la gouvernante au sujet des enfants et de la maison. C'est aussi moi qui répartis nos maigres ressources, qui décide des dépenses, et qui autorise les domestiques à s'absenter.

— En un mot, c'est toi qui fais marcher la maison.

— Oui.

— Quand ta mère t'accusait de ne te préoccuper que des problèmes domestiques, je ne me rendais pas compte que tu les assumais seule.

— Tu ne pensais tout de même pas que maman s'en chargeait ?

— Mais quand tu étais enfant, quelqu'un devait bien le faire ?

— Mon grand-père maternel. Il a tout dirigé jusqu'à sa mort, il y a six ans.

— Vous deviez être très proches, tous les deux.

— Il était le seul de la famille à me comprendre, avoua-t-elle avec mélancolie.

Voilà qui expliquait pourquoi le vieillard lui avait légué sa fortune.

— Tu dois aimer diriger une maisonnée, sans quoi tu n'y mettrais pas tant de cœur.

— Pour être franche, j'ai hâte d'être débarrassée de toutes ces corvées. Cela ne signifie pas que je ne remplirais pas mes devoirs d'épouse dans ta propriété, mais…

— Dans notre propriété, corrigea-t-il.

— Oui, bien sûr, sourit-elle. Tu sais, faire marcher une maison quand on a des domestiques est une chose, faire la moitié du travail soi-même parce qu'il n'y a pas assez de personnel en est une autre. Et puis, il y a tous ces tracas avec les créanciers ! Je serais vraiment soulagée de ne plus avoir à m'en soucier.

Il ne pouvait pas lui avouer qu'elle était loin d'être au bout de ses peines. Elle risquait même, jusqu'à ce qu'il ait remis Edenmore à flot, d'avoir encore plus de soucis. Même avec la fortune de Katherine, il y avait tant à faire qu'il faudrait du temps avant que leur situation s'améliore.

— Pourquoi crois-tu que je lis autant de poésie ? reprit-elle. Pour oublier les tristes réalités de ma vie. Mais puisque je n'aurai plus à me préoccuper de questions aussi triviales, poursuivit-elle avec un sourire mutin, j'aurai certainement moins besoin de m'évader dans les livres.

Il avait intérêt à remplir la bibliothèque d'ouvrages de poésie pour apaiser sa colère quand elle découvrirait sa tromperie.

Sacrebleu ! Il n'avait pas envisagé le problème sous cet angle. Il avait toujours pensé que sa fiancée lui serait reconnaissante de l'avoir libérée d'une mère encombrante et d'un soupirant ennuyeux. Mais quand elle découvrirait qu'en l'épousant, elle avait troqué une prison pour une autre, elle regretterait peut-être la fortune de Sydney et la vie confortable qu'il lui aurait assurée.

Il s'efforça de chasser le sentiment de culpabilité qui commençait à le tenailler. Ses journées ne seraient sans doute pas celles qu'elle avait espérées, mais ses nuits surpasseraient tout ce que Lovelace aurait pu lui offrir. Il n'avait aucun doute là-dessus.

La voiture s'immobilisa soudain, et Mme Merivale se réveilla en sursaut.

— Où sommes… Excusez-moi, j'ai dû m'assoupir. La journée a été si fertile en émotions ! Vous entrerez bien prendre un en-cas, n'est-ce pas, milord ? proposa-t-elle aimablement. Les petits-fours et les sorbets ne suffisent pas à rassasier un homme vigoureux, surtout s'il a passé la journée à battre la campagne.

— Votre proposition est des plus tentantes, reconnut Alexandre, mais je ne peux m'attarder plus de quelques minutes.

— Allons, allons ! Katherine a fait préparer une collation. Il n'y a plus qu'à déboucher le vin.

Le comte sortit de la voiture et aida les dames à descendre. Après tout, il valait peut-être mieux leur annoncer dès maintenant la mauvaise nouvelle.

— Il faut que je me lève avant l'aube. Je dois être de retour dans le Suffolk demain soir au plus tard.

— Demain ! se récria sa fiancée. Mais vous venez à peine d'arriver !

— Je n'ai pas terminé de régler ce problème de semences et de socs de charrues… Et puis, je dois prévenir les domestiques afin que tout soit prêt pour votre arrivée.

— Vous n'avez pas besoin de faire d'embarras pour moi, protesta la jeune fille.

— Il ne s'agit pas de cela, croyez-moi. Je veux vous emmener là-bas tout de suite après notre mariage, et je tiens à ce que vous soyez confortablement installée.

— Vous n'allez pas partir en voyage de noces ? s'inquiéta Mme Merivale tandis qu'ils pénétraient dans la maison.

— Peut-être après les semis de printemps, mais certainement pas pour le moment. J'aurai à peine le temps de revenir à Londres la semaine prochaine pour la cérémonie.

— Il faut plus d'une semaine pour préparer un mariage, milord, protesta sévèrement Mme Mère. Quand vous avez mentionné une cérémonie intime, j'ai cru que vous ne parliez pas sérieusement. Vous ne pouvez épouser ma fille à la sauvette ! Pensez à votre rang ! Il faut au moins…

— Je préfère la simplicité, coupa-t-il. Heureusement, j'ai déjà obtenu la dérogation auprès de l'archevêque de Canterbury, et nous pourrons nous marier dès mon retour. Si cela vous convient, bien entendu, ajouta-t-il en se tournant vers Katherine.

Si elle était de l'avis de sa mère et souhaitait un grand mariage, ce qui nécessiterait de reculer la date de plusieurs semaines, il n'était pas sûr de réussir à sauvegarder les apparences tout ce temps, ni à cacher le véritable état de ses finances à sa perspicace fiancée.

— Je ne tiens pas particulièrement à une grande réception, mais une semaine me paraît bien court, surtout si vous êtes dans le Suffolk la plupart du temps, expliqua-t-elle, l'air soucieux. Il faut que vous alliez avec maman voir le notaire de papa, et qu'il rédige le contrat…

— C'est une simple formalité, s'empressa de préciser Mme Merivale, mais il faut le faire. Et vous serez heureux d'apprendre que votre future épouse a…

— Une petite dot, termina la jeune fille en jetant à sa mère un regard noir.

Alexandre se raidit. Ainsi, sa fiancée n'avait pas suffisamment confiance en lui pour évoquer ouvertement son héritage. En attendant, mieux valait éviter les questions concernant ses propres ressources.

Mme Merivale et l'homme de loi ne poseraient pas trop de questions sur sa situation financière, du moment qu'il garantissait à Katherine une somme suffisante pour ses dépenses personnelles et un douaire s'il venait à décéder le premier.

Il n'avait jamais eu l'intention d'utiliser toute la fortune de sa femme pour restaurer Edenmore, et comptait bien lui en laisser une partie en propre, ou même attribuer un pécule conséquent à sa mère.

— Je pourrais voir votre notaire à mon retour. Cela ne devrait prendre que quelques heures. Ensuite, nous organiserons une petite cérémonie ici et...

— Mais, milord, vous n'y pensez pas ! Enfin, cela ne sert à rien d'essayer de discuter avec un homme affamé, soupira Mme Mère. La collation est prête ? demanda-t-elle à Thomas qui les débarrassait de leurs vêtements.

— Oui, madame. J'ai servi dès que j'ai entendu la voiture.

— Ma chérie, emmène le comte, et sers-lui quelque chose à manger pendant que je vais choisir le vin. Et explique-lui que si nous suivons son idée, on ne mentionnera même pas votre mariage dans les journaux !

Il ne restait plus aux jeunes gens qu'à s'exécuter.

— Ce sera tout pour le moment, Thomas. Je sonnerai si nous avons besoin de vous, ordonna la jeune fille une fois dans la salle à manger.

— Bien, mademoiselle, murmura le majordome, impassible.

— Tu es vraiment obligé de retourner dans le Suffolk ? demanda-t-elle à Alexandre dès qu'ils furent seuls.

La requête le prit de court. Il s'apprêtait à discuter de la cérémonie, pas à ce qu'on réclame sa présence.

— Crois-moi, je préférerais rester ici avec toi, mais je n'ai pas le choix. Ta mère a raison, je devrais peut-être manger quelque chose, ajouta-t-il pour changer de sujet. Je suis affamé ! Je me suis peut-être trop... dépensé tout à l'heure...

— Et si maman et moi venions avec toi dans le Suffolk ? suggéra-t-elle, ignorant volontairement l'allusion.

— Ce ne serait pas sage, rétorqua-t-il, épouvanté, en s'approchant de la table.

— Pourquoi ? Nous pourrions nous marier à Edenmore. Toi, tu veux une cérémonie très simple, maman et moi voulons quelle ait lieu rapidement, même si elle a tendance à l'oublier. Comme tu l'as fait remarquer, il ne faut pas oublier M. Byrne. Et comme ça, nous ne nous séparerons pas !

Si ! Elle s'enfuirait dès qu'elle verrait l'état du domaine.

Il se servit une tranche de rosbif, mais son appétit avait disparu.

— Ce n'est pas une bonne idée de nous marier là-bas, tu sais. Il faudra de toute façon revenir à Londres pour payer vos dettes. Il faut aussi rencontrer le notaire...

— Tu pourrais y passer demain matin, avant de partir. Puisque tu as déjà la dérogation, rien ne nous empêche de nous marier chez toi.

— Je regrette, ma chérie, mais rien n'est prêt à Edenmore pour une cérémonie, même toute simple. Et je n'aurai pas le temps d'aller chez le notaire demain, je pars à l'aube.

— Dans ce cas, nous pourrions t'accompagner pour une courte visite. Ensuite, nous reviendrons à Londres, maman et moi, pour les préparatifs, et tu nous rejoindras quand tu auras fini. Ainsi, nous connaîtrons ton domaine et rencontrerons tes gens...

— Non ! s'écria-t-il avec véhémence.

Trop de véhémence, apparemment, à en juger par l'expression soupçonneuse de Katherine. Mais sa demande était parfaitement justifiée, et il devait lui opposer un refus irréprochable.

— Je n'aurais pas le temps de m'occuper de vous, tu sais...

— Tu n'en as pas besoin... nous nous occuperons toutes seules.

La déception de sa fiancée le mettait profondément mal à l'aise. Il remplit mécaniquement son assiette, sans même regarder ce qu'il mettait dedans. Il détestait mentir, et tromper Katherine lui était de plus en plus intolérable. Mais il n'avait pas d'autre choix.

— Je suis désolé, mais cela m'empêcherait de travailler. Toi, tu te débrouillerais seule, mais ta mère s'ennuierait à mourir. Je dois m'occuper des semailles, et cela va me prendre tout mon temps. Je n'en aurai pas à consacrer à des invitées.

Un lourd silence tomba entre eux. Quand il fut incapable de le supporter plus longtemps, il posa son assiette pour rejoindre la jeune fille.

— Tu comprends mes raisons, n'est-ce pas ?

Les yeux de Katherine étaient anormalement brillants.

— Alexandre, je sais que tu ne veux pas de règles entre nous, mais j'aimerais que nous en observions au moins une.

Un changement de sujet aussi abrupt ne pouvait qu'annoncer des ennuis.

— Et laquelle ? demanda-t-il avec circonspection.

— Quoi qu'il arrive, nous nous dirons toujours la vérité.

— Mais je te dis la vérité.

Perplexe, elle le dévisagea, et il se força à soutenir son regard.

Il n'avait effectivement pas de temps à consacrer à des invités, et sa mère et elle l'empêcheraient de travailler correctement. Mais surtout, si elles venaient, elles découvriraient combien il était pauvre.

Peut-être le moment de tout lui révéler était-il venu. Il en avait assez des mensonges et des faux-fuyants. Peut-être que s'il lui expliquait sa situation, elle le comprendrait, et qu'il ne serait plus obligé de ruser.

Ou peut-être refuserait-elle de l'épouser.

Le risque était trop grand, et changer de tactique au beau milieu de la bataille était en général désastreux, tous les militaires le savaient.

— Tu verras Edenmore bien assez tôt. Il n'y a pas d'urgence.

L'air têtu, elle insista :

— Alexandre, j'ai besoin que tu me promettes de toujours me dire la vérité et de ne jamais rien me cacher une fois que nous serons mariés.

Lorsqu'ils seraient mariés, il n'aurait plus aucune raison de lui cacher quoi que ce soit, et il pouvait s'engager sans arrière-pensée.

— Je te le promets, déclara-t-il solennellement. Je te jure sur la tombe de ma mère qu'après notre mariage, je te dirai toujours la vérité et que je ne te cacherai jamais rien.

— Merci, chuchota-t-elle en se détendant un peu.

Pourtant, il avait l'impression qu'elle n'était pas entièrement rassurée.

— Autre chose ? reprit-il. Tu veux que je m'engage à ne jamais porter de caleçons longs, à ne jamais fumer au lit ?

Elle esquissa un sourire.

— Non, ça me suffit amplement. Et puisque nous devons être honnêtes l'un envers l'autre, je veux que tu saches que Sydney m'a demandé ma main tout à l'heure, avant que tu arrives chez lady Purefoy. Il m'a promis de parler à sa mère, et de l'annoncer le soir même si j'acceptais.

— Et quelle a été ta réponse ? demanda-t-il, l'estomac noué.

— Je suis ici avec toi, non ?

Alors pourquoi le lui dire ? Pour lui rappeler qu'elle avait le choix ? Ou pour lui faire savoir qu'elle l'avait préféré à son ami de toujours ?

La seconde hypothèse avait sa préférence. Il l'attira dans ses bras, contempla tendrement son visage rosi par l'émotion, ses grands yeux inquiets, ses lèvres tremblantes.

— Écoute-moi bien, Katherine. Je ferai tout ce qui est en mon pouvoir pour que tu n'aies jamais à regretter ton choix. Je te promets d'être un bon mari.

— Et moi, je te promets d'être une bonne épouse. J'espère seulement que nous sommes d'accord quant à ce que cela signifie.

— Je suis sûr que oui, murmura-t-il en la serrant contre lui.

Il n'était pas tout à fait certain de l'avoir convaincue, mais peu importait. Il devait faire en sorte qu'elle soit satisfaite jusqu'à ce qu'il la conduise à l'autel, dans moins d'une semaine.

Il entamait la dernière ligne droite. Seul un cataclysme pourrait l'empêcher d'atteindre son but.

23

Souviens-toi que les femmes sont imprévisibles.

L'Art de la séduction

— Tu as vraiment perdu l'esprit, hoqueta Mme Merivale, ballottée par les cahots de la voiture de louage.

— Je sais.

Katherine était parfaitement sincère. Plus elles se rapprochaient de leur destination, un petit village nommé Fenbridge, plus cette équipée lui paraissait une folie. Mais elle ne voulait à aucun prix y renoncer. Il lui fallait absolument découvrir ce qu'Alexandre lui cachait.

Elle était certaine qu'il ne lui avait pas dit toute la vérité. Sinon, pourquoi aurait-il refusé qu'elle l'accompagne dans le Suffolk ?

Elle avait beau essayer de s'absorber dans la contemplation des paysages boisés qu'elles traversaient, son angoisse augmentait inexorablement à chaque tour de roue. Son fiancé prétendait avoir hâte de l'amener chez lui pour commencer leur vie commune, pourquoi ne pas le faire tout de suite ? Cette attitude était tout simplement incompréhensible.

À moins que son retour dans le Suffolk n'ait rien à voir avec les semailles de printemps...

Elle écarta cette idée qui la taraudait depuis qu'Alexandre avait quitté Londres, deux jours auparavant. Une fois déjà, elle avait commis l'erreur de tirer des conclusions hâtives… Elle ne recommencerait pas. Mais elle refusait de s'engager pour la vie sans être certaine qu'elle pouvait faire confiance à son futur mari. Et il n'y avait qu'un seul moyen de s'en assurer : aller à Edenmore et découvrir ce qu'il tenait tant à lui dissimuler.

— Franchement, ma fille, je ne te comprends plus du tout, geignit Mme Merivale. Tu me fais lever à l'aube pour me traîner sur des routes défoncées, et tu dépenses le peu d'argent dont nous disposons pour louer cette voiture. Tout ça pour arriver à l'improviste dans une maison où ta présence n'est visiblement pas désirée. C'est à croire que tu ne veux vraiment pas épouser le comte !

— Bien sûr que si. Mais je veux d'abord savoir qui est mon futur mari.

— Le comte d'Iversley ! Que veux-tu de plus ?

— Ce n'est pas sur son titre que j'ai des doutes, maman. C'est sur son caractère, expliqua Katherine pour la vingtième fois au moins.

— Son caractère, son caractère… Tu n'as que ce mot à la bouche ! N'importe quelle jeune fille serait aux anges d'épouser un comte qui possède un domaine de douze mille acres, mais pas toi ! Oh, non ! Il faut que tu le suives jusque chez lui, qu'il le veuille ou non, au risque de ruiner toutes tes chances auprès de lui.

— Eh bien, tant pis, je prends le risque.

Depuis qu'il l'avait quittée après la soirée de lady Purefoy, avec un baiser et la promesse de revenir avant la fin de la semaine, elle n'avait cessé de se poser des questions sur son étrange conduite. Et plus encore depuis sa visite au *Stephens Hôtel*.

Elle avait demandé à rencontrer le propriétaire et lui avait expliqué qu'elle voulait récupérer un livre prêté à Alexandre.

« Jack » ne s'était pas fait prier pour lui chanter les louanges du capitaine, comme il l'appelait. Il savait apparemment qu'ils étaient fiancés, mais il ne l'avait pas pour autant laissée entrer dans la chambre du jeune homme. Et lorsqu'elle avait voulu savoir où se trouvait exactement

Edenmore afin de lui envoyer un messager, il était devenu muet comme une carpe, ce qui n'avait fait que nourrir ses soupçons.

Alexandre non plus ne lui avait jamais précisé où se trouvait son domaine, et elle ne savait comment le joindre en cas de besoin.

Tout ceci, ajouté à l'embarras de son fiancé quand elle lui avait suggéré de l'accompagner, l'avait décidée à partir pour le Suffolk.

Cela lui avait pris la moitié de l'après-midi, mais elle avait fini par arracher à un employé de l'hôtel le nom du village le plus proche de chez Alexandre. De toute façon, si son domaine était aussi vaste que l'assurait sa mère, elles trouveraient aisément quelqu'un pour les renseigner.

Tout ce qu'elle voulait, c'était surprendre son fiancé et avoir le cœur net sur ses mystérieuses occupations.

— Mais enfin, qu'espères-tu découvrir de si important ? insista Mme Merivale.

— Je n'en sais rien.

Et là aussi, c'était la stricte vérité.

— Quand on décide de surprendre un homme chez lui, mieux vaut se préparer à de mauvaises surprises. Beaucoup attendent le dernier moment pour se séparer de leurs maîtresses, tu sais.

Elle le savait parfaitement, et ce qui la tourmentait, ce n'était pas qu'il rompe maintenant avec une hypothétique maîtresse, cela valait certainement mieux que de la garder après le mariage. Mais le simple fait qu'il en ait une augurait mal de leur union, et elle ne voulait à aucun prix d'un mari qui ressemblait à son père.

Elle se trompait peut-être du tout au tout. Il n'empêche, elle était sûre qu'il lui cachait quelque chose. Elle espérait juste que le prix à payer pour sa découverte ne serait pas trop élevé.

Elles roulèrent un moment en silence, contemplant les champs et les prairies qui succédaient peu à peu aux épaisses forêts. Le soleil déclinait à l'horizon lorsqu'elles

arrivèrent à un panneau de bois indiquant : *Fenbridge –
2 miles.*

Le cœur de Katherine fit un bond dans sa poitrine.

— Nous ne devons plus être loin.

— Il est encore temps de changer d'avis et de rentrer à
Londres, suggéra Mme Merivale. Pourquoi prendre un tel
risque quand il y a tant à perdre ?

— Il faut que je sache !

Un fermier juché sur sa charrette cheminait devant eux.
Elles firent arrêter la voiture lorsqu'elles arrivèrent à sa
hauteur.

Le paysan, un homme voûté au visage buriné, arrêta sa
charrette et les dévisagea d'un air méfiant.

— Vous êtes perdues, pas vrai ?

— En effet, admit la jeune fille avec son plus charmant
sourire. Nous cherchons Edenmore, le domaine de lord
Iversley.

— Vous êtes dessus depuis un bon moment. Vous aper-
cevrez le château quand vous arriverez en haut de la col-
line. Vous pouvez pas le manquer, il est assez grand !

— Je vous remercie.

Elle lui tendit une pièce de monnaie qu'il ignora
superbement et, sans un mot, il se remit en route
clopin-clopant.

Katherine contempla les champs alentours, et se sentit
mal à l'aise. Trois laboureurs les arpentaient, conduisant
de petits chevaux robustes et trapus, comme celui du paysan à qui elles venaient de parler. Ils traçaient avec appli-
cation de profonds sillons bien nets, à l'aide de charrues
flambant neuves.

Et si Alexandre ne lui avait dit que la vérité, après tout ?
Se pouvait-il que sa trop grande méfiance le pousse à
rompre leurs fiançailles, comme le craignait sa mère ?

Que deviendrait-elle, alors ? Impossible de retourner
auprès de Sydney, maintenant qu'elle avait perdu sa virginité. De toute façon, quand bien même ce dernier main-
tiendrait sa proposition de mariage, ce n'était pas

l'homme qu'il lui fallait. Hélas, elle avait bien peur que le seul qui lui convînt, ce fût Alexandre !

Mais qu'éprouvait-elle exactement pour le comte ? Quel nom donner au vertige qui la saisissait lorsqu'il entrait dans une pièce ? Au fait que la moindre de ses plaisanteries l'égayait pour la journée ? Elle pouvait tout lui dire, et il la comprenait aussitôt, tandis qu'avec Sydney, elle devait se surveiller en permanence et prendre garde de ne pas le choquer.

Pourquoi ne parvenait-elle pas à lui faire totalement confiance ?

Elle commençait à se demander si sa mère n'avait pas raison, et si elles ne feraient pas mieux de rebrousser chemin, lorsqu'elles arrivèrent en vue du château.

C'était donc là sa future demeure ? Cette immense bâtisse de brique rouge, avec ses dizaines de fenêtres sculptées, son impressionnante allée de tilleuls séculaires, son grand bassin et ces massifs de fleurs entourant d'immenses pelouses…

Mais les parterres étaient envahis par les mauvaises herbes, les fleurs étouffées sous les ronces, et le bassin couvert d'une écume verdâtre. Une partie des fenêtres étaient obturées par des planches qui grêlaient la façade autrefois somptueuse.

— Il n'exagérait pas quand il disait que son château n'était pas prêt pour un mariage, observa Mme Merivale.

— Tu te souviens, il nous a expliqué que son père avait négligé leur propriété pendant des années. C'est pour cela qu'il ne pouvait s'attarder à Londres.

Maintenant, elle comprenait mieux la rancœur d'Alexandre quand il évoquait le vieux comte. Il fallait n'avoir vraiment aucun sens du devoir pour laisser se dégrader à ce point une aussi magnifique demeure.

— C'est plus que de la simple négligence, mon petit, remarqua Mme Mère. Tout ça ne me dit rien qui vaille, si tu veux mon avis.

Katherine s'abstint de répondre. Elle comprenait la déception de sa mère, qui s'attendait à un château de conte de fées, mais elle était bien placée pour savoir quels dommages l'irresponsabilité d'un homme pouvait causer. En outre, Alexandre venait à peine de rentrer en Angleterre, il n'avait pas encore eu le temps de tout remettre en état.

Un détail la tracassait pourtant. Il lui avait parlé de ses fermiers, certes, mais aussi des ouvriers à qui il devait donner ses instructions. Or, elle ne voyait personne alentour. Personne pour remplacer les ardoises manquantes de la toiture, personne pour arracher les ronces qui étouffaient les rosiers, et personne pour les accueillir.

En fait, il fallut tambouriner à la porte un certain temps avant qu'un vieux domestique, visiblement surpris, vienne leur ouvrir.

— Puis-je vous aider ? demanda-t-il aimablement.

— Je suis Mlle Katherine Merivale, la fiancée de lord Iversley, expliqua la jeune fille dont le malaise s'accroissait de seconde en seconde. Ma mère et moi sommes venues le voir.

— Vous avez fait tout ce chemin depuis Londres ? s'alarma le vieil homme.

— Oui. Si vous pouviez nous annoncer…

— Pardonnez-moi, mademoiselle, mais Sa Seigneurie n'est pas ici.

— Et où est-il donc ?

— Il est… il est en ville. Il faudra revenir un peu plus tard.

Il s'apprêtait à leur refermer la porte au nez, mais Katherine ne l'entendait pas de cette oreille. Elle fut plus rapide que lui et bloqua le battant du pied.

— Eh bien, dans ce cas, nous l'attendrons ici.

— Oh non, mademoiselle, c'est impossible ! Mais si vous voulez bien attendre dans votre voiture…

— Il n'en est pas question ! s'indigna-t-elle en le contournant pour entrer d'un pas décidé.

Ainsi, elle ne s'était pas trompée. Alexandre lui cachait quelque chose. Sans un regard pour les tapis élimés et le mobilier clairsemé, elle se retourna vers le majordome.

— À présent, dites-moi exactement où il est allé ! ordonna-t-elle.

— Installez-vous, je vais aller le chercher, proposa le valet, affolé.

Un bruit de voix en provenance de l'étage parvint aux oreilles de Katherine, et elle se rua vers le majestueux escalier, Mme Mère et le malheureux valet sur ses talons.

— Je vous en prie, mademoiselle, haleta-t-il, ne montez pas ! Je sais que Sa Seigneurie préférerait que vous l'attendiez en bas.

— Je n'en doute pas, répliqua-t-elle sèchement en gravissant résolument les dernières marches.

Si elle n'avait pas été aussi bouleversée, elle aurait noté que la rampe de l'escalier branlait dangereusement, et se serait étonnée qu'aucun autre domestique n'accoure.

Mais elle était trop concentrée sur les éclats de rire qui provenaient de l'étage pour remarquer quoi que ce fût d'autre. Alexandre était bien là, et en galante compagnie qui plus est. Car derrière ce rire masculin qu'elle connaissait si bien, on distinguait clairement des gloussements typiquement féminins !

Elle s'engouffra dans un long couloir, se laissant guider par les voix.

Des souvenirs pénibles lui revenaient à la mémoire. Combien de fois était-elle allée chercher son père, pour le trouver en compagnie d'une fille de joie qu'il essayait de faire passer pour une servante ? Combien de fois avait-elle fait semblant de croire ses piètres mensonges, tandis qu'il remettait hâtivement de l'ordre dans ses vêtements ?

Les voix étaient parfaitement distinctes, à présent, et elles produisirent sur Katherine l'effet d'un aiguillon.

— Qu'en penses-tu ? demandait Alexandre. Tu trouves que c'est trop osé ?

— Une femme nue, c'est normal dans une chambre à coucher, pouffa une femme.

Le rire fit place à des halètements suggestifs. Katherine se rua vers la porte, qui était entrebâillée. Il allait voir ce qu'il allait voir, le traître !

Une bordée de jurons n'arrêta pas son élan. Elle poussa violemment le battant et fit irruption dans la pièce.

— Que se passe-t-il, ici ? cria-t-elle.

Le comte, très convenablement vêtu, sursauta et lâcha la statue de marbre qu'il venait de hisser sur un meuble d'acajou. La sculpture oscilla dangereusement au-dessus de la tête du jeune homme, avant de s'abattre avec fracas sur le sol, l'entraînant dans sa chute.

— Alexandre ! hurla-t-elle en se précipitant vers lui.

Une femme corpulente, qui avait au moins le double de son âge, la rejoignit aussitôt.

— Mon Dieu, maître ! Vous êtes blessé ?

— Il est mort ! Je l'ai tué ! gémit Katherine en s'agenouillant pour poser dans son giron la tête de son fiancé.

— Mais non, fit la femme d'une voix apaisante en prenant le poignet du comte. Son pouls bat normalement.

— Mais regardez, il saigne ! s'alarma la jeune fille, les yeux rivés sur le filet de sang qui coulait sur la tempe d'Alexandre. Il est gravement blessé !

— Je ne pense pas que ce soit vraiment grave, mademoiselle. Il s'est évanoui, tout simplement. Laissez-lui un peu de temps. Sa Seigneurie a la tête dure, il va se remettre.

Si bouleversée qu'elle fût, Katherine perçut le léger tremblement dans la voix de la servante. Elle n'était sans doute pas aussi rassurée qu'elle feignait de l'être.

— Vous êtes sans doute sa fiancée. Je suis Mme Brown, la gouvernante.

— Je suis Katherine Merivale, parvint-elle à articuler, les larmes aux yeux. C'est une curieuse façon de nous rencontrer, n'est-ce pas ?

Elle écarta les mèches brunes du front d'Alexandre pour examiner sa blessure, tandis que la femme de charge massait les mains glacées.

— On ne peut pas l'installer plus confortablement ? implora-t-elle.

— Il vaut mieux ne pas le bouger pour le moment. Sa respiration est normale, et il reprend un peu de couleur. Il va revenir à lui.

— C'est ma faute, je n'aurais jamais dû faire irruption de cette façon !

Elle contempla piteusement la statue, une femme à cheval couverte de sa seule chevelure. La seule femme nue dans cette maison, c'était lady Godiva !

— Qu'est-ce qu'il faisait donc ? s'enquit-elle.

— Il voulait arranger cette chambre pour vous, mettre de jolies choses. Je lui ai dit que ce n'était pas prudent de hisser cette statue tout seul, mais il ne voulait pas prendre l'échelle.

— Un valet de pied ne pouvait pas le faire ?

— Nous n'avons pas de valet de pied, mademoiselle. Enfin, je veux dire, se reprit la gouvernante, ils sont tous sortis.

Mme Brown mentait aussi mal que le majordome. Et tout s'éclaira soudain dans l'esprit de Katherine. Le manque de domestiques, les tapis fanés, l'escalier branlant, le parc à l'abandon… Sa mère avait raison, il ne s'agissait pas uniquement de négligence. Elle était bien placée pour reconnaître le manque d'argent, elle en avait suffisamment souffert depuis la mort de son père.

— Il n'a pas d'argent, n'est-ce pas ? demanda-t-elle doucement à Mme Brown.

Cette dernière pâlit, puis finit par acquiescer.

Voilà pourquoi Alexandre habitait à l'hôtel. Il n'avait pas de quoi louer une maison en ville ! C'était la cause unique de toutes ses cachotteries et de tous ses faux-fuyants.

Ce fut comme si on lui enlevait un poids énorme de la poitrine. Son fiancé était pauvre ! Jamais elle n'aurait imaginé que pareille nouvelle lui procurerait un tel bonheur. S'il avait refusé de l'emmener ici avec lui, ce n'était pas pour lui cacher une maîtresse ou un enfant illégitime, ni pour se livrer à une dernière orgie, mais tout simplement parce qu'il avait honte.

Et malgré sa pauvreté, c'était *elle* qu'il avait choisie pour épouse, une jeune fille qu'il croyait désargentée. Il aurait pu trouver une riche héritière, mais il avait préféré la courtiser, elle, alors qu'il ignorait qu'elle allait entrer en possession d'une fortune.

Et voilà qu'elle l'avait tué, à cause de sa jalousie stupide et de ses soupçons ridicules. Étouffant un sanglot, elle attira la tête du jeune homme contre sa poitrine. Il gémit doucement.

— Alexandre ! cria-t-elle. Vous m'entendez ? Parlez-moi, mon chéri !

— Katherine… Je rêve, balbutia-t-il, les yeux clos.

— Non, vous ne rêvez pas, souffla-t-elle.

Il enfouit le nez entre les seins de la jeune fille.

— Hmm… C'est bon, soupira-t-il. C'est doux.

— Réveillez-vous, sinon je ne pourrai jamais me pardonner. Oh, Alexandre, je vous en prie ! Réveillez-vous !

Il battit des paupières, puis ouvrit les yeux.

— Katherine ! Que faites-vous ici ? Et qu'est-ce que je fabrique par terre ? s'étonna-t-il en s'ébrouant.

— Vous allez bien ! murmura-t-elle. Dieu merci !

— J'ai mal à la tête, grommela-t-il.

— Je sais, mon chéri, chuchota-t-elle, se sentant affreusement coupable. Mais je suis là, tout ira bien.

— Vous êtes là… soupira-t-il, avant de se figer, puis de tenter de se redresser, inquiet tout à coup. Mais que diable faites-vous ici ?

— Tout va bien, ne vous inquiétez pas, se hâta-t-elle de le rassurer, ne devinant que trop la cause de son inquiétude. Je sais tout. Je sais que vous êtes pauvre, et cela m'est complètement égal. Tout ce qui compte, c'est que vous alliez bien.

— Mais je ne vais pas bien du tout, protesta-t-il en se massant le front. J'ai une migraine terrible.

— Cela risque de durer un moment, intervint Mme Brown.

Alexandre s'assit, puis lutta pour se relever. Le voyant chanceler, Katherine glissa le bras autour de sa taille pour le soutenir.

— Venez vous étendre. Pouvez-vous m'apporter de l'eau et des linges ? demanda-t-elle à la gouvernante.

— Tout de suite, mademoiselle, répondit la brave femme.

— Katherine, j'aimerais te parler un instant, claironna une voix de stentor.

Dieu du Ciel ! Elle avait oublié sa mère !

— Pas maintenant, maman, répliqua-t-elle en aidant Alexandre à s'allonger.

— Écoute, mon petit…

— Madame Brown, pouvez-vous emmener ma mère avec vous et lui préparer du thé et une petite collation. Nous avons fait un long voyage, elle est fatiguée.

— Bien, mademoiselle. Et je vais aussi vous monter un plateau.

— Quelque chose de léger pour le comte ! cria-t-elle tandis que la gouvernante emmenait sa mère.

— Tu as déjà tout pris en main, on dirait, murmura Alexandre, l'air perplexe.

— Il faut bien que quelqu'un s'en charge, répondit-elle en l'aidant à s'asseoir sur le lit. Et c'est ma faute si…

— C'était un accident, la rassura-t-il en la tirant près de lui. Mais je ne comprends toujours pas ce qui t'amène.

La question le tourmentait visiblement.

— Cela n'a plus d'importance, maintenant. Tout ce qui compte, c'est que nous sommes ensemble, et que je connais la vérité.

— Et tu ne… m'en veux pas ?

— D'être pauvre ? Il n'y a pas de quoi avoir honte, mon chéri, s'empressa-t-elle d'ajouter devant son air mortifié. Tu n'es pas responsable des actes de ton père.

Il la regardait comme si elle avait perdu l'esprit.

— Tu aurais pu épouser Sydney, et avoir une vie sans souci, si je ne t'avais pas convaincue de m'accorder ta main.

— Et je suis heureuse que tu l'aies fait. Heureuse, tu m'entends ? Mais tu aurais dû me faire confiance et tout me raconter. Si quelqu'un peut comprendre, c'est bien moi, non ?

Elle était tellement soulagée qu'il ne soit pas blessé ! Et maintenant, elle était certaine que c'était un homme sérieux et responsable, qui se souciait de son domaine et travaillait à le remettre en état.

— Je pensais que tu refuserais de m'épouser si tu savais.

— Comment as-tu pu croire une chose pareille ? Tu sais bien que je me moque de l'argent. Oh, mais c'est pour cela que tu m'as demandé si j'épousais Sydney pour sa fortune ? Tu pensais que cela m'importait ? Eh bien, tu te trompais. En tout cas, cela signifie que je peux enfin t'apporter quelque chose. Figure-toi que je dois hériter une grosse fortune de mon grand-père ! Que dis-tu de cela ? Nous pourrons restaurer Edenmore ! N'est-ce pas merveilleux ?

24

Le libertin ne peut pas résister au plaisir de séduire.

L'Art de la séduction

La douleur dans la pauvre tête du comte s'intensifia tandis qu'il essayait d'additionner deux et deux, et arrivait à cent mille. Cent mille livres, pour être précis, le montant de l'héritage de Katherine.

Une fortune dont la jeune fille pensait qu'il ignorait tout !

Rien d'étonnant qu'elle ne fût pas en colère. Peut-être devrait-il profiter de ce qu'elle se sentait coupable de sa chute pour lui avouer toute la vérité, implorer son pardon, et la convaincre de l'épouser en dépit de tous ses torts. Parce que plus tard, sa frayeur passée, elle risquait de tout deviner. Et à ce moment-là, il pouvait s'attendre au pire.

À moins qu'elle n'y pense plus, et ne devine rien du tout, du moins pas avant leur mariage.

— Alexandre ! Tu m'entends ? Je suis riche !

— Pardon, mon ange. J'ai la tête qui tourne...

— Bien sûr, repose-toi. Que fait Mme Brown ? s'exclama-t-elle en bondissant du lit. Elle devait apporter de l'eau.

Elle se dirigeait d'un pas vif vers la porte quand Emson arriva avec une bassine et des serviettes qu'il alla déposer sur la table de chevet.

— Au moins, cela ne saigne plus, remarqua-t-elle en imbibant un linge d'eau fraîche avant de lui en tamponner doucement le front.

— Mais j'ai la tête comme un tambour, geignit-il.

Il ne voulait surtout pas qu'elle s'arrête. Il adorait la voir s'inquiéter pour lui. Aucune femme ne l'avait dorloté depuis des années, à moins de considérer comme tels les efforts méritoires de Mme Brown pour lui faire avaler sa médiocre cuisine.

Katherine entreprit de nettoyer la blessure, lui arrachant un gémissement.

— Je m'en veux vraiment. Je ne pensais pas provoquer un accident, s'excusa-t-elle, à nouveau saisie de remords. Il faut absolument faire venir un médecin. Ne vous inquiétez pas de ce que cela coûtera, poursuivit-elle devant ses protestations, et l'expression soucieuse du majordome. Je vous ai dit que j'étais riche ! Ou plutôt, je le serai dès que nous serons mariés.

L'heure de la vérité avait sonné. Il hésitait, l'idée de la laisser continuer à se méprendre le remplissait de honte.

Mais il n'avait pas le choix. Le sort de toute sa maisonnée dépendait de lui. Le majordome ne le quittait pas des yeux, guettant sur son visage le moindre signe de faiblesse, espérant de toute son âme qu'il n'allait pas compromettre l'avenir d'Edenmore.

— Ah oui, vous avez parlé d'une fortune. Mais pourtant, vous m'aviez dit que vous n'aviez pas d'argent.

S'enfoncer ainsi dans le mensonge le remplissait de dégoût. Dissimuler certaines vérités embarrassantes était une chose, tromper délibérément en était une autre. Comment pouvait-il lui mentir, alors qu'elle lui faisait confiance et qu'elle acceptait la précarité de sa situation ?

Pourtant, s'il lui avouait la vérité, elle refuserait de l'épouser, il en était certain.

— J'hériterai de cent mille livres de rente le jour où je me marierai, expliqua-t-elle en prenant un linge propre. C'est mon grand-père qui m'a laissé cet argent.

— Vraiment ? commenta-t-il platement avant de jeter un coup d'œil au majordome qui ne dissimulait pas son soulagement. Ce sera tout, Emson, ajouta-t-il un peu sèchement.

S'il devait s'abaisser à mentir, il préférait le faire sans témoin. Mais le valet de chambre n'en demandait pas plus. Il s'éclipsa, convaincu que tout allait pour le mieux.

Mais il ne connaissait pas Katherine. Il ne savait pas que chaque tromperie creusait entre les deux jeunes gens un fossé qu'il serait difficile de combler après leur mariage.

Cela en valait-il la peine ? Alexandre l'espérait, car les dés étaient jetés, désormais.

— Mais oui, c'est vrai ! répondit-elle en finissant de nettoyer sa blessure. Tu n'as pas l'air content, s'étonna-t-elle, repassant au tutoiement à présent que le valet n'était plus là.

— Bien sûr que si ! C'est ma tête… Je suis encore tout étourdi. Mais je me sens beaucoup mieux depuis que tu t'occupes de moi, se hâta-t-il d'ajouter devant son expression inquiète.

— C'est bien le moins que je puisse faire ! Tout est ma faute, si je n'avais pas déboulé sans prévenir…

— C'est un accident. Et puis, t'avoir avec moi vaut bien une petite égratignure !

« Menteur ! s'accusa-t-il en silence. Tu n'as pas honte ? » Et dire qu'il fallait continuer ainsi jusqu'à leur mariage, alors que chaque parole l'étouffait !

— Mais tu ne m'as toujours pas expliqué les raisons de ta venue. Tu devais m'attendre à Londres.

Baissant la tête, Katherine entreprit de dénouer sa cravate.

— Tu seras mieux ainsi.

— Mais je suis très bien, ne t'inquiète pas.

— Tu disais que tu avais la tête qui tournait, insista-t-elle en lui enlevant ses chaussures.

Voilà qu'il était déjà pris dans ses mensonges. Il la laissa faire, ne protesta pas quand elle déboutonna sa redingote. Mais lorsqu'elle s'attaqua à son gilet, il l'arrêta.

— Merci, je suis beaucoup mieux comme ça, mais tu ne m'as toujours pas dit pourquoi tu es là.

— Je savais que tu me cachais quelque chose, murmura-t-elle en rougissant. Je ne comprenais pas pourquoi tu refusais que nous t'accompagnions.

— Du coup, tu as décidé de venir ?

— Je serais peut-être restée à Londres si ton ami du *Stephens Hôtel* ne s'était pas montré aussi évasif. Exactement comme toi !

— Mais tu as fait irruption ici en demandant ce qui se passait. De quoi parlais-tu ?

— Euh… oui, j'ai dû dire quelque chose de ce genre. Tu devrais t'allonger…

— Je veux savoir pourquoi tu as dit cela quand tu es entrée !

— Eh bien… J'avais entendu des rires et des phrases équivoques. Une femme nue, enfin, tu vois…

— Et tu as pensé que je prenais du bon temps avec une femme, c'est ça ? demanda-t-il avec irritation. J'essayais simplement de…

— Je sais, l'interrompit-elle en posant le doigt sur les lèvres du jeune homme. Encore que tes goûts… artistiques ne soient pas très…

— Convenables ? De même que les tiens en matière de littérature. Seulement, moi, je ne fais pas irruption chez toi pour te surprendre.

Compte tenu des circonstances, il était mal placé pour lui reprocher sa méfiance, pourtant, elle le contrariait.

— Je suis désolée. Tu as toutes les raisons de m'en vouloir. Je n'ai pas cessé de me méprendre sur ton compte, sans aucune raison sérieuse.

Le mécontentement d'Alexandre se transforma aussitôt en culpabilité.

— Je ne t'en veux pas. Ta méfiance était compréhensible.

Mais elle insista :

— J'ai laissé mes craintes à ton sujet prendre le dessus, et j'ai eu tort. Tu m'as montré à plusieurs reprises qu'on pouvait compter sur toi et...

— Ça suffit, mon cœur. Tu n'as pas besoin de t'excuser. C'est oublié.

— Pas pour moi. Mais je vais m'amender. Quand j'entrerai en possession de mon héritage, nous restaurerons Edenmore, et nous en ferons le plus beau domaine qui soit.

— Tu disais que tu en avais assez des responsabilités domestiques, remarqua-t-il, bourrelé de remords. Je ne veux pas t'imposer un tel fardeau.

— Ce n'est pas si lourd quand on a de l'argent. Imagine un peu tout ce que nous pourrons faire ici, poursuivit-elle en parcourant la chambre du regard. Quand nous aurons réparé les moulures, changé le papier peint et les tentures, et mis un beau tapis, ce sera superbe. Les meubles sont très beaux, même s'ils ont besoin d'être remis à neuf. Et cette cheminée est magnifique !

— Ainsi... le château te plaît ?

— Il est merveilleux ! Même si je l'ai vu rapidement.

— Quand il l'a fait construire, mon ancêtre, le cinquième comte, a fait venir d'Italie le marbre des cheminées. Dieu merci, mon père n'en a pas été réduit à les vendre.

— Comment se fait-il qu'un aussi beau château soit dans un tel état ?

— C'est une longue histoire, répondit-il évasivement.

S'il devait la lui raconter maintenant, il lui faudrait de nouveau jongler avec la vérité, et cela lui répugnait profondément.

— J'adore les longues histoires !

Elle vint s'installer confortablement à son côté et posa tendrement la main sur sa cuisse. Comment résister ?

Avec un soupir, il lui parla des mauvais placements de son père, de sa négligence croissante, des malversations de l'ancien régisseur, tout ce qu'il était possible de lui révéler sans risquer de se trahir. Il était en train de lui décrire le domaine à l'époque où il était enfant lorsque Mme Brown apporta le thé et une assiette de biscuits.

— Pardonnez-moi d'avoir été si longue, mademoiselle, mais votre mère avait une foule de questions à me poser.

— Je m'en doute, observa Katherine, tandis qu'Alexandre se tendait.

— Je l'ai installée dans le petit salon bleu pendant que je préparais le thé, et quand je suis revenue le lui apporter, elle s'était endormie, la pauvre.

— Nous arrivons de Londres, expliqua la jeune fille en versant le thé, et nous avons dû nous lever très tôt.

— Vous avez l'air d'aller mieux, milord, remarqua la gouvernante. Voulez-vous que je vous fasse un bandage ?

— Ce n'est pas la peine, Mlle Merivale prend bien soin de moi.

— Vous devriez manger un peu.

— Merci, madame Brown. Ce sera tout.

— Très bien, fit-elle en pinçant les lèvres. Dans ce cas, je vais aller m'occuper du dîner.

Dès qu'elle fut sortie, Katherine adressa un regard de reproche à son fiancé.

— Je sais que tu es fatigué et que tu as mal à la tête, mais tu n'étais peut-être pas obligé de la renvoyer aussi cavalièrement.

— C'était cela ou manger ses biscuits.

— Et alors ? Tu n'en mourrais pas.

— Pas sûr ! Mme Brown travaille à Edenmore comme gouvernante depuis des années, mais elle ne s'occupait pas des repas jusqu'à ce que la cuisinière s'en aille, un peu avant mon retour, et ce n'est vraiment pas son fort.

— Ça ne peut pas être si mauvais, rétorqua-t-elle en prenant un biscuit.

Elle faillit se casser une dent, et le reposa bien vite sur le plateau.

— Euh… c'est censé être quoi ?

— Ça sent les épices, et ça a la consistance d'un vieux morceau de cuir ?

Katherine hocha la tête.

— Alors, c'est un biscuit au gingembre. Et attends de goûter sa tarte aux pommes !

— Dès que nous serons mariés, il faudra engager une cuisinière !

— Si nous voulons vivre vieux, c'est préférable.

— À part Mme Brown et Emson, il y a d'autres domestiques ?

— Très peu. Tu connais déjà John, le cocher. Les deux filles de Mme Brown sont femmes de chambre, et son mari garde-chasse. Il veille à ce que sa femme ait toujours de la viande à faire brûler. Il faudrait deux fois plus de personnel pour assurer le minimum.

— C'est à peu près ce que nous avons à Heath's End, et c'est trois ou quatre fois moins grand qu'ici. J'espère que notre arrivée ne va pas causer trop de tracas !

— Bon sang, j'ai complètement oublié de demander à Mme Brown de faire préparer des chambres ! Excuse-moi un instant, ajouta-t-il en se levant avec précaution.

— Ne bouge pas, fit Katherine en le repoussant sur le lit. Je m'en occupe. Toi, repose-toi !

— J'en ai assez de me reposer, grommela-t-il en cherchant ses chaussures.

Katherine se hâta de les mettre hors de portée, ainsi que sa redingote.

— Rallonge-toi et ne discute pas ! J'en ai pour une minute.

Il la regarda trottiner vers la porte en emportant ses vêtements, partagé entre l'agacement de se voir traiter comme un gamin et l'émotion d'être dorloté si affectueusement.

Il n'était pas fier de lui, mais lui dire la vérité maintenant était impossible. Elle était si heureuse de l'aider, de se rendre utile, elle se faisait une telle joie d'utiliser l'héritage de son grand-père pour restaurer Edenmore. Il ne se voyait pas gâcher son bonheur tout neuf !

Certes, c'étaient là de piètres excuses. La vérité, c'était qu'il avait peur de la perdre. Si seulement elle pouvait rester dans ces bonnes dispositions jusqu'à leurs noces…

Au fait, avait-il emporté la dérogation leur permettant de se marier sans attendre ? S'il l'avait laissée à Londres, cela risquait de tout retarder.

Il se leva et fit quelques pas mal assurés. Où diable Emson avait-il fourré ses papiers ? Ah, oui ! Ils étaient en bas, dans son bureau. Il se souvint que Katherine avait emporté ses souliers, et s'en alla en chercher une autre paire. Il était en train de fouiller dans sa garde-robe lorsqu'il entendit sa fiancée derrière lui.

— Mais qu'est-ce que tu fais là ? Veux-tu retourner au lit !

— Je vais très bien, ne t'inquiète pas.

— Tu es tout pâle. Allons, viens, intima-t-elle gentiment en lui prenant le bras pour le conduire jusqu'au lit.

— Non, il faut que j'aille chercher quelque chose dans mon bureau. Ce ne sera pas long.

Il fallait absolument s'assurer qu'il avait bien la licence de mariage. Il devait épouser la jeune fille avant qu'elle découvre ses mensonges. D'un pas hésitant, il se dirigea vers l'escalier.

— Je connais le moyen de te garder au lit, chuchota-t-elle.

Le sang se mit à battre à ses tempes. Il avait dû mal comprendre. Il pivota lentement. Elle le regardait, un sourire sans équivoque aux lèvres.

Une à une, elle ôta les épingles qui retenaient son chignon, et secoua la tête. Sa chevelure soyeuse se répandit sur ses épaules.

— Viens te coucher, je te promets que tu ne le regretteras pas, susurra-t-elle.

La bouche d'Alexandre se dessécha d'un coup. Cela faisait déjà deux longues journées qu'il n'avait pas caressé sa peau de satin, deux interminables nuits passées à refermer les bras sur le vide…

— Il faut que j'aille chercher ces papiers.

Avec un sourire tentateur, elle disparut dans la chambre.

Même s'il en mourait d'envie, il ne pouvait pas la suivre. Lui faire l'amour alors même qu'il lui mentait lui semblait pire que tout. Une fois mariés, ce serait différent. Il pourrait lui avouer la vérité et lui expliquer ses raisons. Mais se conduire comme si de rien n'était, c'était la tromper une fois de plus, et il ne pouvait s'y résoudre.

Le mieux à faire était sans doute de descendre et d'attendre dans son bureau l'heure du dîner. Mais elle avait laissé la porte ouverte, et Emson ou une femme de chambre pourrait passer et la trouver en tenue légère…

L'imaginer ainsi suffit à réveiller sa virilité. Dans un état second, il revint vers la chambre à coucher. Son esprit pouvait se révolter et soulever toutes les objections possibles, son corps, lui, savait ce qu'il voulait.

Il avait beau s'être préparé à tout, le spectacle qu'il découvrit lui causa un choc qui l'embrasa instantanément. Katherine l'attendait, uniquement vêtue de ses bas et de sa chemise, sa chevelure de feu cascadant sur ses épaules à peine couvertes.

Appuyée contre le montant du lit, elle le fixa insolemment avant de se débarrasser de ses souliers.

— Entre et ferme la porte, fit-elle d'une voix rauque qui faillit avoir raison de lui.

Incapable de bouger, il dévorait des yeux les courbes adorables, l'extrémité brune de ses seins qui pointaient orgueilleusement sous le fin linon, et le buisson ardent qui fleurissait au creux de ses cuisses fuselées.

Les moments enivrants passés dans l'orangerie de lady Purefoy lui revenaient en mémoire, la douceur de sa peau, la chaleur de son intimité…

— Katherine, sois raisonnable, supplia-t-il, sans grande conviction.

— Tu devrais être dans ton lit, à te reposer.

— Si je me couche dans ce lit avec toi, surtout dans cette tenue, je ne risque pas de me reposer.

Elle haussa un sourcil narquois.

— Parce que tu trouves prudent d'arpenter la maison de haut en bas ? Imagine que tu t'évanouisses et que tu te blesses de nouveau ? Au moins, au lit, tu ne peux pas te faire mal.

— Je n'en suis pas si sûr. De toute façon, ta mère va se réveiller et nous chercher, poursuivit-il, essayant une autre tactique.

— Quand maman s'endort, ça dure des heures, surtout après un long voyage.

— Et si les domestiques la réveillent ?

— C'est un risque à prendre. Où est passé l'audacieux Alexandre, celui qui n'a peur de rien et se moque des convenances ? le taquina-t-elle. Allez, Alexandre le Grand, viens briser quelques règles avec moi.

Avec un sourire des plus suggestifs, elle dénuda lentement l'une de ses épaules.

— Approche, si tu veux en voir plus.

En voir plus ? Mais il était prêt à déchirer le tissu avec les dents !

Au diable, les scrupules et les bonnes intentions ! Il était dans *sa* chambre, et c'était *sa* Katherine, qui l'aguichait pour l'attirer dans *son* lit ! Il n'était qu'un homme, après tout, et il la désirait comme un fou. Claquant la porte, il traversa la pièce, se débarrassant de ses chaussures au passage.

Il s'apprêtait à la prendre dans ses bras lorsqu'elle recula d'un bond, remonta sa chemise sur ses épaules, et contourna le lit. Avant qu'il ait le temps de réagir, elle courait verrouiller la porte, et glissait la clef sous le battant.

— Voilà ! Tu n'as plus le choix. Tu seras bien obligé de rester couché.

— Je pourrais appeler Mme Brown.

— Elle te dira la même chose. Couche-toi !

— Pas sans toi, riposta-t-il en ôtant sa chemise.

Il se dirigea vers elle tout en déboutonnant son pantalon.

— Maintenant que tu as commencé, tu as intérêt à aller jusqu'au bout !

— Ne m'approche pas ! l'avertit-elle en s'éloignant pour le maintenir à distance. Tu es blessé, il faut que tu te reposes.

— Enlève cette chemise, et viens au lit, ordonna-t-il en enlevant son pantalon.

Bon sang, ce petit jeu pouvait durer la nuit entière, et la patience n'était pas le fort du comte ! Arrivé près du lit, il fit semblant de vaciller. Affolée, la jeune fille se précipita à son secours. Il en profita pour l'enlacer et se laisser tomber sur le lit avec elle.

— Alexandre, ta tête…

— Tu voulais que je me couche, non ? fit-il en s'allongeant sur elle.

— Je veux surtout que tu te reposes !

— Si tu t'imagines que tu peux m'aguicher de manière éhontée, pour m'abandonner ensuite, tu connais vraiment mal les hommes, ma chérie.

Il se pencha pour l'embrasser mais elle détourna le visage, et il dut se contenter de sa joue.

— Ne viens pas te plaindre si tu ne tiens pas debout demain matin, murmura-t-elle, sa résolution faiblissant à toute allure sous ses baisers.

— C'est toi qui as eu cette idée, souffla-t-il en lui agaçant l'oreille de la langue.

— C'est… tout ce que j'ai trouvé… pour te ramener au lit.

— Tu vois, ça marche très bien.

— Écoute, Alexandre…

— Chut, mon ange, coupa-t-il en lui mordillant le lobe de l'oreille. Ne me dérange pas, je me repose.

— Toi et tes plaisanteries… ça m'a tellement manqué, avoua-t-elle en pouffant. Et moi, je t'ai manqué ?

— Chaque minute depuis que nous nous sommes quittés, l'assura-t-il avant de capturer ses lèvres.

Il ne pouvait pas plus se détacher d'elle qu'il ne pouvait cesser de respirer. Il voulait rattraper ces nuits passées à se consumer de désir, ces journées qui s'étiraient interminablement dès qu'il était loin d'elle.

Auprès d'elle, il oubliait tout : ses soucis, ses doutes, ses erreurs et ses fautes. Plus rien ne comptait que ce désir irrépressible qu'il avait d'elle. Il le regretterait, il le savait, mais il en avait assez de se montrer raisonnable. Il ne pouvait se rassasier d'elle, il voulait garder le goût de sa bouche, conserver dans ses mains l'empreinte de ses seins.

Lorsque enfin leurs lèvres se séparèrent, ils étaient hors d'haleine.

— J'ai l'impression que je t'ai vraiment manqué, murmura-t-elle, les yeux brillants.

Il glissa la main entre les cuisses de Katherine, jusqu'à la source brûlante de toutes les voluptés, et la caressa doucement, lui arrachant un gémissement.

— Apparemment, moi aussi, je t'ai manqué, murmura-t-il.

— Chaque heure de chaque jour. C'est pour cela que je suis venue te rejoindre.

Il était beaucoup plus ému par cet aveu qu'il ne voulait l'admettre. Jamais il n'aurait cru possible de trouver une épouse qui partage le même désir que lui… Qui ait *besoin* de lui. L'affection qu'elle lui offrait ouvertement le rendait humble.

Et l'effrayait au-delà des mots. Parce qu'il se rendait soudain compte que c'était *cela* qu'il avait toujours souhaité : qu'elle ait besoin de lui en dépit de tout, qu'elle le prenne tel qu'il était.

Seulement, elle ne savait pas qui il était vraiment. Elle avait beau clamer qu'elle ne souhaitait pas faire un mariage d'amour mais un mariage de raison, elle voulait un mari en qui elle puisse avoir confiance. Et lorsqu'elle apprendrait la vérité…

Non, il ne voulait pas la perdre. Il ne pouvait pas vivre sans elle.

— Puisque tu es ici, nous pouvons nous marier sans attendre, suggéra-t-il. Cette nuit même, si tu veux. Je suis certain que le pasteur d'Ipswich serait ravi de nous rendre ce service. Nous pouvons l'envoyer chercher immédiatement.

Il ne pouvait se défaire d'un sentiment de catastrophe imminente. Comme s'il sentait que s'ils ne se mariaient pas sur-le-champ, il la perdrait.

Elle leva sur lui un regard obscurci par la passion.

— Ne me dis pas que tu as des scrupules parce que nous sommes… amants avant le mariage. Cela ne te ressemble pas.

— Je veux que tu sois à moi, c'est tout.

— Je suis déjà à toi, souffla-t-elle en attirant son visage vers le sien.

Elle ne le serait plus si elle découvrait la vérité. Curieusement, cette pensée ne fit qu'attiser le désir qui montait dans ses reins.

— Je crois me souvenir que tu m'as dit que j'en verrais plus si j'approchais, lui rappela-t-il. Enlève cette chemise, mon ange, que je puisse te regarder. Il faisait trop sombre l'autre jour, dans l'orangerie.

— Je… je ne sais pas si j'ai très envie que tu me voies, balbutia-t-elle. Je ne suis pas jolie. Je suis trop mince, et j'ai des taches de rousseur…

— Je ne suis pas du tout de cet avis.

Il n'avait certainement pas un langage aussi fleuri que le poète frisotté, mais il savait apprécier une femme comme elle le méritait, et il allait la rassurer.

— Allons, enlève cette chemise, supplia-t-il en s'écartant.

Obéissante, elle se redressa et se débarrassa de son vêtement, puis se rallongea. Elle semblait si vulnérable tout à coup.

— Voilà, regarde tout ton soûl.

— Dieu, que tu es belle, Katherine ! murmura-t-il d'une voix sourde, le souffle coupé. Tu es la perfection même.

— Si c'est pour te moquer de moi… commença-t-elle en attrapant sa chemise pour se couvrir.

Il lui prit le vêtement des mains et le jeta au loin.

— Tu n'as pas idée de ta beauté, n'est-ce pas ?

— Tu es bien le premier de cet avis, fit-elle en le dévisageant d'un œil suspicieux.

— Eh bien, les autres sont aveugles. Tu as des cheveux magnifiques, comment peut-on ne pas le voir ? demanda-t-il en enfouissant le visage dans la crinière flamboyante.

— Mais ils sont *roux* !

— On dirait une forêt en automne, murmura-t-il en entortillant autour de ses doigts les longues boucles cuivrées. Et sais-tu ce qu'on dit des taches de rousseur ? Que ce sont des suçons de fées, fit-il en suivant du doigt l'ovale de son visage, puis la ligne de son épaule jusqu'à sa gorge constellée de taches de son.

— Qu'est-ce que c'est ?

Il se pencha pour aspirer doucement sa peau d'ivoire, lui montra la marque rouge.

— Voilà, c'est ça ! Quant à ta minceur, reprit-il en déposant une pluie de baisers sur sa poitrine, je te garantis que tu as tout ce qu'il faut là où il faut. Ici, par exemple…

Pour illustrer sa démonstration, il caressa l'un de ses seins, tandis que de la langue il agaçait la pointe de l'autre, le suçant jusqu'à ce qu'il se dresse fièrement. Il s'attarda un moment avant de descendre lentement le long du ventre de neige.

— Et là, ajouta-t-il en déposant un baiser. Il y a juste ce qu'il faut pour que tu sois douce. C'est ainsi que j'aime les femmes.

Tandis qu'elle lui caressait les cheveux, il continua sa progression jusqu'au triangle moussu qui recouvrait son intimité. Quand il pressa les lèvres entre ses cuisses ouvertes, elle sursauta et tenta de le repousser.

— Alexandre… Seigneur… qu'est-ce que tu fais ?

— J'enfreins les convenances !

— *Oh*… c'est donc *cela* qu'ils font dans cette gravure.

— Quelle gravure ?

Elle devint écarlate, et balbutia :

— R… ien… ça n'a aucune importance.

— C'est encore ce maudit livre, je parie ! Il y a vraiment une illustration de ce que je te fais en ce moment ?

— Eh bien, oui. Mais je ne comprenais pas pourquoi un homme pouvait…

Il aspira doucement le petit bourgeon qui durcit sous ses lèvres, et Katherine se cambra en gémissant.

— Je continue ? s'enquit-il.

Pour toute réponse, elle pressa plus étroitement la tête du jeune homme contre son sexe. Il ne lui en fallut pas plus pour continuer sa délectable exploration.

L'odeur du nectar musqué l'enivrait, et les plaintes étouffées de Katherine ne faisaient qu'attiser son désir. Au moins garderait-elle le souvenir de ces instants de volupté, lorsqu'elle aurait découvert ses tromperies et qu'elle le rejetterait.

Elle ondulait avec frénésie, aiguillonnant son ardeur. Il dut se retenir pour ne pas exploser avant de l'avoir pénétrée. Lorsqu'il la sentit se convulser sous lui, tendue comme un arc, offerte, il plongea d'un seul coup de reins dans sa moiteur accueillante.

Elle se cramponna à ses épaules en murmurant avec ferveur :

— *Oh oui… continue…*

Il la martelait avec fièvre, au bord de la jouissance, et se retenant pourtant, afin de l'amener jusqu'à cette absolue félicité qui ferait que jamais elle ne regretterait de l'avoir choisi.

Lorsqu'elle s'arc-bouta en criant son nom, il se répandit en elle, déterminé à l'enchaîner à lui pour la vie entière, persuadé que l'avenir leur appartenait, malgré tous les mensonges et les tromperies.

Mais alors qu'il s'abattait sur elle, pantelant, assouvi mais pas rassasié, elle souffla :

— Je t'aime, Alexandre.

Il comprit alors qu'il ne pouvait plus lui mentir.

25

Méfiez-vous des mères,
elles sont vos ennemis les plus dangereux.

L'Art de la séduction

Les mots avaient échappé à Katherine sans qu'elle ait même conscience de ses sentiments, mais elle ne les regrettait pas. Jusqu'à ce qu'Alexandre se redresse pour la fixer d'un regard horrifié.

— Tu m'avais dit que tu ne croyais pas à l'amour.

Elle s'attendait si peu à une telle réaction, qu'elle en fut complètement désarçonnée.

— J'ai changé d'avis.

— Tu as tort.

— Et pourquoi donc ? risqua-t-elle, le cœur serré d'angoisse.

Lentement le plaisir de leur union refluait, laissant la place au doute et à la peur.

Sans un mot, Alexandre se détacha d'elle et bascula sur le dos. Tandis qu'il demeurait ainsi, les yeux rivés au plafond, elle se sentit soudain très vulnérable. Attrapant le plaid plié au pied du lit, elle en recouvrit leurs corps dénudés, avant de se tourner sur le flanc pour regarder son fiancé.

— Qu'y a-t-il, Alexandre ? Qu'est-ce qui ne va pas ?

— Tu ne peux pas m'aimer. Il ne faut pas.

Ces mots lui firent l'effet d'un coup de poignard en plein cœur.

— L'amour ne se commande pas, murmura-t-elle en s'efforçant de tenir sa peur à distance. Mais si tu ne partages pas mes sentiments…

— Ce que je ressens n'a rien à voir là-dedans.

Il se décida enfin à tourner la tête vers elle.

— Tu vas me haïr, lâcha-t-il.

— Ne sois pas ridicule ! s'écria-t-elle, la gorge nouée devant son visage torturé. Comment pourrais-je te haïr alors que je viens de te dire que je t'aime ?

— Ce ne sera pas difficile, crois-moi. J'ai quelque chose à…

Il n'eut pas le temps d'en dire plus. Une main impatiente secouait la poignée de la porte, puis se mit à tambouriner furieusement.

— Allez-vous-en ! cria Alexandre. Je suis malade !

Katherine s'était figée. Lorsque les coups cessèrent, elle se détendit un peu, mais le bruit de la gâche dans la serrure la fit se recroqueviller sous la couverture. Le visiteur avait trouvé la clef.

Elle remontait le plaid sous son menton lorsque la porte s'ouvrit sur Mme Merivale, raide comme la Justice.

Réprimant un juron, Alexandre se redressa.

— Bonjour, madame Merivale.

— Comment osez-vous m'adresser la parole, vil suborneur !

— Ce n'est pas un suborneur, protesta Katherine.

— Espèce de petite idiote ! jappa sa mère. Pour quelqu'un qui se targue d'être intelligente, tu peux te montrer étonnamment stupide parfois.

— Ne la blâmez pas, intervint Alexandre en la fusillant du regard. Tout est ma faute.

— Je le sais parfaitement, rétorqua la matrone. Elle aurait encore pu se rabibocher avec sir Sydney, mais il a fallu que vous gâchiez sa réputation…

Katherine ne comprenait rien à l'attitude de sa mère. Pourquoi cette affection soudaine pour Sydney ?

— C'est Alexandre que je veux épouser, maman. De toute façon, nous allons nous marier dans quelques jours. Pourquoi te mettre dans une colère pareille ?

— Tu ne comprends pas ? Mais tu es aveugle, ma parole ! Si j'avais pu deviner ce que vous étiez en train de faire, je ne t'aurais jamais laissée seule avec lui.

Katherine n'avait jamais vu sa mère dans une telle rage, en tout cas pas depuis qu'elle avait trouvé pour la première fois son mari dans une position embarrassante avec une servante. Ses imprécations avaient alors dû s'entendre jusqu'au village. Par la suite, même si elle ne paraissait pas s'être résignée, ses colères s'étaient faites moins bruyantes, sinon discrètes.

— Oh, je t'en prie, maman, tu me pousses dans ses bras depuis que lady Jenner nous a présentés !

— C'était avant que je vienne ici ! Et je ne me doutais pas que c'était un vulgaire coureur de dot !

— Ne dis pas de sottises, ce n'est pas l'argent qui l'intéresse. Dis-le-lui, Alexandre, implora-t-elle, alarmée soudain en constatant que le comte ne se défendait pas. Explique-lui que tu ne savais pas que j'allais hériter d'une fortune.

— Je peux tout expliquer, Katherine…

— Il n'a pas un liard, et le jour où tu te marieras, tu seras riche ! Tu penses que c'est une simple coïncidence ?

— Pourquoi pas ? souffla la jeune fille d'une voix mal assurée, effrayée par la façon dont son fiancé la regardait. Tu m'as dit que tu n'en avais jamais parlé à personne, maman. Comment aurait-il pu le deviner ?

— Mais comment veux-tu que je le sache ? s'impatienta Mme Merivale. Il a peut-être rencontré le notaire de ton père, ou un de ses créanciers, ou…

— M. Byrne !

Le cœur serré, la jeune fille se rappela comment les deux hommes s'étaient isolés. Le joueur le lui avait-il révélé ce soir-là ?

— Mais bien sûr ! s'écria sa mère. Maintenant que j'y pense, le soir du bal chez lady Jenner, je les ai vus ensemble. J'ai pensé qu'ils parlaient cricket ou politique, enfin toutes ces sottises qui amusent les messieurs.

— Tu le connaissais avant de le rencontrer chez nous ? demanda Katherine, refusant de tirer les conclusions qui s'imposaient. Tu prétendais que tu ne l'avais jamais vu, mais vous vous connaissiez ?

— Oui.

La tête lui tournait, elle avait la nausée. Ainsi, tous ces mots doux, toutes ces attentions, ce n'était que pour son argent ?

— Alors, vous étiez d'accord depuis le début ? Il voulait rentrer dans ses fonds, et toi, tu cherchais une fortune à épouser. Vous étiez faits pour vous entendre !

Et elle, elle s'était montrée aussi bête que l'affirmait sa mère.

— Ce n'est pas ça, protesta-t-il.

— Ah bon ? Tu ne m'as pas courtisée pour mon argent ?

— Non ! Enfin, pas exactement, même si c'était une des raisons…

— C'est bien ce que je craignais.

S'enroulant dans le plaid, elle s'apprêta à quitter le lit. Sans se soucier de sa nudité il s'agenouilla et l'attrapa par le bras.

— Katherine, attends !

— Milord, je vous en prie ! glapit Mme Merivale en se couvrant les yeux de la main.

— Laissez-nous ! Je veux parler à votre fille seul à seul.

— Non mais dites donc ! protesta-t-elle en l'observant entre ses doigts écartés.

— Sortez immédiatement, ou je vous mets dehors moi-même !

— Je vous laisse, je vous laisse, se résigna la matrone, les joues en feu, non sans couler un dernier regard au corps d'athlète du comte.

Katherine était anéantie. Comment avait-elle pu s'aveugler à ce point ? Elle se doutait qu'il la trompait, mais elle était tellement obsédée par d'éventuelles infidélités qu'elle n'avait même pas envisagé que ce pût être autre chose.

À présent, pourtant, une foule de détails lui revenaient en mémoire. Les cadeaux, la loge chez Astley, son magnifique équipage, probablement loué, sa discrétion sur sa véritable adresse londonienne, tout cela n'avait qu'un seul but : lui faire croire qu'il était riche, pour ne pas éveiller ses soupçons. Parce qu'il savait qu'elle hériterait, et ne voulait pas qu'elle sache qu'il était au courant.

Oh, Dieu, jamais elle ne s'en remettrait ! Il ne s'agissait pas de Sydney, mais d'*Alexandre*, l'homme qu'elle aimait, à qui elle s'était donnée ! Alexandre qui n'était qu'un menteur, un coureur de dot, un séducteur sans cœur et sans scrupule.

Du revers de la main, elle essuya rageusement les larmes qui ruisselaient sur son visage.

— Katherine…

— Pourquoi moi ?

— Quoi ?

— Pourquoi m'as-tu choisie ? fit-elle en glissant du lit avant de lui faire face. Il y a tellement d'héritières plus belles !

— C'est toi que je voulais, répondit-il, le regard étincelant. La première fois que je t'ai vue…

— Tu t'es dit qu'un héritage valait la peine de faire un effort et de passer sur mes cheveux roux et ma minceur.

— Pardieu, certainement pas ! tonna-t-il en sautant du lit pour la rejoindre. Oui, Byrne m'a parlé de toi, et oui, je cherchais une riche fiancée, mais c'est ta conversation avec Sydney qui m'a séduit. Tu étais tellement…

— Pathétique ? suggéra-t-elle, mortifiée.

— Intrigante, rétorqua-t-il farouchement. Passionnée, intéressante, et si pleine de vie. Tu disais sans détour ce que tu avais sur le cœur, tu n'étais pas dupe des faux-fuyants de Lovelace. Tu étais la seule femme de chair et de sang au milieu de tous ces pantins qui se contentaient de jouer un rôle…

— Dont toi !

— Je t'en supplie, crois-moi, mon ange, implora-t-il. Je t'ai caché ma situation financière, je savais que tu devais hériter d'une véritable fortune, et je t'ai menti en prétendant que je ne connaissais pas Byrne, mais tout le reste n'était que la stricte vérité. Dès le premier regard, j'ai su que c'était toi que je voulais et personne d'autre.

— C'est mon argent que tu voulais.

— Non, c'était *toi* ! J'avais besoin de ton argent. Ce n'est pas la même chose.

— L'un ne va pas sans l'autre.

— Tu ne comprends donc pas ? Je n'avais pas le choix, fit-il en l'attrapant par le bras.

— Ne me touche pas ! siffla-t-elle en se dégageant. Ne t'avise plus jamais de me toucher.

Le jeune homme parut déconcerté.

— Ce sera difficile une fois que nous serons mariés, finit-il par articuler.

— Parce que tu t'imagines que je vais t'épouser ? Le coup que tu as reçu sur la tête t'a rendu fou !

— Enfin, sois raisonnable. Tu t'es compromise avec moi, et tu as besoin de cet argent autant que moi. Je sais que tu es bouleversée, plaida-t-il en enfilant son caleçon, mais avec le temps…

— Si tu crois que je pourrais vivre avec toi ne serait-ce qu'un seul jour, tu me connais bien mal !

Alexandre sentit son sang se figer dans ses veines.

— Tu ne parles pas sérieusement.

— Je suis extrêmement sérieuse.

— Et les dettes de ton père ? Comment feras-tu ?

— Mais je m'en moque ! Tu entends, je m'en moque ! Je préférerais pourrir en prison plutôt que de vivre avec un homme qui m'a fait croire qu'il se souciait de moi, alors qu'il n'en voulait qu'à mon…

Un sanglot lui déchira la gorge, l'empêchant de continuer, et elle se détourna pour lui dissimuler ses larmes. Tremblant de tout son corps, elle ramassa sa chemise et l'enfila.

— Je t'en prie, mon cœur, je me soucie de toi, murmura-t-il d'une voix étranglée.

Tandis qu'elle passait sa robe, elle le sentit s'approcher derrière elle, mais lorsqu'il tenta de l'enlacer, elle le repoussa violemment.

— Je sais que tu ne peux pas me croire pour le moment. Mais je n'imagine pas épouser une autre que toi. Et je te jure que je ferai tout pour me faire pardonner, même si ce n'est pas avant nos noces d'or.

— Il n'y aura *pas* de noces ! martela-t-elle en se retournant comme une furie. Tu ne réussiras pas à m'amadouer avec tes promesses et… et tes mensonges, cette fois ! Tu n'as plus qu'à chercher une autre dinde !

— Tu ne peux pas effacer ainsi tout ce que nous avons partagé.

Elle lut une telle souffrance dans son regard qu'elle hésita un instant. Mais elle n'était plus disposée à croire ses boniments, à présent.

— Qu'avons-nous partagé, au juste ? À part un nombre impressionnant de mensonges et de tromperies ? répliqua-t-elle en enfilant ses chaussures.

— Katherine, jamais je n'ai voulu te faire autant de mal.

Ces remords tardifs ne firent qu'aviver la colère de la jeune fille.

— Tu t'imaginais qu'une fois mariés, si j'apprenais tes petites manigances avec Byrne, il te suffirait de me faire du charme pour te faire pardonner. Malheureusement pour toi, tu n'es pas le seul à lorgner sur mon argent, poursuivit-elle lorsqu'elle constata, à son expression coupable, qu'elle avait vu juste. Mais ma mère, au moins, ne s'en cache pas !

— Et alors, que comptes-tu faire ? Épouser Sydney, qui ne s'est pas battu pour t'avoir, dont la mère te déteste, et qui…

— Ce que je vais faire ne te regarde pas, coupa-t-elle pour interrompre ce flot de vérités cruelles. Mais sache que je préférerais faire un mariage de convenance avec un

308

coureur de dot qui s'affiche comme tel plutôt que d'épouser un homme comme toi !

Le regard d'Alexandre devint glacial.

— Tu veux dire un homme qui entend faire ce qu'il faut pour remettre son domaine à flot, protéger ses fermiers et sauver ses domestiques de la misère ?

— Tu n'étais pas obligé de me mentir, lança-t-elle, ignorant volontairement ses arguments. Tu n'avais qu'à m'expliquer pourquoi tu avais besoin d'argent…

— Et tu te serais précipitée dans mes bras, toi qui te méfies de tous les hommes, à cause de ton satané père ?

— C'est faux ! J'ai toujours eu confiance en Sydney !

— Ce n'était pas difficile, tout ce qu'il te demandait, c'était d'écouter ses poèmes. Il ne risquait pas de te blesser, il n'a jamais été question de sentiments entre vous ! C'est ce que tu aimais chez lui.

— Laisse-le en dehors de ça ! intima-t-elle, furieuse de constater qu'il la connaissait si bien.

— Pourquoi ? C'est toi qui en as parlé la première. À tes yeux, c'est l'homme idéal, non ? Il n'y a pas de danger qu'il manque aux convenances !

— Épargne-moi tes leçons de morale, veux-tu ? Je ne te reproche pas de te moquer des convenances, je t'ai même parfois admiré d'oser le faire. Mais briser les règles est une chose, briser les cœurs en est une autre. Tu n'as eu aucun scrupule à me briser le cœur pour obtenir ce que tu voulais, et cela, je ne peux pas te le pardonner.

— J'ai tout fait de travers, admit-il, soudain découragé. Mais je pensais que c'était la seule façon de m'y prendre. Mon père a épousé ma mère pour sa fortune, et leur mariage a été un désastre. Je croyais que si nous nous connaissions déjà, lorsque tu apprendrais…

— Cela n'aurait plus d'importance ? Je ne souffrirais pas ? Mais comment puis-je démêler tes sentiments pour moi de ton intérêt pour ma fortune ? Je doute que toi-même tu t'y retrouves. On ne fonde pas un mariage sur une telle duperie.

— Et sur l'amour ? riposta-t-il. Tu as dit que tu m'aimais.

— Parce que je croyais savoir qui tu étais. Mais je m'aperçois maintenant que je ne savais rien du tout.

Katherine se dirigea vers la porte, mais en deux enjambées, Alexandre fut près d'elle.

— Je ne te laisserai pas partir, gronda-t-il. Tu m'as accordé ta main, et je ne te libère pas de ta promesse. Je ne te laisserai pas sortir de ma vie ainsi !

La jeune fille contempla longuement le visage qu'elle aimait toujours. Ses sentiments n'y changeraient rien. Elle avait pris sa décision, et elle s'y tiendrait, quoi qu'il arrive.

— Fais ce qu'il te plaira. Va crier sur les toits que tu m'as mise dans ton lit si ça te chante, ou intente-moi un procès pour rupture de fiançailles, comme ça tu toucheras un peu de cet argent dont tu as tant besoin. Mais jamais, au grand jamais, je ne t'épouserai !

Elle se dégagea, et il n'essaya pas de la retenir. Mais la souffrance que trahissait son regard la hanterait jusqu'à la fin de ses jours, elle le savait déjà.

Son visage douloureux la poursuivait encore tandis qu'elle se disputait avec sa mère, qui voulait à tout prix célébrer dans les meilleurs délais son mariage avec le comte. Et longtemps après l'avoir convaincue de quitter Edenmore, tandis qu'elles roulaient vers Londres, le visage défait du jeune homme dansait toujours devant ses yeux.

Elle avait eu la mauvaise idée de se retourner pour contempler une dernière fois l'imposant château qui avait failli devenir sa demeure, et elle avait aperçu Alexandre à l'une des fenêtres, qui les regardait s'éloigner.

Il la laissait partir sans tenter de s'y opposer, et cela plus que tout lui donnait envie de pleurer.

Parce que au fond d'elle-même, elle ne demandait qu'à le croire. Elle espérait encore que c'était elle, et non sa fortune, qu'il désirait.

— Tu t'es conduite comme une sotte en lui cédant, aboya sa mère. Mais maintenant que c'est fait, tu n'as d'autre choix que de l'épouser.

— Ne te mêle pas de cela, maman, répliqua Katherine d'un ton tranchant. Ne te mêle plus jamais de ma vie privée en général et de mon mariage en particulier. Si tu tiens à profiter de la fortune de grand-père, laisse-moi mener mes affaires à ma guise.

— Enfin, ma chérie…

— Je ne te laisserai plus me jeter dans les bras du premier venu, sous prétexte qu'il a un titre prestigieux et ses entrées dans le monde. Et n'essaie pas de gémir jusqu'à ce que je me sente fautive ! Tu veux cet argent ? Très bien. Mais laisse-moi prendre mes décisions seule, et garde tes commentaires pour toi. Sinon, je te promets que je donnerai tout aux bonnes œuvres.

Mme Merivale demeura bouche bée. Elle tint sa langue jusqu'à Londres, et sa fille en ressentit un sentiment de triomphe teinté d'amertume. Voilà ce qu'elle aurait dû faire depuis longtemps, au lieu de chercher son indépendance dans le mariage, que ce soit avec Sydney ou avec Alexandre.

Le comte avait raison sur un point au moins. Il s'agissait de sa vie, et personne ne pouvait en décider à sa place. Elle n'était en rien responsable de la situation critique de sa famille, et devait penser d'abord à elle.

Exactement comme l'avait fait Alexandre…

Elle écarta vite toute comparaison. Il n'avait aucune excuse. Il aurait dû tout lui avouer, au lieu de l'abuser d'aussi misérable façon.

Mais s'il lui avait dit la vérité, l'aurait-elle seulement écouté ?

Elle réprima un sanglot. Cela ne changeait rien. Il n'avait qu'à jeter son dévolu sur l'une de ces petites ambitieuses qui rêvent d'épouser un aristocrate, et se moquent qu'on ne s'intéresse qu'à leur fortune. Pourquoi l'avoir choisie, elle ?

Dès le premier regard, j'ai su que c'était toi que je voulais et personne d'autre.

Balivernes ! Il l'avait choisie parce que son ami Byrne le lui avait conseillé. Ils avaient conclu un marché. Le joueur devait prêter à Alexandre l'argent dont il avait besoin pour faire sa cour décemment, et en échange, le comte veillerait à ce que les dettes de M. Merivale lui soient remboursées.

Elle essuya ses larmes d'un geste brusque. Qu'ils aillent au diable tous les deux ! Dès qu'elle serait à Londres, elle aurait une petite explication avec ce M. Byrne, et les oreilles lui siffleraient. Ensuite, elle oublierait le comte d'Iversley, ses mensonges et sa trompeuse séduction.

Même si cela devait lui prendre sa vie entière.

26

Si tu veux mener une vie dédiée au plaisir,
ne tombe jamais amoureux.

L'Art de la séduction

Le soleil était déjà haut lorsque Alexandre se réveilla, la tête aussi lourde qu'un boulet de canon. Après que la voiture qui emportait Katherine loin de lui avait disparu dans la nuit, il avait tenté de noyer son chagrin dans l'alcool. C'était là qu'il fallait rechercher la cause de sa migraine, plus que dans le coup reçu sur la tête.

Quoi qu'il en soit, la méthode s'était révélée totalement inefficace. En le quittant, la jeune fille lui avait arraché le cœur. Il ne savait même pas qu'il en avait un, jusqu'à ce qu'elle lui murmure à l'oreille « Je t'aime », de sa voix douce et mélodieuse.

Il enfouit la tête dans l'oreiller, et se redressa avec un juron. Son parfum d'eau de rose imprégnait la taie, mêlé à…

L'odeur du café chaud.

Emson lui apportait ce que Mme Brown appelait « un bon petit-déjeuner ».

Pourquoi pas ? Après tout, le poison mettrait fin à ses souffrances.

— Mme Brown sait que vous n'aimez pas son café, mais elle insiste pour que vous mangiez, et je suis de son avis, milord. Vous n'avez pas dîné hier, et si vous avez l'intention de rentrer à Londres ce soir, vous avez besoin de reprendre des forces.

Il lui en faudrait pour aller pleurnicher auprès des créanciers, quémander des délais supplémentaires, négocier d'autres prêts… et trouver une autre héritière à courtiser. L'idée lui donnait la nausée, mais c'était à ce prix seulement qu'il pourrait sauver Edenmore.

À moins de reconquérir Katherine.

Mais cela, il ne fallait plus y songer. Jamais elle ne reviendrait sur sa décision. Il s'était bercé d'illusions en pensant qu'il parviendrait à la convaincre de son attachement.

Mais si elle le croyait capable de répandre des rumeurs désobligeantes sur sa chasteté ou de lui intenter un procès, elle le connaissait bien mal. Plutôt mourir que de se jeter aux pieds d'une femme qui le méprisait à ce point.

Elle avait certes de bonnes raisons de lui en vouloir, mais il n'avait pas agi par pur intérêt personnel, elle aurait dû s'en rendre compte.

Le majordome posa le plateau sur le bureau, et lui apporta sa tasse de café fumant. Tandis qu'Alexandre grimaçait en avalant une gorgée, le valet sortit un petit livre de son gilet.

— J'ai trouvé cet ouvrage dans la poche de votre manteau, milord. Je ne voudrais pas que vous le cherchiez.

L'Art de la séduction. Il avait complètement oublié ce maudit bouquin !

Tandis qu'Emson pliait soigneusement les vêtements éparpillés à travers la pièce, il feuilleta distraitement le petit ouvrage si anodin en apparence. Ce qu'il lut était suffisamment éloquent. Il comprenait pourquoi Katherine avait une aussi piètre opinion de lui. Comment se fier à un homme après avoir lu toutes ces âneries ?

N'avouez jamais à une femme ce que vous désirez vraiment, sinon vous ne l'obtiendrez jamais.

Il grimaça. D'accord, il n'était pas irréprochable, mais enfin, il avait de bonnes raisons de lui dissimuler la vérité. Il n'avait rien d'un libertin voué à la recherche du plaisir,

314

prêt à toutes les vilenies pour obtenir les faveurs d'une femme.

Non, juste pour obtenir sa fortune.

Au diable ses scrupules, ce qu'il avait fait n'avait rien de commun.

Il porta la tasse à ses lèvres, tourna une page, et renversa un peu de liquide brûlant sur sa poitrine nue. Le majordome se précipita, un mouchoir à la main.

— Mon Dieu, milord, vous vous êtes brûlé !

— Ce n'est rien, juste un peu de café, coupa son maître en tentant de l'écarter.

Trop tard. Le valet de chambre avait vu le livre ouvert sur une gravure qui décrivait sans équivoque ce qu'Alexandre avait fait avec Katherine la veille. Mais les personnages de l'illustration avaient adopté une position beaucoup plus originale.

— Cela fait plaisir de voir que de temps en temps, vous avez des lectures distrayantes, commenta le domestique.

Fusillant ce dernier du regard, Alexandre referma le livre vivement.

— Ce n'est pas à moi. Il est entré en ma possession par accident.

— Certainement, milord, mais je pense néanmoins qu'il est préférable d'épargner la vue de cet ouvrage à Mme Brown et aux femmes de chambre, remarqua le vieux serviteur en glissant l'opuscule dans le tiroir de la table de nuit.

L'impudent !

— Vous avez raison. Merci, Emson.

Katherine lui avait dit que *L'Art de la séduction* était illustré, mais, Seigneur !... Pas étonnant qu'elle ait su à quoi s'attendre lorsqu'il lui avait fait l'amour pour la première fois.

Il imaginait sa surprise lorsqu'elle était tombée sur ce livre dans les affaires de son père. Et son dégoût quand elle l'avait lu. Elle devait s'imaginer qu'il décrivait le comportement habituel de la gent masculine. Pouvait-il lui en vouloir de se méfier des hommes ? En particulier de ceux qui lorgnaient sur sa fortune ?

— Votre petit-déjeuner est servi, milord.

Il n'avait pas grand appétit. Tout ce qu'il désirait, c'était cette masse de cheveux soyeux au parfum enivrant, cette peau laiteuse…

Elle était partie. Pour toujours. Il ne la reverrait plus jamais.

Il se leva à regret et se dirigea à pas lents vers le bureau. Deux œufs à la coque, une pomme bien rouge et un morceau de pain croustillant l'y attendaient.

— Il n'y a pas de ciment, aujourd'hui ?

— Heureusement, tous les matins, ma femme me fait discrètement porter un petit-déjeuner. J'ai pensé qu'aujourd'hui, cela vous ferait du bien. Mme Brown n'a fait que le café.

L'épouse du majordome avait servi la mère d'Alexandre jusqu'à la mort de celle-ci. Elle avait alors épousé Emson, et avait cessé de travailler au château. Son mari attendait pour se retirer dans leur petit cottage que le jeune comte ait les moyens d'engager un nouveau valet de chambre.

Le vieil homme devrait attendre encore un peu, songea mélancoliquement Alexandre.

— Il ne faut pas vous priver pour moi. Donnez-moi donc ce qu'a préparé Mme Brown, soupira-t-il en repoussant le plateau.

— Vous en avez plus besoin que moi, insista le majordome. Laissez un peu de temps à votre demoiselle, ajouta-t-il. Quand elle se sera calmée, elle réfléchira et vous reviendra.

— Vous ne la connaissez pas, ricana le comte. Elle a des principes très stricts, qui ne souffrent aucune entorse. Et elle n'en fera certainement pas une pour un personnage aussi douteux que moi.

Bien entendu, en se qualifiant de « personnage douteux », Alexandre ne faisait pas allusion à ses origines. Mais comme un long silence s'ensuivait, il jeta un coup d'œil à Emson, et l'évidence s'imposa à lui.

— Vous êtes au courant ? À propos de…

— J'ai été au service de votre père plus de quarante ans, milord, répondit Emson avec un hochement de tête affirmatif.

— Qui d'autre le sait ?

— Ma femme, c'est tout. Lorsque Mme la comtesse s'est trouvée enceinte, alors que M. le comte ne l'avait pas approchée depuis des mois, il a bien fallu additionner deux et deux.

Alexandre soupira. Les domestiques semblaient toujours tout savoir avant tout le monde.

— Et je suppose que vous connaissez aussi l'identité de mon véritable père.

— Votre mère a parlé à Mme Emson d'un certain… personnage royal.

— À moi aussi. Je ne suis pas le fils du comte, mais en dépit de mes efforts pour ne pas répéter ses erreurs, je me retrouve exactement dans la même situation. Curieux, non ? Lui, au moins, a réussi à garder la femme qu'il avait épousée pour son argent.

— Le défunt comte n'avait pas épousé votre mère pour sa fortune, répliqua Emson. Il l'aimait sincèrement.

— Il le cachait bien si j'en juge par la façon dont il la traitait.

— Ce n'était pas ainsi quand ils étaient fiancés. Ils étaient très épris l'un de l'autre. Bien entendu, elle était riche, mais c'était la cerise sur le gâteau, rien de plus. Elle était jeune, très jolie, et elle faisait rire votre père, ce qui ne lui arrivait pas souvent, comme vous le savez. Il pensait qu'elle seule pourrait l'aider à surmonter ses difficultés, une fois qu'ils seraient mariés.

— Quelles difficultés ? s'enquit le comte, qui tombait des nues.

— Je vous demande pardon, je pensais que vous étiez au courant, balbutia le valet de chambre, confus. Je croyais que votre mère vous l'avait révélé en même temps que le reste…

— M'avait révélé quoi, bon sang ?

Pour la première fois de sa vie, Alexandre vit le vieux majordome perdre son impassibilité, et ses joues cireuses virer à l'écarlate.

— Le vieux comte ne pouvait pas… bégaya-t-il. Enfin… il ne pouvait pas atteindre l'état requis pour les activités décrites dans votre livre, conclut-il en désignant le tiroir où il avait rangé *L'Art de la séduction*.

— Il était impuissant ?

— Je crois que c'est le terme approprié, milord, marmonna Emson.

— Mais comment diable êtes-vous au courant d'une chose pareille ?

— Je l'ai servi plus de quarante ans, et j'étais attaché à son service personnel dans sa jeunesse. Pendant des années, j'ai dormi à côté de sa chambre. Et quand il recevait des dames, c'était moi qui les payais pour les services qu'elles avaient, ou n'avaient pas rendus. Et Mme Emson était la femme de chambre de votre mère.

— Je vois, l'interrompit Alexandre, en se promettant de toujours surveiller ses propos devant les domestiques. Si je comprends bien, durant toutes les années qu'a duré leur mariage, le comte et ma mère n'ont jamais…

— Jamais. C'est en tout cas ce que Mme la comtesse a dit à ma femme.

Songeur, le jeune homme se mit à arpenter la chambre. Toute sa vie, il avait considéré son père comme un monstre sans cœur, et il découvrait soudain que la vérité était beaucoup plus complexe.

— C'est pour soigner son impuissance qu'il dépensait tant d'argent en remèdes de bonnes femmes, n'est-ce pas ?

— Il désirait un fils plus que tout.

— Un fils qui soit de lui, pas un bâtard, observa amèrement Alexandre.

— Ce n'était pas seulement cela. Il aimait suffisamment votre mère pour.

318

— Aimer ? Ce salaud ne savait même pas ce qu'est l'amour ! Il lui reprochait d'être froide et vulgaire, elle en pleurait toutes les nuits.

— La blâmer lui permettait de ménager sa fierté, j'imagine. Certains prétendent que lorsqu'un homme ne peut pas accomplir son devoir conjugal, la faute en incombe à sa femme. Il avait dû se convaincre que c'était le cas.

— Mais il n'existait pas de femme au monde plus charmante et plus douce que ma mère ! s'indigna Alexandre.

— Je ne dis pas qu'il avait raison, milord. De toute façon, il avait dû finir par changer d'avis, sinon il n'aurait pas essayé tous ces remèdes. Tout ce que je veux dire, c'est qu'être incapable d'honorer son épouse est un fardeau lourd à porter.

— Certainement, concéda le comte. Et pour la femme aussi, probablement.

— Je vous l'accorde. Malheureusement, lorsqu'il s'est rendu compte qu'épouser votre mère ne changeait rien à son problème, votre père le lui a violemment reproché. Mme la comtesse en a été profondément blessée. Elle est devenue très distante avec lui, ce qui n'a fait qu'augmenter la rancune de son mari. Leurs relations se sont détériorées jusqu'à…

— Jusqu'à ce qu'elle se laisse séduire par le prince de Galles.

— Vous connaissez la suite.

— Le comte lui a mené une vie infernale. Il ne cessait de la rabaisser et il a fini par la persuader qu'elle était indigne de lui. Et que son fils n'était qu'un bon à rien qui déshonorerait le nom d'Iversley, conclut-il rageusement.

Il se détourna. Il n'en revenait pas d'être en train de discuter d'un tel sujet avec son majordome. Mais avec qui d'autre aurait-il pu en parler ? Les seuls capables de comprendre ses tourments, c'étaient ses demi-frères, qui étaient loin, et…

Katherine. Si elle était restée, il aurait pu s'en ouvrir à elle. La jeune fille, qui avait admis sans difficulté qu'il fût trop fier pour avouer sa pauvreté, n'aurait peut-être pas été rebutée par le fait qu'il était aussi un bâtard. Après tout, elle n'avait pas été choquée qu'il ait dû travailler pour gagner sa vie et qu'il ne respecte pas toujours les conventions.

Mais Katherine était partie. Elle l'avait quitté parce qu'il n'avait pas eu le courage de lui avouer la vérité dès le début.

Comme le vieux comte...

— J'ai toujours cru que c'était l'argent qui les avait séparés, expliqua-t-il à Emson d'un air absent. Il clamait partout qu'il ne l'aurait jamais épousée si elle n'avait pas été aussi riche.

— Notre maître était fort orgueilleux. L'ennui, c'est que l'orgueil ne fait pas bon ménage avec l'amour. Il faut assez d'humilité pour se montrer tel qu'on est, avec ses qualités et ses défauts, si on veut gagner la confiance de la personne aimée.

— Et j'ai fait exactement le contraire.

Emson haussa les épaules.

— Vous ne faisiez pas un mariage d'amour, vous vouliez vous marier pour rétablir votre situation. C'est différent.

— Pas uniquement. Je...

Il se tut. Depuis le début, il avait menti et trompé Katherine dans un seul but : s'emparer de sa fortune.

Jamais il n'avait songé à s'assurer de son amour. Et maintenant qu'il avait perdu les deux, il comprenait qu'il s'était trompé. Perdre l'argent de la jeune fille ne signifiait pas nécessairement perdre Edenmore. Il pouvait toujours trouver une autre fiancée ou s'endetter un peu plus. À moins que Katherine ne révèle le pot aux roses, ce dont il doutait.

Mais il ne désirait pas d'autre fiancée. C'était elle, et elle seule, qu'il souhaitait épouser. Perdre son amour signifiait donc tout perdre. Car sans elle...

Seigneur, comment vivre sans elle ? À quoi bon restaurer son domaine, lui rendre sa splendeur passée, si ce n'était pour le partager avec Katherine ?

Si ce n'était pour la faire rire, pour se chamailler pour des peccadilles, pour l'aimer et lui faire l'amour.

Car il l'aimait. Comme un imbécile, il avait enfreint la seule règle qu'il s'était fixée : ne pas tomber amoureux de l'héritière qu'il épouserait.

Mais elle n'éprouvait plus que du mépris pour lui. *Comment puis-je démêler tes sentiments pour moi de ton intérêt pour ma fortune ?* Il comprenait trop tard ce qu'elle avait essayé de lui dire.

Il n'avait jamais envisagé la question sous cet angle. Jamais il n'avait tenté de se mettre à la place de Katherine. Il ne s'était pas rendu compte que ses mensonges le discréditeraient définitivement, et qu'elle ne le croirait plus.

Même quand il dirait la vérité.

Et comment lui en vouloir, puisqu'il ne s'était jamais montré à elle sous son véritable jour ? Puisqu'il lui avait sciemment caché ses motivations, et des pans entiers de sa vie ? Comment s'attendre qu'elle parvienne à démêler le vrai du faux, alors que lui-même n'y arrivait pas ?

La fortune de la jeune fille se dresserait toujours entre eux. À cause de cet argent, elle ne croirait jamais à la sincérité de son amour.

À moins d'y renoncer !

Ce fut comme une illumination. S'il renonçait à la fortune de Katherine, si leur contrat de mariage en réservait la propriété à la famille Merivale, elle n'aurait plus aucune raison de ne pas lui faire confiance. Elle serait bien obligée de croire ce qu'il lui dirait.

Et il perdrait du même coup toutes ses chances de restaurer Edenmore.

Entre Katherine et le domaine, il lui fallait choisir.

27

Le séducteur doit parfois prendre
de grands risques pour obtenir ce qu'il veut.

L'Art de la séduction

Après le bienheureux engourdissement dû à la fatigue du voyage, Katherine sentit son chagrin la tarauder de nouveau tandis qu'elle se mettait en quête de sa mère.

Les deux femmes ne s'étaient pratiquement pas adressé la parole depuis qu'elles avaient quitté Edenmore, mais elles ne pouvaient continuer ainsi.

Elle trouva sa mère dans le petit salon, contemplant le feu d'un air découragé. Elle paraissait tellement abattue que la jeune fille ne put se défendre d'un sentiment de pitié, qu'elle chassa immédiatement. C'était sa faute si elle se trouvait dans une telle situation, c'était elle qui l'avait poussée à se fiancer à un homme qui n'était pas digne de faire un mari.

« Personne ne t'a poussée dans ses bras », lui chuchota la voix de sa conscience. Mais elle l'ignora.

— J'ai vu notre notaire, annonça-t-elle d'un air très détaché. Il pense que lord Iversley peut difficilement nous poursuivre pour rupture de promesse de mariage, puisqu'il m'a menti pour obtenir mon consentement.

S'il s'était contenté de mentir ! Elle avait encore au creux de l'épaule le « suçon des fées ». Comment arrivait-il à jouer si bien la comédie ? Ses sourires charmeurs, ses baisers passionnés, ses caresses enivrantes, ses mots doux, tout n'était que mensonge…

Ces maudites larmes lui piquaient encore les yeux ! Mais quand donc cesserait-elle de se transformer en fontaine chaque fois qu'elle pensait à lui ?

Croisant le regard désolé de sa mère, elle se ressaisit.

— Écoute, mon petit, est-ce vraiment si terrible que cela que le comte soit un coureur de dot ? Tu pourrais peut-être lui donner une seconde chance.

Katherine sentit la fureur la submerger de nouveau.

— Plutôt curieux comme suggestion, venant de toi, non ? C'est toi, il me semble, qui ne veux surtout pas partager mon argent avec l'homme que j'épouserai !

Mme Mère explosa à son tour.

— À présent, mademoiselle la Vertu, tu vas cesser tes leçons de morale et m'écouter ! Tu n'as jamais eu d'argent, moi si ! Quand j'étais jeune, nous vivions sur un grand pied, et mon père ne nous refusait rien…

— C'est sans doute pour cela qu'il n'a pas voulu te léguer sa fortune, comme tu t'y attendais !

Mme Merivale se dressa sur ses ergots, ses yeux lançaient des éclairs.

— Parce que tu vas me le reprocher, maintenant ? Pendant des années, j'ai subi les reproches de ton grand-père parce que je n'avais pas choisi l'époux qui convenait. J'étais sa petite fille adorée, et d'un seul coup, je suis devenue sa principale déception. Alors oui, je trouvais que cela méritait une compensation. Et, crois-le ou non, je voulais que tu aies une vie plus heureuse et plus facile que la mienne. Je voulais que tu aies un mari dont tu n'aies pas honte, et qui te traite mieux que ton père ne me traitait.

— Eh bien, c'est réussi !

— Ce n'est pas moi qui aie choisi le comte, ma petite ! Et ce n'est certainement pas moi qui t'aie poussée dans son lit. Tu y as sauté toute seule.

Katherine n'avait rien à répondre à ça.

— Je ne suis pas ravie d'apprendre qu'il n'a pas un sou vaillant, contrairement à ce que lady Jenner m'avait fait croire. Elle aussi doit être amie avec ce M. Byrne, j'imagine.

— C'est probable.

— Mais là n'est plus la question. Il faut cesser de remâcher notre déception. Et si tu dois épouser un homme qui utilisera ta fortune pour remettre en état son domaine, eh bien, c'est un moindre mal. C'est toujours mieux que de vivre pauvre et de mourir vieille fille ! Les soupirants ne se sont jamais bousculés à tes pieds, mais maintenant que lady Purefoy t'a surprise avec le comte dans l'orangerie, ils vont se faire encore plus rares.

— Il doit bien y avoir des chasseurs de dot qui ne sont pas trop regardants sur ce chapitre, répliqua Katherine, le visage défait. Nous pourrions conclure un arrangement.

— Tu préférerais épouser un parfait inconnu, plutôt qu'un homme que tu connais et apprécies ?

— Oui. J'ai laissé mes émotions prendre le dessus, et tu vois où cela m'a menée. J'aurais dû être plus raisonnable, au lieu de me laisser berner par des mots doux et des sourires suaves. Maintenant, il faut en payer le prix ! Épouser un homme que je ne connais pas, et que je n'intéresse pas, est beaucoup plus sensé.

— Et crois-tu qu'il te rendrait heureuse ?

— Sûrement plus qu'un… menteur qui prétend m'aimer alors qu'il ne s'intéresse qu'à mon argent.

— Mais, mon ange, n'est-ce pas exactement ce que tu as fait avec Sydney ?

— Mais pas du tout ! se hérissa Katherine.

— Tu l'as laissé s'imaginer que tu t'intéressais à lui pour ses qualités, alors que tu voulais simplement entrer en possession de ton héritage.

— Mais ce n'est pas vrai ! Je l'aimais sincèrement.

— Alors, pourquoi as-tu laissé lord Iversley te courtiser ? Pourquoi as-tu accepté de l'épouser ? Et surtout, pourquoi as-tu couché avec lui ? Tu ne devais pas beaucoup tenir à Sydney pour changer de soupirant aussi facilement.

— J'ai changé de prétendant parce que tu avais hâte de me voir mariée, et que Sydney ne voulait pas vraiment m'épouser. Enfin… il n'était pas pressé, rétorqua-t-elle, ulcérée, car sa mère avait touché juste. Il a quand même fini par demander ma main au bal de lady Purefoy, mais j'ai refusé.

Katherine se voyait soudain à travers les yeux de sa mère, et elle en éprouvait de la honte. Elle avait ni plus ni moins utilisé Sydney. Bien avant de tomber amoureuse d'Alexandre, elle lui avait laissé croire que le comte l'attirait uniquement pour susciter sa jalousie et le pousser à la demander en mariage. De même qu'Alexandre l'avait abusée sur ses véritables sentiments afin qu'elle accepte de devenir sa femme.

— Je ne dis pas que tu avais tort, poursuivit Mme Merivale. Tu voulais épouser sir Sydney pour assurer l'avenir de tes frères et sœurs, et personne ne t'en blâmerait. Mais lord Iversley a tenu exactement le même raisonnement. Il voulait offrir à ses fermiers et à toute sa maisonnée une vie plus aisée. Pourquoi lui en vouloir ?

— Parce que… parce que…

Parce qu'elle l'aimait. Et parce qu'elle désirait désespérément qu'il l'aime aussi. Elle voulait croire aux doux mots qu'il lui avait chuchotés, à la passion qu'il lui avait révélée. Seulement maintenant, ce n'était plus possible. Comment vivre avec un homme quand on doutait de lui à chaque mot ?

Une chose était certaine, en tout cas : elle s'était mal conduite avec Sydney, qui ne l'avait pas mérité.

Elle tourna les talons et se dirigea vers la porte d'un pas décidé.

— Où vas-tu ? s'alarma sa mère.

— Je vais m'excuser auprès de Sydney pour la façon dont je l'ai traité.

— Tu crois qu'il est toujours prêt à t'épouser ? s'enquit Mme Merivale, soudain toute ragaillardie.

Katherine retint juste à temps une repartie bien sentie.

— Je n'en sais rien, maman, mais moi, je ne le suis pas. Tu as raison, je ne l'ai jamais vraiment aimé. Et je me suis comportée avec lui aussi mal qu'Alexandre avec moi. Mais l'épouser ne serait pas une solution, et surtout, ce ne serait pas honnête.

Elle savait désormais combien il était douloureux d'être désiré pour ce qu'on possède, et non pour ce qu'on est, et jamais elle ne pourrait infliger pareille souffrance à qui que ce fût. Elle avait piétiné le cœur de son ami d'enfance, tout comme le comte avait piétiné le sien, et s'il acceptait de lui pardonner, peut-être cela l'aiderait-il à surmonter son propre chagrin.

Alexandre fonçait entre les attelages élégants qui encombraient les rues de Mayfair. C'était probablement la dernière fois qu'il montait Beleza. Si Draker venait à Londres, comme il le lui avait demandé, il repartirait avec la jument promise en gage.

Mais s'il fallait en passer par là pour que Katherine lui revienne, c'était un moindre mal. Rien n'était moins sûr pourtant. À peine rentrée à Londres, elle avait couru se réfugier dans les bras de son rival, et cette idée mettait Alexandre en rage.

Quand Mme Merivale lui avait appris où était sa fille, son sang s'était figé dans ses veines. Apprendre que la femme qu'il aimait cherchait le réconfort auprès d'un autre avait brièvement ébranlé sa confiance en lui, mais il s'était bien vite repris. Il ne perdrait pas Katherine sans s'être battu.

Il atteignit enfin la maison de Lovelace. Quelques mois plus tôt, il serait passé devant la vaste demeure sans en remarquer le luxe discret. Mais aujourd'hui, il connaissait le prix du marbre et des ferronneries, il savait ce que coûtaient les artisans capables de sculpter ces frises délicates et de les assembler sans qu'on pût déceler le moindre joint.

Avait-il le droit de priver la jeune fille de cette aisance matérielle, de la sécurité que lui offrirait un homme avec qui elle s'entendait parfaitement ?

Il en avait non seulement le droit, mais aussi le devoir !

Lovelace partageait sans doute certains des goûts de Katherine, mais il ne l'aimait pas, et elle non plus.

Alexandre gravit donc quatre à quatre les marches du perron, écarta résolument le valet qui lui ouvrit la porte, s'engouffra dans le hall aux colonnes de marbre rose, explora en trombe des salons luxueusement meublés avant de trouver Molly qui montait la garde devant une porte.

Sa fiancée était donc seule avec Lovelace ! Il passa devant la servante médusée et surgit dans un salon aux murs tendus de soie.

Pour découvrir Katherine pleurant sur l'épaule de Sydney.

Avec son visage défait et ses yeux rougis par les larmes, elle n'avait jamais paru plus émouvante à Alexandre.

Il se sentit fondre en la contemplant. Il se moquait qu'elle fût dans les bras de Lovelace. Jamais il ne renoncerait à elle.

— Katherine, puis-je vous parler seul à seul ?

— Vous ne pouvez pas la laisser tranquille ? s'insurgea le baronet en se dressant entre eux. Vous trouvez que vous n'en avez pas assez fait ?

— Ce n'est pas votre affaire. C'est à elle que je m'adresse ! lança, cinglant, le comte.

— Que voulez-vous ? intervint la jeune fille, sur ses gardes.

— Je viens de vous le dire. Vous parler en privé.

— Non ! Quand nous sommes seuls, vous trouvez toujours le moyen de… Quoi que vous ayez à me dire, vous pouvez le faire devant Sydney. C'est un ami, j'ai entièrement confiance en lui.

Iversley reçut cette déclaration pleine de sous-entendus comme une gifle, mais le moment était mal choisi pour entamer une polémique. Il ne pouvait quand même pas dire ce qu'il avait sur le cœur devant son rival !

L'orgueil ne fait pas bon ménage avec l'amour.

— D'abord, je suis venu m'excuser.

— De quoi ? De m'avoir trompée quant à vos véritables motifs pour me faire la cour ? D'avoir comploté avec M. Byrne derrière mon dos ? Ou de vouloir m'épouser uniquement pour mon argent ?

— De tout, sauf d'avoir voulu vous épouser uniquement pour votre argent. Parce que c'est faux.

— Comment vous croire ?

— Vous ne pouvez pas. C'est pourquoi je veux vous épouser sans votre fortune.

La jeune fille plissa les yeux d'un air suspicieux.

— Comment cela ?

— C'est vous que je veux, Katherine. À n'importe quel prix. Vous n'avez qu'à choisir les termes de notre contrat de mariage, j'y souscrirai. Vous pouvez laisser la jouissance de vos revenus à votre mère, ou la réserver à nos enfants, comme vous voudrez. Acceptez seulement de devenir ma femme, c'est tout ce qui m'importe, ajouta-t-il d'une voix vibrante.

— Et comment ferez-vous pour Edenmore ? Que vont devenir vos fermiers et…

— Je ne peux pas vendre le château, qui doit rester dans la famille, mais je peux le louer. Et si le loyer ne nous suffit pas pour vivre, je peux travailler pour Astley ou m'engager dans la cavalerie. Je suis sûr que Wellington serait prêt à m'offrir un régiment si je le lui demandais.

— En quel honneur ? ricana Sydney.

— Ça suffit, l'arrêta Katherine sans quitter Alexandre des yeux. Et les domestiques ? Que vont devenir Mme Brown, Emson et les autres ?

— Les jeunes pourront rester au service du locataire. Il faudra verser une pension aux plus âgés.

— Avec quel argent ? persifla Lovelace. La solde que vous n'avez pas ?

— J'ai des amis qui ne demandent qu'à me soutenir, rétorqua le comte, en priant pour que ce fût le cas. Ils m'aideront à solder les dettes du défunt comte, soit en persuadant les créanciers d'accepter des mensualités plus réduites, soit en me prêtant les fonds nécessaires. Je les rembourserai sur ma solde et le loyer d'Edenmore.

— Et il ne vous restera plus rien pour vivre.

— Je sais que nous n'aurons pas une vie facile, mais au moins, nous serons ensemble.

Le baronet haussa les épaules, mais Katherine s'approcha, les yeux écarquillés.

— Pourquoi renonceriez-vous à votre domaine pour moi ?

Ça, il ne tenait vraiment pas à le lui expliquer devant un tiers, surtout un rival arrogant.

— Je vous en prie, mon ange, laissez-moi vous parler cinq minutes en tête à tête. C'est tout ce que je vous demande.

— Pourquoi ? lança Sydney avant qu'elle ait le temps de répondre. Pour que vous lui fassiez perdre la tête avec vos baisers ? Enfin, Katherine, tu ne vois donc pas clair dans son jeu ? Une fois qu'il t'aura prise dans ses rets, il n'aura aucun mal à te persuader que ta fortune vous permettrait de vivre plus confortablement. Il aura tout ce qu'il voulait, comme d'habitude.

Lorsque Alexandre vit la jeune fille se rembrunir, son sang ne fit qu'un tour.

— Bon sang, Lovelace, n'allez pas prétendre que vous vous opposez à moi par amour pour elle ! Si n'importe qui d'autre l'avait courtisée, vous n'auriez pas levé le petit doigt pour la garder. Ce qui vous dérange, c'est qu'elle aime un homme pour lequel vous n'avez que mépris. Qu'elle se moque de votre fortune et me préfère, même pauvre, vous est intolérable.

— Quant à vous, il n'y a que sa fortune qui vous intéresse ! s'enflamma Sydney. C'est pourquoi je vais vous faire une proposition. Je vous offre vingt mille livres !

— Sydney, non ! s'interposa Katherine.

Le baronet l'ignora et poursuivit avec hauteur :

— C'est certes beaucoup moins que ce que vous espériez, mais cela devrait vous permettre d'éponger une grande partie de vos dettes. Tout ce que je vous demande en échange, c'est de disparaître de la vie de Katherine.

— Vous êtes prêt à me donner vingt mille livres de sa fortune pour vous débarrasser d'un rival ? Comme c'est généreux de votre part ! ricana Alexandre.

— Contrairement à vous, je n'ai nul besoin de l'héritage de Katherine. Elle a toujours su que si nous devions nous marier, elle pourrait en disposer à sa guise. Mais comme elle vient de refuser ma demande pour la deuxième fois de la semaine, il est peu probable que l'éventualité se présente.

» Cela dit, je garde l'espoir de réussir un jour à la convaincre de devenir ma femme, mais même si elle refuse, nous resterons amis. Vous avez cependant raison sur un point : je suis prêt à tout pour vous éloigner d'elle, parce que je suis convaincu qu'elle mérite mieux. Et si vingt mille livres peuvent y parvenir, alors c'est un bon investissement.

Alexandre en resta sans voix. Ce freluquet était devenu fou ou quoi ? Il avait toujours pensé que les sentiments de Lovelace pour Katherine étaient superficiels, mais il était à présent obligé de changer d'avis.

Il se tourna vers la jeune fille, et se figea en voyant avec quelle impatience elle attendait sa réponse. Elle s'imaginait donc qu'il pouvait accepter une telle offre ? Tout à coup, il se vit avec leurs yeux : un coureur de dot de bas étage, prêt à tout pour obtenir ce qu'il désirait, et se souciant comme d'une guigne du bien-être de celle qu'il prétendait aimer.

Il comprenait qu'elle se défie de lui. Elle avait pour ami un homme parfaitement désintéressé, un modèle de droiture, capable de lui apporter tout ce que lui-même ne pourrait jamais lui offrir.

Désormais, il savait ce qu'il lui restait à faire.

— Pardonnez-moi. Je vous avais mal jugé, Lovelace.
J'étais persuadé que vous n'aimiez pas Katherine comme
elle le mérite. Je me rends compte maintenant que vous
étiez tout simplement moins passionné que moi. Gardez
votre argent. Vous n'entendrez plus parler de moi, ni l'un
ni l'autre.

— C'est ce que vous dites maintenant, mais je préfère
ne pas prendre de risques, répliqua Sydney. Je ne tiens
pas à voir Katherine assignée en justice. Prenez cet
argent, cela vous laissera le temps de chercher une autre
héritière.

Cette fois, Alexandre dut se retenir à quatre pour ne pas
assommer son rival.

— Je ne veux pas d'autre épouse. Et je ne poursuivrai
personne, je vous en donne ma parole. Croyez-le ou non,
mais j'ai encore des principes.

Il regarda la jeune fille, le cœur serré à la pensée qu'il ne
verrait plus jamais ce visage tant aimé.

— La prochaine fois qu'il vous demandera en mariage,
acceptez, mon ange. Vous aviez raison cette fameuse nuit
chez lady Jenner. Il vaut mieux que moi. Et vous méritez
le meilleur des hommes.

Sur ces mots, il tourna les talons et se dirigea vers la
porte. Au moins, il n'aurait pas à lui révéler la vérité honteuse sur sa filiation. Sans parler de l'ignominie à avouer
son amour à quelqu'un qui n'éprouvait visiblement plus
aucun sentiment pour vous.

Mais la fierté était une maigre consolation quand on
avait le cœur en miettes.

28

On dit que les séducteurs repentis font les
meilleurs maris. Mais existe-t-il une femme
capable d'amener un libertin à s'amender ?

L'Art de la séduction

Lovelace ne savoura son triomphe qu'un instant. Alexandre n'avait pas plus tôt disparu que Katherine se rua vers la porte, lui laissant tout juste le temps de la rattraper sur le seuil.

— Laisse-le partir, pour l'amour du Ciel ! Te voilà enfin débarrassée de lui.

— Je ne veux pas me débarrasser de lui, expliqua-t-elle avec un sourire tremblant. Pas maintenant que je sais qu'il m'aime vraiment.

— Parce qu'il a refusé mon offre ? Il a compris que c'était le meilleur moyen de te ramener à lui. Ensuite, il n'aurait plus qu'à mettre la main sur ta fortune...

— Sydney, il n'est pas le monstre que tu dépeins, je t'assure. Si tu avais vu avec quelle énergie il se bat pour remettre en état son domaine, comme il est aimé de son personnel, tu le jugerais autrement. Il a tellement de qualités que tu ignores !

— Tout ce que je constate, c'est qu'il est désinvolte et se moque des convenances les plus élémentaires.

— Mais moi aussi, je suis ainsi, parfois.

— Que racontes-tu ? Tu es comme moi, tu as des principes, et tu essaies de t'y tenir.

— Après tant d'années, tu me connais si peu, pouffa-t-elle.

— Je te connais suffisamment. Tu ne pourrais jamais être heureuse avec un homme qui ne t'épouserait que pour ton argent.

— Je vais t'avouer quelque chose que je ne devrais pas. Mais je ne vois pas d'autre moyen de faire taire tes scrupules. Si Alexandre avait voulu me déconsidérer définitivement à tes yeux, il aurait pu le faire sans peine. Il lui suffisait de te dire que lui et moi avions eu… des relations intimes.

— Quoi ? s'étrangla Sydney.

— Deux fois, pour être honnête. Tu comprends ? Il n'avait qu'à te révéler que je n'étais plus vierge, et tu aurais abandonné l'idée de m'épouser. Qu'il ne l'ait pas fait prouve bien qu'il était sincère. J'espère simplement que tu n'auras pas une trop mauvaise opinion de moi, acheva-t-elle en lui prenant la main.

— Jamais je ne pourrai avoir une mauvaise opinion de toi.

— Tant mieux. Parce que je tiens à ce que nous restions amis. À présent, je dois y aller.

— Le rejoindre ? s'enquit-il, amer.

— Oui. Je l'aime, tu sais. Comme je ne t'ai jamais aimé, et sans doute comme tu ne m'as jamais aimée.

Le silence du jeune homme était une réponse en soi.

— C'est ce que je pensais, reprit-elle. Mais toi aussi, tu mérites qu'on t'aime sincèrement, et d'aimer en retour sans réserve. Crois-moi, le véritable amour, c'est encore plus beau que la poésie.

— Va le retrouver, dans ce cas. Ne t'inquiète pas pour moi.

— Merci, murmura-t-elle.

Elle déposa un baiser sur sa joue et disparut.

Après son départ, Sydney se mit à arpenter la pièce de long en large. Il aurait dû être désespéré, mais il se sentait soulagé. Le refus d'Iversley avait ébranlé toutes ses certitudes. Après tout, le comte n'était peut-être pas si mauvais. Et l'aveu de Katherine le laissait complètement désemparé. Elle avait raison, après tant d'années, il ne la connaissait pas vraiment.

À moins qu'il n'ait deviné depuis longtemps qui elle était, et compris depuis le début qu'elle n'était pas faite pour lui. Que ce qu'il voulait était tout autre.

Quelqu'un d'autre.

Il n'avait pas revu Julian depuis son retour de la campagne. Depuis que ce dernier l'avait sommé de choisir une fois pour toutes. Partir en Grèce et vivre avec lui, ou essayer de reconquérir Katherine, et ne plus jamais le revoir. Napier ne supportait plus leur relation amicale, alors que ses sentiments étaient d'une tout autre nature.

Et Sydney était parti. Parce qu'il avait eu peur d'affronter la vérité, d'assumer ses désirs les plus secrets.

Voilà qu'Iversley, et maintenant Katherine proclamaient les leurs, qu'ils étaient prêts à tout pour vivre ensemble, même si leurs existences devaient en être profondément bouleversées.

Il trouvait dans leur audace une nouvelle raison d'espérer. Il sonna un domestique.

— Faites atteler, et prévenez ma mère que je suis parti à la campagne, chez lord Napier, annonça-t-il quelques secondes plus tard.

Si le comte refusait une fortune, et si Katherine était prête à épouser un homme qui n'était peut-être qu'un coureur de dot, tout cela au nom de l'amour, il pouvait bien prendre quelques risques lui aussi.

La jeune fille avait raison, l'amour était encore plus beau que la poésie.

Le cœur de Katherine battait la chamade quand le fiacre s'immobilisa devant le *Stephens Hôtel*. Que faire si Alexandre n'était pas là ? Il était peut-être retourné à Edenmore, ou parti Dieu savait où. Non, le majordome des Lovelace avait dit qu'il était venu à cheval, il ne pouvait pas être bien loin.

Elle n'aurait pas dû se laisser retarder. Quelle idée de perdre tout ce temps à discuter des qualités et des défauts d'Alexandre ! Il avait trouvé des mots tellement émouvants pour expliquer qu'il renonçait à sa fortune, elle était encore sous le choc. Elle savait à quel point il avait besoin de cet argent, et voilà qu'il l'abandonnait pour elle…

Elle ordonna à Molly de l'attendre dans la voiture, et bondit sur le trottoir. Lorsqu'elle s'engouffra dans l'hôtel, tous les regards convergèrent vers elle. Pensez, une jeune fille seule ! Peu importait. Elle était prête à tout pour trouver Alexandre, y compris à affronter ce propriétaire si revêche.

C'est alors qu'elle aperçut le jeune chasseur qui lui avait apporté le message. Soulagée, elle se dirigea vers lui.

— Je dois voir lord Iversley. Il est ici ?

Le gamin, écarlate, bredouilla une phrase inintelligible.

— Écoutez, reprit-elle impatiemment, je sais qu'il vit ici, je sais qu'il est pauvre, je sais tout, sauf où il se trouve en ce moment même. Et si vous ne me le dites pas, je vais l'appeler à tue-tête dans tout l'hôtel.

Elle s'était déjà fait suffisamment remarquer, un peu plus ou un peu moins, cela n'avait pas grande importance.

— Par ici, mademoiselle. Il est avec ses amis.

— Ses amis ? répéta-t-elle en lui emboîtant le pas.

— M. Byrne et lord Draker. Ils sont au fumoir.

Encore eux ! Alexandre n'avait apparemment que deux amis intimes, et tous deux étaient fils illégitimes du prince de Galles. Quelle étrange coïncidence…

Le chasseur lui ouvrit la porte, mais lorsqu'elle entendit une voix familière prononcer son nom, elle lui fit signe de se taire, puis le renvoya d'un geste. Elle se pencha alors vers le battant et tendit l'oreille.

— Vous pouvez tout aussi bien prendre Beleza maintenant, disait Alexandre. Je ne sais pas quand je pourrai vous rembourser.

— Je ne prendrai pas votre cheval, gronda une voix bourrue.

Ce n'était pas celle de M. Byrne ; Katherine en conclut donc qu'il s'agissait du vicomte Dragon.

— Pourquoi ? Je vous l'ai donné en garantie quand je vous ai emprunté de quoi acheter mes charrues et mes semences. Je savais ce que je risquais. Avec un peu de chance, la récolte sera bonne, et je serai en mesure de vous la racheter.

Le cœur de la jeune fille se serra. Pauvre amour, il avait dû gager Beleza ! Elle s'apprêtait à entrer lorsqu'une autre voix, qu'elle connaissait bien, retentit.

— Je ne comprends pas pourquoi vous ne voulez pas vous chercher une autre fiancée. Je connais une jeune fille dont le frère me doit de l'argent…

— Pas question, coupa Alexandre. Si je ne peux épouser Katherine, je ne veux personne d'autre. Demandez-moi tout ce que vous voudrez, mais pas à me marier pour vous aider à rentrer dans vos fonds.

— Un instant, intervint l'autre voix.

Avant que Katherine ait eu le temps de faire un geste, la porte s'ouvrit en grand devant elle, et elle se retrouva nez à nez avec un géant hirsute à la mine menaçante.

— Depuis quand est-ce qu'on écoute aux portes ? tonna-t-il.

— Je vous demande pardon, mais…

— Katherine ? fit Alexandre, incrédule.

D'un bond, il les rejoignit et écarta lord Draker.

— Cessez de hurler, vous ne voyez donc pas que vous lui faites peur ?

— Elle nous écoutait.

— Je m'en moque, riposta Alexandre sans la quitter des yeux. Que faites-vous ici, Katherine ?

— Vous n'avez pas répondu à ma question. Pourquoi êtes-vous prêt à renoncer à ma fortune si j'accepte de vous épouser ?

Son cœur s'emballa quand elle vit l'espoir illuminer le visage du jeune homme. Puis son expression changea et il murmura :

— Avant de vous répondre, j'ai une révélation à vous faire. Peu importe ce qui arrivera, je ne veux plus avoir de secrets pour vous.

— Cela promet ! Je me méfie de vos secrets, confessa-t-elle en se forçant à sourire.

— Pardonnez-moi, mais celui-ci est important, fit-il en l'invitant à entrer. Vous connaissez Gavin Byrne, poursuivit-il après avoir refermé la porte. Et je vous ai déjà parlé du vicomte Draker.

— Ce sont vos amis, je sais.

Alexandre prit une profonde inspiration.

— Ce ne sont pas seulement mes amis. Ce sont mes frères, mes demi-frères, plus exactement.

Katherine le fixa, stupéfaite.

— Mais alors, cela signifie que…

— Que je suis le fils du prince de Galles, oui. Ma mère a eu une brève liaison avec Prinny, et le résultat, c'est moi.

— Le prince est au courant ?

— Personne ne l'est, hormis mes frères, Emson et sa femme.

Et elle, désormais ! Il était le fils du prince… Voilà qui expliquait la dureté et la rancune du défunt comte envers lui, et pourquoi lui-même répugnait tellement à parler de ses parents.

Alexandre guettait sa réaction avec inquiétude.

— En ce qui me concerne, cela n'a aucune importance, le rassura-t-elle avec un sourire. Ce n'est pas le père qui m'intéresse, c'est le fils.

Iversley jeta un coup d'œil à ses compagnons, qui éprouvèrent soudain le besoin urgent d'aller commander d'autres boissons et marmonnèrent une vague excuse avant de s'éclipser.

— Et maintenant, tu peux répondre à ma question ? insista-t-elle lorsqu'ils eurent disparu.

— Tu connais déjà la réponse, murmura-t-il en s'approchant, un sourire radieux aux lèvres.

— Je veux l'entendre de ta bouche.

— Très bien, fit-il en la prenant par la taille. Je t'aime, Katherine. Je t'aime, répéta-t-il en l'enlaçant plus étroitement, et je t'aimerai toujours.

Quand leurs lèvres se rejoignirent, Katherine crut que son cœur allait éclater. Son baiser était si tendre, si doux, si aimant… Comment avait-elle pu imaginer vivre sans lui un seul instant ?

— Je crois que je suis tombé amoureux de toi quand tu m'as démontré que ma vie se résumait à un poncif. Et quand tu as tenté de me séduire uniquement pour que je me repose, j'ai compris que je ne pourrais jamais vivre sans toi.

— Oh, Alexandre, je t'aime tellement ! souffla-t-elle en prenant son visage entre ses mains.

— Suffisamment pour m'épouser ? demanda-t-il d'une voix étranglée par l'émotion. Je n'ai pas grand-chose à t'offrir pour le moment, mais si nous louons Edenmore…

— Nous n'aurons pas besoin de louer Edenmore, l'interrompit-elle. Mon héritage nous permettra d'en faire un domaine de rêve.

— J'étais sérieux quand je t'ai dit que je ne voulais pas de ton argent. C'est moi qui subviendrai à tes besoins.

— Tu ne crois tout de même pas que je vais te laisser risquer ta vie dans la cavalerie ? Ou faire des acrobaties chez Astley avec je ne sais quelle aguichante senhora ?

— Je n'ai pas envie que Lovelace aille claironner un peu partout que je t'ai embobinée avec mes baisers.

— Qu'est-ce que cela peut faire ? Moi, je m'en moque.

— Tu as changé d'avis à son sujet ? fit-il remarquer en arquant les sourcils. Tu ne trouves plus qu'il ferait un mari plus convenable ?

— Bien sûr que si ! Mais ce n'est pas lui que je veux, ajouta-t-elle en le voyant se rembrunir. Celui que je veux, c'est Alexandre le Grand, celui qui fait ce qui lui plaît, qui trouve que les femmes devraient toujours dire ce qu'elles pensent, et qui embrasse si bien. C'est *toi* que je veux pour mari, Alexandre ! Et je veux *aussi* mon héritage. Il n'est pas question de t'épouser et de vivre misérablement.

— Et d'où te vient ce goût subit pour le luxe ?

— Je ne veux pas m'empoisonner avec les petits plats de Mme Brown. Alors tu ferais aussi bien d'accepter mon argent dès maintenant !

— Très bien, mais à deux conditions.

— Lesquelles ?

— La première, c'est que tu en réserves une partie substantielle pour nos enfants.

— Cela va de soi, acquiesça-t-elle, soulagée. Et la seconde ?

— Que tu invites de temps en temps la senhora Encantadora à se joindre à nous.

— Là, je ne sais pas, rétorqua-t-elle en riant. La senhora a des goûts très particuliers. Elle n'aime que les libertins.

— Elle devra se contenter du fils illégitime d'un libertin. Et toi ? Tu acceptes pour époux le bâtard d'un débauché notoire ?

— Oui, mon grand Alexandre, chuchota-t-elle en lui offrant ses lèvres. Oui, mille fois oui.

Épilogue

Certains ne sont tout bonnement
pas taillés pour jouer les libertins.

L'Art de la séduction

Debout en chemise dans sa chambre d'Edenmore, Katherine contemplait son reflet dans la psyché toute neuve. Peut-être aurait-elle dû attendre la naissance de son premier enfant avant de l'acheter.

Elle se serait ainsi épargné le spectacle de cette silhouette déformée. Elle avait l'air d'une olive fichée sur une pique, et elle n'en était qu'à son cinquième mois de grossesse. À quoi ressemblerait-elle quand elle arriverait à terme ? On verrait bien à ce moment-là si Alexandre penserait toujours qu'elle était plus belle de jour en jour.

La porte s'ouvrit sur Mme Merivale, qui se sentait déjà comme chez elle au château. Elle était accourue dès qu'elle avait appris la nouvelle, et avait amené toute sa nichée avec elle.

— Comment te sens-tu ?

— Très bien, maman, sourit Katherine, étonnamment philosophe, ces derniers temps.

— Pourquoi restes-tu debout, ma chérie ? lui reprocha sa mère en la prenant par le bras pour la faire asseoir. Il ne faut pas prendre de risques avec l'héritier du comte.

— Ce sera peut-être une fille, tu sais, lui rappela la jeune femme en riant.

— Alors, il faudra faire une autre tentative.

Alexandre et elle comptaient bien faire beaucoup d'autres tentatives, quoi qu'il arrive.

— Je dois m'habiller, maman. Lord Draker et sa sœur ne vont pas tarder.

— Tout de même, ton mari a d'étranges amis. Le vicomte, passe encore. C'est d'ailleurs très gentil de votre part de vous charger des débuts de sa sœur dans le monde. Mais je ne peux pas supporter M. Byrne.

— Moi, je l'aime bien.

Après tout, c'était grâce à lui qu'elle avait rencontré Alexandre. Elle se plaisait à penser qu'il ne les avait pas seulement réunis pour rentrer dans ses fonds, mais aussi parce qu'il les trouvait bien assortis. Bien entendu, Gavin préférait passer pour un parfait cynique et le nierait jusqu'à son dernier souffle.

— Enfin, soupira Mme Merivale, être comtesse mérite bien quelques sacrifices, je suppose. Mais il faudrait faire perdre à ton époux cette fâcheuse habitude de passer ses journées à galoper à travers champs. Ce n'est pas la place d'un homme de qualité.

— Il est dehors ?

— Il vient de rentrer. Il était en nage, et son cheval aussi. Ce n'est vraiment pas raisonnable ! Cela dit, il avait l'air très satisfait.

— Je suis si heureuse. Il place de grands espoirs dans ces nouvelles semences, et je sais qu'il est impatient de montrer le résultat à lord Draker.

— Si tu n'y mets pas bon ordre, ton mari va devenir l'un de ces excentriques qui sont toujours fourrés avec leurs moutons et leurs fermiers, et n'ont plus aucune vie sociale.

C'était toujours mieux que de passer ses journées avec ses maîtresses ou dans des cercles de jeu.

— C'est peu probable. M. Dawes, le régisseur, aura bientôt le domaine bien en main, et Alexandre pourra enfin se consacrer à ce qu'il aime.

— Vous allez retourner à Londres ? demanda avec empressement Mme Merivale, qui attendait toujours l'occasion de faire ses débuts dans le monde en tant que mère d'une comtesse.

— Non, il veut élever des chevaux. Des lusitaniens et des poneys du Suffolk, plus précisément.

— Il va acheter d'autres chevaux ? Vous n'en avez pas suffisamment comme ça ?

— Mon époux n'en a jamais assez, sourit Katherine. Et quand il se sera lancé dans son élevage, il ne sera plus question de retourner en ville.

Ce qui ne la priverait pas le moins du monde. Elle aimait leur vie à la campagne, et après la naissance du bébé, Alexandre voulait lui enseigner la voltige. À vrai dire, il avait déjà essayé, mais la leçon s'était arrêtée dans l'écurie, où ils avaient fait l'amour dans le foin.

— Ton père doit déjà être en train de te chercher un poney, mon ange, plaisanta-t-elle en s'adressant à son ventre.

— Les anges n'ont pas besoin de poneys, lança une voix masculine. Ils ont des ailes, ça leur suffit.

Katherine aperçut le visage de son mari dans le miroir de sa coiffeuse, et son cœur se gonfla d'amour. Elle se retourna pour le gratifier d'un sourire.

— Et voici deux autres anges, aussi resplendissantes l'une que l'autre, ajouta-t-il avec un petit salut à sa belle-mère, avant de déposer un baiser sur le front de sa femme.

— Oh, milord, vous êtes incorrigible ! gloussa Mme Merivale, ravie. Mais je sais quand je suis de trop. Les amoureux sont bien tous les mêmes…

Elle se dirigea vers la porte, puis s'arrêta, la main sur la poignée.

— Oh, je voulais vous demander ! Bridget a besoin de chaussures, et…

— Aurez-vous assez avec cinquante livres ? s'enquit Alexandre, qui commençait à connaître la chanson.

— Mais oui, ce sera parfait. Merci, milord, fit-elle, enchantée, avant de quitter la pièce, toutes voiles dehors.

— Tu te laisses si facilement attendrir, sourit Katherine.

— C'est ton argent, tu sais, murmura-t-il en l'embrassant de nouveau.

— Pour le moment, corrigea-t-elle avec tendresse. Mais si les récoltes sont aussi bonnes qu'elles le promettent, et que ton élevage de chevaux démarre bien, nous aurons bientôt des revenus à nous.

Le visage d'Alexandre s'éclaira, et elle sut qu'elle avait trouvé les mots qu'il fallait pour ménager sa fierté.

— Attends de voir cette nouvelle variété d'orge ! s'enthousiasma-t-il. Dawes prétend qu'elle donne au-delà de tout ce qu'il espérait. L'année prochaine, nous allons en semer partout, et alors là, ma chérie... Enfin, ce n'était pas pour te parler de ça que je suis monté, reprit-il.

Elle l'entendit poser quelque chose sur la coiffeuse derrière elle, et il se pencha pour lui chuchoter à l'oreille :

— C'est ton tour de choisir, mon amour.

— On n'a pas le temps, murmura-t-elle en jetant un regard plein de regrets sur *L'Art de la séduction*. Lord Draker et sa sœur vont arriver d'une minute à l'autre. Nous devons préparer ses débuts dans le monde, je te rappelle.

— Elle a attendu jusqu'à maintenant, elle pourra bien attendre quelques minutes de plus.

— La dernière fois que nous avons essayé une position décrite dans *L'Art de la séduction*, il nous a fallu une demi-heure pour y parvenir.

— Une demi-heure de pure félicité, remarqua-t-il en glissant la main dans le corsage de Katherine.

Le pouls de la jeune femme s'accéléra dès qu'il effleura sa poitrine. La grossesse n'avait en rien altéré son désir. Elle lui sourit, se leva et noua les bras autour de son cou.

— Tu es incorrigible, mon mari !

— Pas plus que toi ! Si je me souviens bien, toi aussi, tu avais beaucoup apprécié.

— Certes, mais je ne suis plus aussi souple, ces derniers temps.

— Nous pouvons y remédier, répliqua-t-il en la soulevant pour l'asseoir sur la coiffeuse. Il suffit d'être un peu inventif !

— Et comment s'appelle cette innovation ? pouffa-t-elle. *L'Équilibre sur la coiffeuse ? La Balançoire du séducteur ?*

— *Iversley amoureux*, souffla-t-il en l'enveloppant d'un regard tendre.

— Hmm… Je sens qu'elle va devenir l'une de mes préférées !

Note de l'auteur

Le prince de Galles, futur George IV, collectionna toute sa vie des maîtresses issues des milieux les plus divers, des actrices aux aristocrates. On lui prêta un nombre incalculable de bâtards, dont la plupart passèrent pour les enfants légitimes des maris de ces dames, tel lord Draker, par exemple. Nul ne sait combien d'enfants naturels il engendra mais, vu la multitude de ses liaisons, probablement plus que les deux connus à ce jour, à qui il témoigna d'ailleurs beaucoup d'affection.

Si j'ai inventé de toutes pièces *L'Art de la séduction*, je me suis cependant inspirée pour son titre de *L'Art de la galanterie*, un livre de cette époque qui se réfère à *L'Arétin français*, une collection de gravures illustrant les diverses positions de l'acte sexuel. *La Carriola (La Brouette)* est le titre d'une de ces gravures figurant dans l'édition de 1803.

En ce qui concerne les prouesses équestres d'Alexandre, il est exact que des Anglais ont servi d'instructeurs à l'armée portugaise pendant les guerres napoléoniennes. L'un d'entre eux au moins rejoignit par la suite la cavalerie de Wellington. L'amphithéâtre Astley, qui a bien existé, était l'ancêtre de nos cirques actuels. Les spectacles de voltige équestre étaient à cette époque fort populaires. Mais même si les intermèdes comiques s'intercalaient souvent entre les numéros de voltige, j'avoue que *L'Épouse fâchée* est une invention de mon cru. Je n'ai en effet pas pu résister au plaisir de voir mes deux héros s'étreindre de façon si romantique.

Découvrez les prochaines nouveautés
des différentes collections J'ai lu pour elle

AVENTURES
&PASSIONS

Le 2 octobre

Inédit   *La trilogie Fitzhugh - 2 - Elle, et aucune autre*
ও **Sherry Thomas**
Fou amoureux d'Isabelle, lord Fitzhugh a dû se résoudre à
épouser Millie, héritière d'un riche industriel. Une jeune fille
si banale comparée à la fougueuse Isabelle. Révolté, il a exigé
que leur mariage reste platonique. Huit ans après, Isabelle
revient des Indes, veuve et libre. Fitz va enfin pouvoir la
retrouver. C'est compter sans Millie qui va soudain se montrer
sous un autre jour.

Inédit   *Dame de cœur, atout pique*
ও **Cecilia Grant**
1816, Londres. Lydia Slaughter, prostituée, s'y connaît aussi bien
aux jeux qu'en hommes et n'hésite pas à user de tous les artifices
pour arriver à ses fins. Lors d'une soirée, elle va plumer purement
et simplement Will Blackshear. Ce dernier est un homme
audacieux et, tout comme elle, il a impérativement besoin
d'argent. Une alliance pourrait s'avérer très rentable pour tous les
deux. Mais cet arrangement implique des paris risqués en échange
de délices charnel.

N'aimer qu'une fois   ও   **LaVryle Spencer**
1837. Île de Nantucket. Lorsque son époux, Rye Dalton disparaît
en mer, Laura se réfugie dans les bras de Dan, son ami d'enfance.
Son enfant aura besoin d'un père. Quatre ans plus tard, Laura
mène une existence paisible avec son fils Josh et son mari. Alors,
quand Rye réapparaît, Laura est tiraillée entre deux hommes.
Incapable d'oublier celui qu'elle n'a jamais cessé d'aimer, elle doit
faire un choix : trahir son cœur ou sa parole.

Le 16 octobre

Un mari apprivoisé ∽ **Hope Tarr**

1860. Après avoir passé toute son enfance à l'orphelinat, Patrick O'Rourke est devenu un homme d'affaires prospère. Il lui faut désormais penser à se marier. Lors d'une réception, il tombe sous le charme de lady Katherine Lindsey, jeune et belle aristocrate. Une femme inaccessible. Mais lorsqu'elle va mettre au point un chantage dans le but d'accepter un mariage de convenance avec Rourke, Katherine lui montre une autre facette de sa personnalité. Rapidement naît entre eux une passion dévorant

Maîtres et seigneurs - 2 - Le maître de mes tourments ∽ **Karin Tabke**

1067. Comme ses compagnons, Wulfson de Trevelyn, s'est engagé à servir le roi Guillaume le Conquérant. Chargé d'exécuter la princesse Tarian, qui est accusée de meurtre et de traîtrise, il se rend au domaine de Draceadon. Il y découvre une magnifique jeune femme en détresse et tombe sous le charme de cette Saxonne à la beauté ensorcelante. Dès lors, Wulfson ne se pose plus qu'une seule question : sa fidélité au roi résistera-t-elle à son amour pour Tarian?

La fraternité royale - 2 - Escorte de charme ∽ Sabrina Jeffries

Marcus North, vicomte Draker, n'a pas pardonné à sa mère de l'avoir conçu hors mariage. Redoutant que sa sœur ne suive le même chemin, il la surveille de près et lui interdit de revoir Simon Tremaine. N'ayant pas l'habitude de recevoir de la visite, il tombe des nues lorsque Régina Tremaine se présente à l'improviste pour plaider la cause de son frère. Marcus refuse de l'écouter. Mais, lorsqu'elle évoque l'éventualité de rencontres secrètes, il lui propose un marché : si elle l'autorise à lui faire la cour, il acceptera que Simon revoie sa sœur !

CRÉPUSCULE

Le 2 octobre

Inédit *Les ombres de la nuit - 9 - La prophétie du guerrier* ❧ **Kresley Cole**

Assassiné avant d'avoir pu épouser la sublime Regin, Aidan le Fier n'a de cesse de poursuivre sa bien-aimée. Depuis l'éternité, il arpente le monde des vivants sous différentes identités, en quête de son amour perdu. Réincarné aujourd'hui en un puissant guerrier celte, il est prêt à tout pour réintégrer le monde qui lui est interdit et conquérir sa promise…

Le 16 octobre

Inédit *Les exilés d'Austin - 1 - Insolente créature* ❧ **Jennifer Ashley**

Créatures redoutées, les Garous inspirent peur et méfiance à tout humain qui se respecte. Excepté Kim Fraser. Choquée par les accusations portées contre Brian Smith dans une affaire de meurtre, Kim décide de faire justice elle-même en prouvant l'innocence du jeune Garou. Et pour élucider cette affaire, elle ne pourra compter que sur l'aide du séduisant et dangereux Liam Morrissey…

PROMESSES

Le 2 octobre

Un amour à négocier ❧ **Inara Scott**

À bientôt trente ans, Lisa Anderson est accaparée par son job d'avocate et par sa mère, atteinte d'Alzheimer. Aussi résiste-t-elle d'emblée aux avances de Brit Bencher, brillant homme d'affaires, rencontré lors d'une cession d'entreprise. D'ailleurs, que ferait ce légendaire amateur de mannequins avec une fille comme elle, un peu ronde, débordée de boulot ?

Le 16 octobre

Destiny - 3 - La cascade aux murmures

❧ **Toni Blake**

Incroyable ! Qui Tessa vient-elle de reconnaître en la personne de son nouveau voisin, ce motard tatoué et baraqué, terriblement sexy ? Lucky Romo, le bad boy qui faisait les quatre cents coups à Destiny au temps du lycée. Il serait donc revenu alors que tout le monde le croyait mort ? Contre toute attente, Lucky engage Tessa pour ses talents de décoratrice. La jeune femme, séduite, décide de donner un coup d'accélérateur à sa vie un peu trop paisible. Lucky l'entraîne alors dans son univers excitant, dangereux. Mais les secrets de son lourd passé vont bientôt les rattraper...

Passion intense

Des romans légers et coquins

Le 2 octobre

Inédit **H.O.T. - 2 - Exquise luxure**

✎ **Lacey Alexander**

Ex-membre des H.O.T. désormais avocat, Ethan file le parfait amour avec Mira Adams. Leur relation est stable, or la jeune femme se sent délaissée par Ethan, trop investi dans son travail. Pour se rattraper, à l'occasion de l'anniversaire de sa bien- aimée, il lui organise donc la plus folle des surprises : un week-end passionné… à trois, avec Rogan Wolfe, l'ex-petit-ami de Mira.

Le 16 octobre

Inédit **Les frères McCloud - 4 - L'aube de minuit**

✎ **Shannon McKenna**

La vie de Sam McCloud a basculé à l'âge de 19 ans, à la mort de son frère jumeau. Depuis, chaque année à la date anniversaire, Sam noie son chagrin dans l'alcool et la débauche. Jusqu'au jour où il se réveille au côté de la divine Liv Endicott. Malgré la passion qu'elle lui inspire, Sam coupe tout contact avec elle. Or quand il comprend que Liv court un grand danger, il abandonne toute mélancolie et passe à l'acte…

Et toujours la reine du roman sentimental :

Barbara Cartland

« Les romans de Barbara Cartland nous transportent dans un monde passé, mais si proche de nous en ce qui concerne les sentiments. L'amour y est un protagoniste à part entière : un amour parfois contrarié, qui souvent arrive de façon imprévue. Grâce à son style, Barbara Cartland nous apprend que les rêves peuvent toujours se réaliser et qu'il ne faut jamais désespérer. »

Angela Fracchiolla, lectrice, Italie

Le 2 octobre
Pour l'éternité
Princesse d'un jour

7890

Composition
FACOMPO

Achevé d'imprimer en Italie
par GRAFICA VENETA
Le 19 août 2013

Dépôt légal : août 2013
EAN 9782290077504
L21EPSN001013.N001

1er dépôt légal dans la collection : janvier 2006
ÉDITIONS J'AI LU
87, quai Panhard-et-Levassor, 75013 Paris

Diffusion France et étranger : Flammarion